青雷の光る秋

アン・クリーヴス

シェトランド署の警部ジミー・ペレスとその婚約者フラン・ハンターは，ペレスの両親に会うため故郷フェア島を訪れていた。だが，島のフィールドセンターでふたりの婚約祝いパーティがひらかれた直後，センターの監視員アンジェラが殺される。折からの嵐で本島との交通が途絶し，“嵐の孤島”と化した島内に潜む犯人を見つけだすべく，警部はひとりきりの捜査を開始した。しかし，奮闘もむなしく事件解決の糸口はいっこうに見つからず，ついには第二の殺人が発生してしまう——現代英国本格ミステリの至宝〈シェトランド四重奏《カルテット》〉，堂々の最終章。

登場人物

ジミー・ペレス……………シェトランド署の警部
ジェームズ・ペレス…………ジミーの父
メアリ・ペレス……………ジミーの母
フラン・ハンター…………画家、ジミーの恋人
キャシー・ハンター………フランの娘
モーリス・パリー…………フィールドセンターの所長
アンジェラ・ムーア………同センターの監視員、モーリスの妻
ジェーン・ラティマー……同センターの料理人
ポピー………………………モーリスの娘
ジョン・ファウラー………書店主
サラ・ファウラー…………ジョンの妻
ベン・キャッチポール……監視員助手
ダギー・バー………………}バードウォッチャー
ヒュー・ショウ……………}
ステラ・モンクトン………アンジェラの母

ダンカン・ハンター……………フランの前夫
サンディ・ウィルソン…………シェトランド署の刑事
ヴィッキー・ヒューイット……北スコットランド警察の犯行現場検査官
ローナ・レイン……………………地方検察官

青雷の光る秋

アン・クリーヴス
玉木　亨訳

創元推理文庫

BLUE LIGHTNING

by

Ann Cleeves

わたしの賢くて面白くて決して負けない娘たちに

本書の執筆にあたっては、今回も多くの方にご尽力いただきました。おかげさまで、正気を失うことなく、きちんと仕事を進めることができました。ジーン・ロジャーズとロジャー・コーンウェルは、作者のホームページを管理する以上のことをしてくれています。パン・マクミラン社のジュリー・クリスプとヘレン・ガスリー、サラ・メングックと世界じゅうに散らばる彼女の同僚エージェントたちは、いまや家族も同然です。ヘレン・ペッパーは、おそらくわたしがこれまでに考案したなかでもっとも厄介な犯行現場にかんする助言をしてくれました。〈ビジット・シェトランド〉と〈シェトランド・アーツ〉の職員の方々は、いつものように嫌な顔ひとつせずにてきぱきと協力してくれました。イングリッド・ユーンスンには原稿に目をとおしてもらいましたが、フェア島の地形および習慣にかんする過ちは、すべて作者の責任です。北灯台《ノース・ライトハウス》のフィールドセンターは架空のものですが、実在するフェア島鳥類観測所のホリーとデリクのご厚意とご協力に感謝したいと思います。いつか、ぜひあたらしい観測所を訪れてみたいものです！　ティムは執筆に必要な時間と場所を提供してくれただけでなく、バードウォッチングにかんするその専門的知識を本書のためにわけあたえてくれました。最後に、鳥類観測所の元料理人の女性たちの素晴らしい絆に深く感謝します。

青雷の光る秋

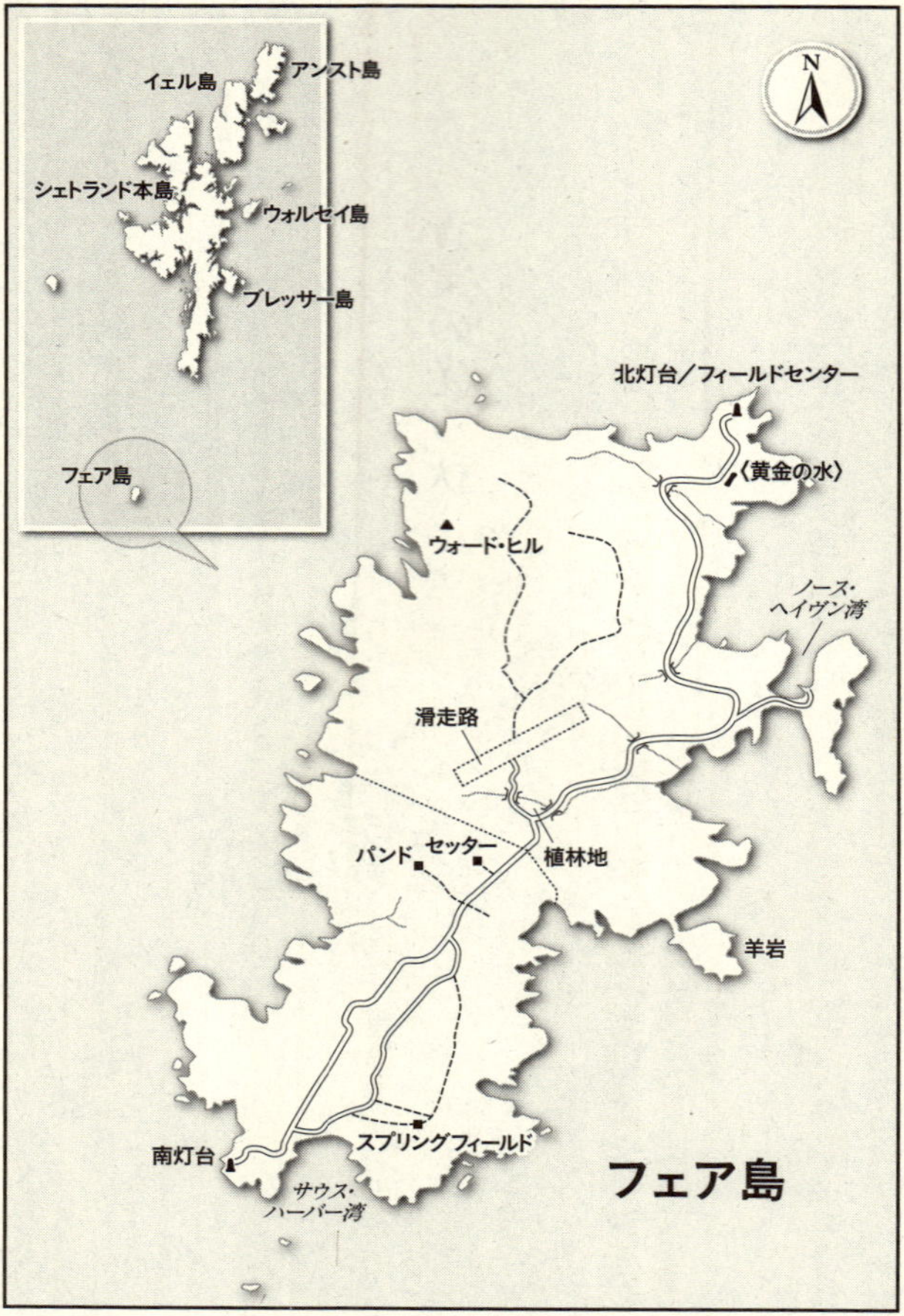

アンスト島
イェル島
シェトランド本島
ウォルセイ島
ブレッサー島
フェア島
N
北灯台／フィールドセンター
〈黄金の水〉
ウォード・ヒル
ノース・ヘイヴン湾
滑走路
セッター
パンド
植林地
羊岩
スプリングフィールド
南灯台
サウス・ハーバー湾
フェア島

1

フランは目をとじて、すわっていた。小型機は空から落ちるみたいに急降下したかと思うと、一瞬だけ水平に戻ったあとで、遊園地の乗り物よろしくかたむいた。目をあけると、前方に灰色の崖が迫ってきていた。すぐちかくにあるので、白い筋となってたれ落ちた鳥の糞やまえのシーズンの巣がはっきりと見えた。崖の下では海が荒れ狂っており、強風にあおられた波しぶきと白い泡が海面上空を舞っていた。

どうしてパイロットはなにもしないの？　どうしてジミーはただすわって、あたしたち全員が死ぬのを静観してるの？

フランは飛行機が岩に激突するところを想像した。ねじれた金属。ねじれた肉体。生存者はいないだろう。遺書を書いておくんだった。あたしが死んだら、誰がキャシーの面倒をみるというの？　そのとき、フランは自分が生まれてはじめて命の危険を感じていることに気がついた。恐怖のあまり、頭のなかが混乱して、なにも考えられなくなっていた。

やがて小型機はすこし上昇し、崖っぷちとの接触はかろうじて回避されたようだった。ジミー・ペレスが勝手知ったる島の目印を指さしながら、説明してくれた。ノース・ヘイヴンの港。北灯台《ノース・ライトハウス》にあるフィールドセンター。ウォード・ヒル。パイロットは依然として機体を水平に保つのに苦労しており、どうやらペレスは着陸にむけて飛行機が跳ねあがったりぐらついたりするあいだ、フランの気持ちをそらそうとしているようだった。そのとき、車輪が地面に接触し、小型機は滑走路をがたがたと揺れながら進んでいった。

パイロットのニールは操縦桿に両手をのせたまま、しばらくじっとすわっていた。そうか。あの人も、あたしとおなじくらい怯えていたのだ。

「お見事」ペレスがいった。

「まあな」ニールが小さく笑った。「救急搬送のフライトをするときのために、練習しておかないと。けど、一時はひき返そうかと思ったよ」それから、もっとせわしない口調になってつづけた。「それじゃ、ふたりとも降りてくれ。島を出ていく客を乗せなきゃならないし、天気予報だと、このあとますます荒れるってことだから。ここに一週間も足止めされるのは、ごめんだ」

滑走路のわきにはひとかたまりの人が待っており、背中で風を受けとめながら、なんとかまっすぐに立っていようとしていた。ペレスとフランの荷物はすでに飛行機から降ろされており、ニールが手をふって、待っている客たちを機内に誘導した。気がつくと、フランは震えていた。小型機のむっとする機内のあとで急に寒くなったように感じられたからだが、これが先ほどの恐怖のせいであることもわかっていた。それと、待ち受けているペレスの家族や友人たちと会うことへの不安だ。フェア島は、ジミー・ペレスの一部だった。彼はこの島で生まれ育ち、彼の家族は何世代もまえからここで暮らしてきていた。かれらは自分をどう思うだろう？ いってみれば、これはもっとも困難な就職面接のようなものだった。そしてフランは、その場に落ちついてにこやかな笑みとともにあらわれるかわりに――ふだんの彼女は、誰にも負けないくらい魅力をふりまくことができた――恐怖の飛行体験をひきずったまま、まともに口もきけずに震えていた。

だが、フランはすぐには面接用の笑みを浮かべずにすんだ。乗客を乗せた飛行機が滑走路の端まで移動し、シェトランド本島への帰途につこうとしていたからだ。すぐちかくのエンジン音がうるさすぎて、まともに会話をかわせる状態ではなかった。一瞬の間のあとで、ふたたびエンジンがうなりをあげる。飛行機は勢いよくそばを通過すると、空へと舞いあがった。強風にあおられて、はやくも子供のおもちゃみたいに小さくて頼りなげに見えた。上空でむきを変え、北の方角へと消えていく。機体はだいぶ安定してきているようで、まわりの人たちの緊張がいっせいにほぐれるのがわかった。どうやら、この飛行の危険性にかんするフランの反応は、それほど過剰というわけではなかったらしい。本土からきた女のヒステリーではなかったのだ。ここは、決して楽に暮らしていける土地ではなかった。

2

ジェーンはマーガリンを切りとって小麦粉のなかに落とすと、そのふたつをこねあわせた。スコーンはバターの味がするほうが好きだったが、フィールドセンターは厳しい予算で運営されており、贅沢はいっていられなかった。それに、昼食をとりに戻ってくるバードウォッチャーたちはすごく腹をすかせているので、どうせちがいには気がつかないだろう。頭上で飛行機の音がするのを耳にして、彼女は手を止めると、ほほ笑んだ。それでは、離陸したのだ。よかった。この便で、フィールドセンターに滞在していたバードウォッチャーの半ダースほどが島を去っていた。センターにいる客がすくないほど料理人の仕事は楽になるし、天候のせいで島に足止めされた人たちは、おうおうにしていらだち、気むずかしくなる。お偉いビジネスマンにむかって、金の力で島を去ることはできない――ハリケーンにちかい状態では、船長やパイロットにいくら札束を積んでも船や飛行機を出させることはできない――と説明するのは痛快だったが、人びとがみずからの意思に反して孤島に取り残されたときにセンター内で発生する雰囲気が、彼女は好きではなかった。かれらは人質のようなもので、それぞれが異なる反応をみせた。観念して無気力になるものもいれば、やたらと怒りっぽくなるものもいた。

ジェーンは混合物に酸乳《サワーミルク》をくわえた。毎日一回スコーンを焼いているので目をつぶっていてもできそうな気がしたが、それでもきちんと小麦粉とミルクの分量をはかるのをやめなかった。彼女は、そういう人間なのだ。几帳面で、慎重。むきだしで放っておいたチーズのかたまりを使ってしまわなくてはならず、おろしていっしょにかきまぜた。あす船が出なければ、パンも焼きはじめなくてはならないだろう。冷凍庫は、ほとんど空っぽだった。スコーンの生地をのばして円形に型抜きし、天板の上にならべてから、きちんとふくらむようにひとつずつ突いていく。オーブンはじゅうぶん熱くなっており、ジェーンは天板をすべりこませた。身体をまっすぐに起こしたとき、緑のレインコートを着た人影が窓のまえを通りすぎるのが見えた。古い灯台の壁は厚さが三フィートあるし、窓ガラスは波しぶきのせいで塩の筋がついていて視界があまりきかなかったが、いまのはアンジェラにちがいなかった。ヘルゴランド・トラップ（野鳥を傷つけずに捕獲するための漏斗状の罠）を見てまわってから、戻ってきたところだろう。

ジェーンがフェア島のフィールドセンターですごすのは、これがふたシーズン目だった。はじめてきたのは去年の春のことで、田舎暮らしの雑誌で求人広告を目にして、その場の思いつきで応募したのだ。衝動的に。もしかすると、生まれてはじめての衝動的な行動かもしれなかった。面接のようなものは、電話越しにおこなわれた。

「どうして、ひと夏をフェア島ですごしたいと?」

もちろん、ジェーンはこの質問を予期していた。人事部にいたことがあり、そのときに何人もの求職者と面談してきていたのだ。彼女はあたりさわりのない、それらしい返事をした。やりがいを求めてとか、自分の将来をじっくり考える時間が欲しくてとか。しょせん、これは短期契約にすぎなかったし、電話口のむこうの相手が必死になっているのがわかった。あと数週間でシーズンがはじまるというのに、仕事につくはずだった料理人が急にボーイフレンドといっしょにモロッコへいってしまったのだ。もちろん、ジェーンが本音でこたえていたら、返事はもっとこみいったものになっていただろう。

子供が欲しいって、パートナーがいうんです。もう、びっくりしてしまって。あたしだけでは物足りないんでしょうか？　ふたりでしあわせにやっていると思っていたのに、彼女はあたしが退屈だっていうんです。

フェア島にくることにしたのは、子供が寝具の下に隠れるのとおなじことだった。屈辱感から逃れるための行動だ。ディーが自分とおなじくらい赤ん坊を望んでいるべつの女性をすでに見つけていたことが、じょじょにあきらかになっていた。一方、ジェーンはといえば、ひとりぼっちで、友人もほとんどいなかった。フィールドセンターでの仕事が決まると、ジェーンは公務員を辞めた。休暇がまだ残っていたので、辞職を申しでたその週の終わりには職場を去っていた。オフィスで、こぢんまりとした送別会がひらかれた。発泡ワインとケーキ。図書券のプレゼント。みんな一様に驚いていた。ジェーンは思慮分別があって頼りになる人物、冷静で知的な女性として知られていたからだ。その彼女が、貴重な所得比例年金のついた仕事を辞め、なにもかも投げ捨てて、編み物でしか知られていない島に移り住むなんて、あまりにも〝らしく〟なかった。

「あなた、料理できるの？」人事部の管理職にまでのぼりつめた人物がそんなつまらないことに興味をもっているなんて信じられない、といった口調で同僚のひとりがたずねてきた。それとおなじ質問は、例の電話によるあわただしい面接でも訊かれていた。

「ええ、もちろん」どちらの場合も、ジェーンは嘘偽りなく、そうこたえていた。彼女の元パートナーのディーは、人をもてなすのが大好きだった。独立系の製作会社で監督をしていて、週末ごとに家は人でいっぱいになった。俳優や、プロデューサーや、脚本家たちだ。こうした集まりがあるたびに、ジェーンは料理を用意していた——あの有名な夏至のパーティでのカナッペから、一ダースの客人をもてなす正式なディナーまで。リッチモンドにあるディーの家を出ていくとき、ジェーンは車輪付きの巨大なスーツケースをひっぱりながら、これからはそうした集まりで誰が料理をするのだろうと考えて、わずかながらの慰めを得た。ディーのあたらしいお相手のフローラが——髪の毛をきっちりと固めた、あのきつい顔立ちの女性が——エプロンをしている姿は、とても想像できなかった。

フェア島についたとき、ジェーンはこの土地のことをほとんどなにも知らなかった。そして、そのこと自体が、まさに彼女の動揺ぶりをあらわしていた。ふだんの彼女ならば、まえもって調べているところだ。いろいろなウェブサイトを確認し、図書館にいき、重要な情報を集めてファイルをこしらえる。だが、今回は準備のために、料理本を二冊買っただけだった。そう、とりあえず準備はしてあった。彼女はかぎられた予算内でたっぷりの食事をだすことになっており、いつもの自分らしくない行動をとっているとはいえ、あたらしい職場で手抜き仕事をしてもかまわないと考えるほど、自分を見失っているわけではなかった。

ジェーンは、郵便船の〈グッド・シェパード〉号でフェア島にやってきた。よく晴れた日で、弱い南東の風に吹かれて甲板にすわり、島がちかづいてくるのをながめていると、あらたな世界との出会いに胸がときめいた。そのとき、ふと思った――これは恋人との出会いに似ている。そして、その考えは、いまでも変わっていなかった。はじめにちらりと見て感じた愛情は、じょじょに理解へと深まっていた。好天に恵まれた春の日にフェア島と恋に落ちるのは、そうむずかしいことではなかった。崖にはたくさんの海鳥がいて、ヘイヴンズの南にあるギルセッターという平坦な草地には花が咲き乱れていた。そして、彼女はすっかり夢中になった。この島だけでなく、フィールドセンターにも。フィールドセンターは北灯台《ノース・ライトハウス》を改装した建物で、いまや自動化されている灯台は、灰色の高い崖のそばに完全に孤立して立っていた。ジェーンは郊外の住宅地で育ってきており、自分がこれほど荒々しくてドラマチックなところで暮らすことになるとは思ってもみなかった。ここでなら、まったくちがう人間になれそうな気がした――ディーに立ちむかうことのできなかった気の小さい女性とは、まったくちがう人間に。ジェーンは、すぐにキッチンを自分のものにした。広くて、がらんとした空間だった。もともとは灯台の上級職員の居間だったところで、壁からは炉胸が突きだしており、海にのぞむ窓がふたつあった。ジェーンは到着するやいなや、荷解きするまえからキッチンを取り仕切っていた。シーズンははじまったばかりで客はまだいなかったが、職員に食事をだす必要があった。

「夕食は、どうするつもりだったのかしら？」木綿のシャツの袖をまくりあげ、お気にいりの丈の長いブルーのエプロンを頭からかぶりながら、ジェーンはたずねた。すぐには返事がかえってこなかったので、まずは冷蔵庫を調べ、それから冷凍庫をのぞいた。冷蔵庫には、食品包装用ラップをかぶせたステンレス鋼の深皿があった。中身は、調理したお米だった。冷凍庫には、燻製にしたタラが少々。彼女は固ゆで卵のみじん切りと贅沢にも本物のバターを使って、大きな平鍋で手早くケジャリーをこしらえた。それから、みんなでキッチンのテーブルを囲んで、それを食べた。話題は、サバクヒタキの巣とか海鳥の数のことだった。誰も彼女に、フェア島にきて料理人になることにした理由をたずねてはこなかった。

あのときは、まるでメリー・ポピンズがやってきて、面倒をすべてひきうけてくれたような気がしたよ、とあとでモーリスはいっていた。なにもかも上手くいく、とみんなすぐにわかったと。その言葉を、ジェーンはずっと大切に心にとどめていた。

匂いで、スコーンがもうすぐ焼きあがるのがわかった。天板をとりだしてテーブルの上におき、スコーンどうしを離して、きちんとなかまで焼けるようにしてから、ふたたびオーブンに戻す。ジェーンはタイマーを三分にセットしたが、そんなものは必要なかった。このキッチンで、ものが焦げるということはなかった。ジェーンが目を光らせているかぎりは。

ドアがあき、モーリスがはいってきた。綿のシャツに、灰色のカーディガン。膝のところがたるんだコーデュロイのズボンに、革の上靴。まさに、さえない大学教師を絵に描いたような恰好だ。事実、彼はあたらしい若い妻といっしょにフェア島に越してくるまえは、大学で教師をしていた。無意識のうちに、ジェーンはやかんのスイッチをいれた。モーリスとアンジェラはフィールドセンターのなかで別個に住まいをかまえていたが、ふだんからモーリスは朝のコーヒーを求めて、この大きなキッチンにやってきていたのだ。ジェーンはここにカフェティエールをおいており、ラーウィックから本物のコーヒーをとり寄せていた。彼女がそれをわけあたえる相手は、モーリスだけだった。

「飛行機は無事に飛びたったよ」モーリスがいった。

「ええ、音が聞こえたわ」ジェーンは言葉をきり、カフェティエールの用意をした。それから、タイマーが鳴るのを耳にしながら、スコーンをオーブンから出した。「これで、宿泊客はあと何人かしら？」

モーリスは、帰っていく客とその荷物をランドローヴァーに乗せて、飛行機まで送り届けてきたところだった。「残っているのは四人だけだ」という。「ロンとスーのジョン夫妻も、この便で出発した。天気予報を聞いて、ここに足止めされたくないと考えたんだ」

ジェーンはスコーンを冷ますために、天板から格子棚に移し変えていった。モーリスはうわの空でそのひとつを手にとると、ふたつに割ってバターを塗った。

「きょうの飛行機で、ジミー・ペレスがあたらしい恋人をつれてきてたよ」口いっぱいに頬ばったまま、つづける。「ジェームズとメアリが出迎えにきていた。あの女性もかわいそうに！飛行機から降り立ったとき、シーツみたいに真っ白な顔をしていた。まあ、無理もないがね。あんなフライトは、わたしだってごめんだ」

モーリスは、フィールドセンターの所長だった。センターでは科学的な調査がおこなわれていたが、同時に宿泊施設として、外からくる自然愛好家やイギリスでもっとも隔絶された有人島を体験したいと考える人たちを受けいれていた。九月のあいだ、ここはバードウォッチャーであふれていた。九月は鳥の渡りの最盛期で、今年は一週間つづいた東風にのって、イギリスではじめて目視された鳥が二種と、あまり大騒ぎするほどでもない希少種がいくつか飛来していた。いまは十月の中旬で、強い西風の予報がでており、フィールドセンターにはほとんど人がいなかった。モーリスは大学を早期退職して、ここでB&B――〝フィールドセンター〟といっても、実態はそんなものだ――の亭主におさまっていた。本人がそれをどう感じているのか、ジェーンはよく知らなかったし、そのことを穿鑿《せんさく》する気もなかった。

だが、モーリスがこの土地のなにを気にいっているのかなら、ジェーンもよく知っていた。うわさ話だ。もしかすると、それは小さなカレッジの特別研究員の社交室でかわされる意地の悪いおしゃべりと、そう大差ないのかもしれなかった。とくになにをしているわけでもなさそうなのに、モーリスは島の出来事をよく知っていた。ジェーンは島の人たちとあまりつきあいがなかった。メアリ・ペレスとは知りあいで、好意をもっていたし、何度か休みの日にスプリングフィールドにある彼女の家での昼食に招かれてもいた。だが、ふたりは親友と呼べるような間柄ではなかった。

「彼、警官なんでしょ?」ジェーンは、さほど興味があるわけではなかった。腕時計に目をやる。昼食の時間まで、あと三十分。ガスに火をつけて、スープのはいった大きな鍋をかきまぜてから、ふたたびふたをする。

「そうだ。メアリは、息子が帰ってくるかもしれないと期待してたんだ。小農場に空きができた二年ほどまえのことだ。だが、ジミーはラーウィックにとどまった。彼に息子が生まれなければ、シェトランドのペレス家はそこで途絶えることになる。スペインの無敵艦隊の船から浜に打ち上げられて以来、フェア島でめんめんとつづいてきたペレス家の血筋は」

「娘がその名前を継げばいいだけのことじゃない」ジェーンは鋭い口調でいった。モーリスは立場上、ほかの人よりも性差別的な発言には気をつけるべきだった。ここを訪れる客は、誰もがモーリスをフィールドセンターの監視員だと――そして、所長として予約や維持管理を仕切っているのはアンジェラだと――考えていた。だが、実際に自然科学者としてこの一帯を監視しているのは、アンジェラだった。モーリスが電話に応対し、センターの職員を監督し、トイレットペイパーの発注をしているあいだ、アンジェラが崖を這いおりてフルマカモメやウミバトに足環をつけ、車で出かけていって海鳥の数をかぞえているのだ。そして、アンジェラは職業上の理由から、モーリスと結婚したあとも旧姓を名乗っていた。

モーリスが笑みを浮かべた。「もちろん、そうさ。けど、ジェームズとメアリにとっては、それではおなじことにはならないだろう。とくに、ジェームズにとっては。息子のジミーが故郷に戻って〈グッド・シェパード〉号を継がないってだけでも、彼には大きな打撃なんだ。ジェームズは、どうしても男の孫が欲しいのさ」

ジェーンは食堂へいき、テーブルの用意をはじめた。

アンジェラが姿をあらわしたとき、ほかのものたちはすでにテーブルについていた。彼女が遅れてくるのは登場シーンを演じられるようにするためではないか、とジェーンはときどき思うことがあった。だが、きょうはあまり観客が多くなかった——四人の宿泊客とモーリスの娘のポピー、それにアンジェラの芝居じみた登場にはもう慣れっこになっているはずのフィールドセンターの職員がいるだけだ。それと、モーリス。彼はアンジェラに夢中で、彼女がしあわせであるかぎり、自分の人生に生じた変化をまったく気にしていないようだった。

アンジェラは、ガスレンジでまだぐつぐつと煮えているスープを鍋からよそうと、立ったまま全員を見おろした。モーリスよりも二十歳若く、長身で、がっしりとしていた。ちぢれた黒っぽい髪の毛は腰に届くくらい長く、まとめて櫛で留めてある。その髪こそが、彼女のトレードマークだった。彼女がBBCの博物学の番組にレギュラー解説者として登場しはじめたとき、視聴者の印象にもっとも強く残ったものだ。ジェーンが思うに、モーリスは若くて有名なアンジェラから関心を寄せられたとき、すっかり舞いあがってしまったのだろう。だから、彼の洗濯や食事の用意をし、子供たちを大人になるまで育ててくれた妻を——まあ、ポピーを〝大人〟と考えたとしての話だが——あっさりと捨てたのだ。ジェーンはこの捨てられた女性と一度も会ったことがなかったが、彼女に深い同情をおぼえていた。

アンジェラのいつものパターンでは、ここでみんなの会話に合流し、話題をすばやく自分の関心事のほうへと巧みに誘導していくところだった。だが、きょうの彼女は立ったままで、席につこうとしなかった。そのとき、ジェーンは彼女が激怒していることに気がついた。怒りのあまり、スープのはいった深皿をもつ手が震えていた。アンジェラが慎重な手つきで深皿をテーブルにおくと、部屋のなかの会話がじょじょに途絶えた。外では嵐がますます荒れ狂っており、みんなはそのことも意識していた。二重ガラスの窓越しにでも、岩場にあたって砕け散る波の音が聞こえたし、崖の上まで吹き飛ばされてくる巨人の唾のような水しぶきが見えていた。

「鳥部屋《バード・ルーム》にはいったのは、誰？」その質問はささやくような声で抑え気味に発せられたが、あきらかに怒りが聞きとれた。モーリスだけが、それに気づいていないようだった。パンの切れ端で深皿をぐるりと拭ってから、顔をあげる。

「どうしたんだい？」

「あたしの仕事を勝手にいじくった人がいるようなの」

「コンピュータで予約を確認するために、わたしがはいった。ロジャーから電話があって、来年の六月に団体客を受けいれられるかと訊かれたんでね。どういうわけか、住居部分にあるコンピュータは作動しなくて」

「コンピュータにはいってた仕事じゃないの。あたしがいってるのは、研究論文の草稿よ。手書きの」アンジェラはモーリスにむかってこたえていたが、その声は全員に聞こえるくらい大きかった。それを聞きながら、ジェーンはアンジェラが手でものを書いているところを想像して、意外に思った。野外で記録をとるときは手書きにするしかないのだろうが、それ以外でアンジェラがそうすることは決してなかった。彼女は技術というものに魅了されていた。毎晩、その日に目視した鳥を日誌につける際も、ノートパソコンの助けを借りていた。「なくなってるの」アンジェラがつづけた。「誰かが持ち去ったんだわ」彼女は部屋を見まわし、べつのテーブルについている四人の宿泊客にまで目をむけた。さらに大きな声でくり返す。「誰かが持ち去ったんだわ」

3

ジミー・ペレスの両親の家については、フランはまえもってくわしく聞かされていた。サウス・ハーバーまで見渡せるキッチン。冬のあいだは上の物掛けで服を乾かせるようになっている調理用こんろ。灰色の小さい葉っぱ模様のついた緑色の防水布のテーブルクロス。母親が描いた壁の水彩画。ジミー・ペレスがその家ですごした自分の子供時代の話をしたあとで、今度はフランがロンドンで育った自分の子供時代のことを語って聞かせていた。関係を築いていくうえで欠かせない——だが、部外者にとっては退屈きわまりない——親密な会話の一部だ。

「たぶん、お袋は自分の絵をみんなしまいこんでるだろうな」ジミー・ペレスはいっていた。「プロの芸術家に見られるのが恥ずかしくて」

そう、たぶんフランは、いまではプロの芸術家なのだろう。人びとから絵の注文を受け、作品が画廊に展示されているのだから。だが、フランにとって嬉しいことに、ジミーの母親の絵はそのまま壁にかけられていた。どの絵もひじょうに小さくて繊細なタッチで描かれており、フランのスタイルとはまったくちがっていたが、うっかりすると見逃してしまいそうなフェア島の日常生活の細ごまとしたものが描かれており、じつに興味深かった。崩れかけた壁の角にひっかかった、ひとふさの羊の毛。墓地にある墓石。フランはそのスケッチに目を凝らしたが、墓石は横から描かれており、そこに碑文が刻みこまれていたのだとしても、読むことはできなかった。ジミーの母親の描いたフェア島の絵といっしょに飾られている色彩豊かな版画やポスターは、ペレス家に流れるスペインの血をあらわしていた。言い伝えによると、ペレス家の祖先はスペイン人で、ちかくの海で遭難した無敵艦隊の船〈エル・グラン・グリフォン〉号から浜に打ち上げられたのだという。おそらく、それは事実なのだろう。その十六世紀の難破船は実際にフェア島沖に沈んでいて、恰好の潜水スポットになっていたし、〝ペレス〟という変わった苗字も、ジミー・ペレスとその父親ジェームズの地中海人風の肌色も、それ以外に説明のしようがないではないか？

だが、現実と想像は完全に一致していたわけではなく——実際の家は、想像していたよりもいくらか狭苦しかった——フランは並行世界に迷いこんだような感覚をおぼえていた。テーブルについて、ジミーの両親——メアリとジェームズ——の話を聞いていると、自分が映画のセットにいるエキストラで、中心となる出来事とは関係のない人物のように感じられた。

これからも、ここではずっとそうなのだろうか？　決して完全に溶けこむことはない？

このところふたりのあいだで話題にのぼっていなかったが、フランはジミーがいつの日かここに戻ってきたいと考えているのではないかとにらんでいた。そして、それもそう悪くないと思っていた。イギリスでもっとも隔絶された土地のひとつで暮らし、そこで十六世紀からつづいてきた一族の伝統をひき継いでいくのだ。すごくわくわくする。だが、いまはそれが現実に上手くいくのかどうか、あまり自信がなくなってきていた。

メアリ・ペレスは結婚式の準備の話をしていた。彼女の息子とこのイングランド人の女性は来年の五月に結婚するのだから、当然フランは興奮し、その日の話をしたがっているはずだ、と考えているのだ。だが、フランはまえにも一度結婚していた。キャシーという娘がいて、今週は父親が娘をブレイにある自分の大きな屋敷につれていき、そこでいっしょにすごすことになっていた。フランはジミー・ペレスと結婚したいと思っていたが、式にまつわるあれこれに胸躍らせることはできなかった。ジミーの母親が花や招待状や帽子のことで騒ぎたてるような女性だとは思っていなかったので、フランはこの展開にややとまどっていた。メアリは訪問看護師としてフェア島にやってきて、ジェームズ・ペレスと結婚してからは、小農場の仕事をすべて夫と同等にこなしてきていた。強靭で有能な女性だった。だが、ジミーは彼女のひとり息子だったし、その晴れの日に関心を示すことで、未来の義理の娘を喜ばせようという心づもりなのかもしれなかった。フランは、この年上の女性が自分と友だちになりたがっているのを、強く感じていた。

「あたしたち、ラーウィックで結婚しようかと考えていたんです」フランはいった。「手続きだけで、簡単にすませようかと。なんのかんのいっても、ふたりとも二度目の結婚ですから。そのあとで、家族や友人を招いてパーティをひらくんです」

それを聞いて、ジミーの父親が顔をあげた。「こちらでも、なにかやらないとまずいだろう。

本島にいけない連中のために。それに、そちらのご家族は、この島を見たがるんじゃないかな。帰省パーティをひらこう。ここはジミーの故郷なんだから」

「もちろん、そうですよね」そうはいったものの、このお祭り騒ぎをフェア島にもってこなくてはならないという考えは、これまで一度もフランの頭をかすめもしていなかった。自分の両親が飛行機——もしくは、船——の旅を耐え忍んでいるところを想像する。あの危険に娘のキャシーまでさらすなんてことが、自分にはできるだろうか？　それに、ここでもお祝いをひらくとなったら、ロンドンの親しい友人たちを何人か呼ばなくてはならないだろう。みんな、仲間はずれにはされたくないはずだ。かれらは二度の祝宴をどう思うだろう？　どこに泊まってもらえばいいのだろう？

「あなたたちの婚約を祝って、今週、ちょっとしたパーティをひらこうかと考えていたの」メアリ・ペレスがいった。

「楽しそうですね。でも、ご面倒をおかけしたくないですし」加勢を求めて、フランはジミーのほうに目をむけた。このやりとりのあいだじゅう、ジミーは完全に沈黙を守っていた。彼が小さく肩をすくめるのを見て、フランはすでに準備がすべてととのっていることを悟った。ふたりがなにをいおうと、もはや変更はきかないのだ。

「あら、ここでひらくわけじゃないから、大丈夫よ」メアリ・ペレスがほほ笑んだ。「この家じゃ、狭すぎるもの。フェア島のきちんとしたパーティといったら、音楽とダンス抜きには考えられないわ。フィールドセンターを予約しておいたの。あそこなら、ひろびろとした食堂でダンスができるし、お料理はジェーンにまかせられるから」

「ジェーン？」いまの発言のなかでもっとも安全そうな話題をえらんで、フランはいった。

「フィールドセンターのキッチンで働いてる女性よ。腕のいい料理人なの」

「いいですね」フランはいった。ほかに、なんといえるだろう？　ああ、ジミー、と心のなかで訴えかける。ここで暮らしていけるかどうか、ほんとうに自信がないわ。たとえ、あなたといっしょでも。それから、彼の母親のほうを見た。「それで、パーティはいつの予定なんです？」

「フィールドセンターは、あしたを押さえてあるわ」急いでつづける。「もちろん、仮予約よ。まず、あなたたちに訊いてからと思ったから」

「いいですね」フランはふたたびいったが、頭のなかでは歯ぎしりをしていた。

　これ以上家のなかにいたら、フランは頭がおかしくなってしまいそうだった。昼食のあとでメアリの皿洗いを手伝い、いまは居間でコーヒーを飲んでいるところだった。居間の巨大な窓は南に面しており、低い草地の先にある海まで見晴らすことができた。ジミーの父親はスコットランド教会の平信徒説教者をつとめており、日曜日の説教の準備をするために、仕事部屋としてつかわれている小さな寝室にさがっていた。残りの三人はしばらくのあいだ、巨大な波がつぎつぎとサウス・ハーバー湾を横切って岩場で砕け散るのを、黙って魅入られたようにみつめていた。雨はやんでいたが、フランの印象では、風はさらに強まってきているようだった。

家の厚い壁をとおして絶え間なく聞こえてくるひゅーひゅーという風音は、それでなくても張りつめていた彼女の神経を、さらにぴりぴりとさせていた。窓のすぐ外で、一羽のセグロカモメが風に逆らってまえに進もうと奮闘していた。フランは飛行機のことを思いだして、すこし気分が悪くなった。カップを手にとってコーヒーを飲みほしながら、頭のなかでつぶやく。ジミーは、いったいどうしちゃったの？　ここについてから、ほとんどなにもしゃべってないじゃない。機会があったときに島に戻ってこなかったことを、後悔してるとか？　その決断を下したのは、あたしたちが出会ったばかりのころだった。そのことで、あたしを責めてるのかしら？　故郷に戻ってきたいと考えている？

ジミー・ペレスが立ちあがり、手をさしだして、フランもいっしょに立たせた。「さあ、散歩にいこう。きみに島を見せたいんだ」

「本気かい？」メアリ・ペレスがいった。「この悪天候のなか、出かけようっていうの？」

「フィールドセンターまでいって、あしたの料理のことをジェーンと話してくるよ」にっこり笑って、その必要がないのは承知の上だということを示してみせる。それなら、母親がとっくにすませているだろう。「それに、予報によると今夜から天気がもっと荒れるらしいから、きょう出かけておかないと、島を案内する機会はもうないかもしれない」

ふたりはキッチンのドアのそばで長靴をはき、防水性のジャケットを着た。そこは屋内だったが、それでもフランは唇がしょっぱくなっているのに気がついた。家から出ると、突風で息がつまり、足もとをさらわれそうになった。ペレスが笑って、彼女の身体に腕をまわした。

北にむかって歩きながら、ペレスは自分にとって大きな意味をもつ場所を指さして説明していった。「あそこは、イングリッドとジェリーが昔住んでたところだ。あの家にいた三人の女の子の子守りをときどきやったんだけど、こっちも年があまり変わらなくてね。さんざん、てこずらされたよ！　いまじゃ、島の電力はすべて風力タービンでまかなわれてる。子供のころは、どの小農場にも自家発電機があったんだ。日が落ちると、それが稼動しはじめる音が聞こえてきたものさ。あっちの土手の上にあるのは、マイヤーズ・ジミーの家だ。ほら、マーゴが郵便局から帰ってくるところだ」

ふたりは店に立ち寄り、チョコレートと大量の絵葉書を買った。絵葉書は、フランが本土にいる家族に送るためのものだった。もっとも、そうするには、まず郵便物を島の外にはこびだせるくらい天気が回復する必要があったが。店での会話は、嵐のことで占められていた。手編みのカーディガンを着た中年女性が、レジ越しに身をのりだしてきた。「それで、船のほうはどう、ジミー？」ジミー・ペレスが首を横にふってみせると、彼女はつづけた。「あしたも船はだせそうにないし、たったいまパンが売り切れちゃったところなのよ。乾燥酵母をいっぱい仕入れといて、よかったわ。ビールも底をつきかけてるけど、そっちはみんなが自分で買いだめしてることを祈るしかないわね」

さらに北へ進んでいくと、人家がしだいにまばらとなり、やがては一軒も見えなくなった。その先はのぼり勾配になっていて、くねくねとした道がつづいていた。道の片側には丘と滑走路が、反対側には平らな草地がひろがっており、右手のほうでは丸みを帯びた巨大な岩が海にむかって突きだしていた。羊岩《シープ・ロック》と呼ばれるこの岩は形に特徴があり、シェトランド本島やノースリンク社のフェリーの船上からすぐに見分けることができた。

「あれは?」フランは、風に対して背中をむける恰好で足を止めていた。自分では鍛えているつもりだったが、この散歩はかなりきつく、こうしてひと息つく口実ができて、ほっとしていた。彼女は石塀の上にある金網のかごを指さした。漏斗状のかごで、狭くなっているほうの先に木製の箱がついていた。

「ヘルゴランド・トラップだ。フィールドセンターの監視員たちは、あの仕掛けで鳥を捕まえ、足環をはめるんだ。この島には、一九五〇年代から博物学者たちがきていた。はじめは、ノース・ヘイヴンの港ちかくの木造のあばら家で活動してたんだ。そこを設立したのは、戦争捕虜になっていたふたりの男だった。どうやらふたりは、母国に戻ったら鳥や植物を研究するためのセンターを設立することを夢見ていたらしい。北灯台《ノース・ライトハウス》が自動化されたとき、大がかりな資金調達運動が起きて、そこが最新設備のととのったフィールドセンターに改装された。春には、植物学者のためのさまざまなコースがひらかれてるよ。この時期だと、センターを占拠しているのはバードウォッチャーたちだな。島じゅう、双眼鏡や望遠鏡を手にして希少な鳥をおいかけまわす連中だらけに思えるときもあるよ」ペレスは言葉をきった。「かれらはなんていうか、とりつかれてるんだ」

「フィールドセンターの関係者と島の人たちのあいだは、どうなの?　おたがい上手くやってる？」

「おおむねね。島の人間は、みんなずっとセンターとともに育ってきてるし、灯台をフィールドセンターに改装することにも賛成した——ほかの家からすごく離れているから、ふつうの人があそこに住みたがるとは思えないからね。あそこがフィールドセンターになれば、店や船や郵便局にとっては、いい商売になる。これまでに、苦情はいくつかあった。個人の土地にはいりこんだ訪問者が、塀を壊したり作物を踏みつけたりしたというんで。けど、今回みたいな嵐がきたら、バードウォッチャーの大群が残していくくらいの被害は、いくらでも発生する。みんな、モーリスとアンジェラがあのセンターを仕切るようになってから、五年ほどになるかな。みんな、ふたりは問題ないと感じているようだ」

「センターはジェーンって人がやってるようなことを、あなたのお母さんはいってなかった？」

「ジェーンは料理人だ。すごく腕がよくて、怖いくらい有能だ。彼女の料理が素晴らしいから、島の人たちはしだいにあそこでパーティをひらくようになったんだ」

ペレスがふたたび歩きはじめた。前方には地峡があり、片側は砂浜、反対側は岩場と砂利浜になっていた。

「あれがノース・ヘイヴンの港だ。〈グッド・シェパード〉号の母港の」ペレスがいった。「天気のいい日には、あそこに停泊してる。いまは斜路にひきあげられてるけど。ほら、いこう。まだ先は長いんだ」

車一台分の幅しかない道路をまがると、すぐそこが灯台だった。白塗りの建物が一列にならび、そのうしろに灯台の塔がそびえている。建物全体を取り囲む低い石塀もやはり白塗りで、その内側にある舗装された庭の端には洗濯紐がはられていた。

風のなかを歩いてきて、フランはもうくたくたになっていた。いまや空は暗くなり、小さな窓には歓迎するような明かりがともっていた。紅茶や暖炉の火に思いを馳せ、この絶え間ない嵐の音を耳にせずにすむところを想像する。これから島の南側まで歩いて戻れるかどうか、フランには自信がなかった。

ペレスがドアをあけると、そこは張り出し玄関だった。野外活動用の衣類をかける鉤がならんでおり、ベンチには長靴や靴がごちゃごちゃとおかれていた。湿った長靴と古い靴下と蠟びきのジャケットの匂いがした。遠くのほうで、大きな声がしていた。

「残念だけど、それは不可能よ」澄んだ女性の声だった。真面目くさった口調。イングランド人らしいしゃべり方で、教養が感じられた。「出ていくとしたら、けさの飛行機だったわね。船が出航しそうにないことは、説明してあったでしょ。あなたがもううんざりしてるからといって、船員たちは自分の命や乗客の命を危険にさらしはしないでしょうね」

しゃべっているのは料理人のジェーンにちがいない、とフランは思った。たしかに、怖いくらい有能そうに聞こえた。

「飛行機のことなんて、誰も教えてくれなかった！」もうひとりの話し手も女性だった。もっと若い。その声には、甘やかされた十代の若者らしい不満げな響きがあった。

「朝食の席でいったわ」

「あたしが朝食をとらないのは、知ってるでしょ。あたしをさがして、教えてくれればよかったじゃない。どうして父さんは、なにもいってくれなかったの?」

「そのときには、もうどうしようもなかったのよ。空いてた席は、すでに埋まっていたから」

「ああ、もう!」愚痴るような甲高い声。だが、その裏には本物のパニックが潜んでいるのが、フランにはわかった。飛行機が墜落すると思ったときに、彼女自身が感じていたのとおなじようなパニックだ。「こんなとこ、大っ嫌い。あと一日でもここにいたら、死んじゃうわ」

4

ジミー・ペレスは眠れないまま、実家の客用の寝室で横になっていた。子供のころは自分のものだった部屋だ。すぐとなりでは、フランが眠っていた。ふたりを家に迎えるにあたって、両親は部屋をどうするかで悩んだのだろう。ふたつある寝室のうち、ひとつは狭くて、いまではパソコンと机と巨大な金属製の書類整理ケース——学校が処分したときに、母親がひきとったもの——に占拠されていた。折りたたみ式のベッドをいれる余裕はなかった。自分は居間のソファで寝ることになるかもしれない、とペレスは考えていた。彼の父親は、性道徳にかんして古臭い考えの持ち主なのだ。だが、結婚まえの男女がおなじベッドで寝ることの是非について両親が議論を闘わせたのだとしても、勝利をおさめたのは母親のほうだった。母親は意気揚揚と、ふたりを屋根裏部屋へと案内していた。

「すこしちがってるでしょ、ジミー？　おまえの部屋だったころとは」

実際、部屋はふたりのために見ちがえるくらい改装されていた。あたらしいダブルベッド。大きな青い花の模様のついた新品のカーテン。おそろいの寝具類。昔からある整理だんすの上には、二枚のたたんだ青いタオル。天気が悪くて外で農作業ができないとき、母親は昼間のテレビで模様替え番組を見ていたにちがいなかった。

いま、そのベッドに横たわり、屋根瓦をひきはがそうとする風の音に耳をかたむけながら、ペレスははじめてセックスした相手のことを思いだしていた。頭のなかにふと浮かんできたイメージは、驚くほど鮮明だった。彼がまだ子供だったのに対して、相手は大人の女性だった。ベアタ。スコットランドのナショナルトラストが主催する夏季作業合宿に参加していたドイツ人の女子学生で、その夏、ほかの仲間といっしょに島の南端にあるパフィン・ベースキャンプに――魚の貯蔵所を改装した石造りの宿泊施設だ――ひと月滞在していた。ペレスのほうは十六歳で、長期休暇で帰省しているところだった。彼女は二十一歳だった。

それは、ノース・ヘイヴンの港の建設工事がおこなわれた年のことで――ケニー・トムソンがスプリングフィールドにあるペレス家に下宿人のような形で滞在していた年だ――学生たちはその現場で手伝いとして働いていた。ある晩、ベースキャンプでバーベキューがおこなわれ、ペレスはそれに招待された。小屋の陰に一列にならべられたドイツ・ビールの瓶。肉の焼ける匂い。彼は草の上にすわって、彼女としゃべっていた。そのとき、相手が自分を妙な目つきで見ていることに、ふと気がついた。彼女は半分目をとじたまま、すこし身体を揺らしていた。いまにして思うと、自分のエロティックな幻想に酔っているような感じだった。

「泳ぎたいわ」彼女はふたたび目をぱっちりとあけると、そういった。「どこへいけば泳げる?」

そのころには、ほかの学生たちは酔って騒がしくなっており、ペレスには理解できない言葉で歌をうたっていた。彼は彼女をガングルサンドへつれていった。島の西の岩場にある天然のプールで、大潮のときにそこに溜まった水は太陽の熱で温められているので、海で泳ぐほど冷たくはなかった。もっとも、それでも子供たちは最初にそこに飛びこむとき、あまりの冷たさに悲鳴をあげていたが。

ベアタは悲鳴をあげたりしなかった。黙ってさっさと服を脱ぎ捨てると、全裸でするりと水のなかにはいった。彼女の胸は小さく、茶色く日焼けしたおなかはひらべったかった。ビキニのボトムの部分だけが、三角形に白くなっていた。ペレスが考えていたよりも、恥毛の色が濃かった。彼女はクロールで、ゆったりと彼から離れていった。

水面に反射した日の光が目に飛びこんできて、ペレスは頭がくらくらするのを感じた。太陽が一瞬だけ覆い隠されたとでもいうように、光がおかしな具合に翳った。

「泳がないの?」ペレスのほうへひき返してきながら、彼女がたずねた。じれったそうに、すこし尊大な口調で。

ペレスは、すこし躊躇した。誰かきたら、どうしよう? それに、当時ですら、いまここで自分に求められているのがいっしょに泳ぐ以上のことだとわかっていた。彼がベースキャンプにあらわれたときから、彼女はずっとこちらを物欲しげな目で見ていたのだ。

ふたりは大きな平らな岩の上に服をひろげ、そこに横たわった。すでに日はだいぶかたむいており、岩の上は陰になっていた。彼女に激しく求められて、ペレスはびっくりすると同時に、誇らしさをおぼえた。それに、興奮もしていた。当然だ。あらゆる若者にとって、これは夢のような展開だった。

その晩、ペレスが家に帰ったとき、みんなはすでにベッドにはいっていた。父親が自分の部屋の入口にあらわれ、罪についてわめきたてるのではないか、と彼はなかば覚悟していた。それくらい、これはジミー・ペレスにとって大きな出来事だった。なにがあったのか、世界中の人間に知られずにすむわけがないではないか？　だが、誰も起きだしてくることはなく、朝になると、母親がいつものように朝食を用意してくれた。

それから何カ月も、彼はベアタのことばかり考えてすごした。夏季作業合宿の参加者がベースキャンプに滞在していたあいだじゅう、そのまわりをうろついていた。だが、彼女がペレスに島のほかの少年たちにむける以上の関心を寄せることはなく、あれほどぎらついていた目も、いまや面白がっているような感じになっていた。「あれはなんでもなかったのよ、ジミー」彼につきまとわれることにうんざりして、ついに彼女はいった。「夏の夜のちょっとしたお楽しみってだけで」彼女といっしょにいられないことで、彼の妄想はますますふくらんでいった。どの筋書きのなだが、その中身は、決してセックスだけで占められていたわけではなかった。

かでも、彼は自分たちが本物のカップルになっているところを想像していた。都会のボヘミアンっぽいワンルームのアパートで同棲しているところとか、月明かりの下で手をつないで浜辺を散歩しているところとか。

嵐で屋根瓦が吹き飛ばされたにちがいなく、庭でなにかが割れる音がした。風の音にまぎれてはっきりとは聞こえなかったが、それでもその音で、ペレスははっと我に返った。当時から、おまえは感情中毒だったわけだ。愛してもらう必要があった。フランがとなりで身じろぎした。

そもそも彼女をここへつれてきたのは間違いだったのではないか、とペレスはいま考えていた。フランは自立した女性であり、彼の家族が自分の人生に干渉してくるのを疎ましく感じているにちがいなかった。いったいどんな権利があって、両親は彼とフランの結婚に口をだしてくるのだろう？ そろそろつぎの子供を作ってはどうか、と両親がほのめかしはじめるのも、時間の問題だった。あまり遅くならないほうがいいわよ。ひとり目が男の子だとは、かぎらないんだから。それに対して予想されるフランの反応のことなど、考えたくもなかった。

風のせいで、状況は百倍ひどくなっていた。悪天候に慣れているはずの島民たちでさえ、よちよち歩きの幼児のように、ささいなことで口論をはじめていた。ほとんどの島民は、何カ月もずっと島を離れないままで生活を送っている。だが、天気のいいときには、そうしたいと思えばいつでも島を離れることができた。夏のあいだ、郵便船は週に三度運航されていたし、飛行機の定期便もあった。緊急時には、飛行機をチャーターすることだって可能だ。だが、いまのかれらは外からの来訪者とおなじように、この島にとらわれていた。ラーウィックにあるアンダーソン高校で勉強している子供たちは中間休暇で帰省することができずに、両親は寂しい思いをすることになるだろう。フランをここへつれてくるのは、春まで待てばよかった。そのころなら、キャシーもいっしょにこられただろうし、いちばんいいときの島をふたりに見てもらえたはずだ。

島の北端まで歩いてくたくたになったらしく、フランは熟睡していた。彼女の髪が、ペレスのむきだしの肩にかかっていた。

ふたりは午後遅く、モーリスの運転する車でスプリングフィールドまで送ってもらっていた。ランドローヴァーの前部座席にぎゅう詰めになった三人は、フィールドセンターから走って車に乗りこむだけで、風にぼろぼろにされ、息を切らしていた。ペレスはつねづねこのフィールドセンターの所長のことを、おおらかでのんびりとした愛想のいい男だと考えていた。だが、きょうは彼までもが、島全体を支配しているぴりぴりとした雰囲気に感化されているようだった。むっつりとして口数がすくなく、まえに何度か会ったときにかわしたような気のおけない会話は影をひそめていた。

「なにかあったのかな?」そう問いかけた瞬間、ペレスは後悔した。彼はいま休暇中なのだ。センターに問題があるのだとしても、それは彼には関係のないことだった。ランドローヴァーががたがたと揺れながら家畜脱出防止溝の上を通過したとき、フランが彼にむかってちらりと笑みを浮かべてみせた。どうしても訊かずにはいられないんでしょ? ペレスの好奇心は病気のようなものだ、とフランは考えていた。彼が刑事になったのは、ひとえに他人の生活に堂々と干渉できるようになるためだ、と。

しばらくしてから、モーリスがこたえた。「家のなかが、すこしごたついててね」ようやく、口をひらく。「まあ、そのうち自然に解決するさ」モーリスはバーミンガムの出身で、いまだに中部地方の訛りが残っていた。ふたたび沈黙がつづき、そのあいだモーリスは、車が道路からそれないようにすることに神経を集中させていた。目をまっすぐまえにむけたまま、先をつづける。「いちばん下の娘のポピーだよ。昔から、手のかかる子でね。島で数週間すごせば、すこしは落ちつくかもしれない、とあの子の母親は考えた。自宅にいると受ける悪い影響を、いくらか遠ざけておけるんじゃないかと。ところが、われわれの計画どおりにはいかなくてね。あの子は、なんとしても島を離れたがってる。もちろん、いまは無理だ。飛行機の席は、島を出たがる宿泊客を優先しなくてはならなかった。ポピーは、自分がここに閉じこめられているように感じている。われわれにはどうしようもないということが、理解できないんだ。みんなに迷惑をかけている。とくに、アンジェラに」

いまベッドに横たわりながら、ペレスはそのことについて考えていた。家のなかのごたごた。フランと結婚したら、自分はキャシーから意地の悪い継父とみられるようになるのだろうか？自分の子供ができたら、そのとき自分はどう感じるのだろう？　彼はキャシーを愛しており、その愛情の強さには、ときどき自分でも驚かされていた。ペレスの最初の結婚が上手くいかなかった理由のひとつは、彼の妻が赤ん坊を流産したことにあった。あのとき赤ん坊が無事に生まれていれば、いまごろキャシーとおなじくらいの年齢になっているはずだった。だが、フランとのあいだに子供ができたあとも、彼は以前と変わらぬ愛情をキャシーに感じることができるだろうか？　それとも、キャシーは拒絶され、のけ者にされたと感じるようになるのか？

結局、そのまま眠ってしまったらしく、ペレスがつぎに目をさましたときには、あたりは朝の灰色の光につつまれ、すぐそばの窓には雨粒が弾丸のように打ちつけていた。

しばらくして、ペレスは父親といっしょに外に出て、被害の状況を調べた。石板が数枚はがれ、以前は乳牛がいた小屋の屋根が吹き飛ばされていたが、全体にはそれほど深刻な打撃は受けていなかった。塩気と砂をふくんだ風にもまれ、ずぶ濡れになってキッチンに戻ってみると、フランはすでにベッドから起きだしてきていた。ペレスの母親の部屋着にくるまってすわり、コーヒーのはいったマグカップを両手でつつみこんでいる。フランとペレスの母親はぺちゃくちゃとおしゃべりしており、ペレスが張り出し玄関で長靴を脱いでいると、いきなりけたたましい笑い声が聞こえてきた。彼の最初の妻のサラは、島にきたとき決してこんなふうにリラックスできなかった。ペレスは気分が明るくなるのを感じた。もしかすると、上手くいくのかもしれない。なんのかんのいっても、フランは彼の両親を相手にできるくらい強い女性だった。いつの日か永住するつもりで家族そろって島に戻ってくるかどうかという問題は、ひとまずわきにおいておくことにした。

その日は、ほとんどを家のなかですごした。ペレスの母親は居間の片隅におかれた編み機を操作していて、午前中ずっと、つめ車装置の杼《ひ》に羊毛をとおすときの擦れる音とかちりという音がしていた。フランは読書をしていた。暖炉では流木と石炭でおこした火が燃えており、煙突のなかで風がうなりをあげていた。午後になってしばらくたったところで、フランはパーティの準備をするために部屋にさがった。

「いっしょにきて、ジミー。なにを着たらいいのか、えらぶのを手伝ってちょうだい」

それから、ふたりは青と白のカーテンをひいて嵐を締めだし、なるべく音をたてないようにしながら愛を交わした。まるで、親の家にいる十代の若者のように、突然はいってくるかもしれない大人の気配に耳を澄ましながら。

そのあとで、フランは持参した服をベッドの上にならべた。「どれを着ていったらいいかしら、ジミー? 島の人たちは、みんな着飾ってくるの?」

フランが急に不安そうにしているのにとまどって、ペレスはかぶりをふった。なにを着ていても、彼女は素敵だろう。フェア島のパーティには、服装規定はほとんど存在しなかった。

「これは重要な問題よ、ジミー。みんなに、あたしを好きになってもらいたいの。あなたに自慢に思ってもらいたいの」

結局、丈の長いデニムのスカートと明るい赤のカーディガン、それに小さなブルーの平靴というところに落ちついた。フランは鏡をじっとみつめてから、自分にむかってうなずいてみせた。「やりすぎてはいないけど、努力の痕がうかがえるくらいお洒落だわ」

ペレスの母親は、はやめに灯台にいきたがった。やってくる客を、すべて出迎えられるようにするためだ。すこし緊張しているように見えた。ペレスは一度も母親を内気な女性と考えたことがなかったが、きょうはいつもと様子がちがった。自分の本拠地である自宅を離れてフィールドセンターで女主人役をつとめることに、気おくれしているような感じがした。たんに、このパーティを息子とフランのために特別なものにしたい、というだけのことかもしれなかったが。

出席者は、みんな車でくるものと思われた。今夜は、北にむかって三マイルも歩いていくような天候ではなかった。どういうことになるのか、ペレスは考えていた。この島に警官がいるのは緊急事態が発生するか学校での講習があるときだけで、飲酒運転にかんする法律はあまり厳格に守られていなかった。とはいえ、ペレスの職業は周知の事実だった。おそらく、酒を飲まないものたちで手分けすれば、全員を車で家まで送り届けられるだろう。彼の母親はいつも乾杯のときにワインを小さなグラスで一杯飲むだけなので、あぶれたものはペレス家の車に詰めこめばいい。

フィールドセンターについたときには、すでに食堂のテーブルはすべて撤去され、ダンスのための場所ができていた。ここはもともと灯台職員の住居部分だったところで、最初に改装されたときに壁をすべてぶち抜いて、共同生活のための大きな空間が設けられていた。ジェーンはキッチンにいて、ペレスがその仕事ぶりに感謝するためにはいっていくと、笑みを浮かべて彼の手をとった。だが、なんとなくうわの空といった感じがした。

「それじゃ、料理をだすのは、きのう決めたとおりでいいのね？　いつものように、九時ごろってことで？」

「センターのほうは、どうだい？」自分がうわさ話に飢えている老女のようだということに、ペレスは気がついた。情けない！　どうして、他人のごたごたを放っておけないのだろう？　だが、モーリスと彼の十代の娘にかんする情報をもっと得たいとペレスが望んでいたのだとしたら、その期待は裏切られた。ジェーンの口の固さを考えれば、当然の結果といえたが。

「これまでのところ、すごくいいシーズンよ」ふたたびちらりと笑みを浮かべて、ジェーンがいった。

食堂から、楽器の音が聞こえてきた。フィドル奏者たちが音あわせをしているのだ。それがそのまま一曲目のリールの演奏へとつながっていき、ペレスは自分の足がすでにリズムを刻んでいるのを感じた。キッチンから食堂のほうに目をやると、フランが島の連中に取り囲まれているのが見えた。首をかしげて、まわりのおしゃべりに耳をかたむけ、話に魅入られているかのように目を大きく見開いている。やがて——ペレスには聞こえなかったが——彼女がなにかいい、みんながいっせいに笑った。

もちろん、島の連中は彼女をすごく気にいるだろう。フランは人の心をつかむのが上手いのだ。彼女を嫌いになるなんて、考えられないではないか？

ペレスは彼女のところへいって手をとると、最初のダンスに誘いだした。彼は自分の役割を心得ていた。

5

パーティがひらかれた日の午後、ジェーンはフィールドセンターの裏側にある自分の部屋にすわっていた。彼女は、この部屋が気にいっていた。高い天井と狭い窓は、まるで修道女の独居房のようだった。シングルベッド。整理だんすと一体になった洋服だんす。洗面台。持参したラジオ受信機《ワイアレス》は――この古めかしい呼び方は、すごく古風だった両親から受け継いだものだ――ベッドわきのテーブルの上でＢＢＣのラジオ４にあわせてある。窓台に一列にならべられた本は、本棚のように背表紙がこちらをむいている。整理だんすの上には、妹が毎週丁寧に切りとって送ってくれている『タイムズ』のクロスワード・パズルの束。この孤立した生活のなかでジェーンが唯一なつかしく思うのが、『タイムズ』のクロスワード・パズルだった。俗界から隔絶された集団に属していた修道女たちは、クロスワード・パズルをすることを許されていたのだろうか？　ふと、そんな考えが彼女の頭をよぎった。それに、いまほど考えがひらけていなかった時代には、どれくらいのレズビアンが修道女になっていたのだろう？　それは、結婚を避けるためのひとつの方策だったにちがいない。女はすべからく母親となるべし、という期待から逃れるための方策だ。

ジェーンは、この部屋の簡素さに惹かれていた。フィールドセンターが宿泊客を受けいれていない冬の三カ月間、本土に帰っていていちばん恋しかったのが、この清潔ですっきりとした空間だった。クリスマスは、妹の家族といっしょにすごした。にぎやかな楽しいクリスマスで、包装紙とチョコレートに囲まれて騒ぎまくる子供たちのせいで、すこし頭がおかしくなりそうだった。彼女は毎晩、正気を保つのに必要なアルコールで頭をぼうっとさせてから眠りにつき、フィールドセンターにある自分の部屋のことを夢に見た。アイロンのかかった白いシーツ。ペンキを塗った無地の壁。

午後四時だった。昼食のあとかたづけを終えてから夕食をだすまでの、ひと休みの時間。夕食は、すでに用意してあった。オーブンのなかでキャセロールがゆっくりと調理されているところだったし、ジャガイモはごしごし洗って、焼けばいいだけの状態になっていた。今夜の夕食は、あっさりしたものにするようにと心がけた。そのあとで、ペレス家のパーティがあるからだ。もうすこししたらキッチンに戻って、ビュッフェの用意をするつもりだった。だが、こちらの仕込みも、ほとんど終わっていた。ジェーンは靴を脱いで、ベッドに横たわった。半時間ほど休憩するのだ。すごく満ち足りた気分だった。外の激しい嵐と部屋のなかの静けさとの対比が、なんともいえず心地よかった。

ジェーンが大きな盛り皿にパーティ用の料理をならべているときに——食品包装用ラップをかけておけば、あとですぐにだせる——アンジェラがキッチンにはいってきた。ジェーンはラジオで午後五時のニュースを聞いていたが、アンジェラがあらわれると同時に、手をのばしてラジオを切った。アンジェラは家事に一切かかわっておらず、その彼女がキッチンにいるというのは、それ自体が異例なことであり、事件だった。アンジェラの居場所は屋外であり、三脚をつけた望遠鏡を肩にかついで双眼鏡を首からぶらさげ、アマゾン族のように丘を闊歩するのが、本来の姿だった。屋内にいるときの彼女は、束縛され、落ちつかないように見えた。

ポピーの件だろう、とジェーンは見当をつけた。ふたりとも、あのモーリスのいちばん下の娘を嫌っていた。ふたりに共通する唯一のものだ。あの娘をおとなしくさせる方法を思いついたという話ならいいのだが……。だが、どうやらアンジェラの頭にあるのは、まったくべつのことのようだった。

「あなたに話があるの」アンジェラがいった。「来年の件で」

ジェーンは、キッシュをならべていた盛り皿から顔をあげた。「ええ、そろそろよね」彼女は驚いていた。アンジェラは職員関係のことを、いつもモーリスにまかせていたからだ。「つぎのシーズンには、すこしはやくこようかと思っていたの。キッチンをきちんと掃除する必要があるし、宿泊客がやってきはじめたら、そんなひまはないでしょ。それに、はやくくれば、パンやなにかを焼いて、冷凍庫をいっぱいにしておけるわ。そうすれば、人がどんどんきはじめても、あわてずにすむ」すぐに返事がかえってこなかったので、ジェーンはつけくわえた。「もちろん、その期間の給料は、全額でなくてかまわないわ」実際には無給でもいいくらいだったが、それではアンジェラに怪しまれるとわかっていた。シーズンのはじめに数週間ここですごせたら、どんなにか楽しいだろう。ジェーンは隅ずみまで磨きあげられたあとのキッチンを想像した。ぴかぴかになった赤いタイル張りの床。染みひとつない調理器具と食糧貯蔵室。

アンジェラは、じっとジェーンをみつめていた。「話というのは、そのことなの。どうやら来年は、あなたにきてもらう必要がなくなりそうだから」

「料理人がいらなくなるっていうの？」自分がパニックを起こしかけているのが、ジェーンにはわかった。そのせいで、頭がよく働かなかった。自分よりも年下の女性をみつめる。アンジェラの髪はきょうは束ねられておらず、黒いケープのように背中にたれていた。

「もちろん、料理人は必要よ。ただ、それがあなたではない、というだけで」面白がっているような口調だが、同時に、すこしいらついているのがわかった。こんなつまらないことに、いつまでもかかずらってはいられないのだ。

「よくわからないんだけど」とりあえず、それはほんとうだった。ジェーンは、自分がこれまでセンターにいたなかで最高の料理人だと知っていた。宿泊客たちからの褒め言葉や、猛烈に忙しい週のあとでモーリスがかけてくる言葉――〝きみがいなければ、もうお手上げだよ。きみがくるまえは、いったいどうやってたのかな〟――を聞くまでもなかった。

「ここの理事長が、自分の名づけ娘を雇えといってきてるの。料理学校を卒業したばかりの娘で、資格はじゅうぶんよ」

「それじゃ、わたしの助手としてきてもらえばいいわ」もっとも、それで自分が苦労することになるのはわかっていた。ジェーンとしては、こちらのいうとおりにしてくれる助手、喜んで野菜の下ごしらえといった基本的なことに専念してくれる助手がよかった。いちばん困るのは、自分はなんでも知っていると思いこんでいる助手だ。実際、彼女は自分ひとりでキッチンを切り盛りするほうが好きだった。いちばん最近の手伝い――オークニー諸島からきた陽気なマンディ――が先週〈グッド・シェパード〉号で去っていったときには、すごくほっとしていた。

「こちらも、そう提案してみたのよ」アンジェラがとりすました口調でいった。「でも、それではだめだって」

「それはモーリスが決めるべき事柄でしょ。理事長ではなくて」

「形の上ではね」アンジェラが笑みを浮かべた。「でも、クリストファーはセンターに多額の寄付を申しでてくれているの。そのお金があれば、図書コーナーの資料を全面的に拡充できるし、オフィスの古いコンピュータを入れ替えられる。このご時世では、寄付したうえに料理人までつけてくれる彼の申し出をことわるわけにはいかないわ」

クリストファー・マイルズは、イングランド北部でみずから事業をいとなんでいた。年次総会をひらくために理事たちが島にきたとき、ジェーンは彼と顔をあわせて、すこし話をしたことがあった。熱心で、尊大なところのない、好ましい人物だった。彼の名づけ娘を雇うという話は、おそらくアンジェラのほうから提案したのだろう。寄付を確実なものとするための手段だ。自分から縁故採用を迫るというのは、彼らしくなかった。

「モーリスは、どう考えているの？」

「さっきもいったとおり、これはモーリスにはどうしようもないことよ。わたしたちは理事会によって任命されているだけなんだから」アンジェラがジェーンを見た。「あなたとは短期契約を結んでいるだけで、こちらには毎年それを継続する義務はないわ。あなたはじゅうぶんな教育を受けた人よ。いずれは、こういう仕事にうんざりしてたんじゃないかしら」

そういうと、アンジェラは髪の毛をひるがえしてむきなおり、大またでキッチンから出ていった。

ジェーンは機械的にキッシュを皿にならべていった。自分が泣いていることに気づいたのは、数分後のことだった。


ふだん、ジェーンは灯台でひらかれるダンス・パーティを楽しみにしていた。ディーの家でのパーティを、すこし思いださせてくれるからだ。べつに、ディーのマスコミ関係の友人たちがフィドルやアコーディオンの演奏にいれこんでいたとか、八人《エイトサム》で踊るリールやスコットランドのフォークダンスを踊っていたというわけではないが、それでも彼女はかつてのように、自分が催しを仕切っているという感覚を味わうことができた。ジェーンは人びとが楽しんでいるのを見るのが好きだったし、自分の料理と手配でそれが実現したと考えると気分が良かった。

いま彼女は、自分が動揺していることを絶対にアンジェラに悟られまいと決心していた。これは祝いの席であり、それを台無しにはしたくなかった。それに、あの傲慢で腹黒い女が勝利感にひたるのを許すことなど、どうしてできよう？　自分を首にすることをモーリスが認めるなんて、ジェーンにはどうしても信じられなかった。モーリスの生活は、ジェーンのおかげで安楽なものになっていた。そして、モーリスがなによりも好きなのは、安楽な生活なのだ。

ペレスが婚約者をフロアに誘いだすのを見て――最初のダンスだ――ジェーンは一瞬、ふたりの親密さがうらやましくなった。フランがステップを失敗したとき、ふたりが同時に浮かべたあの笑み。あんなこと、あたしには一度もなかった。ディーとつきあっていたときでさえ。

ダンスが休憩にはいり、ちょうど料理がはこびだされてきたときに、モーリスの十代の娘ポピーが姿をあらわした。いろいろと悩みを抱えているあいだも、彼女の食欲がおとろえることは決してなかった。みんなをあきれさせようとして、きょうは全身黒ずくめだ。超ミニのスカート。だが、ポピーはそれが似合うような脚の持ち主ではなく、ジェーンにいわせれば、滑稽に見えるだけだった。むしろ、かわいそうなくらいだ。いっしょにいるふたりは、どちらも島の若者だった。悪天候によって交通が遮断されるまえに、読書休暇《リーディング・ウイーク》で島に帰省していた大学生だ。ポピーはふたりを自分の部屋でもてなしていたのだろう、とジェーンは考えた。おそらく、まえに島にきたときに知りあったのだ。三人とも酒を飲んでいたのはあきらかだったが、いまのところは行儀よくしていた。島の若者たちは両親や祖父母のまえで騒ぎを起こしたりしないだろうし、ポピーもそれにならっていた。若者たちは、料理のまえにできた行列にくわわった。カウンターのうしろから見ていたジェーンは、ポピーに同情をおぼえた。

ふたたび音楽がはじまり、ジェーンはモーリスからダンスに誘われた。運動などほとんどせず、あまり鍛えているとはいえない男性にしては、モーリスの踊りはなかなか見事だった。こうした催しのときの常で、今夜も彼は正装していた。蝶ネクタイにぴかぴかの黒い靴といういでたちは、みずからを茶化しているようにも見えた。はじめてフェア島にきたとき、ジェーンは伝統的な音楽と踊りが島の生活で大きな役割をはたしていることに気づいて、ステップをおぼえようと決意していた。彼女は観察し、メモをとり、自分の部屋でこっそり練習した。いまでは、いちいち考えずに踊れるようになっていた。もはや、頭のなかで拍子をとる必要はなかった。

「来年は戻ってこなくていいって、アンジェラからいわれたわ」ジェーンはいった。ちょうど、手拍子をする人びとの輪のなかで、ふたりきりで踊っているときだった。手をつないだまま腕を交差させ、肘をまげて、その場でまわりはじめる。遠心力で、ふたりの身体が外へとひっぱられた。モーリスが返事をするまえに、ふたりは手を離して、ステップを踏みながら輪の外へ出た。だが、モーリスの顔が怒りでさっと紅潮するのを目にして、ジェーンはいくらか満足感をおぼえた。ふたりはすぐにふたたび合流して腕を組み、ほかのカップルたちのあとについて、部屋をぐるりとまわった。すぐまえには、メアリとジェームズのペレス夫妻がいた。ふたりとも軽やかな足どりで、ひと晩じゅうでも踊っていられそうな感じだった。

「まだ、なにも決まってはいないんだ」モーリスがいった。「それに、きみとそんな話をする権利は、彼女にはない」

「わたしには、なにが起きているのかを知る権利があると思うんだけど」我ながらすごく理性的な口調だ、とジェーンは思った。「これからどうするのか、決めなくちゃならないから」

「まかせておいてくれ。なんとかする」

演奏が終わると、踊っていたものたちは笑いながら拍手をした。外では、嵐がいっそう激しさを増していた。

ほとんどの客が帰り、パーティは無事に終わりそうだとジェーンが考えていたときに、ポピーがかんしゃく玉を破裂させた。それは、数日前からくすぶっていたものだった。ポピーは、まるで大きな二歳児だった。まともに言葉をしゃべれずにひたすら駄々をこねる、ぽっちゃりとした二歳児だ。彼女が床に寝そべり、手足をばたつかせながら泣き叫んだとしても、ジェーンは驚かなかっただろう。十六歳にもなって、どうしてあれほど自制心が欠如しているのだろう?

そのとき、バーのカウンターにはアンジェラが当番でついていて――フィールドセンターの職員は、一般に開放された催しの晩には全員が順番でバーテンをつとめることになっていた――ポピーに飲み物をだすのをことわった。たしかにポピーは、見るからに酔っぱらっていた。だが、アンジェラはあとひと缶ビールを飲ませるのを拒絶することで、わざと相手を挑発していたのではないか、とあとでジェーンは思った。アンジェラはポピーを嫌っていたし、彼女がモーリスの注意を自分からそらすのを面白く思っていなかった。パーティはおひらきになりかけており、もしかするとアンジェラは、すこし退屈していたのかもしれなかった。彼女は、はでな事件が好きなのだ。

自分の要求がとおらなくて、ポピーはいきなり罵詈雑言《ばりぞうごん》を浴びせかけはじめた。カウンター越しに身をのりだし、義理の母親にむかって怒鳴りつける。「あたしに指図する権利なんて、あんたにはないんだから」そういうと、彼女はすぐそばにあったグラスを手にとり、ふちまでいっぱいだったビールをアンジェラにぶちまけた。あの有名な髪の毛がビールだらけになるのを見て、ジェーンはひそかにほくそ笑んだ。

ぐずぐずと残っていた客たちは、急いで玄関の間へいってコートを受けとり、靴をはきかえた。みんな、あきらかに気まずそうだった。別れの挨拶をいうためにジェーンもそちらへ移動し、ドアを手で支えて、気をつけて運転して帰るようにと声をかけた。しんがりは、ジミー・ペレスだった。社交室でくりひろげられている出来事にすごく興味があるらしく、足を止めて、あいたままのドアからなかをのぞきこんでいた。母親のメアリに声をかけられて、ようやくむきなおる。あわただしく感謝の言葉がかわされたあとで、メアリがふり返り、ジェーンにむかって叫んだ。「ジミーとフランが帰ってしまうまえに、スプリングフィールドに食事にきてちょうだい」つづいて、強風のなか、車のエンジンのかかる音が聞こえてきた。ヘッドライトの光で、雨がまだ土砂降り状態なのがわかった。

客が全員いなくなったあとで、ジェーンはしばらく玄関の間に立ちつくしていた。外側の重たいドアが風にあおられて、ばたばたと音をたてはじめていた。嵐がむきを変えたにちがいなかった。バードウォッチャーたちの嫌う西風があいかわらず吹きつづけていたが、そこには北からの風もまじるようになっていた。ジェーンはもう一度ドアを手前にひくと、鍵をかけた。社交室は静まりかえっていた。モーリスとその奇妙な機能不全家族は、キッチンをとおって自分たちの住まいへひっこんだのだろう。

ジェーンはかたづけをはじめた。翌日になれば、また宿泊客たちに朝食をださなくてはならない。ふだんはモーリスがあとに残って手伝ってくれるのだが、今夜の彼にはほかにもいろいろと考えることがあるにちがいなかった。アンジェラの助手をつとめるベンも、さっさと自分の部屋にひきあげたようだった。ジェーンは食器洗い機に皿をいれると、社交室からグラスを回収してきた。テーブルは、あしたもとに戻せばいい。妙に気分が浮き立っていた。アンジェラは判断をあやまった。ポピーを挑発して客たちのまえで醜態を演じさせたのは、賢明とはいえなかった。モーリスは喜ばないだろう。そのとき、恐ろしい考えが寄生虫のようにジェーンの頭にはいりこんできて、離れようとしなくなった。モーリスとアンジェラを別れさせるわけにはいかなかった。ふたりが離婚すれば、フィールドセンターにはアンジェラがとどまることになる。彼女は監視員だが、有名な博物学者であり、客寄せとなる存在なのだ。モーリスの役割は、誰にでもかわりがつとまる。そして、アンジェラのあたらしい世界には、ジェーンのいる場所はどこにもないだろう。

6

その晩、ペレスはすぐに眠りについた。はじめて愛した女性の記憶に悩まされたり、いま愛している女性にまつわる不安で心をかき乱されたりすることはなかった。まるで、最初の試練を乗り越えたような感じだった。一方、フランは無事にパーティを切り抜けただけでなく、それを楽しんでさえいた。スプリングフィールドに帰ってくる車のなかで、彼女は素晴らしい夜だったと感想をのべた。「こんな素敵なパーティをひらいてくださって、どうもありがとうございました」そういわれたペレスの母親は、風にもてあそばれている車を時速十マイルでのろのろと進めながら、道路をもっとよく見ようとまえに身をのりだしたまま、ちらりと横をむいて、ふたりにほほ笑みかけた。

ペレスは、あたりが明るくなるまえに目をさました。あいかわらず嵐がつづいていたが、もはやその状況を意識しないくらい、慣れっこになってしまっていた。ドアをノックする音がして、父親の声が聞こえてきた。できるだけ小さな声で話そうとしているのがわかった。「ジミー、起きてくれ」

島でなにか問題が起きているにちがいなかった。若いころにベッドからたたき起こされたときのことを、ペレスはおぼえていた。アニー婆さんが病気で倒れて、夜中に飛行機で救急搬送しなくてはならなかったのだ。飛行機が着陸できるように、島の男たちは総出で滑走路沿いに火をたいた。女たちは家に残って、子供たちの面倒をみていた。

フランが身動きしたが、目をさますことはなかった。キッチンへいくと、父親が紅茶をいれていた。パジャマの上にカーディガンを羽織っている。ペレスは怪訝に思った。どうして父親は着替えていないのだろう？　父親はこの島でリーダーにもっともちかい存在で、なにか問題が発生すれば、それを監督するために現場に出向くのがふつうだった。そのとき、病人は自分の母親で、島に常駐している看護師がくるのを待っているところなのかもしれない、という考えが頭に浮かんできた。けさは、どうやっても医師がフェア島にくるのは無理だった。

「フィールドセンターから、おまえにきてくれと要請があった」父親の声がペレスの思考に割りこんできた。「車をつかえ。わたしはきょう、遠出はしないから」

「なにがあったんだい？」ペレスは紅茶を飲み、自家製のジンジャー・ビスケットを何枚か食べた。起きたばかりで、まだ頭がぼうっとしていた。「どうして、ぼくに？」

「おまえは警官だ、だろ？」父親が顔をあげた。「人が殺されたんだ」


フィールドセンターのドアには鍵がかかっており、ペレスはどんどんと叩いて、なかにいれてもらわなくてはならなかった。あたりはまだ暗く、灯台の塔から放たれる光線が彼の頭上をぐるりと通過していった。ドアに鍵がかかっていること自体、ふつうではなかった（もっとも、テレビで刑事ドラマを観たことのある人物が、犯行現場に人をちかづけないことが重要だと気づいただけかもしれなかったが）。すぐにジェーンが戸口にあらわれ、ドアをあけてくれた。まだ七時半まえだというのに、すでにジーンズとセーターというきちんとした恰好に着替えていた。なかにはいると、明かりがすべてついていた。灯台はほかの家から離れているので電気の本線とつながっておらず、自家発電機の音が遠くから聞こえていた。ジェーンは真っ青な顔をしていたが、すごく落ちついていた。

「ここよ」そういって、玄関の間に面した扉をあける。「鳥部屋のなか」

ペレスは部屋の入口に立ち、なかをのぞきこんだ。正方形の狭い部屋で、東向きの窓がひとつついている。ここにある用具類は、すべて鳥類学に関係しているようだった。棚のひとつからぶらさがる複数のビニール・チューブには、さまざまなサイズの小さな金属製の環がびっしりととめてある。ペンチ。小型の天秤。しぼり紐のついた小さな木綿の袋の山。床板の木の香りはフィールドセンター全体に共通するものだが、それ以外にも、なにやら有機体の匂いがかすかにしていた。おそらく、鳥の匂いだろう。鳥の羽根についている脂とか、足環をつけられるのを木綿の袋のなかで待つあいだに鳥がもらした糞とか。

窓の下に木製の机と回転椅子があり、椅子には女性が腰かけていた。アンジェラだった。仕事の途中で眠ってしまったみたいに、机の上に顔を伏せている。だが、その背中にはナイフが刺さっていた。まえの晩に着ていた深紅の絹のトップスから、象牙の握りが飛びだしている。出血はあまりしておらず、争った形跡もなかった。刺された箇所は背骨のすぐ左の肩甲骨の下あたりで、心臓を直撃していた。犯人には解剖学の知識があるのか、もしくはツイていたのだろう(とりあえず、犯人の立場からすると)。アンジェラの黒い髪の毛には白い羽根が花飾りのようにぐるりと織りこまれており、そのせいで死体にはうわついたような雰囲気があった。ペレスは、アスコット競馬場で上流社会の女性たちがかぶっている例のぺらぺらした帽子を思いだした。彼が最後に見かけたとき、間違いなくアンジェラは髪の毛に鳥の羽根などつけていなかった。そして、いま気づいたのだが、その羽根は彼女が立ちあがれば、すべて落ちてしまいそうだった。羽根飾りは、アンジェラが死んだあとで髪の毛につけられたのだ。

「発見者は?」ペレスは、これが現実であるという実感をなかなかもてずにいた。あまりにも身近なところで起きた事件だったし、このイメージは、まるで母親が昔よく読んでいた古めかしい探偵小説の表紙のようではないか。そもそも羽根飾りというのが、時代錯誤もはなはだしかった。

「ベン・キャッチポールよ。監視員助手の。きょうは彼が罠《トラップ》の見まわりをする当番で、出がけに、鳥をいれておく木綿の袋をとりに部屋へ寄ったの」

「モーリスは、いまどこに？」

「キッチンにいるわ。わたしが起こして、このことを伝えたの。ベンといっしょに」

ペレスは、さらに細かく死体を観察した。「アンジェラがベッドにこなかったとき、モーリスはおかしいと思わなかったのかな？」

「彼はいま、あれこれ話せるような状態じゃないわ」非難するような鋭い口調だった。「質問なんて、しなかった」

「センターの表玄関のドアには、いつも鍵をかけてるのかな？」この施設のふだんの手順にちょっと興味があるだけといった口調で、ペレスはたずねた。事件とはまったく関係がないといった感じで。

「いいえ」ジェーンがいった。「もちろん、鍵なんてかけたりしないわ。でも、きのうの晩は風が強くてドアがしょっちゅうあいてたから、ドアのぶつかる音がしないように、わたしがベッドにいくまえに鍵をかけたの」

「そのとき、アンジェラは鳥部屋に？」

ジェーンは考えていた。この質問の言外の意味をはっきりと読みとって、嘘をつこうかどうしようか迷っているようだった。それから、ようやくいった。「いいえ。鳥部屋のドアはあいてて、なかが見えたの。そのときは、誰もいなかった」

では、これは島の住人の犯行ではないということだ。アンジェラ殺しがドアに鍵のかけられたあとのことだとすると、犯人は施錠時にフィールドセンター内にいた人物にかぎられるからだ。

ペレスは、しばらくそこに立っていた。さまざまな考えが頭のなかを駆けめぐっていた。まず最初に浮かんできたのは、コーヒーが必要だということだった。まえの晩は酔うほど飲んではいなかったが、それでもけさはすこし頭痛がしたし、脳みそがまだきちんと働いていなかった。眠りが深すぎたのだ。つぎに、これがまさに悪夢のような状況だという考えが頭をよぎった。犯行現場検査官が島に渡ってこられるようになるまで、どれくらいかかるだろう？　フェア島の気象学者デイヴ・ホィーラーの最新の予報によると、最低でもあと二日は無理そうだった。それまで、死体はここにおいておかなくてはならないのか？　インヴァネスの捜査班に電話をいれて、助言を求める必要があるだろう。だが、まずはコーヒーを手にいれて、モーリスとすこし話をすることだ。おそらく、これはひじょうに単純な事件なのだろう。家庭内のいざこざだ。強風が吹き荒れ、しだいに雰囲気が張りつめて息苦しくなっていた状況を考えると、こうした事件が起きるというのは、じゅうぶんに理解できた。もっとも、あの長い黒髪に織りこまれていた鳥の羽根については、それだけでは説明がつかなかったが。

「鳥部屋に鍵をかけることはできるのかな？」

ジェーンは、よく知らないようだった。姿を消し、しばらくして戻ってきたときには、ずっしりとした古めかしい鍵束を手にしていた。「最初にここへきたときから、食糧貯蔵室にかかってたの」

ひとつずつ試していくと、三つ目の鍵がまわった。ペレスは鳥部屋のドアに施錠してから、ジェーンのあとについて、まえの晩にみんなで飲んだり笑ったりしていた社交室を通過し、キッチンへとむかった。

キッチンがジェーンのなわばりであることは、ひと目でわかった。テーブルのまえにすわっていた男たちは、彼女がはいってくると同時に顔をあげ、その存在にほっとしたような表情を浮かべた。ジェーンが冷蔵庫から挽いたコーヒーをとりだしてきて、やかんに水をいれた。モーリスはパジャマの上に部屋着という恰好で、ひげは剃っておらず、目は赤かった。

「まだ信じられん」モーリスがいった。「もう一度、彼女を見たい。きっと、なにかの間違いだ」

「残念ながら、間違いではありません」ペレスはそういって、モーリスのとなりに腰をおろした。いまの発言からすると、モーリスがこれから妻殺しを自白することはなさそうだった。それに、原因が家庭内のいざこざにあるのだとすれば、より怪しいのは娘のポピーということになるのではないか？　モーリスは、妻のところへつれていけと要求するかのように立ちあがりかけたが、自分にはその力が残っていないと悟ったらしく、ふたたびどさりと腰をおろした。

ベン・キャッチポールは、ぼさぼさの赤い髪をしたやせた男だった。ペレスはこの男と、まそのあたりの訛りがあった。まえの晩にかわした会話の内容を、ペレスは思いだそうとした。ふたりでなにを話したのだったか？　そう、海鳥の減少についてだ。それが、ベン・キャッチポールの博士号のテーマだった。もっとも、彼は博士号を取得するどころか、学部学生の年齢にさえたっしていないように見えたが。ベン・キャッチポールは熱い口調で、この問題に対処する政治家や環境保護論者のおよび腰を非難していた。フランも会話にくわわったが、彼女がこの若者を気にいったのが、ペレスにはすぐにわかった。それからしばらくあとで、ベンが学生時代にグリーンピースの活動的なメンバーだったことをフランに話しているのを、偶然ペレスは小耳にはさんでいた。たしか、マグロ漁を海上で監視する活動についての説明だった。

いまキッチンでは、誰もしゃべっていなかった。ジェーンがカフェティエールにお湯を注ぐ。ペレスは、自分の脳が外の風の音にすっかり慣れっこになってしまい、もはやそれを認識していないことに気がついた。外は明るくなりはじめていた。

「もうすぐ、宿泊客が朝食をとりにおりてくるわ」ジェーンがいった。「きょうはいつもより遅くする、といってあるの。きのうの晩のパーティと天候のことがあるから、九時からだって。どうすればいいかしら？」

「朝食をだすのは、かまわない」ペレスはいった。「もちろんね。みんなには、そのときに話そう」フランはもう目をさましているのだろうか、とペレスは考えていた。いまごろはスプリングフィールドの家のなかで腰かけて、母親が特別に買っておいた自然食品のミューズリーを食べているところかもしれない。ペレスがいないことを、どう思っているだろう？　故郷の島にまで仕事がつきまとってきたことを？　「でも、そのまえに、すこしすわって。まず、あなたたちと話をしておきたい」

ジェーンはコーヒーをカップに注ぎわけると、テーブルに牛乳の箱をおいてから、ほかのものたちに合流した。

「アンジェラの死について、なにか知っていることがあるのなら」ペレスは落ちついた口調でいった。「いま話してください」三人はペレスをみつめた。どうやら、思っていたよりも難航するかもしれなかった。「ポピーは、いまどこに？」

これには、反応があった。モーリスが塩の筋のついた窓のほうに目をやった。「まさか、あの娘がこの件になにか関係してると思っているんじゃないだろうな」

「昨夜、言い争いがありました。それほど無茶な推測ではないと思いますが」

「あの娘は、まだ子供だ」モーリスがいった。「怒りを抑えられないという問題を抱えてはいるが、だからといって人殺しになるわけではない」だが、ペレスはその声に確信のなさを聞きとったような気がした。もしかすると、モーリスもペレスとおなじ結論にたっしているのかもしれなかった。自分の娘が人殺しだと考えるのは、いったいどんな気分がするものなのだろう？

「わたしが帰ったあとの出来事を、聞かせてください」

「アンジェラがポピーに酒をだすのを拒んだことで社交室で言い争いがはじまったのは、聞いてたんだな？」

　ペレスはうなずいた。

「ここの宿泊客の何人かは、まだ起きていた。わたしはバーの仕事をベンにまかせて、ポピーを住居部分へつれていった。知ってのとおり、センターの西側に、われわれ専用の区画があるんだ」

「そのとき、アンジェラはどこに？」

「すでに住居部分のほうに戻っていた。髪の毛を乾かしているところだった。ポピーにビールをかけられたから」モーリスが、まっすぐペレスを見た。「あの娘は酔っぱらっていた。子供じみていて、みっともない行動をとった。だが、悪意はなかった。ましてや、殺意など」

「ポピーの様子は？」

　モーリスは小さく笑った。「まだ怒っていたな。これっぽっちも悔いてはいなかった。あの娘は、自分の意に反してここにいるんだ。学校で問題を起こしてね。深刻なものではなかったが、二週間の停学処分をくらった。あの娘の母親は、しばらく家から離れているのがいちばんだと考えた。そこで、わたしがこの島を提案した。もっと小さかったころ、あの娘はここが気にいっていたから。だが、十三歳のおてんば娘と十六歳の若い女性とでは、ものの見方が変わるんだろう」間があく。「あの娘は、ボーイフレンドを残してここへきた。自分たちの仲を両親がひき裂こうとしている、というメロドラマじみた考えを抱いて。怒りがあるのだとしても、それはわたしにむけられたものであって、アンジェラにではなかった」

「ポピーとアンジェラのあいだは、上手くいってましたか？」ペレスはコーヒーを飲み終えており、ポットにおかわりがないだろうかと考えていた。

「アンジェラには、母性といったものがまったく欠けていた。彼女にとって、ポピーはいらだちの種でしかなかった。だが、これがいっときだけの状況であることを、彼女は承知していた」

モーリスのあけすけな発言に、ペレスは意表をつかれていた。ふつう人は死者について、もっと思いやりをもって語るものだった。とりわけ、亡くなったのが配偶者である場合には。モーリスは、ペレスの驚きに気づいたようだった。「わたしは歴史家としての教育を受けている、ジミー。真実を語ることが習慣になっているんだ」

ペレスはうなずいた。「ポピーを住居部分のほうへつれて帰ったあとは？」

「あの娘をベッドに寝かせてから、水をもってきてやろうと考えた。グラスを手にして戻ってみると、あの娘はぐったりとしていたので、わたしは靴と服の一部を脱がせて、羽毛掛け布団をかけてやった。あの娘は、ほとんど身じろぎさえしなかったよ。意識がなかったといってもいい。その状態でベッドを抜けだして妻を刺し殺すなんてことは、とうてい無理だ。髪の毛に鳥の羽根を飾りつけるなんてことも。そもそも、どこで羽根を手にいれるというんだ？」

「アンジェラがベッドにこなかったとき、どうしてさがしにいかなかったんですか？」

「アンジェラは、仕事をするといっていた。彼女は若かったんだ、ジミー。疲れを知らないようだった。ちょうど研究論文にとりかかっていたところで、締め切りが迫っていた。わたしはベッドにはいって、すぐに眠りについた。彼女がベッドにいないことにさえ、気づいていなかった」顔をあげ、うつろな目でペレスをみつめる。「わたしは彼女を愛していた。そう、はじめて出会った瞬間から。当時、彼女はまだ聡明な大学院生だった。正気の沙汰ではないとわかっていたが、それでもわたしにはどうしても止められなかった。平穏でしあわせな妻との生活を、すべてぶちこわしにした。はっきりと自覚しながら、つぎつぎと自滅的な行為をかさねて、子供たちや友人たちを遠ざけた。だが、わたしはそのことをまったく後悔していない。アンジエラが亡くなったいまでも、時間をさかのぼって過去を変えたいとは思わないんだ」モーリスは立ちあがった。「ポピーを起こして、なにがあったのか教えてやらないと。かまわないかな、ジミー？　そうしても？」

ペレスはふたたびうなずき、モーリスが部屋を出ていくのを見送った。

7

ダギー・バーがフェア島にやってくるのは、島の文化ではなく、ここにいる鳥に興味があるからだった。したがって、まえの晩のパーティは、すこぶる退屈だった。何杯か酒を飲んだあとで、ひとりでベッドにはいった。彼は音楽が好きで、長時間ドライブするときに大音量でCDをかけずにいることなど考えられなかったが、お気にいりはビートのきいたテクノ音楽で、民俗音楽やむせぶようなヴァイオリンの音色やもの寂しい歌声には、ついぞ魅力を感じたことがなかった。彼が必要としているのは、やかましい音とリズムだった。そのふたつが、長時間におよぶ〝珍鳥のおっかけ〟のあいだ彼を眠らないようにさせ、希少種の鳥にめぐりあうまでアドレナリンを噴出させてくれるのだ。イギリス国内で彼が目視した鳥のリストは、その手のもののなかではトップクラスだった。彼は尊敬されていた。〝珍鳥のおっかけ〟の現場に姿を見せれば、そこにいる誰もが彼のことを知っていた。その彼が、間違いを犯すわけにはいかなかった。

フェア島へは、子供のころからよくきては、ノース・ヘイヴンの港のそばにあった昔のあばら家に泊まっていた。一九九二年、彼はここで、イギリス国内で初となるコサメビタキの目視に成功していた。当時、まだ十五歳で、趣味をおなじくする年上の友人たちといっしょに、学校の夏学期をはやめに切り上げてきていたのだ。母親は、彼の行動に困惑していた。親子が暮らしていた住宅団地では、子供たちはドラッグや車泥棒に走るのであって、博物学にはまることなどなかった。あの七月の輝かしい日のことを思いだすと——自分がとてつもないものを目にしているとふいに悟った瞬間のことを思いだすと——いまだに彼は職場のコールセンターですごす陰鬱な時間が明るくなるのを感じた。それ以来、験《げん》かつぎのようなもので、彼は毎年のようにこの島に戻ってきていた。あのときとおなじくらい希少な鳥と、またあめぐりあえることを期待して。彼にとっては、自分だけの珍鳥を見つけることこそが、本物のスリルをもたらしてくれた。ほかのものが見つけた鳥をおいかけるのとは、興奮の度合いがちがった。

仲間のバードウォッチャーたちは、彼をからかった。どうして、そんなに金のかかることをするんだ？　シェトランドにいかなくてはならないのだとしても、本島に滞在して、必要なときだけフェア島に飛べばいいではないか。大物が目視されたときだけ。そうすれば、ほかの選択肢を残しておける。だが、ダギーは毎シーズン、このフィールドセンターに戻ってきた。いつの日か、必ずやそれが報われると信じて。彼はブログをつけており、そこに掲載する写真のことを夢想した。自分がフェア島で見つけた希少種の鳥にかんする、事実にもとづく正確な説明文のことを。その珍鳥は、イギリス全土ではじめて目視されたものだ。いや、西旧北区《にしきゅうほっく》全体ではじめてかもしれない。それを読んで、仲間たちは悔し涙を流すのだ。

ダギーは、ずっと独身だった。仲間のなかには、タイにいって花嫁を見つけてくるものもいた。そして、ダギーもその方法をとろうかという誘惑に駆られたことがあった。イギリスにいられるというだけで感謝してくれる、小柄でおとなしい美女を想像する。彼女はダギーを英雄視するだろう。結局のところ、貧困から救いだしてくれたのだから。彼がいなければ、路頭に迷っていたかもしれない。彼女はダギーに寄り添い、彼の冗談に笑い、彼といっしょにバードウォッチングにくる。もちろん、セックスもする。定期的に。だが、彼の知りあいがタイからつれてきた花嫁たちは、強くて荒々しい女性であることが判明した。彼女たちは夫をあざ笑い、その生活をみじめなものにした。それくらいなら独り身のほうがいい、という結論にダギーはたっしていた。すくなくとも、ポケットベルが鳴り、国の反対端で珍鳥が見つかったという情報がはいってきたとき、彼は誰にも気兼ねする必要がなかった。双眼鏡を首にかけ、車に望遠鏡を積みこむだけで、出発することができた。

ときどき彼は、コールセンターでいっしょに働く女性を対象に、とりとめもない空想にふけることがあった。彼はいまや監督主任になっており、その下で働くチームのほとんどが女性だった。彼女たちの電話をモニターし、その説得力のあるやわらかい声が電話線のむこうの顔のない顧客に話しかけているのを聞きながら、ダギーは彼女たちが自分に愛想よく応対しているところを想像した。

一度か二度、勇気をふるいおこして、そのなかのひとりをデートに誘ったことがあった。だが、それはいつでも最悪の結末を迎えるように思えた。たとえディナーや映画に誘うことに成功しても、その晩のおしまいにおこなわれるぎごちない口説きは、屈辱のうちに終わった。そのあとで、彼はその女性が仲間に報告するところを想像した。彼が監督している女性たちに報告するところを。研修のとき、自分が彼女たちから陰で笑われているのを感じた。またおなじことをくり返して恥をかくだけの価値はない、と彼は判断した。デートに誘うまえの不安。拒絶。それがもたらす妄想。ヨーロッパ大陸に旅行した際に買ってきたソフト・ポルノのＤＶＤに専念していたほうがいい。それと、バードウォッチングに。その世界でなら、すくなくとも彼はひとかどの人物になっていた。

彼が島に到着して以来、風はずっと西向きだった。希少種の鳥は、たいていが東風にのってフェア島にやってくる。スカンジナヴィアやロシアやシベリアをとおる通常の渡りのルートから、吹き飛ばされてくるからだ。それでも最初の数日間、彼は希望をもちつづけた。なんのかんのいっても、フェア島で目視されたいくつかの希少種の鳥は、西風にのってやってきたのだ。

彼は夜明けとともに起きだし、何マイルも歩きまわった。弁当を持参することで、渡り鳥の大半が姿を見せる島の南側で一日じゅうすごせるようにした。捕獲箱に珍鳥がまぎれこんでいるかもしれないので、アンジェラやベンによる罠《トラップ》の見まわりにも同行させてもらった。そういった奇跡のようなことが、ときたま起きるのだ。だが、いまやこの西から吹く強風は、彼の気分に大きな打撃をあたえていた。毎晩、海上気象予報を耳にするたびに、ますます気分が落ちこんでいった。二週間の休暇が終わって職場に戻ったとき、彼はこの熱心さに報いるものをなにも手にしていないだろう。この島を出ることさえできれば……。シーズン終盤のこの時期、彼の友人のほとんどはシリー諸島にいっていた。そこにはアメリカからの珍鳥がわずかながらきており、彼のもとにははしゃいだメールが何通も届いていた。

ダギーにとっては、鳥のことを考えているほうが、自分の人生におけるほかのことについて思いをめぐらせているよりも楽だった。よく眠れなかった。このところ、そういう日がつづいていた。ヒューの寝息を聞きながら、輾転反側《てんてんはんそく》する。二日前の飛行機でほかの宿泊客たちが帰って以来、外からきて島に残っている独身のバードウォッチャーはダギーとヒュー・ショウだけになっており、ふたりで大きな共同部屋を独占していた。ダギーは目をさまして横たわったまま、ヒューの寝息に耳を澄ました。すると、またしてもさまざまな考えが頭のなかをうろつきはじめた。

ヒューは大きな夢を抱いた頭の回転のはやい若者で、その若さにもかかわらず、じつに見事なバードウォッチングのリストをもっていた。ふたりに共通するのは、鳥類学だけだった。ダギーは地元の総合中等学校を卒業してから工場で働き、そのあとで販売部門に移った。ヒューはどこかの一流寄宿学校を放校処分になったあとで、旅に出た。放校という不名誉にもかかわらず、彼の両親が世界一周旅行の資金をだしてくれたからだ。その話をしたとき、ヒューは大きくにやりと笑ってみせた。「うちの親は、それでぼくが大人になることを期待してたのさ。結局は、ぼくのバードウォッチングのリストを長大なものにしてくれただけだったけどね」夜の闇のなか、ふたりで長いこと風向きが変わるのを待っていたときに、ヒューは旅のさまざまな体験談を聞かせてくれた。ヴェトナムで強盗にあったこと。インドで象においまわされたこと。彼はそういう話を、ふざけた感じのする昔ながらのパブリックスクール風のアクセントでしゃべったので、どれも現実離れして聞こえた。くたっとした長い髪。自嘲するような笑み。これらの話のどこまでが事実なのか、見分けるのは不可能だった。

「このあとは、どうするつもりなのかな？」ダギーは、この若者の生き方に魅了されていた。彼はいつだって、生活のために働かなくてはならなかった。希少種の鳥があらわれたと耳にして、ときおり仮病をつかって休むことはあったものの、仕事を失うわけにはいかなかった。

「バードウォッチングのツアーガイドの仕事なんて、どうかと思ってたんだ。そんなの、簡単なはずだろ？」

またしても、あの笑み。ダギーは、その仕事にともなう責任について考えてみたことがあった。なじみのない土地で、要求の厳しい客たちの世話をする。自分にはコールセンターの仕事のほうがむいている、という結論に彼はたっしていた。仕事と鳥への情熱を混同するのは、おさまりが悪いだろう。それに、彼は昔からものを売るのが得意だった。たいていの場合、やんわりと攻めていくのがいちばん効果的だが、なおかつ彼には、いつとどめを刺しにいけばいいのかを見極める感覚がそなわっていた。

共同部屋のベッドのなかで、ダギーはあおむけになった。建物の階下のほうで、ドアの閉まる音がした。つづいて、こそこそとしゃべる人の声。いつもなら、夜明けまえのこういう眠れない時間帯には、アンジェラのいやらしい夢を見てすごすことにしていた。ダギーはまえから彼女に恐れを抱くと同時に、魅力を感じていた。あの茶色い脚。豊かな胸。魔女とか吸血鬼を連想させる長い黒髪。彼がくり返しフェア島に戻ってくる理由のひとつは、もしかするとアンジェラにあるのかもしれなかった。彼女は一度、〝あなたはあたしの知るなかで最高の野外観察者よ〟といってくれたことがあった。その言葉を、ダギーはいまでも大切に記憶にとどめていた。

きょうはアンジェラのことを夢想しても満足感を得られず、目覚まし時計が鳴ったときには、ダギーはほっとした。目覚まし時計はベッドわきの戸棚で跳ねあがるようにしてけたたましく鳴っていたが、ヒューはそのまま眠りつづけ、ダギーが明かりをつけても、まだ目をさまさなかった。こうして眠っていると、ヒューはふだんよりもさらに若く見えた。長くて黒い睫毛。ダギーは、なにか恥ずべきことでもしているかのようにしばらくこっそり若者を観察してから、起きあがった。

食堂には誰もいなかったが、テーブルはすでに用意されており、配膳口越しにキッチンにいるジェーンの姿が見えた。ベーコンの匂いがした。きのうの晩に婚約を祝ってもらっていた島の男が、キッチンのテーブルで巨大なマグカップからコーヒーを飲んでいた。彼はひと晩じゅうフィールドセンターにいたのかもしれない、という考えがダギーの頭をよぎった。いまやセンターには宿泊客がほとんどおらず、パーティの参加者がお祝いで羽目をはずしすぎて泊まっていくことにしたとしても、場所はたっぷりとあった。男はダギーに目をむけ、じっとみつめてから、小さくうなずいてみせた。笑みはない。島の連中はおかしなやつばかりだ、とダギーは思った。シリアルを自分の深皿にいれる。ジェーンが食堂にあらわれて、食事の用意ができたことを告げるベルを鳴らした。

すぐに、ジョンとサラのファウラー夫妻があらわれた。このふたりがフィールドセンターでなにをしているのか、ダギーはいまひとつよくわからなかった。ジョン・ファウラーの名前は、誰でも知っていた。若いころは熱心な〝珍鳥のおっかけ〟で鳴らしていた人物だったのだ。年齢のこともあるが、ダギーは彼のことを自分よりもひとつ上の世代のバードウォッチャーだと考えていた。一九七〇年代のはじめに北ノーフォークの海岸あたりにたむろしていた連中のひとりだ。いまのファウラーは、博物学関係の本を取りあつかう本屋の店主として――また、その手の本の蒐集家として――有名だった。だが、最近では現場で彼の姿を見かけることはほとんどなく、たまにそういうことがあっても、みんなはただ馬鹿にするだけだった。長年のあいだに、ファウラーは何度かひどい確認ミスを犯していた。あるときなど、彼の言葉を信じてシェトランドにきていたバードウォッチャー全員がヴァーキー（シェトランド本島の南端一帯）へいってみると、そこにいたのはただの黒っぽいマキバタヒバリだった、ということもあった。もちろん、確認ミスは誰にでもあることだが、ファウラーの場合は誤情報発信者《ストリンガー》という評判がたってしまっていた。とんでもなく希少な鳥を目視した、としょっちゅう主張している人物のことだ。もしも自分がファウラーみたいなことをまわりからいわれていたら、ダギーは二度とバードウォッチングにはいかないだろう。おそらく、自殺しているはずだ。フィールドセンターでは、ダギーはファウラーに話しかけることに気まずさをおぼえていた。あまり親しくなりすぎるのは、自分の評判にとって決してプラスにはならないからだ。もちろん、礼儀正しく接してはいた。頼まれれば、マーマレードやバターを渡したりして。だが、彼は島の外でのファウラー夫妻の生活について、まったく興味を示そうとはしなかった。

いま、テーブルのいつもの席につこうとしているファウラー夫妻を見ながら、このふたりはほんとうにそっくりだ、とダギーは思っていた。夫と妻というより、兄と妹のようだ。まばらですこし乱れた色あせた茶色の髪。薄い唇。そのふるまいが自分の知っているどの夫婦ともちがっていることに、ダギーは気がついた。おたがいに気をつかいすぎているし、やたらと丁寧だ。結婚している彼の友人たちは、カップルでふざけあったり言い争ったりすることがあるが、ファウラー夫妻の場合、それがまったくなかった。それに、いっしょに笑うことも。このふたりは、最初からこんなふうだったのか？　それとも、なにかがあって、ふたりのあいだが張りつめたものになったのだろうか？　サラ・ファウラーは、夫に頼りながらも、彼といっしょにいるのを楽しんでいないように見えた。そのとき、めったにないことだが、ダギーに洞察が訪れた――もしかすると、このふたりは結婚生活を修復するためにフェア島にきたのかもしれない。

ジェーンがドアのへりから食堂をのぞきこみ、ダギーの思考に割りこんできた。「ヒューに声をかけてきてくれないかしら、ダギー？　ジミーは全員に話をしたいそうなの」

ダギーはためらった。島の男の話を聞くために階下へひっぱりだされてくるのを、ヒューは喜ばないだろう。この若者は、ふだんはきちんと礼儀正しいのだが、自分のやりたいことしかしないのだ。

「お願いよ、ダギー」ジェーンは、相手に有無をいわせず行動に移らせるしゃべり方を心得ていた。

ジミー・ペレスはかれらといっしょにすわっていたが、みんなの食事が終わるまで話をはじめようとはしなかった。なにもせずに、ただそこにすわって観察し、耳をかたむけていた。まえの晩のパーティでも見かけていたが、ダギーはいまになって、ようやくこの男のことを思いだしていた。はじめて会ったのは、たしかジミー・ペレスがまだときおり船で働いていたころのことだ。いつも口数がすくなく、船長とおなじ黒い髪に浅黒い肌をしていた。ダギーは、たいてい郵便船でフェア島にやってきた。小型飛行機は好きではなかったし、そもそもグラットネスから〈グッド・シェパード〉号でフェア島にはいるというのは、儀式の一部になっていた。彼がコサメビタキを見つけたあの夏も、そうやって島にやってきたのだ。

食卓の用意がされていたテーブルはひとつだけだったので、全員がそこにすわっていた。フィールドセンターの職員はジェーンしか顔を見せておらず、ダギーは奇妙に思った。モーリスとベンは、どこにいるのだろう？　ペレスが同席して黙って観察しているせいか、会話は湿りがちだった。ペレスがここにいる理由やその目的を、誰もたずねようとはしなかった。ふだんは会話を途切れさせないようにするヒューでさえ、あまり言葉を発さなかった。ジミー・ペレスが話をするために立ちあがったときには、全員がほっとした。

ペレスの口調は、やけに堅苦しかった。「わたしはいま、北スコットランド警察の警部として、ここにいます」自分の訛りが理解されないのではないかと心配しているかのように、ゆっくりとしゃべっていた。そのときダギーは、この男が警官になるために本土にいっていたことを思いだした。一度〈グッド・シェパード〉号の船上で、父親のほうのペレスがそういっているのを耳にしたことがあった。息子がここで小農場や船の手伝いをしていないことを愚痴っていたのだ。あれは、シェトランド本島を出発した直後にシャチの群れと遭遇した日のことだった。

「アンジェラ・ムーアが亡くなりました」

その言葉が、船のわきを泳ぐ巨大な哺乳動物の思い出に侵入してきた。ダギーがヒューに目をやると、彼が一度だけまばたきするのが見えた。それから、部屋は完全な沈黙につつまれた。

「彼女の身になにが起きたのかを突きとめるために、みなさんにご協力をいただけるものと確信しています」ペレスは、うしろにあるテーブルにもたれかかった。聞き手の反応を待っているような感じだった。

「彼女はどんなふうにして亡くなったんです?」その質問を発したのがジョン・ファウラーだったので、ダギーは驚いた。ふだん、この男は世間話にほとんど参加しないのだ。

「彼女は殺されました。現時点で詳細をお話しできないことは、ご理解いただけるものと思います」

「誰が殺したんです?」またしても、ジョン・ファウラーだった。

「それを調べなくてはなりません」

「そんなの、わかりきってるじゃないか」そういって、ヒューが部屋を見まわした。全員が、その先を待ち受ける。ヒューは耳目を集めるこつを心得ていた。〝語り部〟とアンジェラは彼のことを呼んでいた。あるいは、社交室で自分のそばにはべらせ、彼の冒険談のひとつで楽しませてもらいたいときには、〝わたしの語り部〟と。アンジェラがヒューのことをどう考えていたのか、ダギーにはよくわからなかった。だが、このふたりは危険なゲームをしていたような印象があった。ふたりとも、冒険と刺激を求めるタイプだった。ヒューはいま、これからいつもの旅の話でもはじめるかのように、ゆったりとくつろいだ声をだしていた。ジーンズに、灰色のラグビーシャツ。どういうわけかダギーの頭には、突然、ほかの宿泊客たちの細ごましたことがはっきりと刻みこまれていた。まるで、バードウォッチングの現場にいて、あたらしい鳥を目にしているときのような感じだった。その鳥の外見を、記憶に焼きつけているのだ。ヒューがつづけた。「きのうの晩、ポピーとアンジェラは口論していた。みんなが目撃していた。ポピーはかんしゃく玉を破裂させ、そのあとでもう一度、そうなったにちがいない」言葉をきり、申しわけなさそうといってもいいような口調でくり返す。「わかりきってるじゃないか」

ペレスはためらい、慎重に言葉をえらんだ。「そんなことは、ありません」という。「わかりきってるだなんて、とんでもない。殺人事件の捜査では、なにごともそう単純ではないんです」

8

ペレスは、モーリスとアンジェラの住居部分のまえで足を止めた。耳を澄ましたが、なにも聞こえなかった。ドアを軽く叩いてなかにはいると、そこは大きな部屋だった。もとからある暖炉が正面に位置しており、左右に窓がひとつずつついていた。窓のひとつは南向きで、湾曲した壁にうがたれた細い隙間からは、島の人間が〈黄金の水〉と呼ぶ溜池が見えていた。もうひとつの窓のむこうは、海だ。一瞬、ペレスは外の現実世界を意識した。空。風。水。食堂で宿泊客たちに話をしていたとき、彼は人間だけに集中しており、自分がいまどこにいるのかを忘れていた。警官になってから参考人の事情聴取のために使用してきたどこかの殺風景な部屋にいるのと、まったくおなじ気分でいた。都会のど真ん中にいるのと、変わらなかった。だが、現実はちがった。この事件は身近すぎる、とふたたびペレスは思った。ふつうの状況ならば、自分は一歩しりぞき、もっとかかわりのすくない同僚に捜査をまかせているところだ。なにもかもが、間違っていた。不自然で無理があるように感じられた。

モーリス・パリーと娘のポピーは、織物をかけた低いソファにすわっていた。外は薄暗く、ソファのわきのテーブルの上にある小さなランプがついていた。床には無地の茶色い絨毯が敷かれており、あちこちに羊皮の敷物がおかれていた。カーテンは、フィールドセンターの共用部分にかかっているものとおなじだった。ここはアンジェラとモーリスの私的な空間であるにもかかわらず、ふたりの個性がほとんど感じられなかった。ポピーは、ピンクの部屋着にくるまっていた。小さすぎるところを見ると、子供のころにここへ残していったものかもしれなかった。きのうの晩の化粧が顔に筋をこしらえており、髪の毛はまだジェルで固められたままだった。ポピーは泣いており、それを父親のモーリスが両腕で抱きしめていた。ペレスの視線に気づいて、モーリスが顔をしかめた。

「もうちょっと待てないのか?」

ペレスは首を横にふった。「すみません」ポピーが継母殺しを白状するのであれば、さっさとすませてしまうのがいちばんだった。そうすれば、ペレスは地方検察官に電話をかけ、すべては解決済みなので大騒ぎする必要はない、と伝えることができる。情緒不安定な若者のナイフによる犯行。大都会でなら、よくある話だ。まずは島でポピーを保護して、その身柄をどうするかは、天気が回復して移送が可能になってから考えればいい。アンジェラの死体の処置について心配しはじめるのは、そのあとだった。

「ほんとうに、ごめんなさい」そういってペレスを見あげるポピーの目もとは、化粧がにじんでパンダのようになっていた。ペレスはなにもいわなかった。彼女に自分の言葉で、自分のペースで、しゃべらせるつもりだった。被疑者への警告をおこなうべきなのだろうが、これは正式な事情聴取とはいえなかったし、彼女のそばには娘の利益を守る父親がついていた。

「あなたの婚約パーティを台無しにしちゃって」ポピーがつづけた。「そんなつもりはなかったの。馬鹿なことしたわ。子供じみてた」

「アンジェラは亡くなった」ペレスはいった。「そのことのほうが、パーティよりも重要だ」

「それも、残念に思うわ」ポピーが父親を見あげた。「あたし、あの人があまり好きじゃなかった。けど、殺されるなんて、あんまりよ。でも、そのことで謝るのは無理。だって、あたしがやったんじゃないもの。あたしは犯人じゃないわ」ポピーの声は消え入りそうなくらい小さかったが、しっかりとしていた。これが、まえの晩にひと騒動起こした興奮した若い娘と同一人物だとは、とても信じられなかった。

「わかってるさ、おまえ」モーリスが娘の顔から髪の毛をかきあげながらいった。「おまえにあんなことができないことくらい」

ペレスは、ふたりを観察していた。アンジェラ殺害にいたるまでの数日間、住居部分を支配していたであろう緊張と息苦しさを想像する。フィールドセンターという閉ざされた空間のなかの、そのまた閉ざされた空間。島のほかの部分からは二重の意味で切り離されているところで、〝家族〟という絆で縛りつけられた三人の人間が、おのおのの欲求と欲望によって異なる方向へとひっぱられていたのだ。そのストレスたるや、耐えがたいものだったにちがいない。かれらのあいだでかわされる会話には、理性のはいりこむ余地などほとんどなかったのだろう。ふたたびペレスの頭には、もうすぐ自分の義理の娘となるキャシーのことが浮かんできていた。フランの娘はいま六歳で、この休暇は実の父親といっしょにすごしていた。キャシーが成長して、ぎごちない十代の娘になっても、ペレスはまだ彼女を愛することができるだろうか？

「アンジェラは子供を欲しがっていましたか？」その質問はモーリスにむけられたものだったが、ポピーの頭越しになされた。娘のまえでそんな質問をすることの無神経さについて考えるまえに、言葉が勝手にペレスの口をついて出ていた。

「いや。まえにもいったとおり、アンジェラは母親というタイプではなかった。母親になるには、利己的すぎた」モーリスがペレスを見あげて、小さな笑みを浮かべた。「アンジェラのことだって、わたしはまだ子供だと考えていたんだよ。惚れ惚れするくらい素晴らしい、早熟な子供だと」

「アンジェラのことを話しあわなくてはなりません。どうして誰かが彼女に殺意を抱くようになったのかを」

「もちろん、そうだろうとも、ジミー」その口調には、どこか恩着せがましいところがあった。ああ、かまわんよ。きみがそのつまらんゲームをやりたいというのなら、つきあおうじゃないか。

「あなたにとっても、それは重要な意味をもつはずです」

「アンジェラを殺した犯人を突きとめることがか？　いや、それはちがうな。いまのわたしは、彼女なしでどうやって生きていけばいいのかを模索しているところだ。そのあとでなら、復讐のことを考えるかもしれないが」

これは復讐うんぬんの話じゃない、とペレスは思った。正義の問題だ。だが、それを口にするわけにはいかなかった。そんなことをいえば、どうしようもなく尊大に聞こえるだけだろう。ペレスとしては、モーリスとポピーからべつべつに話を聞きたいところだったが、ひとりずつの事情聴取はあとまわしにするしかなさそうだった。ふたりはいま、おたがいにしがみついており、ひき離すのは不可能に思えた。父と娘を結びつけているのは悲しみではない、という印象をペレスは受けていた。ふたりの人生からアンジェラが急にいなくなったことが、父と娘の歩み寄りを可能にしたのだ。ふたりに理性を取り戻させたのだ。まるで、呪いが解けたとでもいうように。ペレスが部屋を出ていったとき、ふたりは彼がいなくなったことにほとんど気づいていないようだった。

フィールドセンターの社交室の設備はモーリスたちの住居部分の居間と似たり寄ったりだったが、こちらの隅には図書コーナーが設けられていた。床から天井まである本棚には博物学の本がずらりとならび、ペイパーバックの小説の山は低いテーブルの上へとおいやられていた。この一角にある背もたれの高い椅子に誰もすわっていないことを確認してから、ペレスは携帯電話で沿岸警備隊にいる友人にかけた。受信状態はあまり良くなかったが、フィールドセンターの固定電話にはいくつも内線があるので、盗み聞きされる危険をおかしたくなかった。ペレスは窓辺に立ち、海をながめた。

「飛行機も船も、きょうは運航できないとわかってる。けど、沿岸警備隊のヘリコプターならどうかと思って」

「あきらめろよ。生死にかかわる問題ってわけじゃないだろ？　死体のために、おれの部下の命を危険にさらす気はないね」

つぎにかけた先は、インヴァネスだった。

「問題発生です」自分の直属の上司につなぐよう、ペレスは頼んでいた。この上司は陽気なイングランド人で、釣りをしたくてスコットランド高地に移ってきたという人物だった。引退がちかづきつつあるいま、彼はますます陽気になっていた。ペレスは状況を説明した。「自分は事件にちかすぎる立場にいると思いますが、とりあえず家族のものは関係していませんし、最低でもあと二十四時間は、ほかのものに捜査をひき継いでもらうことは不可能です」

「それじゃ、きみの担当だな、若いの《ラディ》」このイングランド人は、本人がスコットランド語っぽく聞こえると思った奇妙な単語をつかう癖があった、「きみなら、天候が回復するまでに事件を解決してしまっているさ。容疑者といったって、どうせ数はかぎられているんだろう？

〝鉄の処女《アイアン・メイデン》〟にも知らせておいたほうがいいぞ」

鉄の処女。シェトランド本島のラーウィックに居をかまえる地方検察官ローナ・レインのことだ。彼女は政治的な野心をもっており、どんな状況でも自分のしっぽをつかまれないようにする方法を心得ていた。

「まずは、ヴィッキー・ヒューイットにつないでください」ペレスには、まだローナ・レインと対峙する準備ができていなかった。そのまえに、自分がこれからどうするかを正確に知っておく必要があった。つまり、犯罪現場をどう仕切るべきかを把握しておくのだ。ヴィッキー・ヒューイットは、北スコットランド警察の犯行現場検査官だった。ヨークシア出身の飾り気のない女性で、ユーモアのセンスがあり、いまの地位につくまえはイングランドの巨大な警察組織で働いた経験があった。彼女なら、ペレスのこの苦境を面白がるだろう。なにせ、外からの支援なしに、ひとりで捜査を進めなくてはならないのだ。

「今度はなんなの、ジミー？　出発の準備をして、船酔いの薬を飲んだほうがいいかしら？」

「いや、まだいい。今回の件は、ひとりで対処しなくてはならなくてね。背中にナイフを突きたてられた女性の死体があって、鑑識の助けをまったく得られない状況にある」ペレスは最初から説明していった。ヴィッキーが机に肘をのせてすわり、メモをとっている姿が、頭に浮かんだ。そばには間違いなくダイエット・コークの缶があるはずで、口もとにはペレスの窮状に対する笑みが浮かんでいるのだろう。「それで、どうすればいいのかな？　いつまでも死体をあそこにおいておくわけにはいかない。あしたにはヘリコプターが飛べるようになると思うが、保証はない」

「つい最近、犯行現場の取り扱い訓練を受けたばかりでしょ。それを思いだすことね、ジミー」それはヴィッキーが指導した再教育講座で、わざわざ本土まで出向く価値があったとペレスが感じた数すくない再教育講座のうちのひとつだった。

「写真を撮る」ペレスはいった。「たくさんの写真を」

「すぐに専門家を呼べないときには、それがいっそう重要になるわ」ペレスも〝専門家〟だったが、ヴィッキーが自分をからかっているだけだとわかっていたので、彼は気にしなかった。

「死体はどうすればいい?」

「丁寧に袋にいれて、どこか冷えたところにおいておくの。島で、冷蔵室とか大型冷蔵庫をもってる人は?」

「冷凍庫をもってるやつがいるだろう」

「だめよ」ヴィッキーがいった。「冷凍庫にはいれないで。死体に氷晶を生じさせたくないの。大きな冷蔵庫がなければ、はなれ家に保管するといいわ。どこか水に濡れなくて、なおかつ冷やしておけるところに」

会話を終えて携帯電話を切るころには、ペレスはどこで袋を調達しようかと考えていた。がっしりとした若い女性の死体がはいるくらい大きな袋だ。

ローナ・レインの秘書は、すぐにペレスの電話を本人につないだ。ローナ・レインは有能さを求めており、たいていの場合、それを手にいれていた。

「もしもし?」地方検察官は五十代の完璧な女性で、いつでもエディンバラの弁護士のような服装をしていた(実際、かつてはエディンバラで弁護士をしていた)。自分の机についている彼女の姿が、ペレスには容易に想像できた。「あなたはいま休暇中かと思っていましたけど、警部？ ご両親を訪ねて」ローナ・レインについてもうひとついえるのが、これだった。彼女はどこにでもスパイを忍ばせているように思えた。

「人が殺されました」

「どこでです？」地方検察官の声は落ちついていた。彼女が驚きの声をあげるのを、ペレスは一度も耳にしたことがなかった。

「このフェア島で」

「あなたは、まるで〝死の使い〟ですね、警部。あなたのあとを、暴力がついてまわっているみたいだわ。最初がウォルセイ島で、今度はフェア島」

そいつはいいがかりだ、とペレスは思った。ウォルセイ島で死体を発見したのは、彼の部下のサンディ・ウィルソンだった。

「被害者は、若い女性です」ペレスはいった。「フェア島のフィールドセンターの監視員で、会ったことはありますが、あまりよくは知りませんでした。わたしはちょうど島にいますし、インヴァネスの捜査班がこちらにくるのは無理ですから、わたしが捜査にあたっても、利害の衝突が発生することはないでしょう」

「殺されたのは、アンジェラ・ムーアなのね？」地方検察官の声は鋭かった。「彼女はテレビに出演している有名人です。シェトランドの風力発電基地のことからトラの生息数の減少にいたるまで、ことあるごとにテレビにひっぱりだされていた印象があります。この件は、マスコミの注目を浴びることになりますね」

「連中がこのことを聞きつければの話で――」

「また、そんなうぶなことを、警部！　きっともう誰かが、この話を全国紙に売りつけようとしていますよ。島民のひとりか、宿泊客のひとりが。この件は、すばやく解決する必要があります。天候が回復して、記者たちが飛んでこられるようになるまえに、われわれは犯人を逮捕しなくてはなりません」

ペレスが最後に電話をかけた相手は、フランだった。スプリングフィールドにある彼の実家ではラジオ4がついており、その音がうしろで聞こえていた。《地元便り》のケイト・エイディの声だ。これもまた、フランと彼の母親に共通するものといえそうだった。ふたりとも、一日じゅうラジオをつけっぱなしにして、仕事をするときに聞き流しているのだ。

「ほんとうに、すまない」自分が先ほどのポピーとそっくりの口調になっていることに、ペレスは気がついた。「はるばるフェア島までつれてきておいて、ほったらかしにするなんて」

「仕事でしょ。仕方がないわよ」

「なにをしてたんだい？」自宅にいるとき、フランは何時間でもひとりでスケッチや絵画に取り組むことができた。その集中力を、ペレスはうらやましく思っていた。彼はすぐに気が散ってしまうのだ。だが、彼の両親がいるところでは、フランは自分の仕事をするわけにはいかないだろう。彼の母親がおしゃべりをしたがり、きっと彼女を質問攻めにしているはずだ。もしかすると、自分の穿鑿《せんさく》好きはそこからきているのかもしれなかった。母親譲りの好奇心というわけだ。

「あなたのお母さんに、編み機の使い方を教えてもらってたの。まえから習いたいと思ってたから。でも、見た目ほど簡単じゃなくて」フランが笑った。

ふいにペレスは、フランとのあいだに大きな距離があるように感じた。ちょうどフランがロンドンの実家を訪ねていて、ペレスがひとりラーウィックですごしていたときのように。おたがいほんの数マイルしか離れていないところにいるなんて、信じられなかった。

「夕食には帰れるようにするよ」ペレスはいった。

「それまでに、けりがついてるのかしら？」

「わからない。すごく単純な事件に思えたけど、いまはもう確信がないんだ」

9

ジェーンが昼食のテーブルを用意していると、社交室で話をしているジミー・ペレスの声が聞こえてきた。彼女は思わず耳をそばだてたが、内容まではわからなかった。ペレスが誰としゃべっているのかさえ、はっきりしなかった。ジェーンはアンジェラと最後にかわした会話のことを、ペレスに話しておかなくてはならなかった。こういうところでは、秘密など存在しない。アンジェラがジェーンの契約を打ち切ろうとしていたことは、きっと誰かの口からペレスの耳にはいるだろう。たとえば、モーリスは娘を守るためなら、なんでもしゃべるはずだ。この件は、ジェーン自身の口から伝えるのがいちばんだった。

パンの焼ける匂いが、キッチンからただよってきた。ほっとさせてくれる日常の匂いだ。昼食はスープとロールパン、オート麦のビスケットとチーズ、スコーンとケーキにするつもりだった。きょうは、みんな〝なつかしの味〟による慰めを必要としているだろう。いまは十一時半なので、昼食をだすまえにペレスと話をする時間はじゅうぶんにあった。ジェーンは社交室のドアを叩いて、なかをのぞきこんだ。ペレスはひとりで、携帯電話を手にしていた。会話を終えたあとで、なにかで頭がいっぱいのように見えた。彼の視線をおって、ジェーンも窓の外に目をやった。この部屋は北向きで吹きさらしの状態にあり、嵐の音もそのぶん大きかった。

「ちょっと話せないかと思って。アンジェラのことで」

「もちろんだ。どうぞ」思考を現在にひき戻すのに、ペレスはすこし苦労しているようだった。「どこか、もうすこしうちうちで話せるところはないかな?」

ジェーンはためらった。「わたしの部屋でもいいけど。すこし狭くてもかまわなければ。ほかの人の邪魔がはいることはないわ」彼女はこれまで誰も部屋に招きいれたことがなく、それを自分から提案したことに驚いていた。

ふたりは階段にむかう途中で、鳥部屋のまえをとおった。

「アンジェラは、まだあそこに?」こんな病的な質問が、いったいどこから浮かんできたのだろう? 別人がジェーンのなかにはいりこみ、彼女の口をとおして質問しているような感じだった。

どこまで話すべきかを推し量るような目つきで、ペレスはジェーンを見ていた。それから、先ほどの彼女とおなじ結論にたっしたにちがいなかった――ここでは、秘密など存在しない。

「きみたちが昼食をとっているあいだに、鳥部屋を調べようかと思っていたんだ。アンジェラの遺体は、きょうの午後にはこびだす。スプリングフィールドにもっていくつもりだ。あそこには、南京錠をかけられる納屋があるからね。なかは涼しいし。そのあとは、あすになって風がおさまることを願うのみだよ。せめて、ヘリコプターが着陸できる程度にまで」一瞬、間があいた。「きみはデジタル・カメラをもってたりしないかな？　それを借りられたら、わざわざ家に戻らなくてもすむんだが」

「ごめんなさい」ジェーンはカメラが必要になる理由をたずねようとしたが、そのとき、妹がよく観ていたアメリカのテレビ番組のことを思いだした。ブランドものの服に身をつつんだ若い美男美女が、プールサイドや豪華なお屋敷で起きた残忍な殺人事件を捜査する番組だ。かれらはいつでも、犯行現場の写真を何枚も撮っていた。ジェーンが本物の捜査にまきこまれていると知ったら、妹は大騒ぎすることだろう。

ジェーンの部屋には、椅子がひとつしかなかった。彼女はペレスにむかってうなずき、そこにすわるように勧めてから、自分はベッドに腰をおろした。彼女が見守るなか、ペレスが部屋のなかを観察していた。本。新聞の切り抜き。

「クロスワード・パズルは、ジミー？」

ペレスが笑みを浮かべた。「この頭は、どうもクロスワード・パズル向きではないらしくて」

「わたしには、たぶんアンジェラを殺す動機があるわ」結局のところ、ペレスをここにつれてきたのは世間話をするためではなかった。「それを知らせておこうと思って」

ペレスはなにもいわずに、ジェーンが先をつづけるのを待っていた。身じろぎひとつせずにすわっている、とジェーンは思った。あの頭のなかでなにを考えているのか、まったく見当もつかない。

「きのうの午後、キッチンでアンジェラと話をしたの。あなたのパーティのための料理を支度していたときに。そこでアンジェラから、来年はフィールドセンターに戻ってこなくていい、といわれたわ」

「そして、それが殺人の動機になると?」ペレスは彼女をからかっているわけではなく、純粋に困惑しているようだった。彼がこの土地に対して自分とおなじくらいの情熱を感じることができないのが、ジェーンには不思議でならなかった。

「捕まらずに逃げおおせると思っていたら、わたしはその場でアンジェラを殺していたでしょうね」顔をあげ、かすかに笑みを浮かべて、いまのが冗談であることを示してみせる。「でも、わたしは殺さなかった。勇気に欠けていたから」もっとくわしく説明する必要があることを、ジェーンは見てとった。「わたしは、ここでの生活がとても気にいっているの。たぶん、一種の逃避ね。私生活でいろいろとあったから……もう大変だったの……それに、ここについた瞬間から、フェア島には魅了されていたし」

「きみがもう必要でなくなった理由を、アンジェラは説明したのかな？　きみの島での評判は、すこぶるいい。ここにいた料理人のなかではぴかいちだ、とうちのお袋はいつもいってるよ。アンジェラは賄賂を贈ってでも、きみに残ってもらいたがりそうなものだけどな」

「アンジェラによると、誰かが彼女に賄賂を贈って、わたしをお払い箱にさせたみたい」ジェーンは理事長のこと、図書コーナーを拡充してコンピュータをあたらしく入れ替えるのに必要な多額の寄付のこと、料理学校を卒業したばかりの名づけ娘のことを話した。「でも、はたしてそのとおりなのかどうかは、さだかじゃないわ。アンジェラは、わたしをおっぱらう口実ができたのをこれさいわいと、自分のほうからそうすると申しでたのかもしれない」

「どうして彼女は、きみをおっぱらいたがるんだ？」

ジェーンは一瞬、ためらった。殺されたばかりの女性の悪口をいうのは、はばかられた。それがたしなみであり、礼儀というものだ。こうした状況で不愉快なことを口にするのは、どちらかというと品のないことに思えた。

「アンジェラは、支配するのが好きだった。注目の的でいたがった。賞賛されることに慣れていたのよ」

「そして、きみは彼女に対して賞賛の念を抱いていなかった？」

「アンジェラがすごく優秀な科学者であることは、認めるわ」

「でも？」

「人間としては、好きになれなかった。彼女は気まぐれで、わがままで、なんとしても我をとおそうとした。たぶん、わたしがアンジェラにはらっていた敬意は、彼女がいつも受けていたほどのものではなかったんでしょうね。そのことで、彼女はいらついていたはずよ。なんのかんのいっても、わたしは一介のお手伝いにすぎないんだから。フィールドセンターに名づけ娘のつける仕事がないかと理事長が口にしたとき、アンジェラはそれをいい機会だととらえたんじゃないかしら。わたしの後釜に、もっと従順な人間を据えるの。自分に恩義のある人間を」

「彼女のことは、よく知らなかったんだ」ペレスはいった。「もちろん、テレビでは見ていたけど」

「それで、テレビから受けた印象は？」自分がペレスの意見にすごく興味をもっていることに、ジェーンは気がついた。彼の判断は、信用できるだろう。

ペレスはすこし考えており、そのまま自分の意見を口にするのは控えるかに見えた。「すごく魅力的だった」ようやくいう。「ただし、それはカメラがまわっているときだけで、一度もそれが彼女のほんとうの姿だと納得したことはなかったな。どちらかというと、いつもみじめそうに見えた」

それは、ジェーンがまったく予想していなかった返事だった。

昼食のあいだじゅう、ジェーンはペレスの不在を意識し、彼が鳥部屋にいるところを想像していた。アンジェラはいま、どんなふうに見えるのだろう？　ベン・キャッチポールが発見したときと、まったくおなじままか？　死体というのは、どれくらいすると腐りはじめて、人間らしく見えなくなってくるのだろう? ジェーンはベンに呼ばれていったときに、アンジェラの死体を目にしていた。その髪の毛に織りこまれていた鳥の羽根は、じつに奇怪で異様な感じがした。

ジェーンが食事をだしはじめるまえに、フラン・ハンターがやってきた。べつの世界からひょっこりあらわれたような登場のしかたで、フィールドセンターの強固な壁のむこうではふだんどおりの生活がつづいていることを思いださせてくれた。フランはカメラを首にかけ、小さなリュックサックを背負っており、レオ・ウィリーのトラックから降りてくると、すぐにペレスに合流した。おそらくペレスに頼まれて、犯行現場の記録とアンジェラの死体の移動に必要な器材をもってきたのだろう。

食堂での会話は、湿りがちだった。モーリスとポピーはまたしても姿を見せなかったが、ベンはいっしょに食事をしていた。みんな事件の話をしたくてうずうずしているにちがいない、とジェーンは思った。この劇的な状況を楽しみ、亡くなった女性にかんするうわさ話に花を咲かせたいのだ。だが、無神経だと思われたくないのか、誰も口火を切ろうとはしなかった。ジェーンは許可をあたえたくなった。アンジェラが聖人でなかったことは、みんな知ってたじゃない。だが、ほかのものたち同様、彼女も自分が冷酷だと思われるのを恐れていた。

しばらくあとで、ジェーンはモーリスの住居部分のドアを叩いた。モーリスがドアをあけてくれた。彼はすでに着替えていたが、ひげはまだ剃っておらず、今年のはじめに悪性の流感にかかったときとおなじように見えた。そのときも、ジェーンが彼の面倒をみたのだ。アンジェラは海鳥に足環をつけるのに忙しすぎたから。ジェーンの知るかぎりでは、アンジェラは風邪をひいたことさえなく、病人への同情心をまったくもちあわせていなかった。

「鍋にスープをいれてもってきたわ」ジェーンはいった。「温めるだけで食べられるから」

モーリスは彼女の手から鍋を受けとると、そのままドア口に立っていた。

「ポピーの様子は？」ジェーンがほんとうにたずねたかったのは、モーリスがこれからどうするのかだった。天候が回復ししだい、彼は島を離れたがるだろう、とジェーンはにらんでいた。そうなると、センターは彼女だけのものになる。好きなだけ、かたづけて、きれいにして、きちんと整えることができる。あたらしい監視員は、勝手を知っている料理人をありがたがるはずだった。

「またベッドに戻らせたよ」モーリスがいった。「ぐったりしていたから。たぶん、ショックのせいだな」顔をあげて、ジェーンを見る。「アンジェラがいなくなって、どうすればいいのかわからない。彼女抜きの人生なんて、考えられないんだ」

それはジェーンが求めていたような実用的な返事ではなかったが、それでも彼女は喜んでモーリスの話につきあっていただろう。それで彼の気が晴れるのなら、話の内容はアンジェラのことでもかまわなかった。だが、モーリスはジェーンをなかに招きいれることなく、ドアを閉めた。最初に妻の死を知らされたときより、さらにがっくりときているような感じだった。

これ以上フィールドセンターにいることに、ジェーンは耐えられなくなった。鳥部屋で活動しているペレスの姿が頭に浮かんでくる。鳥部屋で写真を撮り、標本を採取し、死んだ女性のまわりを静かに無駄なく動きまわるペレス。だが、そのイメージのせいばかりでなく、とにかく彼女はしばらくここを離れる必要があった。もう何週間も屋内に閉じこめられているような気がした。裏口のすぐ外にトラックがとめてあるのが見えたので、フランはまだペレスといっしょに鳥部屋にいるのだろう。ジェーンは南へ歩いていき、店でジョアンとおしゃべりすることにした。それから、ペレスとフランがまだ帰宅していないようなら、スプリングフィールドのメアリ・ペレスの家に寄ってもいいかもしれない。行きは追い風になるだろうし、帰りは誰かの車に乗せてもらえるはずだ。穿鑿《せんさく》好きとか病的な好奇心の持ち主と思われたくはなかったが、とりあえずメアリは、この島でジェーンにとってもっとも友人にちかい存在だった。

外に出ると風で息がつまりそうになったが、雨はすでにやんでおり、太陽がときおり顔をのぞかせては、緑の海やぐしょ濡れの草地をふいに照らしていた。ジェーンははじめて、アンジェラを殺すことのできた人物とその方法について思いをめぐらせはじめた。ほかのみんなとおなじで、彼女も最初はポピーの犯行だと決めつけていた。だが、もしかすると、そう単純な話ではないのかもしれなかった。フィールドセンター内の張りつめた雰囲気とむきだしの感情から距離をおいてみると、今回の事件を知的な謎としてとらえることができた。彼女の知性は決してペレス警部に劣るものではないはずだし、彼女のほうがセンターの関係者のことをよく知っていた。アンジェラの発言で、ひとつだけあたっていることがあった。ジェーンはあらたなことに挑戦する準備ができていた。自分がペレスのところへいき、事件を解決してみせる場面を想像する。彼に認められるのは、さぞかし気分がいいだろう。

店には何人か客がいたが、買い物というよりもおしゃべりのためにいるような感じで、当然のことながら、ジェーンは大歓迎された。うわさ話にかんするかぎり、かれらはフィールドセンターの滞在者たちよりもずっと積極的だった。

「そこいらじゅう血だらけだったって聞いたわよ」「ジミーは、もうあの子を逮捕したの?」「島でこんな恐ろしいことが起きるなんてね」

ジェーンは、わずかなことしか話さなかった。みんなが興味津々で情報を求めてくるのは、理解できた。かれらは部外者として遠まきに劇的な事件をながめているだけで、たとえばの話、誰かから殺人犯かもしれないと糾弾される心配はないのだ。だが、その好奇心は理解できたものの、ジェーンはあまりしゃべらないようにした。自分の知るかぎりではまだ誰も逮捕されていないし、もちろん、フィールドセンターにいる全員がひどくショックを受けて動揺している……。

ジェーンは身体にコートをしっかりとまきつけると、ふたたび外へ出た。店のそばの小丘では風車のタービン羽根が勢いよくまわっており、低くうなるような音を発して電力を貯めこんでいた。ちょうど学校の下校時間らしく、子供たちが風にむかって身体を倒しながら、笑ったりおいかけっこをしたりして坂道をおりてきた。スプリングフィールドにあるメアリ・ペレスの家のまえにはトラックもジェームズ・ペレスの車もなかったので、ジェーンはドアをあけ、なかにはいっていった。メアリはキッチンのテーブルのまえに立ち、卵の白身を泡立てているところだった。

「いきなり押しかけてきて、ごめんなさい」ジェーンはいった。「でも、どうしてもセンターから逃げだしたくて」

「かまわないわよ。さあ、どうぞ」メアリが泡立て器から卵をふり落とした。「これをオーブンにいれるまで待ってて。そしたら、紅茶をいれるわ」混合物にグラニュー糖をくわえてから、スプーンで天板に盛りつけていく。「ジミーは、どうしてる？」

「さあ」ジェーンはいった。「たんたんと捜査を進めてるわ」言葉をきる。「たぶん、わたしたち全員が容疑者ね」

「あの子のことが心配で」メアリがいった。「ずっと犯罪とか暴力とかにかかわっていたら、なにかしら影響を受けるんじゃないかしら？　あの子は島に戻ってきて小農場をやるものと、ずっと思ってたのよ。それがやりたいことだって、本人が昔からいってたから。でも、スケリーの小農場に空きができたとき、あの子はその機会をどぶに捨ててしまった」

「いまの仕事は、彼にすごくあってるみたいだけど」

「ジミーはもうすぐ結婚するのよ。奥さんだって、四六時中あの子が家を空けてて、いつ帰ってくるのかもわからないような生活は、望んでいないでしょう。今週、こうやって島ですごせば、ここでの生活がどんなものになるのか、彼女にもわかってもらえると思っていたの。そしたら、こんなことが起きてしまって」

「フランがジミーのしあわせを願っているのなら、きっと彼にいまの仕事をつづけさせて……」でも、あなたになにがわかるっていうの？　ジェーンは心のなかでつぶやいた。寂しい中年女で、しあわせといえば、誰もいないフィールドセンターで二週間、春の大掃除をすることだって人が。

「ほんとに、ねえ」メアリがいらだたしげにいった。「女はみんな、はじめはこう考える――自分なら、男を変えられるって。でも、そんなこと、絶対にできっこないんだから」

突然、ドアを激しく叩く音がした。メアリはぎょっとして、手をやかんにのせたまま、蒼白な顔で立ちつくしていた。ジェーンのほうを見る。ドアを叩く音はつづいていた。「どうぞ」メアリが大声でいった。「誰だか知らないけど、叩くのをやめて、はいってらっしゃい」

ドアがぱっとあいた。

「まったく。どうしたっていうの？」

あらわれたのは、ダギー・バーだった。走ってきたせいで、顔が赤くなっている。コートはまえがはだけており、三脚に装着されたままの望遠鏡が肩から紐でぶらさがっていた。首には双眼鏡がかかっていた。

「電話を貸してください」ダギーがあえぎながらいった。「ぼくの携帯はつかえなくて。つながらないんです」

「なにがあったの？」ジェーンはべつの死体を想像して、胸がざわついた。

「センターに電話しないと」ふたりの女性がぽかんと自分をみつめていることに、ダギーは気がついた。「サウス・ハーバーに鳥がいるんです。ナキハクチョウが。イギリスでは、はじめて目視される鳥です」反応がないので、ダギーは声をかぎりにくり返した。「イギリスでは、はじめてなんです」

10

午前中、ダギー・バーはずっとアンジェラのことばかり考えていた。彼女のさまざまなイメージが、頭に浮かんでは消えていった。もちろん、本人と実際に会うまえに、彼はアンジェラの姿をテレビで見かけていた。モーリスと結婚してフィールドセンターの監視員に任命されるまえから、彼女は有名人だった。野生動物番組につぎつぎと登場してきていた若手解説者のひとりだ。かれらの起用は、博物学をもっとセクシーなものにし、あたらしい視聴者を獲得するための戦略であり、ダギーはそのことを理解していた。売るのは、彼の専門分野なのだ。そのころから、アンジェラは彼の人生の一部になっていた。彼がひそかに抱いていた執着だ。アンジェラといえば、誰もがまずあの髪の毛を思いだした。背中までのびた、つややかで美しい黒髪。それは、彼女が二週間にわたってアラスカの荒野で野営しているときも、砂漠を旅しているときも、まったく変わらなかった。だが、ダギーがはじめてアンジェラの姿をテレビで目にしたとき、いちばん強く印象に残ったのは、その長くてほっそりとした茶色い手だった。すぐに注意を奪われた。双眼鏡を目にあてているときの手。足環をつけようとしてオオハシウミガラスのひなをもちあげているときの手。フィールドセンターでアンジェラとはじめて会ったとき、ダギーは握手しようと手をさしだした。そして、握手した手を見おろしながら、胸をどきどきさせていた。長くて力強い指は、彼が想像していたとおりだった。自分の人生でもっとも親密な体験のひとつだ、とそのとき彼は思った。ついに、誰よりも敬愛してやまない女性に、この手でふれているのだ。

ある晩、彼はビールを二杯飲んだあとで勇気をふるいおこし、どうしてフィールドセンターの仕事を希望したのかを、アンジェラにたずねてみたことがあった。彼女は社交室にすわって、その日に目視した鳥の種類を日誌につけているところだった。椅子にうずくまり、両膝をあごの下にあてて、缶から直接ビールを飲んでいた。

「あなたは有名人だ」ダギーはいった。「テレビ番組のために、世界中を旅してまわることもできた。大もうけすることも。それなのに、どうしてフェア島に？」

アンジェラはほほ笑んだ。「すっかり虜になってるからよ。ここが大好きなの。あなたとおなじでね。はじめてシェトランドにきたのは、まだ学生のときだった。学位を取得したあとで、一シーズン、ここで海鳥調査の助手をしたの。そのとき、いつの日かここの監視員になってやろうと誓ったわ。ここを管理する最初の女性になってやろうとね」アンジェラはビールの缶をおいた。「テレビでは、ほかの人からああしろこうしろと指図されるだけよ。でも、ここではあたしが支配している。あたしにとっては、それが重要なの」

ダギーは鳥部屋で死んでいるアンジェラの姿を想像し、いまの彼女はあまり支配しているとはいえないな、と思った。彼女がモーリスと結婚したのは、所長をつとめるパートナーが必要だったからにすぎない、というものもいた。そうでなければ、彼女が理事会から監視員に任命されることはないからだ。それについては、ダギーはなにも知らなかった。そのことを彼女にたずねてみるだけの勇気は、彼にはなかった。モーリスとアンジェラは、最初から奇妙な組み合わせのカップルだった。いまダギーは、アンジェラが命を落とすことになったのはフェア島のフィールドセンターを仕切るという野望のせいだったのではないか、と考えていた。

まだ明るいうちにダギーが建物のなかにいるのは、めずらしかった。きょうみたいな天気の日でも、彼はたいてい屋外にいた。コールセンターにある彼のオフィスは狭苦しく、自然光がまったくはいってこなかった。よく同僚たちと、まるで刑務所にぶちこまれているみたいだ、と冗談をいっていた。休暇のあいだ、彼は戸外に出ずにはいられなかった。そうしないと、職場にいるのとおなじ気分になった。

社交室にいってみると、ヒューがそこで旅行記事を読んでいた。ダギーにむかって、手にしている雑誌をさしだしてくる。光沢紙には、ジャングルや山々、この世のものとは思えない彩りの鳥の写真が印刷されていた。「仕事の可能性をあたっているところなんだ」ヒューがいった。「こういうのはどうかと思って。アルゼンチンで三週間すごしたうえに給料をもらえるなんて、すごく魅力を感じるよ。あそこには、まだ見ていない固有種がいくつかいるし」

この若者の自信が、ダギーはうらやましかった。望みさえすれば仕事は自分のものになる、とヒューは考えているのだ。そして、その仕事を自分は上手くこなせる、と。もしかすると、一流校にいって身につくのは、こういった自信なのかもしれなかった。

「島の南端まで足をのばしてみようかと思うんだ。いっしょにくるかい？」バードウォッチングをするとき、ダギーは同伴者がいるのを好んだ。島を徒歩で南下しながらうわさ話に興じるのは、楽しみの一部だった。学校にいたとき、彼は友だちとつるむことがなかった。バードウォッチング関係の友人は、彼の住む町のもっと裕福な地区に住んでいたからだ。それに、誰かと会話をしていれば、アンジェラのことを考えずにすむかもしれなかった。

ヒューが写真から顔をあげた。「やめとくよ。もう何週間も、ずっと西風だっただろ。時間の無駄さ。機会があるときに、飛行機で島を出とけばよかった」そういって、おなじみのあの笑みをちらりと浮かべてみせる。それを見て、一瞬、ダギーはつっかかりたくなった。ヒューのような熱心なバードウォッチャーなら、この島とバードウォッチングというものに対して、もっと敬意を示して然るべきではないのか。「それに、このわくわくするような出来事を見逃したくないしね。殺人事件にまきこまれるなんて、そうしょっちゅうあることじゃないだろ」

ヒューがいっているのは、鳥部屋でおこなわれている警察の活動のことにちがいなかった。鳥部屋のドアは閉まっていたものの、ダギーは長靴をはきにいったとき、部屋のなかで人が動きまわる音と小さな話し声を耳にしていた。ヒューとしては、アンジェラの死体がはこびだされるところも見逃したくないのだろう。だが、ダギーはそんなことでわくわくしたいとは思わなかった。ヒューの好奇心には、病的なところがあった。薄気味が悪かった。

小農場のある南のほうへむかって道路を歩いていくあいだ、ダギーが目にしたのは、ダブルダイク（二重の石塀）・トラップ（ヘルゴラント・トラップの一種）の上を風で吹き飛ばされていく二羽のマキバタヒバリと、崖のそばにいるズキンガラスだけだった。だが、それでも彼は気分が明るくなるのを感じた。丘にいる人影がちらりと見え、一瞬、アンジェラかと思った。べつに幽霊を想像していたわけではなく、たんに彼女が亡くなったことを忘れていたのだ。いかにも彼女らしい身のこなしだった。足どりをゆるめずに一日じゅうでも歩きまわれるとでもいうような、きびきびとした動き。それが自分の思いちがいであることに、彼はすぐに気がついた。あの人影は、ベン・キャッチポールにちがいなかった。アンジェラがいないので、かわりに丘での調査をおこなっているのだ。レインコートを着ていると、たいていのバードウォッチャーがおなじに見えた。ダギーは確認しようと双眼鏡をもちあげたが、すでに人影は地平線のむこうへと消えていた。

ダギーは、自分の身体がなまっているのを自覚していた。持ち帰りの料理ばかり食べて、ビールを飲みすぎているせいだ。クイズ大会の晩《クイズ・ナイト》に地元のパブへいけば、自分にもバードウォッチャー以外の友だちがいるという幻想にひたることができた。週末は、〝珍鳥のおっかけ〟だった。同好の士といっしょに車で長時間ドライブし、希少種の鳥を見ようとちょっとだけ動きまわってから、夜はソファの上でさらにビールを飲み、これまで目にしてきためずらしい鳥の話を交換しあう。とはいえ、ちかごろでは夜になると、ひとりで膝にのせたノートパソコンにむかい、〈サーフバーズ〉のウェブサイトをのぞいたり自分のブログを作成したりすることが多かった。いまや独身のバードウォッチング仲間はあまりおらず、結婚しているものはバードウォッチングをすませると、すぐに妻や子供たちのもとへと帰っていった——もう遅いし、これからはもっと家族サービスにつとめると約束したから、といいわけをしながら。こういうとき、ダギーは自分がまだ独りものであることを嬉しく思った。

いま、風に背中を押されて歩きながら、ダギーは関節のこわばりがしだいに消えていく感覚を楽しんでいた。ジムに入会して、もっと身体を動かすべきなのだろう。腹まわりの贅肉をいくらか落とせば、職場の女性たちも彼のことをもっと真剣な目で見てくれるかもしれない。フエア島にきてすこしばかり運動し、健康的な食事をとっていると、彼はいつでも気分が良くなった。

学校のそばで道路はふた股にわかれており、ダギーは低いほうの小道をえらんだ。右手にマルコム岬をのぞみながら、西へとむかう。こちらのほうが、いくぶん風からよく守られているような気がした。あるいは、風の勢いそのものが、すこしおとろえてきているのか。ミッドウエイの下の野原に、あらたに飛来したワキアカツグミの群れがいた。彼が通りかかると、鳥たちはいっせいに飛びたち、さえずった。鳥の姿を目にしたことで、彼の気分はふたたび高揚した。この群れは、過去二十四時間のうちに島にやってきたにちがいない。もっと希少な鳥がいっしょにきていないとも、かぎらなかった。ダギーは頭のなかでさまざまな可能性を検討しはじめ、さらなる白昼夢にふけった。

サウス・ハーバーの先にある海は、まだ大しけだった。巨大な波がつぎつぎと押し寄せ、灰色の岩場にあたっては白く砕け散っていた。雲のうしろから太陽が顔をのぞかせ、波しぶきのまわりに虹がかかった。それから、ふたたびどこもかしこも薄暗くなった。ダギーは小さな墓地のそばをとおった。海のすぐちかくなので、波しぶきが横殴りの風にのって、ここまではこばれてきていた。ひと息つこうと大きな岩の陰に隠れ、望遠鏡を風と塩水から守ろうとする。すこし沖合の海では、雨まじりの突風が水面を叩いていた。ダギーは双眼鏡を目にあて、嵐の様子を観察した。それから、焦点をふたたび調整して、もっと手前の海岸のほうに双眼鏡をむけた。

海岸ちかくの水面の穏やかなところに、一羽の白鳥がいた。こちらに背中をむけており、首を片方の翼の下にしまいこんでいるので、頭は見えなかった。おそらく、オオハクチョウだろう。身体が大きいし、コブハクチョウはこの島ではほとんど目視されていないのだ。そのとき、これから飛びたとうとするかのように、白鳥が首をのばした。くちばしが黒かった。その特徴を理解するのに、しばらくかかった。ダギーは望遠鏡をセットした。三脚を組み立てるのに、もたついた。まったく、どうしてこれまで誰もまともな三脚を発明してこなかったのだろう？彼はきちんと確認する必要があった。もしかすると、海草の切れ端がくちばしにからまっているだけかもしれない。あまり期待しないのが、いちばんだった。これまでに何度、失望を味わわされてきたことか。だが、望遠鏡をとおして見ても、やはりくちばしは黒いままだった。

巨大な鳥はゆっくりと羽ばたきし、胸をもちあげた。そして、まるで海の上を走るようにして移動したかと思うと、じょじょに宙に浮かんでいった。片方の脚に、太い金属の環がはまっていた。そこには数字が記されているのだろう。ダギーは小声で、祈るようにしてつぶやいていた。ああ、どうか消えないでくれ。こんなの、誰にも信じてもらえないだろう。べつの目視者が必要だ。

ダギーはぱっと立ちあがると、北へむかう白鳥の姿を双眼鏡でおいつづけた。羽ばたきは力強かったものの、あまり高度はでていなかった。運が良ければ、島の反対端にある溜池のどれかに舞い降りるだろう。オオハクチョウはよく、〈黄金の水〉で羽を休めていた。なんてこった、とダギーは思った。アンジェラがここにいたら、どう感じていただろう？ 彼女もきっと、イギリス国内ではじめてナキハクチョウを目視した人物になりたかったはずだ。

ダギーはポケットに手をいれ、携帯電話をさがした。手袋が邪魔なので脱いだが、気が急くあまり、手袋の片方を岩場の水溜りに落としてしまった。島では携帯電話がつながりにくかったが、もしかすると、ツイているかもしれなかった。フィールドセンターに電話して、みんなにこの鳥をさがしてもらわなくてはならない。一年のこの時期、日はすぐに落ちてしまうので、翌日に間にあわせるためには、いますぐきちんと判定する必要があった。あす、飛行機が飛べるようならば、イギリスじゅうのバードウォッチャーたちがチャーター便でここへこようとするだろう。そして、ダギー・バーは英雄になるのだ。だが、彼の携帯電話はつうじなかった。そして、白鳥はもう見えなくなっていた。

ここからいちばんちかくにある家は、ジェームズとメアリのペレス夫妻が住むスプリングフィールドだった。ダギーは望遠鏡を肩にかけると、スプリングフィールド目指して土手を駆けあがりはじめた。もろに、むかい風だった。砂利で足もとが滑り、目からは涙がぼろぼろとこぼれだしてきていた。

アンジェラが死んだことより、この鳥のほうが自分にとっては重要なんだ。

ふと頭に浮かんできたその考えに、ダギーは嵐なんかよりもずっと強烈な衝撃を受けた。つづいて、もっと恐ろしい考えが頭に浮かんできた。

こういう鳥を見つけるためなら、自分は人殺しだって厭わないだろう。

スプリングフィールドにつくと、キッチンに明かりがともっていた。ダギーは力いっぱいドアを叩いた。気がつくと、「なかにいれてくれ」と叫んでいた。その声は、誰かほかの人が叫んでいるように聞こえた。

家にいたふたりの女性は、まるで狂人でも見るような目つきで彼をみつめていた。電話は、居間にあった。島にある個人の家にはいるのはこれがはじめてだったが、ダギーは室内の様子には目もくれずに、フィールドセンターの番号をダイアルした。

ベン・キャッチポールが電話にでた。この監視員助手はあまり長いこと丘にはいなかったわけで、それできちんとした調査ができるとは、とても思えなかった。だが、いまはそんなことを問題にしているときではなかった。ベンならば、フィールドセンターにあるランドローヴァーを自由に使用できる。そして、ダギーはいま、これから三マイル北の〈黄金の水〉まで歩いていけるような状態ではなかった。

「いまさっき、ナキハクチョウを見た」

電話口のむこうで、沈黙がおりた。

「聞こえてるのか？」ダギーは悪態をつきたくなったが、キッチンではふたりの女性が聞き耳をたてているのがわかっていた。相手がまったく興奮したりあわてたりしていないのが、理解できなかった。

依然として、なんの反応もなかった。

「迎えにきてくれないか？　ナキハクチョウは北に飛んでいった。〈黄金の水〉にいるのかもしれない。ほかのみんなにも伝えてくれ。きみが迎えにくるあいだに、かれらが徒歩でそこへいって、見つけられるかもしれないから」

ようやく、ベンが口をひらいた。「どうかな――」

「くそっ！　つべこべいわずに、さっさとやるんだ！」女性たちのことも忘れて、ダギーは喉の奥が痛くなるくらい大きな声で叫んだ。

「わかった」ベンがいった。「わかったよ」

ヒューがふたたび見つけておいてくれた白鳥は、まさにダギーの想像していたとおりに、フィールドセンターちかくの溜池にぽつんと一羽でたたずんでいた。強風で波立つ水面の上で、ゆらゆらと揺れていた。お昼の天気予報によると、西からまたべつの低気圧がちかづいてくるということで――ハリケーン・チャーリーのおきみやげだ――空はふたたび曇っており、おかげで白鳥は灰色の水面に白くくっきりと浮かびあがって見えた。ヒューはフィールドセンターから土手を駆けおりてきたにちがいなく、ダギーたちが到着したとき、まだ息が荒かった。途中で出会って車に乗せてきたファウラー夫妻も、その場にいた。サラ・ファウラーはこの必死の追跡行にとまどっているようだったが、夫のジョンはほかのものたちとおなじくらい興奮していた。「こういう鳥の確認に立ち会えるとはな」という。「まさに、あらゆるバードウォッチャーの夢だ」この男は誤情報発信者《ストリンガー》かもしれないが、すくなくともこの件の重要性を理解している、とダギーは思った。

ヒューは草地の上で腹ばいになり、望遠鏡で白鳥を観察していた。ほかのものたちがちかづいてくるのを耳にしても、ふり返ろうとはしなかった。「足環がはまっているのに、気がついたか？　砂地にあがって歩きまわったときに、見えた」

「細かいことは？」ダギーは息をつめた。

ヒューが返事をするまえに、ベンが割ってはいった。「それはつまり、あの鳥が飼われていたもので、コレクションから逃げだしてきたってことじゃないのか？」飼われていたところから逃げだしてきた鳥は、記録の対象にはならない。それくらい、誰でも知っていた。くだらないことをいってないで、ヒューに最後までしゃべらせろ、とダギーはいいたくなった。どうして、ベン・キャッチポールみたいな間抜けがフェア島の監視員助手の地位につけたのだろう？　そう、やつには学位があるからだ。しゃべり方を心得ていて、宿泊客に受けが良さそうだからだ。

　ここでようやくヒューがむきなおり、にっこり笑ってみせた。

「こいつは飼われていた鳥じゃない。脚についてたのは、米国地質調査所の足環だった。望遠鏡をとおして、あそこの数字であることがはっきりと読みとれた。あの白鳥はアメリカの原野で足環をつけられたもので、その日付と正確な場所がわかるだろう。こいつは間違いないよ、ダギー。おめでとう。まったく、運のいい野郎だぜ」

しばらくして、フィールドセンターに戻るランドローヴァーの後部座席で揺られながら、ダギーは自分がアンジェラを恨めしく思っていることに気がついた。そんな感情を抱くことがあるなんて、想像もしていなかった。もう長いこと、アンジェラは彼にとって大切な存在だったのだ。だが、この自分の人生で最大の発見を、彼は祝うことができそうになかった。人がひとり亡くなった翌日にパーティをひらくなど、論外だ。たとえ、その発見がパーティをひらくに値するものであったとしても。せめてアンジェラの死体がすでにセンターからはこびだされていることを、彼は願った。

11

ペレスからの電話でカメラを貸してほしいといわれたとき、フランはほっとしていた。メアリは素晴らしい女性だった。いっしょにいて楽しかった。友だちになれそうな気がした。だが、昼食の時間になるころには、フランは退屈のあまり、叫びだしそうになっていた。電気も本島への飛行便もなかったころ、フェア島の女性たちはいったいどんな生活を送っていたのだろう？　夏のあいだなら、フランもなんとかやっていけただろう。そのころには畑での共同作業があるし、夜は明るいし、音楽だってある。だが、いまの時期、人びとは荒れ模様の天気のせいで屋内に閉じこめられ、それがおさまるころには、みんなすこし頭がおかしくなっていそうだった。おしゃべりをして編み物をする以外、なにもすることがないのだ。子供たちが外に出られずに部屋のなかを駆けずりまわり、そのかたわらで自分が薄暗い部屋にすわって一日じゅう編み物をしているところを想像する。しまいには、人を殺したい気分になっていることだろう。

それでも、あなたはここで暮らせるというの？　自分の仕事と家さえあれば、ここに定住できると？　答えは出てこなかった。

「カメラなら、あたしがもっていくわ」ペレスの望みを聞くとすぐに、フランはいった。「あなたは、そっちで忙しいだろうから」

「どうかな……」ペレスが規則のことを考えているのが、フランにはわかった。捜査手順を気にしているのだ。彼は、なにごとも規則どおりにやりたがる男だった。

「お願いよ、ジミー」

彼女の声にふくまれる必死な響きを、ペレスは聞きとったにちがいなかった。

「わかった。ただし、レオ・ウィリーのトラックできてくれないか？　お袋にいえば、手配してくれる。きみには、かわりに親父の車を運転して帰ってもらいたい。それと、うちの納屋の奥に、ポリエチレンのシートをまいたでっかい筒がある。寝室のあたらしい絨毯が配達されてきたときに、それをつつんであったやつだ。そいつも、もってきてくれないか？」

「もちろんよ」フランはいった。「まかせてちょうだい」質問はなし。いつもなら、やたらと質問するところなのだが、きょうはペレスに考え直す時間をあたえたくなかった。

島の北にある灯台にむかうあいだ、フランはトラックの運転を大いに楽しんだ。トラックはすっかりさびついていて、そもそも走るのが不思議なくらいだったが、こうして運転台にちょこんとすわっていると、遊園地の乗り物にのっている子供のような気分になれた。エンジン音とディーゼル油の匂いはまさに遊園地だったし、運転台からの景色はまったくちがって見えた。おまけに、ずる休みをしているようなこの高揚感……。フランには、こうした子供じみたところがあった。フィールドセンターでは、ペレスが彼女を待ちかまえていた。

「鍵は、親父の車にさしたままになってる」ペレスがいった。「きみは、まっすぐうちに帰るんだ」

「ジミー！」

「ここにいちゃいけない」

「あたし、手伝えるわ。ものをもったり、メモをとったりして。ここにいるほかの人たちは、全員が容疑者よ。死亡した女性をあたしが殺せなかったことは、知ってるでしょ。絶対に邪魔はしないから」自分が機嫌の悪い日のキャシーみたいに駄々をこねているのが、フランにはわかった。きっと、このままおい返されるだろう。だが、ペレスは折れた。もしかすると、あまりにも異常な事態なので、規則はさほど重要ではないのかもしれなかった。それに、フィールドセンターのなかで彼が孤立感をおぼえている可能性もあった。まわりにいるのはイングランド人ばかりで、故郷にいながら、自分のほうが偽者であるかのように感じているのだ。それに、写真の腕前は、彼よりもフランのほうがずっと上だった。

「それで問題がないかどうかを、電話で地方検察官に確認しないと。訴追の際に不利益になるようなことをするわけにはいかないから」

フランを玄関の間に立たせたまま、ペレスは鳥部屋の鍵をあけて、なかへと消えた。自分のまえで地方検察官と話をするのが気まずいのだ、ということにフランは気がついた。彼は真実を誇張しようとしているのだろうか？　助手なしではどうしても捜査を進められない、と地方検察官にいおうとしているとか？　自分が嘘をつくところを、フランには聞かれたくないというわけだ。彼がアンジェラ・ムーアの死体のそばに立ち、地方検察官とふつうに会話をしているところを、フランは想像した。どうやったら、そんなことができるのだろう？　自分はほんとうに彼といっしょに働きたいと考えているのか？　フランはまえに一度、女性の死体を見たことがあった。そして、その光景は、それから何週間も彼女の頭から消えることがなかった。もしかすると、ペレスはただ彼女を守ろうとしているだけなのかもしれなかった。

ドアがあいた。「ほんとうに、いいのかい？」まるで、フランの懸念を察知したかのようだった。

フランはうなずいた。これがペレスの仕事であり、彼女はそれにかかわりたかった。こんな機会は、もう二度とないだろう。ペレスはわきに寄って彼女をなかにとおしてから、ドアをしめて鍵をかけた。フランは絵の題材を見るような目で、アンジェラの死体を観察した。がっしりとした女性なので、描くとしたら大きな油絵だろう。髪の毛のきめ。力強い肩。ナイフの柄はクリーム色ですべすべしており、髪の毛とは対照的だった。すでに骸骨のように見えている長くて骨ばった手が、机の上にのっている。頭には、奇妙な羽根の飾り。この作品はコラージュにしてもいいかもしれない、とフランは思った。華やかで立体感のあるコラージュだ。

「その羽根は、なんなの?」

「さあ」ペレスがいった。「きっと、死後に飾りつけられたものだろう。だが、理由は見当もつかない」

「それのせいで、彼女はごっこ遊びをしている子供みたいに見えるわ」

「きみもそう思うかい?」ペレスは驚いているようだった。「ぼくの頭にまず浮かんだのは、そいつがアスコット競馬場でお洒落な女性たちがかぶっている馬鹿げた帽子に似てるってことだった。それから、それはなにかのメッセージかもしれないと考えた。〝卑怯〟を示唆しているとか? 第一次世界大戦のとき、軍に志願しようとしない男性に対して、女性は白い羽根を手渡したんじゃなかったっけ?」

その考えはうがちすぎなように、フランには思えた。あまりにも説教じみている。これは飾りなのだ。「羽根は、もともとこの部屋にあったものなの?」

「わからない」ペレスがいった。「そいつも調べないと」

「ナイフは?」

「アンジェラの私物だ。モーリスの話では、彼女が海外へいったときに買ってきたものだとか。インドだったかな。どうやら、標識調査のために捕まえた鳥が網にからまっていた場合、その網を切るのにつかっていたらしい。出かけるときはベルトにさしておいて、それ以外のときはこの鳥部屋においてあった。監視員助手によると、いつでもよく切れる状態にしてあったそうだ」

「彼女、爪を嚙んでたのね」フランはいった。「なんだか、しっくりこないわ。ふつう爪を嚙むのは神経質な人だけど、彼女はまったくそんなふうには見えなかったもの」フランは顔をあげて、ペレスを見た。「つまり、爪の下からはなにも見つかりそうにないってこと?」

ペレスは肩をすくめた。「爪の下の標本は、検死のときに採取することになるな。ここには、そのための器材がそろってないから。あと、センターに死体をもうひと晩おいておくわけにはいかない。ここだと、誰も死体にちょっかいをだせないように、ぼくがひと晩じゅうドアの外にはりついていなくちゃならない。それに、死体はもうすこし気温の低いところに移動させる必要がある。この部屋の暖房は、いまは切ってあるけど、そのまえはひと晩じゅうついてたんだ。発電機のスイッチは、アンジェラがベッドにいくまえに切ることになってたからね。おかげで、部屋はまだかなり暖かい」

「あたしは、なにをすればいい?」フランは、淑女ぶって彼のまえでか弱い女性を演じるつもりはなかったが、腐敗の悪臭のことを想像して、ふいに気が遠くなるのを感じた。なにか実用的な作業に集中している必要があった。

「写真を撮ってくれ」ペレスがいった。「たくさん。ここにあるものすべてだ。部屋全体を、できるだけ多くの角度から撮る。それから、すべてを接写で。手袋はもってるかい？」

フランはにやりと笑って、上着のポケットから薄い羊毛の手袋をとりだした。「ドクター・ワトスンと呼んでちょうだい」

「うん？」ペレスが彼女のほうを見た。自分の考えにすっかり気をとられていて、彼女の下手な冗談を理解していないのがわかった。

「なんでもないわ」フランはケースから自分のカメラをとりだし、一枚目の写真を撮るべく位置についた。

「指紋採取の道具がないけど」ペレスがいった。「それは重要ではないだろう。フィールドセンターに滞在している全員が、なんらかの機会に、この部屋にはいっているだろうから。アンジェラはここで鳥に足環をつけていたし、どうやら宿泊客はそれを見学できる仕組みになっていたらしい」

カメラのレンズをとおして、フランは部屋の細かいところまで観察していった。足環をつけるための道具。鳥関係の本のならぶ棚。パソコンとプリンター。棚には埃が積もっており、床は泥で汚れていた。

「この部屋は、ここしばらく掃除されていないわね」フランはいった。「すくなくとも、社交室ほど最近には。きのうの晩の社交室は、染みひとつなかったもの。ここはきっと、長靴のまま入室することが許されてるんだわ」掃除もやはりジェーンの仕事なのだろう、とフランは推測した。この施設全体の食事を用意し、家事を切り盛りするのは、すごく大変そうに思えた。

「それじゃ、足跡を調べても無駄だな」ペレスがひとりごとのようにいった。「指紋の場合とおなじで、ここの職員や宿泊客は誰でもこの部屋に足を踏みいれる理由があっただろうから。それに、犯人はパーティからまっすぐここにきたのだろうから、屋内用の靴をはいていたことになる。つまり、彼は足跡を残していかなかったわけだ」

「彼？」フランはカメラから顔をあげた。

「もしくは、彼女だ」ペレスがいった。

ペレスが犯人の目星をつけているのかどうか、フランにはわからなかったし、たずねてもみなかった。昨夜のパーティにきていた人たちのことを思い浮かべる。いっしょにおしゃべりし、いっしょに笑った人たち。別れの挨拶をしたときには、ひとりひとりと握手し、頬にキスをした。そのうちのひとりが、いま目のまえにいる若い女性の背中にナイフを突きたて、そのあとで注意深く髪の毛に羽根を飾りつけていったのだ。自分がそんな行動に出るくらい腹をたてているところを、フランは想像しようとした。あたしだって、人に殴りかかるかもしれない、と考える。キャシーやジミーを傷つける人がいたら、その人物を殺してしまうかも。でも、そのあとで我に返って、間違いを正そうとするだろう。助けを呼んでくるだろう。それが自分のせいであると知りながら、ただそこに突っ立って、若い女性が出血多量で死んでいくのを見ているなんてことはできない。

机の写真を撮るために、フランは位置を変えた。アンジェラの頭は片方の頬が天板《てんばん》につくような恰好にねじれており、フランは気がつくと、見開かれたままの死者の目をのぞきこんでいた。顔には長い髪がかかっていたものの、目は一部しか隠されていなかった。フランはすばやく写真を撮ると、視線をそらした。

ペレスはコンピュータのプラグを抜いているところだった。「こいつはうちにもって帰って、そこで調べよう」

「それには個人情報がはいってるんじゃない？」

「もちろんさ」ペレスがいった。「いちばん興味があるのは、その個人情報だ」

亡くなった人の私生活に夢中になっているペレスに、突然、フランはすこし不快感をおぼえた。彼は穿鑿《せんさく》するのを——家庭内の事情を特別に知ることができるのを——楽しんでいた。彼女がひっかかっているのは、そこだった。彼がそれを義務だとか嫌な仕事だというふうに考えているのなら、なにも問題はなかった。だが、それを楽しんでいるとなると……。自分もそれだけの存在にすぎないのかもしれない、とフランは思った。ペレスにとっては、興味深い標本、調査すべきべつの対象にすぎないのかも。そのとき、ふたりの目があい、ペレスが彼女にむかってほほ笑んでみせた。ちらりと愛情がこぼれる。そこにいる彼は、彼女がはじめて会ったときとまったくおなじだった——浅黒い肌、くしゃくしゃの髪、疲れた目。一瞬、フランは場所柄もわきまえずに、強い欲情をおぼえた。そして、なにもかも上手くいくだろう、と思った。

玄関の間で電話が鳴るのが聞こえ、ペレスが緊張するのがわかった。「あなたにかかってきた電話じゃないわよ」フランはいった。「警察なら、携帯電話のほうにかけてくるはずだもの」

「アンジェラは、ちょっとした有名人だった。このニュースが外にもれたら、モーリスとポピーが報道陣にしつこくつきまとわれるんじゃないかと心配なんだ」

ペレスは鳥部屋のドアをあけたが、ベン・キャッチポールがすでに電話をとっているのを確認すると、また戻ってきた。ドアはすこしあけたままにしてあり、電話のこちら側の会話を盗み聞きできるように、ペレスとフランはじっと動かずに静かに立っていた。会話が希少な白鳥にかんするものだとわかるとすぐに、ペレスはむきなおった。

「こいつは、もう写真に撮ったのかな?」机の上の本と書類の山のほうにうなずいてみせる。「すこし手当たりしだいといった感じに見える。彼女はなにをしてたんだろう?」

「もしかすると、事件とはまったく関係ないのかもしれないわよ。彼女がここ数週間取り組んでいた研究の資料で、まだかたづけていなかっただけなのかも。整頓魔だったわけではなさそうだから」

アンジェラの長い手のそばに本が伏せておいてあり、フランはその写真を撮った。アンジェラの著書で、当人の写真が裏ジャケットに載っていた。トレードマークの髪の毛は、顔にかからないようにクリップで留めてあった。「〝シロハラチュウシャクシギを追い求めて〟」フランは宣伝文を読みあげた。「〝誰もが絶滅したと考えていた鳥が、ウズベキスタンのシルクロードでふたたび発見された! 現代の冒険と探検の物語〟」フランはペレスを見あげた。「これって、テレビのシリーズ番組にならなかった?」

ペレスがちらりと顔をあげた。「ああ。その番組をきっかけに、彼女は有名になったんだ。

遠征隊をひきいて砂漠へいき、そこで数羽のシロハラチュウシャクシギを発見した。そのシリーズ番組が放映された直後に、彼女はフェア島に引っ越してきた。ここじゃ、ちょっとした騒ぎになったよ。有名人といってもおかしくない人物がやってくるっていうんでね」

「どうして、自分の本を読もうと思ったのかしら?」

「さあね」ペレスは腰をのばすと、その点について真剣に考えた。「論文を書いていて、事実確認をしたかったのかもしれない。さもなければ、ただ自分を元気づけたかったとか。なんといっても、彼女にとっては栄光の瞬間だったわけだから」

ペレスは、ふたたび机の上の文書類を几帳面に調べはじめた。本のひらいているページを記録してから、その本を黒いごみ袋にいれていく。

玄関の間で受話器のおかれる音がしたかと思うと、急にばたばたと動きまわる音が聞こえてきた。ベン・キャッチポールが上階にむかってなにやら叫び、階段を駆けおりる足音につづいて、ランドローヴァーのエンジンのかかる音がした。窓越しに、宿泊客のなかでいちばん若いバードウォッチャーが庭を横切って丘へと走っていくのが見えた。

「いったい、なんなの?」緊急事態が発生したようなのにペレスがものすごくのんびりとかまえているのが、フランには不思議でならなかった。「あたしたちも、なにごとか確かめにいったほうがいいんじゃない?」

ペレスが印刷物の山を調べる手を休め、ちらりと顔をあげた。「きっと、めずらしい鳥が見つかったんだろう」という。「こんなの、しょっちゅうさ。いっただろ。連中はとりつかれているんだ」

ペレスの父親がフィールドセンターにやってきて、アンジェラの死体をトラックに積みこむのを手伝った。フランは、ほっとした。写真を撮っているあいだじゅう、どうやってジミーとふたりで死体をポリエチレンにつつんで外へはこんでいこうかと考えていたのだ。フランはあまり力がないので、アンジェラの死体は転がしていくことになるだろう。羊の糞やウサギの巣穴だらけの草地の上を転がして、それを茶番劇よろしくトラックの荷台にのせようと悪戦苦闘しているところを想像する。すくなくとも、フィールドセンターの宿泊客は出払っているし、モーリスとポピーは自分たちの住居部分に閉じこもっているので、その無様な姿を見られる心配はないだろう。

だが、ペレスの父親がやってきて采配をふるいはじめると、すべての段取りがあっという間についていた。フランはドアを支え、トラックの荷台をあけるだけでよかった。父親に話しかけるとき、ペレスの訛りは変化したので、ふたりがしゃべっている内容をフランはほとんど理解できなかった。あまり多くの言葉はかわされなかった。おそらく、ふたりはまえにも小農場や船の荷積みでいっしょに働いたことがあるのだろう。ペレスの父親がトラックで走り去るのを、ペレスとフランはフィールドセンターの裏口に立って見送っていた。

「車で待っててくれ」ペレスがいった。「モーリスに状況を説明してこなくちゃならないから」

おそらく長く待たされるだろう、とフランは覚悟していた。ほかにもいろいろと質問があるはずだからだ。ペレスは細かいことまで知りたがる捜査官だった。だが、彼はすぐに出てきた。心配そうな顔をしていた。

「どうしたの?」

「モーリスは、すっかりまいってる」ペレスがいった。「アンジェラが亡くなったと知らされたときよりも、ずっとひどい。あのあと彼を動揺させる出来事でもあったのかと思ったが、そうじゃなかった。アンジェラがもうここにはいないという事実に、動転してたんだ。アンジェラの死体が鳥部屋にあるかぎりは、まだなにかしら彼女の存在がそばに残っていた。だが、いまの彼は、アンジェラがもう戻ってこないことを実感している。もう永遠に戻ってこないことを」

12

ジェーンはフィールドセンターに戻る途中で、二台の車とすれちがった。トラックとペレス家の車だ。どちらも、彼女とは逆方向の南へとむかっていた。ジェーンは道路わきの草地に寄って、車をやりすごした。一台目のトラックを運転していたのはジェームズ・ペレスで、そのあとの車にはジミー・ペレスとフランが乗っていた。三人とも彼女にむかって手をふっただけで、おしゃべりするために車を止めようとはしなかった。この島では、めったにないことだ。

ジェーンはしばらくその場に立ち、二台の車がセッターの小農場の入口ちかくの丘のむこうへと消えていくのを見送っていた。そのとき、ふと気がついた。あのトラックには、アンジェラの死体が積まれているのだ。こんなふうにみすぼらしくフィールドセンターから退出していくことを、本人はどう感じただろう？　あのトラックは、ふだんは食肉処理場へいく羊を船まで運搬するのにつかわれていた。ジェーンは、アンジェラについてペレスがいっていたことを思いだした。アンジェラはいつもみじめそうに見えた、といっていたことを。あたしは彼女をよく知らなかった、とジェーンは思った。これといった理由もなしに反感を抱いていて、彼女を理解しようとはしなかった。

灯台のちかくまできたところで、こちらにむかって歩いてくるベン・キャッチポールの姿が目にはいった。薄暗がりのなか、遠方からでも彼の赤毛ははっきりとわかった。灰色の風景のなかで目につく色といえば、それしかなかった。

「白鳥は見つかったの？」ジェーンはたずねた。「スプリングフィールドでメアリといっしょにお茶を飲んでたら、ダギーが電話をつかわせてくれと飛びこんできたの。ほんと、大騒ぎしてたわ」誰かが殺されたのかと思ったくらい。すんでのところで、ジェーンはそれを口にするのを思いとどまった。

「白鳥は、いま〈黄金の水〉にいる」そういうと、ベンはむきを変え、ジェーンとならんでフィールドセンターのほうへと戻りはじめた。彼が外に出てきたのは自分をさがすためだったのだ、とジェーンは気づいた。いまの事態は彼の手に余っており、相談できる相手がほかにいないのだろう。「どうすればいいのか、わからなくて。ダギーはすでに、ポケットベルで情報を発信してる。国中のバードウォッチャーが、あの鳥を見るためにフェア島へこようとするだろう」

「天気がこんな状態のあいだは、わたしたちはなにもする必要がないわ」〝わたしたち〟という部分にベンが安心感をおぼえているのが、ジェーンにはわかった。グリーンピースでの活動や博士号といった経歴にもかかわらず、彼は途方に暮れているように見えた。「どうするかは、天気が回復してから決めればいいことよ。もしかすると、そのころには捜査も終わっているかもしれないし」

道路に落ちていたこけら板を、ベンが蹴飛ばしてどかした。「誰がやったんだと思う?」

「わからない」

「彼女には、クソみたいにあつかわれてた」ベンがいった。「けど、彼女のためなら、ぼくは命を投げだしていただろう」

フィールドセンターにはいると、ジェーンは自分の部屋へいってコートを脱ぎ、カーテンをしめた。風がすこし弱まってきており——慣れてしまっただけかもしれないが——外はすでに暗くなっていた。ジェーンはキッチンへいき、まえもって下ごしらえをしておいた野菜のはいった鍋を火にかけ、皿を温めた。テーブルは、すでに用意してあった。六人分だ。宿泊客が四人に、ベンと自分。部屋全体の明かりがついていたので、外は見えなかった。見えるのは、大きな窓に映る青白くてやつれた自分の顔だけ。かさかさになった中年女性だ。あたしには恋人が必要だ、とジェーンは考えた。命を吹きこんでくれる、誰か生気にあふれていて大声で笑う胸の大きな女性が。ジャガイモをゆでているお湯が沸騰したので、ジェーンは火を弱めた。それをマッシュポテトにして、いま焼いているガモン（塩漬けにした豚肉）に添えるつもりだった。最後に飛行機が島を発って以来、フィールドセンターにいる菜食主義者はベンだけになっていた。彼には、パーティの残り物のキッシュをだせばいいだろう。冷凍庫にはまだソラマメの袋があるので、それにホワイトソースをかければ、もう一品できあがりだ。フィールドセンターの小さな庭に植わっていたパセリが前回の強風で全滅していなければ、ホワイトソースにつかえたのだが。こうして家のなかの細ごまとしたことを決めているうちに、ジェーンは気分が落ちついてきた。だが、そのあいだも、アンジェラを殺した犯人のことを考えていた。これは怒りに駆られた犯行だ、と彼女は思った。もしくは、復讐。

ジェーンはキッチンを出ると、廊下をとおってモーリスの住居部分へとむかった。革靴がタイルの床を叩く音が反響して、まるで足音においかけられているような気がした。彼女はドアを叩き、返事がなかったので、そのままなかにはいった。モーリスはうつろな目で、ひとり暗闇のなかにすわっていた。ジェーンはテーブルのランプをつけ、彼のとなりにすわった。

「ポピーは？」

「さあ、どこかな」モーリスがいった。彼がなにも気にかけていられないのが、ジェーンにはわかった。自分の悲しみに、どっぷりとつかっていた。「自分の部屋かもしれない」

様子を見にいこうとジェーンが立ちあがると、モーリスが声をかけてきた。「かれらはアンジェラをはこびだした」

「知ってるわ」

ポピーはベッドに横たわって、テレビでオーストラリア製のメロドラマを観ていた。画面では、ふたりのあり得ないくらい美しい十代の男女が砂浜に横たわり、おたがいをみつめていた。父親があんなにつらい思いをしているときに、娘が情熱的な恋物語にうつつを抜かしているなんて、無神経にもほどがある――一瞬、そんな考えがジェーンの頭をよぎった。だが、娘がそばにいても、モーリスにはなんの慰めにもならないだろうし、ポピーは一度もアンジェラが好きだというふりをしたことがなかった。バードウォッチャーたちはめずらしい鳥をおいかけて島じゅうを駆けまわっており、それもまたおなじくらい不適切な行動といえた。それをいうなら、ジェーンがアンジェラの死の謎を解くことにひそかな喜びを見出しているのだって。

「おなか空いてる?」

ポピーはテレビの音量を下げたが、視線は陽光降り注ぐ画面と若い恋人たちにむけられたままだった。

「ぺこぺこ」ふいにジェーンのほうにむきなおる。「それって、ひどいことかしら? 鳥部屋に死体があるのに、なにか食べたいと思うなんて?」

「もちろん、そんなことないわ。それに、彼女はもう、あそこにはいない。ジミー・ペレスがはこびだしたから」ジェーンはベッドの上に腰をおろした。「夕食は、どこで食べたい? こっちで? それとも、みんなといっしょに食堂で?」

間があった。「みんな、あたしが彼女を殺したと思ってるの？」

「みんながどう考えているのかは、知らない。けど、わたしはあなたじゃないって信じてるわ」

番組が終わり、青い水平線にむかってクレジットが静かに流れていった。ポピーは枕の上にあおむけに寝転がった。「この部屋で食べてもいい？ あたし、父さんとも顔をあわせられない。ずっと泣いてるの。父さんが泣くところなんて、いままで一度も見たことなかった」

「それじゃ、なにかもってくるわ」

「デザートもある？」

「レモン・メレンゲがね」

「ひと切れ、もらえる？」

ジェーンはほほ笑み、うなずいた。

夕食の席での会話は、白鳥のことでもちきりだった。テーブルの上には、参考図書が山のように積まれていた。ダギー・バーは躁状態で、その口からは、まるで覚醒剤でもやっているみたいにつぎからつぎへと言葉がこぼれだしてきていた。「鳥を見た瞬間に、わかるときがあるんだ！ そう、こいつは生涯最高の鳥で、自分の名前を永遠にみんなの記憶に刻みつけてくれるって」ダギーはナイフとフォークをおくと、かたわらにひろげた大きな本のページをめくってから、缶を手にとった。ビールではなく、どぎつい色の炭酸飲料のはいった缶だった。いまの気分にくわえて、その炭酸飲料にふくまれる砂糖が彼をはしゃぎすぎた子供みたいにしているのだろう、とジェーンは思った。「ナキハクチョウが渡りをするのかどうかさえ、よく知らなかった。けど、するんだ。ほら、ここに書いてある――〝アラスカに生息するナキハクチョウは、周期的に渡りをする〟。だから、いまここにいるぼくの鳥は、はるばるアラスカから飛んできたことになる」ぼくの鳥。まるで、自分が産んだかのようだ。ダギーがふたたび食べはじめた。すごい勢いでかきこんでおり、ときおり口から小さな食べかすが飛んだ。それから、フィールドセンターで死者が出たことをようやく思いだしたのか、こうつけくわえた。「アンジェラなら、この気持ちを理解してくれただろう。希少種の鳥を発見するのがどういうものか、知ってたから。彼女は、それで有名になったんだ」

「それと、あの髪の毛でね」サラ・ファウラーがいった。

いきなり底意地の悪い発言が飛びだしてきたので、一瞬、ジェーンはどう反応したものか迷った。そもそも、そこにふくまれている毒が意図したものかどうかさえ、さだかでなかった。ファウラー夫妻がはじめてフィールドセンターにあらわれたとき、ジェーンはふたりと言葉をかわして、物静かで感じのいい夫婦だという印象を受けていた。ジョン・ファウラーが自分の仕事のことを口にしたかどうかは、よくおぼえていなかった。サラ・ファウラーのほうは、たしかソーシャルワーカーのようなことをしていて、子供や家庭の問題をあつかっているはずだった。いまの彼女の発言にジェーンが驚いて顔をあげると、本人と目があった。笑みがかわされる。辛辣な瞬間をわかちあう、ふたりの女性。どちらも、いい年をした礼儀正しい控えめな女性で、誰もそういった発言を予想していないであろうがゆえに、よりいっそう楽しめた。サラがナプキンを口にあて、小さくすくすと笑いはじめた。それを見て、ジェーンは思った。あたしたち、みんなヒステリーを起こしかけてるんだわ。

まわりでは、白鳥にかんする会話がつづいていた。

「予報じゃ、あすの午後には風が弱まるそうだ」そう発言したのは、ヒュー・ショウだった。彼の魅力が生まれた瞬間から発揮されてきたものであることが、ジェーンにはわかった。小さいころからずっと、女たちから——母親や祖母はもちろんのこと、おそらくは乳母からも——ちやほやされてきたのだろう。だが、それでもジェーンは、気がつくと彼に魅了されていた。すごくハンサムだし、そのゆったりとした笑みは魅力にあふれていた。望ましい反応を相手からひきだすために本人はかなりの努力をしているはずで、それゆえジェーンは、彼が素敵で面白いと認めてもいいと感じていた。「バードウォッチャーたちは、フェア島に渡って例の白鳥を見られるかもしれないと考えて、すでにシェトランドにむかってきている」

ジェーンはベン・キャッチポールのほうを見たが、ベンはほとんど会話に注意をはらっていないように見えた。

「たとえ風が弱まるにしても、あすの飛行機には間にあわないんじゃないかしら」ジェーンはいった。「日が落ちて暗くなりはじめるのが、すごくはやいから」そうであることを、ジェーンは願った。訪問客をいっぱい乗せた飛行機が午後遅くに到着し、そのままかれらを残してすぐに離陸しなければならなくなったら、もっと大変なことになる。外からきた人たちのために部屋を見つけ、食事をださなくてはならないからだ。どうやったらそんなことができるのか、ジェーンには見当もつかなかった。モーリスとポピーが住居部分に閉じこもるなか、人がつぎつぎと押し寄せてくるのだ。おまけに、バードウォッチャーたちがこられるのなら、マスコミ連中もそうだということだった。新聞記者たちが灯台を取り囲んで窓越しにカメラをむけ、モーリスが頭を抱えている写真がタブロイド紙の一面を飾るところが、ふいに目のまえに浮かんできた。フィールドセンターにあたらしい客を受けいれなければいいのかもしれないが、それでも記者たちは島のどこかに滞在する場所を見つけるだろう。ジェーンとしては、悪天候で島がふたたび外界から遮断されることを望んでいた。せめてあと何日か、その状態がつづいてもらいたかった。ペレスが——もしくは、自分が——殺人犯を捕まえるまで。

会話が途絶えがちになり、ジェーンは全員をじっくりと観察した。ダギーはデザートに手をつけており、レモン・メレンゲ・パイを口いっぱいに頬ばっていた。ファウラー夫妻は、おたがいに小声でしゃべっていた。テーブルの下でジョン・ファウラーが妻の手を握っているのを見て、ジェーンはふたたびちくりと孤独感をおぼえた。あたしには、ふれあったり腕をまわして慰めたりしてくれる相手がいない。ヒューは半分目を閉じた状態で椅子の背にもたれ、満足げな笑みを浮かべていた。ベンは紙ナプキンをいじくりながら、暗闇のほうをじっとみつめていた。

この建物のなかにいる誰かが犯人なのだ、とジェーンは思った。あたしはいま、殺人犯といっしょに食事をとっているのかもしれない。子供のころに読んだアガサ・クリスティの本に、こんなのがあった――孤島に取り残された人びとが、ひとり、またひとりと殺されていく。食堂のなかは暖かかった。雰囲気を明るくしようと、ジェーンが食堂と社交室の暖炉に流木で大きな火をおこしておいたからだ。だが、それでも彼女はぶるりと身体を震わせた。

コーヒーをいれるため、ジェーンはキッチンへいった。お湯をわかしているあいだに食器洗い機に皿をいれ、それから大きな魔法瓶にスプーンでインスタント・コーヒーの顆粒をいれていく。毎晩おこなっている作業。一日の労働を締めくくる最後の仕事だ。突然、これがセンターにいる最後の年になる、という考えが頭に浮かんできた。このシーズンが終われば、自分はもう島には戻ってこない。ここはこれまでとはちがってくるだろうし、どのみちジェーンは先に進む準備ができていた。暴力の被害者となることで、アンジェラ・ムーアがそれをあと押ししてくれたのだ。

うしろで人の気配がしたので、ジェーンはふり返った。宿泊客のひとりが――たぶん、サラあたりが――コーヒーをいれるのを手伝いにきてくれたのだろう。だが、そこに立っていたのは、ペレスだった。すでに長靴とコートを脱いでおり、彼女の肩のすぐそばでたたずんでいた。ジェーンは心臓の鼓動がはやまるのを感じた。警官があらわれたら、誰でもぎくりとするのではないか？　ペレスのような刑事とむきあったら、自分が過去に犯した軽犯罪や、犯罪というほどではなくても無慈悲で不親切であることに変わりはない行為を思いだすのでは？　彼にはこちらの心のなかを見透かす力がある、とみんな考えてしまうのだ。こちらの考えが読める、と。最後の審判の日に、神のまえに立つようなものだ。ジェーンは沸騰したお湯を注意深く魔法瓶に注いだ。手もとはしっかりしていた。なにを馬鹿なことを考えてるの。きっと、この悪天候とメロドラマっぽい状況のせいね。ジェーンはふたたび、自分が小説の世界にまぎれこんでしまったように感じていた。クリスティの作品ではないにしても、べつの大げさなゴシック小説にでも。

「いきなり押しかけてきて、申しわけない」ペレスがいった。

「そんな、とんでもない。みんなといっしょに、コーヒーを飲んでいって」

ジェーンはペレスの先に立って、食堂にはいっていった。全員、彼女が部屋を出たときとおなじ状態ですわっていた。またしても突風が吹きはじめており、雨粒が窓に叩きつけられていた。しゃべっているものは、ひとりもいなかった。ジェーンは、みんなをくつろがせなくてはならないと感じた。リッチモンドでパーティをひらいていたときとおなじだ。ディーは自宅に奇妙な取り合わせの客を招いたまま、あとは放りっぱなしにしていたので、客どうしを紹介してひきあわせるのは、いつでもジェーンの役割だった。

「みんな、すこし興奮してるの」ジェーンはいった。「〈黄金の水〉に、すごく希少な鳥がいるから。ナキハクチョウよ。イギリス全土で、これまで一度も目視されたことがなかったの」

それでもまだ、ペレスはなにもいわなかった。彼はテーブルに椅子をもってくると、ダギーとヒューのあいだにすわった。

「これは特異な状況です」言葉をえらんでしゃべっているような感じで、ペレスがいった。すでに彼はアンジェラ殺しの犯人を突きとめているのだろうか、とジェーンは思った。もしかすると、魔法のような検査技術があって、彼が鳥部屋にこもっていた数時間のあいだに、犯人があきらかになっていたのかもしれない。だとすると、彼はここへ逮捕しにきたのだろうか？ペレスの訪問の目的がそれならば、自分はほっとすると同時に、すこしがっかりすることだろう。彼女はまだ、今回の謎に興味をそそられていたのだ。クロスワード・パズルを完成させようとがんばっていたら、肩越しにのぞきこんできた誰かに、謎めいた手がかりの答えを教えられてしまったような気分だった。

だが、ペレスは捜査で彼女の先をいっているわけではなさそうだった。「こういう事件の場合、ふつうは大がかりな捜査チームで参考人から供述をとり、その証言の裏をとっていきます。けれども、いまここには、わたししかいません。ぜひ、みなさんにご協力いただきたいんです。全員から供述をとる必要がありますが、おひとりずつ話をうかがいたいと思っています」ペレスはテーブルを見まわした。「できれば、みなさんの記憶が薄れないよう、なるべくはやいうちに」

「モーリスとポピーは、どうするのかな？」ヒューがいった。「あのふたりからも、話を聞くんだろ」肩をすくめて、他意はないとでもいうように、小さく遠慮がちな笑みを浮かべてみせる。

まったく、ヒューったら、とジェーンは思った。結局、あなたはかなりいけ好かないやつだったのね。いい子だと思っていたのに。

「話は全員からうかがいます」ペレスが鋭い口調でいった。「それと、捜査はわたしのやり方で進めます。事情聴取は、今夜からはじめます」そういってから、みんなに紙をくばる。る。「そのあいだに、きのうの晩の出来事を、思いだせるかぎり書きとめておいてもらえると助かります。パーティのあとの各自の行動を、時間をおって把握しておく必要があるのです。それ以外でも関係のありそうなことは、すべて書いてください。たまたま耳にした会話でも、アンジェラの死という観点からすると、より大きな意味をもつ可能性があります。あと、きのうの晩遅くに、フィールドセンターのまわりを誰かがうろついているのに気がついた、というようなこともあるかもしれない。どうか、ほかの人たちとこの件を話しあわないよう、お願いします。臆測が交じっては、困りますから。それから、正直に書いてください。先ほどもいったとおり、これは特異な状況ですが、ゲームではないのです」

ペレスがジェーンのほうをむき、ここへきてからはじめて笑みを浮かべた。「コーヒーをもっともらえるかな？　長い夜になりそうだから」

13

これは自分が手がけてきたなかでもっとも厄介な事件だ、とペレスは思った。こうしてフィールドセンターで孤軍奮闘していると、よく知らない土地で捜査をしているような気分になった。参考人たちがしゃべっているのは外国語で、自分はそれをなんとか理解しようとがんばっている感じさえしてきた。ロイ・テイラー警部がインヴァネスからシェトランドにきて捜査の指揮をとったときに感じていたであろう苦労が、はじめてわかった。警部にとっては、ここはまったく異質な土地に思えたにちがいなかった。ペレスは、シェトランド人の考え方を知っていた。かれらの目をとおして、世界を見ることができた。だが、フィールドセンターの職員と宿泊客は全員がイングランド人で、シェトランド人とは異なる野心や関心をもっていた。この建物は、大英帝国のインド統治時代の入植地みたいだ――ふと、そんな考えがペレスの頭に浮かんだ。そうなると、さしずめ自分は、ふたつの文化の橋渡し役を担う現地の役人といったところか。

ペレスは全員を食堂から社交室に移動させた。社交室のほうが居心地がいいだろうし、そうすれば食堂で参考人の事情聴取をおこなうことができるからだ。社交室のソファにまえかがみですわり、相手と膝をつきあわせながら話をするよりも、食堂の背もたれのまっすぐな椅子に腰かけ、テーブルをはさんでむきあうほうがよかった。あたりまえだが、相手はすべて容疑者なのだ。この段階では、ほかに考えようがなかった。社交室で待つあいだ、フィールドセンターの関係者たちが黙ってすわっているとは思えなかった。ペレスが部屋からいなくなったとたん、かれらはいま起きていることについて議論をはじめるだろう。供述書は、その影響を受けることになる。だが、ペレスにできるのは、これが精一杯だった。

フィールドセンターにいっしょに戻ってもいい、とフランはいってくれていた。「助けになれるわよ。あたし、観察力には自信があるの。みんなに目を光らせて、その発言に耳をかたむけていられるわ。気づかれずにメモをとることだってできる」だが、そうやって集めた情報が証拠として認められるのかどうか、ペレスにはよくわからなかった。それに、すでに女性がひとり殺されていた。ペレスは、ふたたびフランを危険にさらすつもりはなかった。

ペレスが最初に食堂に呼んだのは、ジョン・ファウラーだった。どうして彼をえらんだのか？　とくに、これといった理由はなかった。ひとつには、ペレスがいつでも物静かな人間に興味をひかれるからかもしれなかった。みんなでコーヒーを飲んでいたあいだ、ジョン・ファウラーはほとんど口をひらかなかった。それに、彼は温和そうに見えた。ペレスとしては、できれば事情聴取のしょっぱなから敵意あふれる人物を相手にはしたくなかった。

事情聴取は、キッチンから食器洗い機の音が聞こえてくるなかでおこなわれた。テーブルの上に小型のテープレコーダーをおく。アンジェラの死体を島の南へはこんだときに、教師のステラから借りてきたものだった。

ペレスはテープレコーダーのほうにうなずいてみせた。「かまいませんか？　これは正式な事情聴取ではありませんが、メモをとる人物がいないので」

録音テープをあとで聞き返したとき、ペレスは会話がはじまるまえの沈黙と背後でしているキッチンの機械音を耳にしただけで、落ちつかない気分になった。自分が重要な質問をなかなか切りだせずにいたことが、まざまざと思いだされた。

まずは、すでにわかっている事実を確認するところからはじめた。ペレスは鳥部屋のコンピュータで宿泊客の名前と住所を調べており、ラーウィックにいる部下たちに全員の犯罪歴を確認させていた。ジョン・ファウラーに犯罪歴はなかった。ファウラー夫妻——ブリストル在住で、ジョン・ファウラーは四十九歳、サラ・ファウラーは四十一歳。いまペレスのまえにすわっているジョン・ファウラーは、この状況にまったく動じていないように見えた。中年の男性にしては、やや長い髪の毛。ジーンズにセーターという恰好で、変わったところや印象に残るところは、どこにもない。面通しのときに、いつでも視線が素通りしていくタイプの男だ。

「どうして、秋のフェア島に?」ペレスはたずねた。

「鳥ですよ」ジョン・ファウラーがほほ笑んだ。「わたしたち夫婦も、はるばるここまでやってくる頭のいかれた連中とおなじなんです。わたしは秋のシェトランドに何度かきたことがあるが、フェア島までくるのは、これがはじめてです。ほら、夢だったんですよ。バードウォッチャーにとって、この島は伝説の地といってもいい。どんなことでも起きそうな土地。実際、きょうはすごいことが起きた。ナキハクチョウが姿を見せたんですから。それに、家内には休暇が必要だった」

「どうしてです?」

「それが事件となにか関係が?」笑みが消え、かわりにかすかなしかめ面があらわれた。まるで、ペレスが嘆かわしい不作法を働いたとでもいうような感じだった。

「おそらく、ないでしょう」自分でもどうしてそんな質問をしたのかわからなかったが、いまのジョン・ファウラーの反応を見て、ペレスは興味をそそられた。「ただ、どうしてかと思って」

ジョン・ファウラーが肩をすくめた。「赤ん坊を亡くしたんです。家内もわたしも、もう子供はあきらめていました。あらゆることを試したんです――検査をいくつも受け、体外受精にも挑戦した。それから、あの素晴らしい瞬間が訪れた。妻が妊娠に気づいたんです。けれども、それは流産で終わりました。理由は、誰にもわかりません。出産予定日は、今週でした。ふたりとも、ずっとぴりぴりしていた。そこで、家内をどこかへつれだす必要があったんです」

「お気の毒に」ペレスの最初の妻も、やはり〝サラ〟といった。そして、おなじく流産を経験していた。自分たちの結婚が破綻したのはそのせいではないか、とペレスは考えていた。すくなくとも、赤ん坊を失ったのが彼のそれまでの人生でもっとも悲しい出来事であったのは、間違いなかった。いま彼は、個人的な悲しみにさぐりをいれた自分を、無神経な大馬鹿者だと感じていた。

「家内には、なにもいわないでもらえますか」ジョン・ファウラーが真剣な目でペレスを見た。この男には学者のような雰囲気がある、とペレスは思った。物静かで、すこし浮世離れしている。

「もちろんです」食器洗い機のブザーが鳴り、作業が終了したことを告げた。「フィールドセンターにくるまえに、アンジェラ・ムーアと会ったことは？」

「たしか、一度あります。出版社のパーティで。以前、専門家向けの定期刊行物に特集記事を書いていたことがあるので」

「あなたはジャーナリストなんですね？」ペレスは、さっと顔をあげた。「この事情聴取は、うちうちのものです。ここで口にされたことが新聞に掲載されては、困ります」

「彼女の遺族に対して、そんなことはしませんよ」ジョン・ファウラーは窓の外をみつめていた。「それに、ちかごろでは、なにか書いてくれという依頼もありませんし。どうやら、わたしはもう人気がないらしい。それに、これまでも日刊紙に書くことはほとんどなかった。ときおり、博物学にかんする特集記事をまかされるくらいで」

この男を信用するしかなさそうだったが、ペレスの考えでは、ジャーナリストというのは誰でも新聞の大見出しのそばに自分の名前が太字ででかでかと印刷されているのを見たがるものだった。そして、ジョン・ファウラーがここにいることを大手新聞社が嗅ぎつけたら、すぐにでも彼はふたたびもてはやされることになるだろう。「それで、どうしてアンジェラが出版社のパーティに？」

「彼女の本の出版を記念するパーティだったんですよ。宣伝を目的とした、書評狙いの」

「例のシャクシギについての本が出たときですね？」相手から情報をひきだすのに、いちいちすべて質問しなくてはならないような気がした。もしかすると、テープレコーダーを用意したのは失敗だったのかもしれなかった。それがなければ、会話はもっと気楽な感じになっていただろう。

「そうです」

「あなたは書評を書いたんですか？」

「ええ。残念ながら、あまり褒める書評ではなかったが」

「いい本ではなかった?」

「それは自分で読んで判断してもらわないと、警部」ジョン・ファウラーが顔をあげ、ちらりと笑みを浮かべてみせた。

「あなたがフィールドセンターにあらわれたとき、アンジェラはあなたに気がつきましたか?」ペレスはたずねた。こういった質問がどこへつながるのかは、まだよくわからなかった。ここは自分のまったく知らない世界だ、という考えがふたたび脳裏をよぎる。羊について小作人と話すことは——あるいは、ギンダラについて漁師と話すことは——ペレスにもできた。だが、こうした物書きとかバードウォッチャーといった人びとは、彼にとってはまったくなじみがなく、不可解な存在だった。

「彼女は、わたしの名前を知っていました。けれども、まえに会ったことがあるのは、おそらくおぼえていなかったでしょう」

「それでは、あなたたちのあいだに問題はなかった? 否定的な書評にもかかわらず?」

「もちろんです、警部。彼女は有名人になっていました。恨みを抱く理由など、どこにもなかった。もはや、わたしに認めてもらう必要はなかったんですから」

ペレスには、アンジェラがそう簡単に恨みを忘れるような女性だとは思えなかった。自分のまえにおいた紙片に目をやると、まだ真っ白のままだった。

「いまは、どんなお仕事を?」ペレスはたずねた。

「あいかわらず、本で食べています。ただし、本について書くのではなく、本そのものを売り買いすることで。博物学の本を集めた小さな書店をやっているんです。もちろん、ちかごろでは取引の大半がインターネットをつうじておこなわれていますが、いまでもまだ棚を見てまわるのが好きなお客さんがいるので。自分が情熱を燃やしていることにたずさわりながら、それを仕事と呼べるんですから、すごくしあわせですよ」

　自分もそうなのだろうか、とペレスは思った。情熱を燃やしていること――すくなくとも、興味をもっていること――にたずさわりながら、それを仕事と呼んでいる？

「きのうの晩のパーティに出席していましたね」ペレスはいった。ファウラー夫妻は自己紹介をしてペレスたちにお祝いの言葉をのべ、宿泊客全員を招いてくれたことを感謝していた。だが、夫妻が踊っていたという記憶は、ペレスにはなかった。もしかすると、失礼にならないくらいパーティに顔をだしてから、ベッドにはいったのかもしれなかった。「パーティでのアンジェラは、どんな様子でしたか？」

　ジョン・ファウラーは肩をすくめた。「いつもどおりでしたよ。張りきっていて、辛辣で、愉快だった」

「誰かが彼女を殺そうと考えるとしたら、その理由はなんでしょう？」羽根による奇妙な飾りつけにもかかわらず、ペレスはこれがきちんとした動機のある犯罪だと考えていた。あきらかに、アンジェラは性的暴行を受けていなかった。これが嵐によって頭がおかしくなった人物による犯行だと考えるのは、無理があった。

「それをわたしに訊かれても困りますね、警部」いままでどおり礼儀正しかったものの、そうこたえるときのジョン・ファウラーの声は冷ややかだった。まるで、この事情聴取に退屈しはじめているとでもいうような感じだった。「あの女性のことは、ほとんど知らなかったんですから」

つぎの参考人を食堂に呼ぶまえにひと息いれようと、ペレスはマグカップにコーヒーのおかわりを注ぎにいった。そのとき、ふと思いたって、自分に活を入れるためにコーヒーをもってすこし外に出ることにした。ドアをあけるには体重をかけて押さなくてはならず、建物の陰にいても強風で息がつまりそうになった。とどろき渡る波の音に、ペレスの頭からは事件のことなど吹っ飛び、かわりにするりと絶望感が忍びこんできた。だめだ。ひとりでは、とても手に負えない。ふだんから、彼は正式な事情聴取があまり役にたつとは考えていなかった。警戒して身構えている相手と、実りのない質疑応答をするだけだ。おまけに、ここでは自分がまったく力をもっていないように感じられた。容疑者たちがなにを考えているのか、さっぱりわからなかった。ここは彼が生まれ育った島だが、フィールドセンターは物書きと科学者とバードウォッチャーたちのなわばりだった。かれらのほうに分があった。その力関係を、どうにかして逆転させなくてはならなかった。

ペレスは、きびきびとした足どりで社交室にはいっていった。そこで待機しているものたちは木の床をちかづいてくる足音を耳にしており、ペレスがドアをあけたときには、みんな黙々と目のまえの紙にむかって、なにやら書きこんでいるように見えた。全員の顔がいっせいにあがる。つぎは誰の番か？

「計画変更です」ペレスはいった。自分の声が不自然なくらい大きく聞こえた。「わたしはうちに戻らなくてはなりません。インヴァネスから電話があったので。つづきは、あすおこないます。ただし、フィールドセンターの業務をできるだけ邪魔しないようにするため、捜査本部は集会場に設置します。準備がととのったら、こちらから電話します。では、みなさんの供述書をいただければ……」

ペレスは紙の束を片手に、もったいぶった足どりで立ち去った。荒廃した学校で担当クラスの秩序を保つのに四苦八苦している教師のような気分だった。車にたどりついたとき、うしろから呼びかける声がした。ふり返ると、玄関の間からこぼれる光のなかにジェーンが立っているのが見えた。彼女はコートを肩に羽織っていたが、足もとは室内履きのままで、ペレスのところまで駆けてきた。「ジミー、話せるかしら？　思いだしたことがあるの。たぶん、重要じゃないだろうけど、あなたも知っておいたほうがいいと思って」

ふたりは、錆の浮いたペレスの父親の車のなかで腰を落ちつけた。まわりでは風が吹き荒れており、ときどきペレスは、もうすこし大きな声でしゃべってくれとジェーンに頼まなくてはならなかった。

「亡くなるまえの日に、アンジェラが昼食の席でいってたことなの」外は真っ暗だったが、それでもジェーンはフロントガラスのむこうに目をむけたままいった。ペレスは室内灯をつけており――ちゃんとついたので、びっくりしていた――ふたりはすこしちらつくぼんやりとした光のなかでしゃべっていた。「誰かが鳥部屋にはいって、彼女の書類をいじくったということだったわ。彼女がとりかかっていたなにかよ。アンジェラは激怒していた。それはもう、すごい剣幕だった。アンジェラが怒ったふりをしてみせることも、ないわけじゃなかった。退屈しのぎにね。でも、あの怒りは本物だった」

「そのときの会話について、ほかになにかおぼえていないかな？」

「たしか、論文がなくなったといってたような気がする。わたしたちの誰かがそれを持ち去ったって」

「とくに誰かを責めていたようなふしは？」ペレスはジェーンのほうをむき、そのほっそりとした真剣な顔を見た。どうして彼女は、この件にひっかかりをおぼえているのだろう？

「それは、なかったと思う」ジェーンがいった。「すくなくとも、あのときはそういう印象は受けなかったわ」

「ありがとう」話はこれだけで、彼女はもう車から降りるものとペレスは考えていた。だが、ジェーンは動こうとしなかった。ペレスは待った。待つのは、彼の得意技のひとつだった。自分よりもそれに長《た》けた人物を、彼はひとりも知らなかった。

「ベン・キャッチポールと話をしたほうがいいわ」ようやく、ジェーンが口をひらいた。「それと、もしかするとヒューとも。アンジェラは、若くて可愛い男の子が好きだったから」

「彼女がそのふたりと寝ていたっていうのか？」自分の声に驚きと非難の響きがあるのを、ペレスは耳にしていた。これを盗み聞きしていたら、フランはさぞかし彼をからかったことだろう！　彼女はいつもペレスのことを、〝偏狭で、お上品ぶっている〟と評しているのだ。それに、もしも寝てまわっているのが男だったら、ペレスはおなじくらいショックを受けていただろうか？

ペレスの質問に対して、直接の返事はかえってこなかった。「彼女は貪欲だった」ジェーンがいった。「賛美者を必要としていた。ベンとヒューのことはたしかじゃないけど、去年は間違いなく、そういう相手がいたわ。アンジェラは若い宿泊客とねんごろになって、彼をめろめろにさせちゃったの」ジェーンはあいかわらず、まっすぐまえの暗闇をみつめていた。

「その状況を、モーリスはどう感じていたのかな？」

「わたしが思うに」ジェーンがいった。「彼は知らないふりをしてたんじゃないかしら。モーリスは、安楽な生活が好きな人よ。それに、なによりもアンジェラがしあわせでいることを望んでいた」

「ありがとう」ペレスはふたたびいった。そして、今度はジェーンも車を降りた。リアウインドウをとおして、ペレスは彼女がフィールドセンターの明かりのほうへと駆けていくのを見送った。

スプリングフィールドに戻ってみると、ペレスの両親とフランはテレビを観ていた。外の嵐を締めだすために、ぶ厚いカーテンは閉めてあった。泥炭と流木で火がたかれており、家に足を踏みいれたとたん、ペレスはその匂いに気がついた。彼が帰ってきた音を耳にして、母親が立ちあがり、コーヒーをいれてくれた。オート麦のビスケットとチーズをのせた皿がだされる。父親はグラスにウイスキーを注いでくれた。フランはひとりでソファにすわっていて、身体の下に脚をたくしこんでいた。ペレスは身をかがめ、彼女の頭にキスをした。彼女がいつもつかっているシャンプーのほかに、泥炭の煙の匂いがした。

「こんなにはやく帰ってくるとは、思ってなかったわ」フランがいった。「もう、全部すませてきたの?」

「いや。けど、今夜はこれ以上つづけていられなくてね。なんの成果もあげられていなかった。そのかわり、あしたは山ほどやることがある」

「ついさっき、天気予報をやってたぞ」ペレスの父親がいった。「朝には、天気が変わりはじめるらしい。高気圧がちかづいてきている」

「それじゃ、船を出すのかい?」

「いや、それはないな。まだ波が大きすぎる。それに、飛行機も飛べやしないだろう。ヘリコプターなら大丈夫かもしれないが。あさってには、天気も回復するはずだ。そのころには、なにもかも通常どおりに戻っているだろう」

ただし、とペレスは思った。うちの納屋には女性の死体が南京錠をかけて保存してあるし、こっちはまだその犯人を突きとめられていないけどね。通常どおりだなんて、とんでもない。

14

ダギー・バーは共同部屋にいて、古いトランジスター・ラジオから流れてくる深夜の海上気象予報に耳をかたむけていた。自宅では、この几帳面な声が海域を読みあげていくのを聞いていると、自然と眠たくなった。

当然だ。コールセンターの仕事をしているときに風がどっちにむかって吹こうと、それがどうだというのか? だが、このフェア島では、気象情報がひじょうに重要な意味をもっていた。これから数日のうちに、天気は変わるとみられていた。穏やかで寒い日がつづく。ノハラツグミやワキアカツグミやユキホオジロの時期だ。バードウォッチャーたちはシェトランド本島に集結して、風がおさまるのを待っていた。風がやめば、船や飛行機をチャーターしてフェア島にやってこられるからだ。かれらもまた、この天気予報を耳にしたにちがいなかった。自分もいま、かれらといっしょにラーウィックの酒場や〈サンバラ・ホテル〉のバーにすわっていられたら、とダギーは思った。過去のバードウォッチングにおけるとんでもない体験や、あと一歩で見逃したときのこと、あるいは思わぬ発見について語りあえたら……。彼はこの高まりゆく興奮と緊張を、誰かとわかちあいたかった。だが、みんなといっしょにいたら、彼がナキハクチョウを発見することはなかっただろう。彼の名前が英国希少鳥委員会の希少鳥報告書に載ることも、彼がイギリスじゅうのバードウォッチャーたちからうらやましがられることも。

ダギーはベッドに腰かけたまま、シャツのボタンをはずしていった。そのとき、階下の社交室から会話の断片が聞こえてきた。ベン・キャッチポールとヒュー・ショウだ。ふたりは、まだ起きて飲んでいた。突然、笑い声があがる。ダギーは、のけ者にされているように感じた。おなじみの妄想が湧いてくる。あのふたりは、おまえを笑ってるんだ。おまえがあいつらほど頭が良くないから。生活のために働かなくてはならないから。子供のころから、ずっとそうだった。ぽっちゃりとした少年だったころから、校庭でからかわれ、いじめられていた。ダギーは立ちあがって、窓の外に目をやった。こぶしで窓ガラスを突き破りたいという抑えがたい衝動を感じて、その物音を想像する。ガラスの破片が皮膚を切り裂き、骨までたっしようかというときの痛み。ぎざぎざにあいた穴から吹きこんでくる風の息吹。ダギーは衝動をこらえてズボンを脱ぎ、きちんとたたんでから椅子の背にかけた。そして、羽毛掛け布団の下にもぐりこみ、目をぎゅっととじると、アンジェラの絹のような黒髪と長くて茶色い手のことを考えた。彼女の裸体を思い描く。だが、そのイメージも、かつてのような魔法を発揮してはくれなかった。かわりに彼は、ぶ厚いポリエチレンの包みのむこうで宙をみつめる——当然のことながら、アンジェラがフィールドセンターを離れたときの細かい状況については、すでにもれ伝わってきていた——生気のない目のことを考えた。

階下では、まだ話し声がつづいていた。ふたたび、どっと笑いが起きる。ダギーは思わず立ちあがって服を身につけると、勢いよく階下におりていった。ちょうど、彼の母親がそうしたように。あれは、彼がまだ実家で暮らしていたときだった。無謀にも友だちを家に招いて雑談をしていると、寝巻き姿でスリッパをはいた母親が居間の入口にあらわれたのだ。憤りと決まり悪さで、母親の頬は紅潮していた。「ダギー、もうすこし静かにしてもらえるかしら？　朝になったら仕事にいかなきゃならない人もいるのよ」まるで、彼が生活のために働いていないとでもいうような口ぶりだった。

夜間は大型発電機が稼動しておらず、ダギーは懐中電灯の明かりを頼りに階段をおりていった。社交室のテーブルの上には携帯用の灯油ランプがおかれており、誰かが炉棚の上の蠟燭にも火をともしていた。暖炉の火には泥炭がくべてあったが、中央暖房装置はすでに切られているので、部屋には冷気が感じられた。

そこにいるのはヒューとベンだけだと思っていたので、ジョン・ファウラーもいっしょにいるのを目にして、ダギーは虚をつかれた。自分よりも年上のジョン・ファウラーに対して話し声のことで文句をいって騒ぎたてるのは、まずい気がした。そんなことをすれば、気むずかしいやつだと思われるだけだろう。下手をすると、間抜けにさえ見えかねない。そこでダギーは、ずっと起きていたような顔をして自分にもウイスキーを注ぐと、ほかの三人にくわわった。彼はあまり酒を飲まなかった。ダギーの来訪を知ってジェーンが特別に仕入れておいてくれる清涼飲料のほうが好きだった。あとで思い返したとき、この出来事全体が夢のように感じられたのは、もしかするとウイスキーのせいかもしれなかった。

そのゲームをはじめたのは、たしかヒューだった。いかにも、彼のやりそうなことだ。テーブルの上に空のワインのボトルがあり、ヒューがそれを横に倒してまわしはじめると、くるくるとまわる緑のガラスに灯油ランプの光が反射した。

「真実ゲームって、やったことあるかい?」そう、ヒュー以外に、あり得ないではないか? あのお気楽な笑み。だが、みんな飲んでいたので、誰がいいだしていても、おかしくはなかった。ただし、ダギーをのぞく誰かだ。ダギー自身がそういったゲームをしようと提案したことは、一度もなかった。学校にいたころに自分が耐え忍んできたあざけりのことを、まだ忘れていなかったのだ。彼がこたえるのを拒んだ質問の数かず。「女の子とやったことは、でぶのダギー? それとも、まだ童貞なのか? そもそも、おまえなんかと誰が寝たがる?」

反応はなかったが、ヒューは気にもとめなかった。ふたたびボトルをまわす。今度は、もっと勢いをつけて。回転が止まったとき、ボトルの先端はベン・キャッチポールのほうをむいていた。

「きみが最初の犠牲者だ、ベン」ヒューがにやにやしながらいった。「残りのものが、各自ひとつずつ質問していく」

「彼が真実を口にするという保証は、どこにもないだろう」そういったのは、ジョン・ファウラーだった。椅子の背にもたれており、顔が影になっていた。「彼が嘘をいっていないと、残りのものにはどうやってわかる?」

「ああ、わかるさ」ヒューがいった。「たいていの人間は、嘘をつくのがすごく下手くそだから」

このときの状況も、あったのかもしれない。防ぎようもない隙間風で揺れる蠟燭の炎。すぐとなりの部屋にアンジェラの死体が一日じゅうあったという記憶。あるいは、みんなヒューの機嫌を損なうのが怖かったのか。とにかく、誰もゲームへの参加を拒まなかった。こういったりはしなかった――こんなの馬鹿げてるし、子供じみてる。さっさと寝よう。

ほんとうなら、いまはイギリス国内ではじめて目視された鳥のお祝いをしているべきなのだ、とダギーは思った。それなのに、交霊会に集まった頭のいかれた老女よろしく、みんなで円陣を組んですわっているなんて……。ダギーの父親が死んだあとで、母親はしばらく降霊術に凝り、家にすごく奇妙な連中をつれてきていたことがあった。かれらは郊外の公営住宅の居間でまえかがみになってすわり、暗闇のなかで指どうしをふれあわせて、自分たちが霊を呼びだしていると信じていた。

「それじゃ、まずわたしから質問しよう」ジョン・ファウラーがいった。彼がまえに身をのりだすと、その動きにあわせて、蠟燭の光がバターのようにひたいからあごへと流れ落ちていった。「あなたは、アンジェラ・ムーアを殺しましたか?」

ベンが、さっと顔をあげた。一瞬、ジョン・ファウラーに殴りかかるかと思われた。「いいえ! 彼女を傷つけるだなんて、とんでもない」

「きみの質問は、ダギー」ヒューの声には、笑っているような響きがあった。ダギーは目をやらなくても、その顔に笑みが浮かんでいるのがわかった。薄暗がりのなかで、白い歯が明るく輝いていることだろう。

ダギーは、なにを質問していいのかわからなかった。自分が犠牲者となる番がまわってくるのを、ひたすら恐れていた。「あなたは、自分で恥ずかしいと思うような行動をとったことがありますか？」そんな質問、いったいどこから出てきたのだろう？

ベンがダギーのほうをむいた。「一度ある」という。それから、「友人たちを裏切った」

「いつのことかな？」ジョン・ファウラーだった。彼がジャーナリストだったことがわかる質問だ、とダギーは思った。彼が記事になりそうな出来事を嗅ぎあてるところが、目に浮かぶようだった。

「質問には、もうこたえただろう？　細かいところまでは、話す必要ないはずだ」蠟燭の光のなかで、ベンの赤い髪は燃えているように見えた。「それで、きみは、ヒュー？　なにが知りたい？」

「あなたは、彼女を愛していましたか？」

「彼女？」

「もちろん、アンジェラに決まってる。みんな、彼女のことを考えてるんだ」

返事にためらいはなかった。「はい」

そうか、とダギーは思った。これを聞いたら、アンジェラは喜んでいただろう。無条件の愛情くらい、彼女が好きなものはなかったから。と同時に、それ以上に彼女が軽蔑するものもなかったが。

ジョン・ファウラーが手をのばして、ボトルをまわした。手際の良い動きで、この張りつめた雰囲気のなかでは、鶏を絞めるときの動作のようにも見えた。ダギーがみつめるまえで、回転していたボトルが静止した。ボトルの口はダギーとヒューの中間くらいを指していたが、ダギーはさっさと自分の番をすませてしまいたかった。待つのは、耐えられなかった。「それじゃ、ぼくの番だな」ダギーはいった。息ができないような気がした。質問は、きっとセックスにかんするものだろう。もしくは、アンジェラにかんするものか。だとすれば、おなじことだ。

ヒューがダギーをみつめた。「あなたは、アンジェラ・ムーアを殺しましたか？」

ダギーの肩から力が抜けた。「いいえ」簡単な質問だった。そして、ヒューは悪ふざけの好きな男だった。ダギーを笑いものにする人物がいるとすれば、それはヒューだった。

ダギーは、ほかのものたちのほうをむいた。もっとも恐れていた人物からの質問が終わったので、いまやこうして注目の的になっているのを楽しんでいるといってもよかった。ジョン・ファウラーが、じっとこちらを見ていた。ここでこうして大人げない馬鹿げたゲームにつきあっているなんて、彼らしくなかった。ふだんのジョン・ファウラーは、妻といっしょにそうそうにベッドにひきあげていた。ココアを飲み、ビスケットを食べ、日誌をつけると、すぐに。どうして彼は、いまここにいるのだろう？　自分がみんなから好意をもたれているとでも思っているのだろうか？　夜更かししていっしょに飲んでいれば、それだけで受けいれられ、自分の探鳥記録をふたたび信じてもらえるようになるとでも？　だが、ジョン・ファウラーは口をひらこうとせず、つぎに質問をしたのはベンだった。

「あなたは、誰がアンジェラを殺したのかを知っていますか？」

一瞬、ダギーはためらった。疑っている人物はいたが、それは犯人を知っているのとはちがっていた。「いいえ」ふたたびジョン・ファウラーのほうに目をやり、最後の質問がくるのを待つ。

「あなたは、これまでに鳥の目視確認を偽ったことがありますか？」ジョン・ファウラーがたずねた。「確信がなかったのに、見たと記録したことは？」

ダギーが思ってもみなかった質問だった。誤情報発信者《ストリンガー》として知られているのは、ダギーではなく、ジョン・ファウラーのほうなのだ。

「どうかな？」ジョン・ファウラーがそっといった。ヒューは笑みを浮かべたまま、じっと成り行きを見守っていた。

ダギーは嘘をつきたい誘惑に駆られたが、自分の顔が赤くなるのがわかった。

「はい」という。

「それについて話してもらえますか？」ふたたび、ジョン・ファウラーだった。聖職者が罪の告白をうながすときのような口調だった。

「いいえ」ダギーはそういうと、手をのばしてボトルをまわした。ボトルががたがたと揺れ、テーブルの上で跳ねた。回転が止まると、ボトルの口はまっすぐヒューのほうをむいていた。

気がつくと、ダギーの頭のなかでは屈辱的なくだらない質問がぐるぐるとまわっていた。学校にいたころ、いじめっ子たちがしていたような質問だ。「おもらしをしたことはありますか？」「男を好きになったことはありますか？」だが結局、彼に思いつける最悪の質問は、たったいま自分がされたものだった。

「あなたは、鳥の目視確認を偽ったことがありますか?」

「自分の知るかぎりでは、いいえ」嘘だ、とダギーは思った。バードウォッチャーなら、誰でもどこかで一度は記録を誇張しているものだ。ヒューは血の気のない顔でじっとすわっており、まるで氷の彫像のように見えた。

「あなたは、これまでに恋をしたことがありますか?」そう質問したのは、ベンだった。テーブル越しに、まえに身をのりだしている。

「いいえ!」傲慢な返事が間髪いれずにかえってきた。

「あなたは、誰かを憎んでいますか?」礼儀正しい口調で、ジョン・ファウラーが興味深げにたずねた。

返事をするまえに、一瞬、間があいた。答えに迷っているわけではないだろう、とダギーは思った。答えがすぐにヒューの頭に浮かんだのは、あきらかだった。ただ、それをみんなに素直にあかすべきかどうかを考えているのだ。

「はい」ようやく、ヒューがこたえた。「親父を憎んでいる。昔から、ずっと」

ヒューが手をのばしたので、またボトルをまわすつもりなのかとダギーは思った。最後はジョン・ファウラーが質問にこたえる番のはずで、ボトルをまわす必要はないのに。だが、ヒューはボトルをまわさずに手にとると、自分のそばの床の上に立てておいた。

「もういいだろう」という。「そろそろ寝る時間だ」

「おい」ジョン・ファウラーが全員を見まわした。「わたしはどうなる？　やらなくていいのか？」

「みんな、あんたには興味がないんだ」ヒューの口ぶりは、まるで甘やかされた子供のようだった。「あんたのいうことは、誰も気にとめやしない」

15

明るくなるとすぐに、ダギーは白鳥がまだいるかどうかを確かめに〈黄金の水〉へむかった。ヒューは寝かせておいた。ダギーが起きようとしたとき、無音モードにしてベッドわきのテーブルにおいてあったヒューの携帯電話が振動をはじめた。ダギーが発信者番号表示に目をやると——自分も知っているバードウォッチャーが、もっとくわしい情報を求めてかけてきたのかもしれないからだ——携帯電話の画面には〝父さん〟とでていた。ヒューが憎んでいるといっていた父親だ。彼の旅行費用と一流校への学費を支払い、おそらくはこのフィールドセンターでの滞在費用も援助しているであろう父親。甘やかされたお坊っちゃんだ、とふたたびダギーは思った。

雲はこれまでほど厚くなく、低くたれこめてもいなかった。それに、風も弱まってきており、溜池は波立っていたものの、まえの日ほど荒れてはいなかった。白鳥は溜池の東端にいて、すぐに見つけられた。そのことを自分がどう感じているのかを、ダギーは見極めようとした。待機しているバードウォッチャーたちにもこの鳥を目にする機会がまだあるのを、自分は喜んでいる？　それとも、がっかりしている？　より多くの人に目視された場合、この鳥の価値は下がってしまうのだろうか？　自分は喜んでいる、という結論に彼はたっした。最悪のシナリオは、白鳥がシェトランド本島に飛んでいき、ほかのバードウォッチャーたちがわざわざフェア島にこなくても目視できてしまうという展開だった。

ダギーは望遠鏡にデジタル・カメラを装着して、白鳥の写真を撮った。手ぶれ補正機構が風によるぼけを修正してくれるので、鮮明ないい写真が撮れているはずだった。それを鳥関係の雑誌に売れば、この島にまたくるだけの旅費が稼げるだろう。ダギーはフィールドセンターに戻る途中で、ベンとヒューに会った。ふたりは南へむかっており、白鳥を見にいくものと思われた。

「やあ」ヒューがいった。「起こしてくれれば、いっしょにつきあったのに」

まるで、きのうの晩のボトルをまわすゲームなどなかったかのような――あの奇妙な一件などなかったかのような――口ぶりだった。まったくの別人だった。

「白鳥はまだいる」ダギーはいった。ぶっきらぼうな口調になっているのが、自分でもわかった。その下には、怒りが秘められていた。自分よりも年下のふたりにむかってうなずき、朝食をとりにそのままフィールドセンターへ戻ろうとしたところで、ダギーは先ほどの電話のことを思いだした。

「お父さんから電話があったぞ。見たか？」自分が意地悪でそのことをもちだしたのがわかっていたが、そうせずにはいられなかった。それに、興味もあった。ヒューと父親のあいだには、いったいどんな確執があるのだろう？

「電話にはでなかったんだ？」ヒューが吐き捨てるようにいった。

「もちろんさ。きみの電話だからな」


フィールドセンターに戻ったダギーは、キッチンにポピーがいるのを目にして、驚いた。ポピーは、片手にシリアルのはいった深皿、反対の手にスプーンをもって、作業台にもたれていた。モーリスと彼の娘のことは、ダギーの頭からほとんど消えかけていた。それくらい長いこと、ふたりは住居部分にひきこもっていたのだ。ポピーは、彼の記憶にあるよりも若く見えた。それに、化粧をせず、髪になにもつけていないと、それほどつっぱった感じがせず、魅力があるといってもいいくらいだった。しばらくぎごちなくみつめてから、ダギーは食堂から声をかけた。「もう大丈夫なのかな？」

ポピーは小さくこくりとうなずいたが、なにもいわなかった。口のなかが食べ物でいっぱいで、しゃべれなかったのかもしれない。紅茶とトーストを手にしたジェーンが、あわただしくあらわれた。ジーンズの上に、長いブルーのエプロンをしている。ダギーは職場の女性をときどき都心の洒落たカフェバーにつれていくことがあったが、ジェーンはいかにもそういうところで働いていそうな感じがした。「遅いのね」ジェーンがいった。「ほかの人たちは、もうみんな食べ終えたわよ」説教されるのかとダギーは思ったが、どうやらそれはなさそうだった。

「ベーコンと卵でいい?」

ダギーはうなずいた。「お手間をかけて、すみません。〈黄金の水〉に白鳥を見にいってたんです」ダギーは自分でマグカップに紅茶を注いだが、キッチンのドア越しにジェーンと話ができるように、そのまま立っていた。ベーコンはすでに調理して保温してあったが、卵はまだなにもやっていなかったので、ジェーンはフライパンを火にかけた。

「それじゃ、まだいるのね」ジェーンがフライパンに油をひきながら、ダギーのほうを見た。ほんとうに興味があるようだった。ポピーはただ突っ立って、黙々と食べていた。「もうすでにバードウォッチャーから、何本か電話がかかってきてるわ」ジェーンがつづけた。「きょうは飛行機が飛ばないみたいだけど、あしたは船も飛行機も大丈夫そうよ」卵がふたつ割られ、油がじゅーっと音をたててはぜた。白鳥がなにかに驚いて飛び去る可能性のことが、ふとダギーの頭に浮かんできた。銃を所持する島の人間がすぐちかくで発砲し、それに怯えた白鳥が島を離れるかもしれない。そうなると、飛行機からこけつまろびつしながら〈黄金の水〉へと駆けていく独りよがりなバードウォッチャーたちは、たったいま白鳥が飛び去ったことを知るだけに終わるだろう。自分の顔に笑みが浮かぶのがわかったが、ダギーはそれを抑えようとした。結局のところ、それは彼がほんとうに望んでいることではなかった。

ポピーが、手にしていた深皿とスプーンをおいて、食堂から出ていった。ジェーンは顔をしかめたが、ひきとめようとはしなかった。

「ジミー・ペレスが、あなたに会いたがってるわ」ダギーにむかっていう。「集会場で、十時に」

「彼に話せることは、なにもないけどな」ダギーはテーブルについた。

「そうかしら？」ジェーンが彼のまえに朝食をおいた。「アンジェラは、いつでもあなたに秘密を打ち明けていたようだったけど」その点を強調しようとするかのように、彼女はしばらくそばに立っていた。あるいは、彼の返事を待っていたのか。だが、ダギーはなにもいわずに、黄身の真ん中にナイフをいれた。そして、どろりとした液体が皿の上でひろがっていくのをながめた。


ダギーは、はやめに集会場についた。時間厳守は、彼が母親から叩きこまれた習慣のひとつだった。母親は心配性で、とりわけ遅刻するのを恐れていた。子供のころ、ダギーはそんな母親を笑っていた。「それで、どうなるっていうんだい？　歯医者の予約に二分遅れたら、刑務所にいれられるとか？」だが、いまでは母親の気持ちを理解するようになっていた。時間がどんどんすぎて足りなくなりそうなとき、あるいは自分が遅れて間にあいそうにないとき、おなじようにパニックを感じていた。それはまるで、空が落ちてきて、彼の世界がすべて崩壊してしまうような感覚だった。

ペレスはすでにきており、演壇ちかくの片隅に小さなテーブルが用意されていた。建物のなかは、木の艶出し剤と消毒薬の匂いがした。この事情聴取のために、わざわざ掃除したのだろうか？　ペレスが使用するというので、島の女性たちが朝早くから雑巾とモップで作業していたとか？

ペレスが手をふって、ダギーを招き寄せた。「コーヒーはどうです？　用意できますよ」きのうの晩にフィールドセンターにいたときよりも、ペレスはリラックスしているように見えた。ダギーはうなずいた。相手がこちらと親しくなろうとするとき、彼はいつでも身構えた。その防衛機制を突破したのはアンジェラだけだったが、それでどうなったことか。

ペレスが供述書をとりだした。昨夜、ダギーがフィールドセンターの社交室で書いたものだ。あのときは誰もがすごくぴりぴりしており、ダギーもその雰囲気に影響されていた。いまにして思うと、あれは一種の集団的な罪悪感だったのだろう。全員がアンジェラの死に、なにかしらの責任があると感じていたかのようだった。みんな、彼女を恐れていた。魅了されると同時に、怯えていた。誰も彼女には逆らえなかったからだ。

「アンジェラのことを聞かせてください」ペレスがいった。

ダギーは虚をつかれた。事情聴取には彼がコールセンターの職員のために用意するような質問リストがあって、それに沿っておこなわれる、と考えていたのだ。

「というのも、あなたは彼女のことをよくご存じだったはずだからです」ペレスがつづけた。「かなりまえから、もう何度もこの島を訪れている」

「アンジェラは、とても優秀なバードウォッチャーでした」ダギーの頭にまず浮かんできたのは、それだった。考えてみれば、いかにもアンジェラが喜びそうな故人への賛辞だ。いや、ちがうな。彼女なら、もっと上を望んだだろう。〝最高の〟とか、〝同世代ではならぶもののいない〟とか。だが、いくらなんでも、ダギーはそこまではいえなかった。

「けれども、競争心が強かった」ペレスがいった。「チームプレーヤーではなかった。いっしょにやっていくのが楽な相手ではなかった。わたしは、そういう印象を受けましたが」

「彼女は、自分がすごく優秀であることを知っていました」ダギーは認めた。「愚かなものに対しては、容赦がなかった」

「あなたは彼女のことが好きでしたか？」

一瞬、ダギーはそれについて考えた。自分は彼女のことを好きだったのか？　彼女に対しては執着のようなものを抱いていたが、それは〝好き〟というのとはちがっていた。「われわれのあいだは、上手くいっていました」

ペレスがテーブル越しに身をのりだした。「おわかりでしょうが、今回の事件では動機が重要になります。フィールドセンターに滞在していた全員に、彼女を殺す機会がありました。全員が、凶器のナイフを手にすることができた。計画的な犯行である必要はありませんでした。ナイフは鳥部屋にあったものですから。だが、なぜ彼女を殺したがるのか？」

「アンジェラは、人を挑発することがありました」ダギーはいった。飲みほしたコーヒーのマグカップを、注意深くテーブルにおく。

「どんなふうにして？」

「反応があるまで、相手をねちねちといたぶるんです。彼女は人を怒らせるのを楽しんでいました。それを気晴らしのように考えていたんです」

「そして、あなたはそれが行き過ぎたのだと考えている？　彼女が誰かを刺激した結果、殺されることになったと？」

「そういうことだった可能性はあります」ダギーはいった。「どのみち、みんな神経がささくれだっていましたから。悪天候で、ここに足止めされていたせいで」

「彼女は、あなたにそういう感情を抱かせたことがありますか？　怒りを感じさせたことが？」

「いいえ、ぼくは挑発する価値のない相手でしたから。でぶのダギー。あまりにもたやすい標的だ。彼女は、ぼくをかばってくれていました」自分とアンジェラの関係を、ダギーはなんとか説明しようとした。「すごく恰好いい女性がださい友人とつるんでいる、ってことがありますよね。自分をおびやかすことのない相手。秘密を打ち明けられる相手です。アンジェラとぼくの関係も、ちょうどそんな感じでした。ぼくは彼女のださい友人だったんです」

「年に一度しかフィールドセンターにこない人物なのにですか？」

ダギーはためらった。どこまでペレスに話したものか、迷っていた。事情聴取では、質問にこたえるだけで、こちらからは情報を提供しない、と決めていたのだが、質問は予想していた以上に漠然としていたし、なおかつ突っこんだものだった。それに、おそらくジェーンはアンジェラと彼のあいだがどうなっていたのかを推測して、すでにペレスに話しているだろう。

「おたがい、連絡をとりあっていたんです」ようやく、ダギーはいった。「たいていは、メールで。電話で話すこともありました」

「あなたは、それでかまわなかった？」ペレスがたずねた。「そういう形で彼女に利用されても、ということですが」ダギーがすぐにこたえずにいると、ペレスがつづけた。「それとも、利用されているとは感じていなかったとか？　自分がださい友人であることを気にしていなかった？」

「自分がそれ以外のものになれないことは、わかっていましたから」ダギーはいった。「それでも、なにもないよりはましだった」言葉をきる。アンジェラに対する自分の想いを誰かに話すことなど決してないと思っていたのに、わずか五分で、この黒い髪をした見知らぬ島の男は彼がずっと秘密にしてきた事柄を言葉巧みにひきだしてしまっていた。催眠術にかかるというのは、きっとこういうことにちがいなかった。ペレスは黙って、ダギーが先をつづけるのを待っていた。そして、ダギーは自分がそうせずにはいられないのを感じた。

「彼女から電話をもらうのが、嬉しかった。かかってくるのは、いつでも夜遅くでした。彼女が鳥部屋にいるところを想像しました。崖のむこうの海を見おろしているところを。興奮しました。そして、こちらが興奮していることを、彼女は知っていた。もしかすると、自尊心にあと押しが必要なときだけ、ぼくに電話をかけてきていたのかもしれません。それでも、ぼくはかまわなかった。たとえ彼女が、自分の結婚生活やほかの男性のことしか話したがらないようなときでも。話し相手として彼女にえらばれたということが、肝心だったんです」

「ほかにも男性がいたんですか？」

ダギーはうなずいた。相手について、もっとくわしく訊かれるかと思いきや、それ以上は追及されなかった。

「結婚生活について、彼女はなんといってましたか？」

「モーリスはやさしい人だけど、ときどきあまりにも退屈なので死にそうになる、と。彼とこれ以上いっしょに暮らしていけるかどうか、自信がなさそうでした。〝それに、ベッドじゃ最低なの〟――彼女の言葉です」ダギーは、アンジェラのために弁解すべきだと感じた。べつに、彼女は意地悪だったわけじゃありません。ほんとうの意味では。ときどき、ただぼくを笑わせるためだけに、そんなとんでもないことをいってたんです。だが、なにもいわなくても、ペレスはそのことを理解しているような気がした。

「彼女は本気で離婚を考えていたと思いますか？」ペレスがたずねた。

「まさか！　モーリスは、まさに彼女が必要としていた人物でした。彼女がずっとバードウォッチングをしていられるように、家のなかの面倒をみてくれる人。そばにおいておくには、便利すぎるくらいだ。おまけに、モーリスは彼女にぞっこんでした。アンジェラは、自分がなにをしようと彼には許してもらえることを知っていました」

「アンジェラが亡くなった晩、彼女に会いに鳥部屋へいきましたか？」

ダギーは驚いた。この警部は魔術師かなにかなのだろうか？　人の心が読めるのか？

「それが友人のとりそうな行動だからです」ペレスがつづけた。「ポピーとの一件があって、アンジェラは動揺していたかもしれない。あなたは彼女の様子を確かめにいったのでは、と考えたんです」

「彼女が鳥部屋にはいっていく音が聞こえました」ダギーはいった。「ぼくは眠れませんでした。ここへは、ウイスキーの瓶を持参してきていました。ぼくはあまり飲みませんが、ほかの人たちはちがいます」そして、おまえはまだ友情を買う必要があると感じているんだ。そうだろ、ダギー？「それをもって、ぼくは鳥部屋へいきました。ウイスキーを勧めましたが、彼女はことわりました。〝あたしはいいわ、ダギー。飲みたければ、好きにやって〟。長居はしませんでした。われわれのあいだに友情があったとして、その主導権はいつでも彼女にありました。彼女は仕事をしていました。ぼくの存在は邪魔だと、はっきり顔に書いてありました」

「あなたは飲んだんですか？　彼女の机にはグラスがあった？」

「いいえ、ぼくも飲みませんでした。さっきもいったとおり、それほど好きなわけではないので」

「なにに取り組んでいるのか、そのとき彼女はいってましたか？」

「いいえ。ふたりで話したのは、ポピーのことでした。アンジェラは、こういってました——もしも風向きがすぐに変わらずに、あの地獄からきたティーンエージャーをさっさとおっぱらえなければ、人殺しが起きかねない、と」ダギーは顔をあげて、ペレスを見た。自分が悪趣味な冗談をいったのだと、このシェトランド人に思われたくなかった。だが、ペレスはそのまま熱心にメモをとりつづけているだけだった。

ペレスがダギーのほうを見た。「あなたが部屋を出たとき、彼女は生きていましたか？」

「もちろん！」自分の顔が紅潮するのがわかった。ペレスはそれを罪の意識のあらわれととるだろうか？　だが、どうにもできなかった。ダギーは不安になると、いつでも女の子みたいに赤くなるのだ。飛行機のちかづく音が、遠くのほうから聞こえてきたような気がした。きょうは飛行機は飛ばないだろう、とジェーンはいっていたが、もしかするとそれは間違いだったのかもしれない。飛行機にはバードウォッチャーたちが満載されているのだろうか？　ダギーは丘へいって、それを出迎えたかった。自分の発見した鳥を、やってきた連中に見せたかった。

だが、ペレスの質問はまだ終わっていなかった。「鳥部屋には羽根がありましたか？　アンジェラは羽根をいじくっていましたか？」

「あの晩ですか？　いいえ」

「ほかのときは？」

どうしてこういう質問をされるのか、ダギーにはわかっていた。アンジェラの髪の毛に羽根が飾られていたことを、ベンから聞かされていたからだ。「あの部屋に羽根をおいておく理由は、どこにもありません。ぼくの知らない、なにか特別な研究をしていたのでないかぎり」

「あなたが共同部屋に戻ったとき、ヒューは寝ていましたか？」

「ええ」

「夜中に彼が部屋を出ていったら、あなたは気づいたでしょうか？」

「それはないですね」ダギーはいった。「寝つくまでにすごく時間がかかりましたが、ようやく眠りが訪れたときには、死んだみたいに熟睡しましたから」

16

ジェーンは、フィールドセンターのキッチンでシェパード・パイをこしらえた。簡単にできるし、モーリスの好物でもあるからだ。ベンには、野菜しかはいっていないチリを作るつもりだった。ジェーンはモーリスのことが心配になりはじめていた。いまだに住居部分にこもったきりだし、まえの日からほとんどなにも食べていないのだ。アンジェラの死体が発見された日の朝、訪問看護師がフィールドセンターにきて、鎮静剤を勧めていた。だが、モーリスは訪問看護師と会うのを拒んだ。「鎮静剤なんていらない。落ちつく必要はないんだ。わたしは妻のことを忘れたくない」

訪問看護師をもう一度呼んだほうがいいのだろうか、とジェーンはいま考えていた。訪問看護師はおしゃべり好きのおっとりとした女性で、おそらく島に出まわっているアンジェラ殺しがらみのうわさ話の大半は、彼女が発信源だろう。声をかければ喜んできてくれるはずだが、モーリスが説得に応じて彼女に様子をみてもらうとは思えなかったし、フェア島のうわさ話製造機にこれ以上の燃料をあたえるのは気が進まなかった。ジェーンは、涼しい食糧貯蔵室にひとまずパイをおいたあとで、メアリ・ペレスに電話をかけた。メアリは小農場に専念するまえは島で訪問看護師をしていたし、モーリスとはいつでも仲が良かった。メアリをコーヒーに誘って、彼女をもてなすために住居部分から出てくるようモーリスを説得してみるのも、ひとつの手かもしれなかった。

メアリ・ペレスがくるのを待つあいだ、ジェーンは上階へいき、ベッドを整えて部屋をかたづけることにした。シーズンの繁忙《はんぼう》期には、掃除のためにベルファストから若い女性にきてもらっていたが、いまはジェーンがすべての家事をこなしていた。今週は、それほど大変でもなかった。世話をする部屋はふたつだけ――ダギーとヒューが寝泊まりしている共同部屋と、ファウラー夫妻がはいっているツインベッドの部屋だ。職員は各自で自分の面倒をみることになっていたが、ジェーンはお情けで、ときどきベン・キャッチポールの洗濯をやってあげていた。

共同部屋には、男たちが狭い空間で生活をしていると発生する例のむっとした汗臭い匂いが充満していた(もっとも、部屋にあるベッドはふたつしか使用されておらず、ダギーとヒューはそれぞれ部屋の反対端で寝ていたが)。ジェーンはシーツをのばし、羽毛掛け布団をたたみ、洗面台をきれいにし、新鮮な空気をいれるために上げ下げ窓をすこしあけた。ペレスはここを捜索したのだろうか? それが殺人事件の捜査における通常の手順ではないのか? だが、捜索のまえには許可を得る必要があるはずだし、ペレスが彼女の部屋を見てまわる許可を得ていないのはたしかだった。ペレスが黙って彼女の部屋にはいり、引き出しをかきまわし、持ち物をいじくっていった可能性もなくはないが、それならきっと彼女は気づいていたはずだった。

ふたたびジェーンは、今回の捜査を一種の挑戦のように感じていた。アンジェラ殺害という現実とはまったく関係のない、頭のなかだけのパズルだ。ジェーンはもともと競争心が強く、いまはペレスと知恵くらべがしたかった。彼よりも先に犯人を突きとめるのだ。子供のころに読んだ探偵小説のなかの登場人物みたいに、素人探偵になって。

もちろん、自分が警察よりも先に手柄をあげられるかもしれないと考えるのは、おこがましかった。だが、彼女はおとがめなしに、ペレスにはできないような行動をとることができた。たとえばの話、彼女が宿泊客の私物を調べても、いったい誰が気づくというのか？ 彼女が宿泊客の部屋にはいるのは、職務として当然のことなのだ。

ダギーのベッドわきの整理だんすには、下着とたたんだTシャツが二枚、それにきちんとかさねられたソックスがはいっていた。それらの上に、四分の三あいたウイスキーの瓶と、アメリカの鳥を集めた野鳥観察図鑑がのっている。どうやらダギーが寝るまえに読む本は、それだけのようだった。ヒューの持ち物は、もっと興味深かった。なにもかもが乱雑にリュックサックに詰めこまれたままで、誰かにかきまわされても、本人が気づく可能性はまずなかった。厚紙でできたピンク色のぼろぼろのファイルホルダーが、からまりあった服のわきに縦に突っこまれていた。ジェーンは、それをひっぱりだした。ホルダーのふたをひらくまえに、一瞬、ためらう。ほんとうに、自分にはこんなことをする権利があるのだろうか？ だが、いまや中身を読まずにもとに戻すことなどできないくらい、好奇心が高まっていた。それに、このフィールドセンターでの生活はふつうの規則に縛られない、と彼女は感じていた。ヒューはペレスの事情聴取を受けるために、いま島の南へむかっているはずだった。邪魔がはいることはないだろう。

ホルダーには、ヒューが最近受けとった私信がすべておさめられているようだった。封筒にはいったままの月例銀行口座通知書。自宅から転送され、ジミー・ペレスとフランが乗ってきた飛行機でいっしょにはこばれてきたものだ。その日、ジェーンは郵便局へ郵便物をとりにいっており、宿泊客宛のものがあるのはめずらしかったので、その封筒のことをおぼえていた。封筒のなかの月例銀行口座通知書によると、ヒューは銀行に大きく借り越していたものの、フェア島にやってきた週に二千五百ポンドが振り込まれ、その状態は解消されていた。またしても、寛大な両親が息子を借金から救ったのだろう。彼の履歴書が何枚かあった。成人してからのみじかい人生が言葉巧みに描きだされていたが、ジェーンは人事部にいたことがあるので、彼の経験不足や説明されていない空白期間が目についた。彼女が選考者なら、ヒューをツアーガイドに雇ったりはしないだろう。ホルダーのいちばん底に、ヒューの父親からの直筆の手紙があった。それによると、父親はもうじゅうぶんすぎるくらい息子を財政的に支援してきたと感じており、ひきつづき助言と支援をあたえるにやぶさかではないものの、今後は生活費を自分で稼ぐようにと求めていた。手紙の日付は、数カ月前だった。どうしてヒューは、この手紙をとっておいたのだろう？　そして、これが事実ならば、二千五百ポンドはいったいどこからきたのか？　ヒューが両親をまるめこんで、最後にもう一度だけ金をださせた？　それとも、実際になにか仕事をして、報酬を得た？　ジェーンは月例銀行口座通知書で振込元の名義をさがしたが、どうやら支払いは現金でおこなわれたようだった。警察なら、簡単に調べられるだろう。ジェーンは身体をまっすぐに起こした。この情報は、ペレスに伝えるべきものだった。

だが、そうなると他人の持ち物をのぞいてまわったことを告白せねばならず、考えただけで彼女は顔が赤くなった。もしも警察が動機をさがしているのなら、いわれなくても容疑者の銀行口座くらい確認するだろう。

ファウラー夫妻の部屋は、いつでもきちんとかたづいていた。ベッドは毎朝みずからの手で整えられていたし、サラの寝巻きはたたんで片方の枕の上においてあった。洗面台の棚の上のグラスには、おそろいの歯ブラシ。サラのベッドわきのいちばん上の引き出しに、日記があった。ジェーンは、それには手をふれなかった——読みたいという誘惑には駆られたが、そこまでするのはやりすぎだと感じたのだ。サラのひきこもったような表情、びくついた態度には、私生活で悲劇に見舞われたことをうかがわせるものがあった。ファウラー夫妻がフェア島にくるのははじめてで、アンジェラ・ムーアとなにかしら関係があったとは思えなかった。ジョン・ファウラーは仕事を持参しているようだった。ケースにいれたノートパソコンが壁に立てかけてあり、ベッドわきのテーブルには書類や本が山積みになっていた。書類の中身は雑誌の記事や作成中とおぼしき原稿を印刷したもので、それらに半分ほど目をとおしたところで、ジェーンは読むのをやめた。ここにあまり長居するわけにはいかなかった。誰かが彼女の不在に気づくかもしれない。それに、ファウラー夫妻がペレスの事情聴取を受けているのはわかっていたが、こうしてこそこそと嗅ぎまわっているところを見つかるかもしれないと考えただけで、ジェーンはぞっとした。ジョン・ファウラーのやっている書店の目録があった。店名はなにやら洒落たギリシャ語で、ジェーンにはちんぷんかんぷんだった。まったく、気どっちゃって。

絶版になった稀覯本についている値段をいくつか見て、彼女は驚いた。ジョン・ファウラーは、もっぱら卸売業者を相手に商売をしているにちがいなかった。

ジェーンはノートパソコンをひらくと、電源をいれた。パスワードは設定されておらず、そのまま〈最近使用したドキュメント〉をクリックして、ジョン・ファウラーの書いた手紙にいきついた。渉禽《しょうきん》の食生活についての記事を科学雑誌に売りこもうとしている手紙で、どうやら彼は、中東の天然塩田に生息するケラをあつかったあたらしい研究にすごく興奮しているようだった。だが、それ以外のことは、ほとんど彼女には意味不明だった。フィールドセンターには無線LANがないのでメールを確認することはできず、ジェーンはすこしほっとした。そんなことをすれば、プライバシーのひどい侵害だと感じていただろう。

部屋の外の廊下で、ドアがばたんとしまる音がした。階段のてっぺんにある防火扉だ。自分がこの部屋にいる理由はいくらでもあげられたが、それでもジェーンは子供のころにかくれんぼをしたとき以来のものすごい恐怖感に襲われた。ファウラー夫妻がペレスの事情聴取からはやく帰ってきて、いまこの部屋にむかっているのだとしたら？　彼女はコンピュータをケースに戻すと、自分がここにいることを正当化するために洗面台のまわりを布で拭いてから、部屋を出た。廊下には、誰もいなかった。きっと、ダギーかヒューが共同部屋に戻るところだったのだろう。

ジェーンが玄関の間におりていくと、ちょうどメアリ・ペレスが到着したところで、ジミー・ペレスの婚約者もいっしょだった。ジミー・ペレスとこのイングランド人の女性は、ジェーンの目には不思議なカップルと映っていた。ジミー・ペレスはすごく真面目で、物静かで、その黒い髪とオリーブ色の肌にもかかわらず、徹頭徹尾シェトランド人だった。それに対して、フランのほうはエネルギーにあふれ、好奇心旺盛で、芸術家っぽいお洒落をしていた。ディーの同僚のひとりといってもおかしくなく、リッチモンドの家でひらかれていたパーティにもすんなり溶けこめそうだった。

「あたしまでついてきて、かまわなかったかしら？」フランがいった。「お邪魔でなければいいんだけど」

「邪魔だなんて、とんでもない。いつもとちがう顔ぶれでおしゃべりするのは、楽しいわ」フランとは友だちになれるかもしれない――そう考えると、ジェーンの気分は明るくなった。メアリとフランをキッチンに案内してから、コーヒーをいれるために、やかんを火にかける。

「あたしたちにくわわるよう、モーリスを説得してみるわね」そういって、ジェーンはメアリのほうを見た。「モーリスのことが心配で。なにも食べていないし、ジミーがアンジェラの死体をはこびだしたあとも、ずっと住居部分にこもりきりなの。ちょっと話をしてみてくれないかしら」

メアリ・ペレスが黙ってうなずくのを見て、ジェーンは島の訪問看護師を呼ぶのをためらう理由を説明する必要がないのがわかった。メアリは理解していた。

ジェーンは住居部分のドアを叩き、返事がなかったので、そのままなかにはいった。居間のカーテンは、ひかれたままだった。それをあけると、ふいに射しこんできた日の光で、目がくらんだ。雲の切れ間から、聖書にでてくるような光の筋が海面に突き刺さっていた。ポピーの部屋からは、テレビの音が聞こえてきていた。

「ここでなにをしてるんだ?」モーリスの声は、不自然なくらい大きかった。

ジェーンは飛びあがった。モーリスは肘掛け椅子のひとつにすわっていた。もしかすると、ひと晩じゅう、そこにいたのかもしれない。まえの日とおなじ服装だった。

「ノックはしたのよ」ジェーンはいった。「コーヒーをいれてるから、あなたも飲むかと思って」

「いや、けっこうだ」喧嘩腰の口調で、乱暴といってもいいくらいだった。

「ここに一日じゅうすわってるなんて、よくないわ。病気になってしまう。それに、ポピーのことも考えてあげないと」これじゃ、まるで威張りちらす嫌な女ね、とジェーンは思った。昔から、ずっとこんな中年の乳母みたいなしゃべり方だった。ふと見ると、モーリスは泣いていた。音もなく、涙がつぎつぎと頬を伝い落ちていく。ジェーンはエプロンのポケットからティッシュをとりだすと、それを拭った。モーリスは黙ってすわったまま、おとなしい子供のように、されるがままになっていた。「さあ、すこし環境を変えたほうがいいわ。メアリ・ペレスがきてるの。彼女とは、気があうでしょ。でも、センターのほかの人たちはみんな出かけてるから、誰とも顔をあわさずにすむわ」ジェーンはモーリスの腕をとり、立ちあがるのに手を貸した。ほとんど無理やりといった感じだった。彼の関節の動きのぎごちなさが伝わってきて、やはりひと晩じゅう肘掛け椅子にすわっていたのだろう、とふたたび彼女は考えた。

ジェーンはキッチンにいってコーヒーをいれると、焼きたてのスコーンをふたつに切ってバターを塗り、モーリスのまえにおいた。

「あすは、船をだせそうよ」メアリ・ペレスがいった。「夫が若い連中をつれて、あとで船を水におろすことになってるの」モーリスのほうをむき、やさしくたずねる。「その船で、あなたたちは島を出るのかしら？」

「わからない」

「あなたとポピーは、しばらく島から離れているのがいちばんかもしれないわ」メアリ・ペレスは手をのばし、自分のマグカップにコーヒーのおかわりを注いだ。「どこか泊めてもらえるところは？」

「ポピーは、母親のところへ戻ることになっている」モーリスがいった。メアリの巧妙さに、ジェーンは舌をまいた。さり気なくモーリスを誘導して、実務的なことを考えるように仕向け、感情でごちゃごちゃになっている頭のなかから建設的な考えをひきだしている。「もう話はついてるんだ。シェトランドまで、人が迎えにくることになっている。きょうの午後にポピーの母親に電話して、手配がすんでいるかどうかを確認する」

フランはすでにコーヒーを飲み終えており、席を立って、窓の外の低い塀のむこうにひろがるヘイヴンズのほうをながめていた。ここでこうしているよりも、あそこの海岸に沿って歩き、ブネスの岬の岩場をのぼっていたそうに見えた。この島の生活は――とくに、冬のあいだは――はてしなくつづく社交訪問で成り立っているが、フランがそれに満足していられるとは、ジェーンにはとても思えなかった。彼女はここに溶けこめないだろう。

「このあと、ポピーはあたしたちとすごすことにしたらどうかしら?」フランが部屋のほうにむきなおってたずねた。「島を見てまわるのも、楽しいかもしれない。きょうが最後の日になるのなら、なおさらよ。ねえ、かまわないでしょ、メアリ? ポピーを昼食に誘っても? そうすれば、ポピーはしばらくフィールドセンターから離れていられるわ。きっと、ここにいるのは居心地が良くないはずよ。同世代の子がひとりもいないから」

「たしかに」モーリスがいった。「あの娘は喜ぶだろう。わたしは、なんの助けにもなっていないし」

「それじゃ、本人に訊いてくるわ。こっちかしら?」そういうと、フランはモーリスの返事も待たずに、住居部分にむかって廊下を歩いていった。フランがなにを企んでいるのか、ジェーンは疑念を抱いた。ジミー・ペレスに頼まれて、こんなことをしているのだろうか? それとも、自分の意志で? でも、あたしより先に事件を解決することはないわよ、とジェーンは胸の奥でつぶやいた。なぜなら、モーリスと話をしているときに、ふいにある考えが頭に浮かんできていたからだ。それはまるで、緑の海原に日の光がさっと射しこんだような感じだった。

一瞬、キッチンに沈黙がながれた。メアリ・ペレスが、ふたたびモーリスのほうをむいた。

「それで、あなたは?」メアリがたずねた。「あなたはどうするの? 泊めてくれる友だちくらい、いるでしょ?」

「どうかな。アンジェラと結婚したときに、たくさんの友人を失ったから。わたしが妻と仕事を捨ててここに移ってくるのを、みんな正気の沙汰ではないと考えていた。アンジェラになにか魔法をかけられたんだと」

「でも、いまのあなたには、喜んで救いの手をさしのべてくれるはずよ」メアリ・ペレスはひきさがらなかった。

「アンジェラが死んでいなくなったいまなら、ということかな？」モーリスが顔をあげた。その声には、苦々しさがあふれていた。「ああ、そうとも。彼女が死んで喜ぶものは、大勢いるだろう」だが、そういうと彼はコーヒーを飲み、スコーンを手にとって食べた。

フィールドセンターの電話が鳴った。ジミー・ペレスからで、アンジェラの遺体を搬送するために沿岸警備隊のヘリコプターがこちらにむかっている、という連絡だった。モーリスがその場に立ち会いたいかどうかを、ペレスは知りたがっていた。ジェーンがその情報を伝えると、モーリスは首を横にふって、「無理だ」といった。「そんなこと、とても耐えられない」

17

ジミー・ペレスは南灯台《サウス・ライトハウス》にいて、ヘリコプターが上空を旋回してから着陸するのを見守っていた。沿岸警備隊から最初に電話をもらったとき、そのヘリコプターで部下のサンディ・ウィルソン刑事もこちらにくるのだろうか、という考えが彼の頭をよぎっていた。だが、ヘリコプターはサンバラから飛んできていたし、急いで手配されたので乗客を乗せている余裕はなかった。とりあえず、これでアンジェラの死体は島を離れることになった。ようやく、検死をはじめられるのだ。飛行機は、あすから運行が再開される予定だった。ヘリコプターがふたたび空に舞いあがったとき、ペレスは回転翼の羽根で生じた風に対してぎゅっと目をとじながら、自分もあれに乗っていられたら、とふと思った。ふいに、フェア島を離れたくてたまらなくなった。この特殊な事件のごたごたから、逃れたかった。

集会場に戻る途中で、ペレスは天候が変わりつつあることに気がついた。風はまだ吹いていたものの、ときおり無風状態にちかくなることがあり、雲のむこうの空はまえよりも明るくなっていた。集会場につくと、サラ・ファウラーがあらわれるまで二十分待たされた。サラはそのまえに指定された時間どおりにきていたのだが、ダギーの事情聴取のさいちゅうに上空でヘリコプターの音がするのを耳にしたペレスが、いったん彼女をフィールドセンターに帰らせていたのだ。

「コーヒーでも飲んできてください。こちらの用事がどれくらいかかるのか、わからないので。すみません」アンジェラの死体をヘリコプターに積みこむとき、ペレスは見物人にいてほしくなかった。

いま、集会場に急ぎ足ではいってきたサラ・ファウラーの顔には、待たせたことをわびるようなこわばった笑みがかすかに浮かんでいた。

「ここまで戻ってくるのに、車に乗せてもらったんです。フィールドセンターからだと、どこへいくにもすごく遠くて。でしょ？」夫のジョン・ファウラーが集会場の入口に立ち、なかをのぞきこんでいた。サラ・ファウラーはふり返り、自分は大丈夫とでもいうように、夫にむかって手をふってみせた。サラ・ファウラーは、質問される妻のそばで手を握っていたそうに見えたが、そのまま入口でむきなおると、集会場のドアをしめた。事情聴取のあいだ、ペレスは外で待つ彼の姿を何度かちらりと目にした。ジョン・ファウラーは我慢強くじっと立ち、ときおり双眼鏡を目にあてていた。

ペレスは集会場のなかでサラ・ファウラーとむきあってすわり、どうすれば彼女をリラックスさせられるかを考えていた。なんとなく、やりにくかった。〝サラ〟という名前のせいか、最初の妻のことが思いだされてならず、アンジェラ・ムーア殺しの件で目のまえの女性を問いただすのがためらわれた。ふたりは外見が似ているわけではなかった。彼の妻だった〝サラ〟は、もっとふっくらとして温かみがあった。だが、この不安そうな感じ――不幸せそうな感じといってもいい――は、まったくおなじだった。サラ・ファウラーの緊張はまわりの人間にもうつるらしく、メモをとろうとペンをとりあげたペレスの手は、すこし震えていた。

「せっかくの休暇が台無しになってしまって、すみません」

サラ・ファウラーが、さっと顔をあげた。そんなことをいわれるとは、思っていなかったのだ。

「あなたが殺人事件を起こしたわけじゃありませんわ、警部。あなたは自分の仕事をしているだけです」ぶっきらぼうな返事に聞こえたが、ひどく神経質になっているせいにすぎないのだろう、とペレスは考えた。彼女を守ってやらなくてはと夫が感じるのも、無理なかった。

「滞在をのばすことになって、いろいろと大変だったんじゃありませんか？　あなたも仕事に戻らなくてはならなかったでしょうし。それとも、ご主人の仕事を手伝っているとか？」正式な事情聴取というよりも、口の重い他人を相手に世間話をしようと努力しているような感じがした。

「いいえ、とんでもない！　本を売る商売の稼ぎだけでは、主人ひとりが暮らしていくのだって厳しいくらいです」間があく。「わたしはブリストルの公営住宅団地にあるシュア・スタート児童センターの運営にたずさわっています。大変な仕事ですけど、楽しんでいます」言葉をきる。「すくなくとも、最近まではそうでした。いろいろと手に負えなくなってしまって。管理職というのは、かなりストレスが大きいんです。とはいえ、お役所仕事にともなう面倒も、子供たちのことを考えると、なんてことありませんけど。わたしは優秀な職員に恵まれているので、すこしくらい留守にしても、なにも問題はないでしょう」

ペレスは言葉につまった。子供たちといるのをこれほど楽しんでいる女性が赤ん坊を失うというのは、耐えがたいことにちがいなかった。この内気な女性がばたばたとして騒がしい児童センターを取り仕切っているところを想像するのは、むずかしかった。

ペレスの考えを読みとったかのように、サラ・ファウラーがつづけた。「わたしがしばらくいなかったことが、まえにもあったんです。今年になって二カ月ほど、病気で仕事を離れていました。うつ病です」

「それは大変でしたね」

「このところ、わたしたち夫婦はものすごいプレッシャーにさらされていました。今回の休暇で、ふたりの関係を修復し、またいっしょにやり直そうと考えていたんです。フェア島にくるのがはたしていいことなのかどうか、わたしにはよくわかりませんでした。バードウォッチングの世界で、夫はかなりの笑いものになっているんです。大きく騒がれた間違いを何度か犯したことがあって。それまではけっこう脚光を浴びていただけに、ばつの悪い思いをしました。他人がどう考えているのかを気にすべきではない、とわかっています。けれども、主人よりも、わたしのほうが気まずくて。でも、わたしたちはここでの滞在をとても楽しんでいました。アンジェラが亡くなるまでは」

サラ・ファウラーが顔をあげて、ペレスを見た。ほんとうの質問がはじまるのを待っているのだ。ペレスとしては、夫婦でこの島にくるきっかけとなった出来事について、もっとくわしく知りたいところだった。だが、先に進むしかなかった。

「フェア島にくるまえから、アンジェラ・ムーアを知っていましたか？」

「本人と会ったことはありませんでした」サラ・ファウラーがいった。「もちろん、名前は知っていましたし、テレビで観たこともありました」言葉をきる。「本も読みました」

「感想は？」

「面白かったです」ふたたび言葉をきる。「すこし自己中心的な気がしましたけど」

「それで、フェア島は？」ペレスはいった。「そちらの感想は、どうです？」

ふいに思いもよらないような笑みがあらわれ、サラ・ファウラーの顔の印象が一変した。

「こうして日が射していると、すごく美しいわ。ここで生まれたなんて、あなたがうらやましい」この突然の雰囲気の変化に、ペレスはとまどった。彼女のことが、よくわからなかった。たとえばフランに説明するとき、どういえばいいのだろう？

「アンジェラ・ムーアについての印象を聞かせてください」

笑みが消え、サラ・ファウラーは顔をしかめて考えこんだ。彼女にとっては、正確さが重要なのだ。サラ・ファウラーがどんな家庭で育ってきたのか、ペレスは興味をそそられた。彼女の両親は福祉関係の仕事についていたのだろうか？　それとも、教職？　社会事業とか？

「アンジェラは、あまりわたしたちに注意をはらっていませんでした。あきらかに、自分の仕事に没頭していました。もちろん、テレビでの活躍から想像されるとおり、すごくカリスマ性がありました。ただし、あまり親切ではありませんでした。自分の下で働く人に対して、すこし威張りちらすところもあったと思います」

「パーティのあとで彼女が鳥部屋にいったことに、気がつきましたか？」

「いいえ。あれは素敵なパーティで、招かれてとても嬉しかったんですけど、なんだか内輪のお祝いの席にお邪魔しているような気がしたので、わたしたちは料理が出てきたあとで、すぐにベッドにはいりました」

「誰がアンジェラ・ムーアを殺したのかについて、心当たりはありませんか？」宿泊客のなかでなにかに気づく人物がいるとしたら、それはサラ・ファウラーだろう、とペレスは考えていた。彼女の仕事は、人を観察し、理解することだ。みずから参加しようとはしない。一昨夜のダンスでも、おそらく隅にすわって、集団の力学がどう展開していくのかを見守っていたにちがいなかった。

「ヒューがいっていたとおり、いちばん怪しいのはアンジェラの義理の娘でしょうね。彼女が若者らしいかんしゃくを起こして手近にあったもので襲いかかったのだとしても、驚きはしません。かなり鬱屈していて、なにをしでかすか予想がつかないところがあるので」

ペレスは、なにもいわなかった。ポピーが犯人だということになれば、大人たち全員にとって都合がいいだろう。その大半はアンジェラ・ムーアを嫌っていたので、彼女の死はショックや悲しみと同時に、かれらに罪の意識をもたらしているはずだった。だが、事件がすぐに解決されれば、先に進んで、自己嫌悪もそれほど感じずにすむ。質問することがなくなってしまったので、ペレスはサラ・ファウラーが出ていくのを見送った。この事情聴取は失敗だった、と感じていた。彼女を呼び戻して、もう一度はじめからやり直したかった。彼の頭のなかで渦巻いている事件とは関係のない質問を、すべてぶつけたかった。彼女をもっとよく理解したかった。

ヒュー・ショウは、煙草を吸いながら外でぶらぶらしていた。サラ・ファウラーが集会場から出てくるのを目にしたはずなのに、つぎは自分の番だと知りながら、そのままペレスに呼ばれるのを待っているのだ。あけっぱなしのドアのむこうにいる彼の姿を目にしたとき、ペレスはふいにいらだちをおぼえた。刑事が待っているのを知りながら壁にもたれてぐずぐずと最後まで煙草を吸っているのは、なにかのあてつけだろうか？　それとも、そういう態度が身に染みついているので、自分ではどうしようもないのか？　この我が物顔にふるまう傲慢な若者とむきあってすわり、苦労して返事をひきだすのかと思うと、ペレスは耐えられなくなった。そこで、コートとリュックサックをつかみ、外へ出た。

「さあ。その希少な白鳥とやらを見せてください。話は、歩きながらすればいい」

こうして身体を動かすだけで、ペレスは気分が良くなるのを感じた。雨上がりで、景色全体が——草地や沼の泥水や塀の苔が——やけに色鮮やかに見えた。ペレスはヒューの先に立って道路からそれ、滑走路へとむかった。フィールドセンターのほかの関係者と会いたくなかったし、この若者に対して、ここが自分の地元であることを見せつけたかったのだ。この先ずっと秋になるたびに島を訪れたとしても、ヒューがペレスほどフェア島にくわしくなることはないだろう。この変わった事情聴取のやり方にも、ヒューはまったく動じていなかった。北へむかって丘を越えていくあいだも完全にくつろいだ様子で、ペレスに遅れることなく、ヘザーをまたいでついてきた。

「あなたはアンジェラ・ムーアと寝てたんですか？」

これもまた、この若者にショックをあたえたいという気持ちからきたものかもしれなかった。ペレスはヒューの過剰なまでの自信を大きな障害と考えており、それを突き崩したかったのだ。だが、そのもくろみは失敗に終わった。

「まあ、それほど回数は多くありませんでしたけど」ヒューが足を止めてふり返り、島を見おろした。小農場の農家が、まるで子供の絵のように一軒ずつきちんとならんでいるのが見えた。澄んだ光のせいで遠近感がおかしくなっており、なにもかものっぺりとして、すぐちかくにあるように感じられた。ヒューがふたたび煙草をとりだした。彼が不安を感じているのかもしれないことを示す、唯一のしるしだった。「どこから、そのことを？」

「ある人から聞いたんです。アンジェラは若くて可愛い男の子が好きだったと」

「ぼくの場合は、ここへきた最初の晩に、お声がかかりましたよ」ヒューの笑みはにこやかで愛想が良かったが、貼りつけたようなところがあった。しゃべっているときでも、言葉の裏にどこかしら翳りが感じられた。この若者はなにひとつ真剣に受けとめることがないのではないか、という印象をペレスはもった。「ぼくは社交室で、最後まで起きていました。ひと晩じゅう飲んでたんです。フェア島のフィールドセンターにくるのは、はじめてここのことを耳にしたときからの夢でした。それがついにかなって、すごく興奮してたんです。お祝いする気分でした。そのとき、アンジェラが住居部分のほうからふらりとやってきて、ぼくがそこにいるのを見つけた。〝島を案内してあげるわ〟。よく晴れた穏やかな晩で、偏西風が吹きはじめる直前でした。すごく寒かった。フロントガラスには、氷がついていました。そんなにはやくから氷がつくのは、めずらしいことだったみたいです。アンジェラはぼくを西の絶壁へつれていき、遠くに見えるファウラ島の明かりを指さしました」

「あなたたちはセックスをした？」

「その晩は、二度。一度は滑走路にとめたランドローヴァーの後部座席で、もう一度はフィールドセンターに戻ってから空き部屋で。彼女が出ていったとき、時刻は午前三時になってました」いったん言葉をきってから、感嘆の口調でつづける。「それでも彼女は夜明けに起きだして、罠《トラップ》の見まわりをしていた」

「それ以外のときは？」

「毎晩ってわけではありませんでした。そうやって会うのは自分の都合にあわせてだ、と最初に彼女から釘をさされていたんです。彼女は欲しくなると、ぼくを見つけにやってくる」ヒューの口調に憤りは感じられなかった。ペレスがはじめて女性を愛したときとはちがって、ヒューは永続的な関係を築くことに興味がなさそうだった。依然として、笑みが顔に貼りついていた。

尾根のてっぺんまでくると、今度は北のほうの視界がひらけた。目の届く範囲内で人が住んでいそうな建物はフィールドセンターしかなく、それすらも起伏する土地でほとんど隠されていた。完全に見えているのは、灯台の塔とレンズだけだった。灯台が人の手で操作されていたときのことを、ペレスはおぼえていた。塔の根元にある白塗りの建物には、灯台の上級職員だった商船船員あがりのぶっきらぼうな男と、島の学校にかよう小さな男の子のいるグラスゴー人のカップルが住んでいた。やがて、フィールドセンターを運営するトラストがそこをひき継ぎ、資金を調達して改装した。この位置からだと、ペレスはあらためてフィールドセンターがひどく孤立していることに気づかされた。

「そして、彼女はあなたを見つけにやってきた？」ペレスはたずねた。

「ええ、もちろん。折にふれてね。一度なんて、ほかのみんなが昼食をとっている真っ昼間ってことがありました。共同部屋でやったんです。いつダギーがはいってきても、おかしくなかった。でも、それが彼女の好みでした。刺激を求めていた。危険を」

そして、あなたもですか？　ペレスはそうたずねたかった。あなたも、それが好みだった？　だが、ヒューがその質問を馬鹿げていると思うのが、ペレスにはわかった。もちろん、それが彼の好みに決まっていた。あと腐れなしのセックスだ。若い男なら、誰でも夢見るのではないか？　それに、女性もそういうことを楽しんで、なにが悪い？　男性に対するアンジェラの態度について、ペレスはフランと話をしてみたかった。フランはかれこれいわずに、アンジェラの考え方を受けいれそうな気がした。たいていのことには動じないのだ。ペレスにとっては、アンジェラが可愛い男の子を必要としていたというのは、ショックというよりも、むしろ気のめいることだった。そこから彼女の結婚について、どんなことが読みとれるだろう？　結婚はアンジェラにとって退屈だった？　それで、どこかべつのところで刺激を求めるしかなかった？　つまりは、結婚して落ちついた家庭をもとうと計画しているペレスもまた、退屈なやつだということになるのか？　二年もすれば、フランは彼にすっかり飽きてしまうのか？

いまではふたりとも息があがっており、足を止めた。ペレスはリュックサックからコーヒーの魔法瓶をとりだすと、島の人間が〝泥炭〟と呼ぶべとべとしたチョコレート・ケーキの切れ端をヒューに手渡した。まえの晩に、彼の母親がひとかたまり作っておいたものだ。かれらはヘザーから突きだしている平らな岩の上にすわり、明るいブルーの海と荒れ狂う白い波を見おろした。

「アンジェラは、あなたと話を？」ペレスはたずねた。

「もちろん、しましたよ」ヒューは相手を馬鹿にして面白がっているような目で、ペレスを見た。「ぼくらは、うまがあった。いい友だちでした」

「彼女の死に、あまり動揺しているようには見えませんが」

ヒューが肩をすくめた。「率直にいって、はじめから長期的な展望をのぞめるような関係じゃありませんでしたからね、でしょ？　ぼくが島を離れたあとも連絡をとりあうなんて、想像できない。彼女が亡くなって残念に思いますけど、うちのめされているふりをするのは無理です。そうした薄っぺらな感傷には、耐えられない」

自分はそういう人間なのだろうか、とペレスは考えた。薄っぺらで、感傷的。みじかい関係のあとで連絡もとりあわないというのは、ペレスの考える〝いい友だち〟の定義からははずれていた。

「アンジェラがなにか心配事を抱えていた様子はありませんでしたか？　身の危険を感じていた様子とか？」

ペレスは軽薄な答えがすぐに返ってくるものと予想していたが、ヒューはじっくりと考えこんだ。「彼女はなにかで頭を悩ませていました」ようやく、そういう。「最後の二日間は、ぴりぴりしているようだった。いつもの彼女じゃありませんでした」

「なにを悩んでいたんです?」

「それについては、話そうとしませんでした」ヒューがいった。

「ぼくには関係ないことだ、といっただけで。ぼくのほうは、それでかまわなかった。穿鑿《せんさく》したくなかったんです。天気のせいで気がめいってるんだろう、と思いました。いい鳥がこないから。それか、ポピーのことかと。アンジェラは、あの娘にほんとうにいらつかされていましたから」

「アンジェラが夫の話をあなたとしたことは?」ペレスは激しく波立つ海面のむこうに目をやった。空気がすごく澄んでおり、水平線にくっきりとシェトランド本島が見えていた。今回フェア島に到着してから、はじめてのことだった。それを見て、ペレスは元気づけられた。ようやく、外の世界とつながりができたのだ。あしたには船が出航し、ヴィッキー・ヒューイットとサンディ・ウィルソンを乗せて戻ってくるだろう。もはや、ひとりで捜査にあたらなくてもすむのだ。

「べつに、モーリスは彼女を困らせてはいませんでしたよ」ヒューが小さく笑いながらいった。「自分の妻でいてくれるかぎり、彼はなんでもアンジェラの好きにさせていたでしょう」

「アンジェラの浮気のことを、モーリスは知っていた?」

「たぶん。でなければ、知りたくなくて、彼女の行動にあまり目を光らせないようにしていたのか。さっきもいったとおり、アンジェラはポピーがここにいるのを嫌がっていた。モーリスが彼女に立ちむかったのは、その件がはじめてだったんじゃないかな。アンジェラは、あの娘が秋に島にくるのはタイミングが悪い、といってました。海鳥に足環をつけたあとの、いちばん忙しい時期だから。でも、モーリスは譲らなかった。今度ばかりは娘を第一に考えなくてはならない、といって。アンジェラは憤慨してましたよ。たいてい、自分の言い分をとおしてましたからね。でも、彼女を悩ませていたのは、そのことじゃなかったはずです。なんのかんのいっても、この状況は一時的なものでしたから。いずれは風向きが変わって、あの娘は出ていくことになっていた」

ヒューが立ちあがって、上着から食べかすを払い落とした。「例の白鳥を見たいんでしたよね」そういうと、あのお決まりの笑みを顔に貼りつけ、〈黄金の水〉にむかって足早に土手をおりていった。ペレスは、走るようにしてついていかなくてはならなかった。

白鳥は、溜池の反対側にある砂利浜にいた。ペレスの目には、冬に長い列をなしてフェア島に飛んでくるほかの白鳥たちと、まったくおなじに見えた。「この鳥のどこがそんなに大騒ぎするようなものなのか、教えてください」ペレスはいった。

ヒューは三脚に望遠鏡をとりつけると、ペレスにのぞかせた。「重要なのは、あの黒いくちばしです。それと、アメリカの足環――それで、あの鳥がどこかのコレクションから逃げだしてきたものでないことがわかります」ヒューが身体をまっすぐにのばした。「この鳥を見るためにフェア島へ渡ってこようと、きっとシェトランド本島には数百人のバードウォッチャーが待機してるでしょう」

戦闘準備をしている侵略軍のイメージが、ふいにペレスの脳裏に浮かんだ。訪問客の突然の殺到は、アンジェラ・ムーア殺しの捜査にどのような影響をおよぼすだろうか？　それを防ぐ手立ては、なにかあるのか？

「かれらは、ほんとうにこんなところまでやってくるんですか？」

「間違いありませんね」ヒューがいった。「自分のリストにあの鳥をくわえるためなら、連中は人殺しだってやりかねない」

18

フランがポピーの寝室をのぞいてみると、少女はパジャマ姿のままでベッドに寝転がり、アイポッドで音楽を聴きながら天井を見あげていた。カーテンがひかれており、室内は薄暗かったものの、それでも汚れた服が隅に積みあげられ、化粧台の上に女の子らしいがらくた――化粧品、ブレスレット、黒いビーズのネックレス――が散らかっているのが見えた。フランがはいってきたのに気づいて、ポピーが耳からイヤホンをはずし、起きあがった。だが、なにもいわなかった。

「ここを出たくない？」フランはドアのそばで足を止めていった。相手に圧迫感をあたえたくなかった。

「飛行機がくるの？」その切羽つまった口調から、ポピーがひどくみじめな思いをしているのがわかった。こうして寝室に隠れて、ひたすらこの島から逃げだすときがくるのを待っていたのだ。

「きょうは、まだ無理よ。あしたは、可能性があるけど。船なら、あすの朝に間違いなく出航しそうよ。あたしがいってるのは、フィールドセンターを出るってこと。メアリとあたしといっしょにすごしたらどうかと思って」

ポピーはためらっていた。すぐにはフェア島を出られないとわかって感じた落胆から立ち直るのに、すこし時間がかかった。「そうね」ようやく、そういう。「悪くないかも」

「さっとシャワーを浴びてきたら？」少女はあきらかに、よくこすり洗いする必要があった。「ジェーンといっしょに、キッチンで待ってるわ」

キッチンにあらわれたとき、ポピーはサイズがひとつ小さすぎるジーンズに丈の長い灰色のセーターという恰好だった。シャワーで髪の毛がまだ濡れていたが、それでもあまり清潔になったようには見えなかった。化粧をする手間をはぶいており、すごく若く見えた——不健康なほど青白くて肌の状態の良くない、太りすぎの子供だ。でも、成長期には、みんなこんなふうだった、とフランは思った。というか、みんな自分はそうだと思いこんでいた。

いつのまにかフランはポピーのことを、もうすこし大きくなったときのキャシーというふうに考えていた。この子には、新鮮な空気と運動が必要だわ。「あなたとあたしは歩いて、すこし運動しましょ」フランはいった。「メアリとは、スプリングフィールドで落ちあえばいいわ。そして、三人でいっしょに昼食をとるの。切手を買いたいから、途中で郵便局に寄らせてちょうだい」それに対して、ポピーは反抗できないくらい疲れていたのか、自分のかわりに誰かが決めてくれるのが嬉しかったのか、とにかくなにもいわずに、フランのあとについてフィールドセンターを出た。

ふたりは、しばらく黙って歩いた。ポピーはジャケットの下で背中をまるめ、両手をポケットに突っこんでいた。

「ポリ公とつきあうのって、どう？」ノース・ヘイヴンの港のそばで道路の角にちかづいたとき、いきなりポピーが質問してきた。自分の存在をふたたび主張するためか、さもなければフランを挑発しようとしているのだろう。

「あたしは彼のことを〝ポリ公〟というふうには考えていないわ。〝大変な仕事をしている、いい人〟ってだけで」フランは軽い口調を保つように心がけていった。結局のところ、ロンドンにいる彼女の友人たちも、ほとんどおなじ言葉をつかって、その質問をしてきていたのだ。

ふたたび、沈黙がつづいた。

さらに南に進むと、東のほうに羊岩《シープ・ロック》が見えてきた。これまで何度も絵や写真で目にしているにもかかわらず、フランはその岩の形や崖のてっぺんにある緑の斜面、フェア島の東側を威圧している姿が、気になって仕方がなかった。ペレスが子供のころ、そこには羊が放牧されていたという。男たちは小さな船に乗って岩へ渡り、鎖をつかっててっぺんまでのぼっていたのだ。このイメージに、なにかあたらしいものをつけくわえることができるだろうか？　フランはペレスに、彼の両親への贈り物について相談していた。「絵を描いて進呈したら、どうかな」ペレスはいっていた。「ふたりとも、なによりも喜ぶだろう」手もとにふさわしい絵がなかったので、今回、フランはなにも持参していなかった。だが、いま彼女は、フェア島に対する自分の印象を絵にしたらどうかと考えていた。フェア島の象徴ともいうべき羊岩《シープ・ロック》を描くのだ。ただし、それはこの光のなかにある岩でなくてはならなかった。この雨上がりの澄みきった光のなかにある岩でなくては。

思い描いた絵を頭のなかに定着させることに夢中になっていたので、ポピーからふたたび質問されたとき、フランは思わずぎくりとした。そばにポピーがいることを、ほとんど忘れかけていたのだ。

「みんな、あたしがアンジェラを殺したと思ってるんでしょ?」

「みんながどう思っているのかは、知らないわ」

「あたしは彼女が大嫌いだった」ポピーがいった。「死んでくれて、せいせいしたわ」

「ご両親が離婚して、さぞかしつらかったでしょうね。あなたがまだ、幼かったときのことだから」でも、ダンカンとあたしが離婚したとき、キャシーはもっと小さかった。そして、キャシーはどうやら無事にそれをのりきったようだった。とりあえず、そうであることをフランは願った。片親が永遠に抱きつづける罪の意識だ。

ポピーが道の真ん中で立ちどまった。「あたしがアンジェラを憎んでたのは、彼女がうちの両親を離婚させたからじゃないわ。そりゃ、ふたりが別れたのはつらかった。父さんと母さんはしあわせに暮らしてる、と思っていたから。でも、そういうことは、しょっちゅう起きてる。それなら、対処できた。両親がそろっていっしょに暮らしてる友だちなんて、いまじゃほとんどいないもの。あたしは、とにかく彼女が憎かった」

「どうして？」

「あの女が嫌なやつで、父さんをクソみたいにあつかってたからよ」

フランは、なんといっていいのかわからなかった。もちろん、興味はあった。ジミー・ペレスが仕事で細かいことを熱心に知りたがる気持ちが、いまはじめて理解できた。他人の生活の問題に対する、のぞき見的な好奇心。だが、はたして自分にはそれを穿鑿《せんさく》する権利があるのだろうか？　ペレスとちがって、仕事という口実もないのに。だが、結局フランはなにもいわずにすんだ。ポピーがすでに先をつづけていたからだ。

「アンジェラが父さんと結婚したのは、ただこの島での仕事を手にいれたかったからよ。そんなの、見ればわかるじゃない。それ以外に、なにがあるっていうの？」

「あなたのお父さんは、やさしい人だわ」フランはいった。「それに、理解がある」

「年寄りで、もうくたびれてる。コーデュロイのズボンをはいて、カーディガンを着てるのよ。おまけに、禿げてきてるし」

フランがにやりと笑うと、彼女と目があったポピーもくすくすと笑いはじめた。十代の娘をもつというのも、そう悪くはなさそうだった。メアリの運転する車がうしろからちかづいてきて、停止した。スプリングフィールドまでいっしょに乗っていくか、とメアリが大声でたずねてくる。

「このまま歩いていけるわよね？」フランはたずねた。

「もちろん」ポピーがふたたび笑みを浮かべた。「もっと身体を動かせって、いつも母さんが口うるさくて」さっきのあなたみたいにね。

「どうして、あんなに島を出たがってたの？」フランはたずねた。「アンジェラと上手くいってなかったから、ってだけ？」

間があった。「まえは、ここにくるのが大好きだった。父さんがこっちに越してきたころは。だって、冒険旅行みたいな感じがしたもの。列車でアバディーンまで母さんといっしょにきて、そこで父さんに出迎えてもらうの。そのあとは、フェリー。うちじゃ、あたしが末っ子で、いつもすこしのけ者みたいに感じてたから、そうやって父さんとふたりきりでいると、自分が特別な存在になった気がした。フェリーで一泊してから、フェア島までは飛行機だった。それに、そのころはアンジェラも、もっとあたしと上手くやろうと努力してたわ。鳥の足環をつける作業につれてってくれたり、海鳥の数をかぞえるときに車に乗せてくれたりして」

「どうして仲が悪くなったの？」

ポピーは肩をすくめた。「たぶん、あたしが大人になったんだと思う。アンジェラが父さんをどうあつかってるのかが、見えてきたの。まるで、使用人かなにかに接するような態度だった。アンジェラと結婚するまえ、父さんは大学の上級講師で、そこそこ偉かったのよ。父さんにあんな口をきくなんて、あの人、何様のつもりだったのかしら」

「それじゃ、今回も島にはきたくなかったのね？」

「あたしを厄介ばらいしたかったのよ」ポピーの声は、しだいに感情むきだしになってきていた。

「誰が?」

「母さん。学校。あたしが手に負えなくなったから、北のはてに追放することにしたってわけ。ロシアの政治犯を収容所に送りこむみたいにね。あたし、政治犯なんかじゃないのに」

フランは、なにもいわなかった。それがジミーのやり方だ。黙って、待つ。ポピーはすごく腹をたてているから、このまま話しつづけるだろう。

一羽の大鴉が頭上にあらわれた。フランは、その姿を目にするよりも先に鳴き声を耳にしていた。そして、それを聞いた瞬間、過去の恐怖を思いだして身震いし、すぐそばを歩いている少女からふたたび気をそらされた。

「みんな、あたしのボーイフレンドが気にいらないのよ」ポピーがつづけた。「あたしよりも年上だし、育ちがちがうから。偏見なんてもってないふりをしながら、彼のことを見下してるんだわ。手が汚れるような仕事をしてるし、言葉づかいがあたしたちとはちがうから。一流校に進むだけのお金が彼の両親にはなかったってだけなのに。あたしがときどきキレるのを、みんなは彼のせいにしてるけど、そうじゃない。みんながそうさせてるのよ。みんなのせいで、食ってかかりたくなるの」

「ときには、しばらく距離をおくのもいいものよ」まったく、とフランは思った。これじゃ、まるでタブロイド紙の身の上相談の回答者だわ。

「彼にずっとメールで連絡をとろうとしてるの」ポピーがいった。「電話でも。けど、返事がなくて。きっと誰かべつの人を見つけたんだわ」

ポピーのみじめさの原因がそれだということが、フランにはわかった。アンジェラの死や父親の嘆きぶりよりも、そちらのほうに動揺していたのだ。自分は恋人に捨てられたのだと感じて。必死で島を出たがっていたのは、年上のボーイフレンドから返事がこない理由を知りたいからだった。寝室で気のめいる音楽をぼんやりと聴き、テレビをだらだらと観ていたとき、彼女の頭にあったのは継母の殺害のことではなく、ボーイフレンドのことだった。

「アンジェラは、そのことを知ってた」ポピーがいった。「デズからずっと連絡がないのを。彼女、笑ってたわ。〝大人の男性が、あなたのどこに惹かれるっていうの?〟父さんがそばにいるときはやらなかったけど、ふたりきりになると、あたしをからかってた。〝もうボーイフレンドから連絡はあった? まだ、なにもいってこないの?〟あたし、頭がおかしくなりそうだった。外では風がびゅーびゅー吹いてて住居部分から出られないし、話し相手は誰もいないし。彼女を殺すところを想像したわ。だから、実際にそれが起きてみると、まるで自分がやったような気がした。それくらい、強く望んでたの。あたしは酔っぱらってたし、あなたのパーティの晩のことは、よくおぼえてなくて……。もしかすると、やっぱり殺したのは、あたしだったのかもしれない」

ポピーがふりむくと、その顔にはひどく怯えた表情が浮かんでいた。そんなはずはない、とフランにいってもらいたいのだ。だが、それはできない相談だった。フランはポピーと腕を組むと、いっしょに店のなかへはいっていった。「チョコレートよ」怖い夢を見て起きてきたキヤシーを相手にするときにつかう真面目くさった口調で、フランはいった。「あなたにいま必要なのは、それだわ」

ふたりは店の外にあるベンチにすわって、いま買ってきたばかりのお菓子を食べた。「アンジェラを殺したかもしれない人物について、なにか心当たりはある？」フランはたずねた。訊かずにはいられなかった。「あなたは、あそこに毎日いたわけでしょ。一日じゅう」

ポピーは首を横にふった。「彼女、今週はずっと変だった」という。「つまり、いつもよりもっと変だったってこと。なにかで、落ちつかなかった。全員に対して、あたしにするようなことをしてた――あらさがしをして、からかうの。誰が殺したのだとしても、おかしくないんじゃないかしら」


スプリングフィールドにつくと、フランはポピーの気をまぎらわそうと、メアリもくわえて三人で長いことスクラブルやクルード（殺人犯人あてのボードゲーム）をやった。キッチンのテーブルを囲んですわっているうちに、ようやく風の音が弱まって、羊やセグロカモメの鳴き声が聞こえてくるようになった。ジェームズ・ペレスはノース・ヘイヴンの港で〈グッド・シェパード〉号を水に戻す作業を監督しており、留守だった。室内では、ポピーはふたたび自分の殻に閉じこもり、長いこと黙りこむようになっていた。むっつりしている、といってもいいくらいだった。フランには、ポピーが大人の女性と子供のあいだをめまぐるしくいききしているように感じられた。こうした気分の変動に、世間の親たちはどうやって対処しているのだろう？　ポピーの母親がひと息いれたいと考えたのも、無理なかった。

四時になったところで、フランはフィールドセンターまで車で送っていこうとポピーに申しでた。そうすれば、数分かもしれないが、むこうでペレスと話ができるかもしれない。どうやら、ポピーが不釣合いなボーイフレンドにぞっこんであるのとおなじくらい、自分はペレスに夢中になっているらしい、とフランは思った。だが、ポピーは歩いて帰るといった。

「ほんとに？　遠いわよ。センターにつくころには、もう暗くなってるわ」

「あなたのいうとおり、すこし身体を動かさなくちゃ」

「それじゃ、いっしょにいくわ」フランはすでに立ちあがっていた。

「いいの」ポピーがいった。「しばらく、ひとりになりたいし」突然、大人びた口調になってつづける。「その気持ち、わかってもらえるでしょ。一週間ちかく、あの人たちといっしょに閉じこめられていたのよ。でも、きょうはありがとう。最高だった。ほんとうに楽しかった」

フランは小道までついていき、ポピーがケナビーにつうじる東の道路を歩いていくのを見送った。防水性のアノラックのフードをかぶった小さな黒い人影が、どんどん遠ざかっていく。日が翳りはじめており、ポピーの姿が見えなくなる直前、フランは走ってあとをおいかけたくなった。いっしょにいくと言い張るべきだったのかもしれない。ポピーをひとりでいかせたことに、ペレスは賛成しないかも。だが、ポピーは自分で決断をくだす機会を必要としており、フランはそのまま家のなかへと戻った。

19

フィールドセンターの職員と宿泊客が昼食をとっているあいだに、ペレスは父親と話をしようとノース・ヘイヴンの港まで歩いていった。父親と顔をあわせるまえはいつもそうだが、いまも緊張していた。子供のころからずっと、自分は父親の期待に決して応えられないだろう、と感じていたのだ。父親のジェームズが望む息子とは、この土地の伝統と感性を理解している島の男のことだった。そして、ペレスがまだ幼かったころには、なによりも自分の権威に楯突かないことを息子に求めていた。

船員たちは、郵便船を船架から海面におろしているところだった。ペレスも喜んで手伝っただろうが、彼が桟橋についたときには、作業はすでに終わっていた。昔の学友たちが、にやりと笑いかけてきた。

「絶妙のタイミングだったな、ジミー。で、あしたはがんばって、おれたちといっしょにくるつもりなのか?」

海がひどく荒れるとペレスが船酔いすることを、かれらは知っていた。からかいの二連発だ。子供のころも、彼はいつもこんなふうにからかわれていただろうか? そうだとしても、それは〝ペレス〟という変わった名前のせいではなく――ペレス家は、フェア島では名家だった

——彼がほかの連中とちがって、考えこむほうだったからだろう。その彼が警察にはいりたいといったときには、誰もが驚いた。まったく予想外のことだったのだ。ペレスは、間違った理由から警官になっていた。車での追跡やはでな取っ組み合いにあこがれたからでも、安定した給料のためでもなかった。世の中の不正をただすというロマンチックな考えを抱いて、警官を志望していたのだ。

「殺された女性の死体は、ヘリコプターではこばれていった」ペレスは笑みを浮かべながらいった。先ほどのからかいに、ほんとうの悪意はこめられていなかったからだ。「だから、おれは船に乗らずにすむわけさ。そして、そっちは死体をあつかわずにすむ」

「おれたちは気にしちゃいなかったさ。厄介なのは、生きてる人間のほうだ」

全員にいきわたるくらいのサンドイッチを母親が作ってくれていたので、ペレスは〈グッド・シェパード〉号の甲板に乗りこむと、それをみんなにくばりはじめた。ペレスの父親は操舵室にいて、息子にむかって手をふってみせた。だが、ほかのものたちに合流しようとはしなかった。船上でも、ひとり離れていた。彼は船長であり、全員がそれをわかっていた。

「アンジェラ・ムーアは、どんな女性だったのかな?」ペレスは手すりにもたれかかりながらたずねた。太陽がふたたび顔をのぞかせており、顔にかすかな温もりを感じることができた。

船員たちは顔を見合わせ、それから操舵室のほうに目をむけて、自分たちの声が船長の耳に届いていないことを確認した。船長は、下品な冗談や悪い言葉づかいを嫌っていた。

「楽しみ方を知ってたな」ひとりが慎重にいった。なんのかんのいっても、ジミー・ペレスは警官であり、船長の息子でもあるのだ。

「べつの言い方もできるぜ」タミー・ジェイミソンは、いちばん若い船員だった。おっとりとしたおどけもので、あまり口のかたいほうではなかった。「彼女は、動くものとなら相手かまわずやりまくってた。むこうにその元気がありさえすれば」

この発言をきっかけに、アンジェラの奔放さをあらわす逸話がつぎつぎと飛びだしてきた。男といちゃついたり、酒を浴びるほど飲んだり。殺人のことが知れ渡って以来、アンジェラはずっと話題の中心になっていたようだった。観光船が停泊した日に、彼女がその船の事務長といっしょに船倉に姿を消したこと。島の評議会で演説するために一時間の予定で飛んできた政治家が、二日後にもまだフィールドセンターにいて、滞在期間のほとんどをアンジェラのベッドですごしていたこと。「さすがに、あのときは旦那がセンターを留守にしてたけどな」

「アンジェラが島の男と関係をもったことはあるのかな?」ペレスはたずねた。

この質問に対して、船員たちはふたたび口が重たくなった。もじもじと忍び笑いをもらすだけで、なにもしゃべろうとはしなかった。

ペレスは、もうひと押ししてみた。「うわさくらい、あっただろ」

「そりゃ、まあな。ここじゃ、いつだっていろんなうわさが流れてる」そして、それ以上はなにもひきだせなかった。すでに二時になっており、ペレスは集会場で監視員助手のベン・キャッチポールと会うことになっていた。あとで、タミー・ジェイミソンとさしで話してみてもいいかもしれなかった。ビールを数杯飲めば、彼の口も軽くなるかもしれない。

南へむかうあいだ、ペレスはアンジェラのことを考えていた。彼女が島で獲得していた評判に、彼は気づいていなかった。父親のジェームズなら、〝淫らな女〟と呼ぶところだ。ペレスが知っていたのは、有名人としての彼女だった。地元の人たちが、おなじ居住者として誇りにする人物だ。だが、いまここにあらわれてきた女性はまったくの別人であり、彼には理解できなかった。サラ・ファウラーとアンジェラ・ムーア。ふたりの不可解な女性。ペレスの思考は、まとまりがなくなりつつあった。もしかすると、アンジェラの家族と話をすべきなのかもしれない。母親の居所は不明だが、アンジェラを育てた父親のことならわかっていた。現在、父親はウェールズでひとり暮らしをしており、地元の警察から娘の死を伝えられていた。だが、その知らせを父親がどう受けとめたのかについては、ペレスはなにも知らなかった。巡査が父親の家のドアをノックしたとき、自分もその場に立ち会えていられたら……。だが、そこにいて、なにを質問したというのか？　娘さんは、昔から男と寝てまわっていたんですか？　アンジェラの死を父親に伝えたウェールズの警官を突きとめること、とペレスは頭のなかにメモした。

ベン・キャッチポールは、集会場のまえでペレスを待っていた。その長身の人影を目にしながら、ペレスは道路からそれ、集会場にむかって歩いていった。休み時間の校庭で、子供たちが遊んでいた。ふたりの女の子が長い縄を両端でもってまわし、ほかの子たちがそれを跳んでいた。ペレスが顔見知りの子供たちに手をふると、むこうもくすくすと笑いながら手をふってきた。

集会場にはいると、ペレスはテープレコーダーをテーブルの上におき、録音してもかまわないかとたずねた。ベン・キャッチポールは黙ってうなずいた。そのとき、ペレスは相手がなにかを恐れていることに気がついた。全身こちこちで、口もきけないくらい緊張しているのがわかった。

「フィールドセンターには、どれくらい？」事実にかんする、あたりさわりのない質問からはじめる。

「今年で、三シーズン目になります」

「そういうのは、めずらしいのでは？」ペレスの知るかぎり、たいていの助手が一年でかわっていた。ベンの供述書に目をやる。外見はひじょうに若かったものの、年齢は三十にちかかった。「というのも、これは季節労働にすぎませんよね。もっと安定した仕事につこうとは？」

「定職につくべきだとお考えですか、警部？」

ペレスがこたえずにいると、すこししてベンがつづけた。「ぼくは変わった家庭で育ちました。もちろん、子供のころはそうは思っていませんでしたが、とにかくほかの子の家庭とはちがっていた。母はアメリカ軍基地の核ミサイル配備に抗議した例の〝グリーナムの女たち〟のひとりで、その反対運動を離れたあとも、家でじっとしてはいられなかった。いつだって、なにかしらの闘争に参加していました。知らない人たちがわが家に泊まりこんで、夜遅くまで政治や正義や環境について議論を闘わせていた。たぶん、ぼくにとっては共同生活がふつうのことになっているんでしょう」

「あなたの前科を調べさせてもらいました。器物破損で有罪になったことがある。実刑判決を受けずにすんだのは運が良かった、という注釈がついていました。それは、このシェトランドでのことでしたね？」

この質問をベン・キャッチポールは予期していたはずだが、それでも返事をするまえに間があいた。「〈ブレア〉号の事故を忘れないようにするためでした。ほら、あの石油タンカーです――クエンデールの沖合で、何マイルにも渡って海面に原油をたれ流した」

ペレスはうなずいた。その大惨事は何週間も全国ニュースでとりあげられ、シェトランド人たちは取材でここを訪れたマスコミ関係者で大もうけしていた。

「あのときから、なにも変わってなかった！　人びとは、いまだに環境問題を真剣に受けとめていないんです。ぼくはサロム湾にある石油ターミナルに侵入しました」

「そして、何千ポンドもの損害を石油会社の所有物にあたえた」当時、ペレスは本土の警察に勤務していたが、こちらに移ってきたときもまだ、シェトランドの警察ではこのことが話題にされていた。

「連中はシェトランドの自然に、どれくらいの損害をあたえましたか？」ベン・キャッチポールは返事を期待しているわけではなく、そういうと椅子の背にもたれかかった。「裁判のとき、母が法廷にきました。あのときくらい、母がぼくを誇りにしていたことはなかった」ベンがそれをどう感じたのかは、よくわからなかった。もっとふつうの母親のほうがよかった、と思ったのだろうか？

ペレスは、ベンの書いた供述書をテーブルの上で押しだした。

「これにつけくわえたいことは、ありませんか?」ペレスはいった。

「なにがいいたいんです?」

「あなたはアンジェラと親しくしていた、とわたしは考えています。あなたにとって、彼女はたんなる上司以上の存在だった。ちがいますか? だが、あなたは供述書のなかで、そのことについてなにもふれていない」一瞬、ベン・キャッチポールは黙ってペレスをみつめていた。そのまま平静さを保ち、自信たっぷりな態度を装いつづけるかに見えた。それから、顔の筋肉を抑制できなくなったらしく、表情が急に崩れた。泣くまいとする子供のように、口をかたく結んで、顔をしかめている。ペレスはつづけた。「それについて、話してもらえませんか?」

「アンジェラのことが頭から離れないんです」ベン・キャッチポールがいった。「鳥部屋で彼女を見つけたときのことが。はじめは、居眠りしてるのかと思いました。根をつめて働くので、ときどきそういうことがあったんです。朝の罠《トラップ》の見まわりに出かけるまえに鳥部屋にいくと、アンジェラがまだコンピュータのまえにいることが。彼女が亡くなってから、ずっと眠れませんでした」

「わたしがお訊きしているのは、そういうことではありません」だが、ペレスには相手が口を割ろうとしているのがわかった。アンジェラの身に起きたことにさほど関心がないという彼のそぶりには、ずっと無理が感じられていたのだ。「あなたとアンジェラの関係について、聞かせてください」

「ぼくは彼女を崇拝してました」

そのとき、ふいにペレスは男子生徒だったころの自分の姿を目にしていた。思いつめ、のぼせあがって、その熱い想いを伝えようとドイツ人の女学生を島じゅうおいまわしていた自分の姿を。「そのことを、アンジェラはどう思っていましたか？」

「たぶん彼女は、ぼくのことをみじめで間抜けなやつだと思っていたんでしょう。でも、ぼくはそれでかまわなかった」

「彼女から、直接そういわれたんですか？」

「いいえ。彼女はぼくのことを〝可愛い〟といってました」その言葉を、吐き捨てるように口にする。

「彼女とセックスをしていましたね？」

ベンの顔が、いきなり真っ赤になった。「もちろん！」それから、気が進まなそうに正直につづけた。「ただし、最近はそうでもありませんでしたけど」

「アンジェラは、フィールドセンターのほかの男たちともセックスをしていた。それだけでなく、訪問客や島の男たちとも」

監視員助手はこたえなかった。

「そのことを、どう感じていましたか？」

「ぼくには、それをとやかくいう権利はなかった」ベンがいった。落ちつきを取り戻したように見えた。おそらく、それについては何度も頭のなかで議論してきたのだろう。「彼女はぼくのものではなく、ほかの男性とどういう行動をとるべきかを指図することはできませんでした」

「じっに理性的な考え方だ」ペレスはいった。

「ぼくは科学者です。理性的でないと」

ペレスは声をあげて笑いたくなった。ベンのアンジェラに対するのぼせあがりに、理性的なところなどどこにもなかった。

「いつはじまったんです?」

かすかにためらいがあった。「ぼくがここへきた最初のシーズンです。信じられませんでした。彼女みたいな女性には、それまで一度も出会ったことがなかった」

「フィールドセンターで働きはじめるまで、彼女と顔をあわせたことはなかった?」

ベンがペレスをまっすぐみつめた。「ええ。どこで顔をあわせるっていうんです?」

「あなたが毎年ここに戻ってくるのは、彼女がいるからですか?」

「ちがいます!」

「あなたたちは、どこで会っていたんですか? ほかの職員や宿泊客がいるので、フィールドセンターでふたりきりになるのはむずかしかったはずだ」

「いつも、パンドで会ってました」

ペレスはうなずいた。パンドは廃墟と化した小農場の農家で、寝棚がついており、かつてはキャンプをする人のための小屋だったこともあった。戦前には上流階級の自然愛好家たちが滞在していたものの、いまでは荒廃し、もはや使用されなくなっていた。密会をするには、じつにロマンチックな場所だ。この若者も、大いに気にいっていたのだろう。人目を避けているという興奮。屋根の隙間から斜めに射しこむ日の光。アンジェラの足音を耳にしたときの胸の高鳴り。

「彼女がヒューとも寝ていたことは、知っていますね?」ペレスはいった。

「ヒューが何度かほのめかしていましたから」ベンの声からは感情が排除されていた。「ほかにもそういう宿泊客がいましたし、ヒューは彼女のタイプでした」

「それについて、ヒューと話しあうことはなかった?」

「もちろんです! ぼくには関係ありませんから」

アンジェラが殺されるまえのフィールドセンター内の様子が、ペレスには見えてきた。風と雨のせいで、人びとはセンターに閉じこめられているような気分になっていた。アンジェラは自分のお楽しみのために、さまざまな出来事を画策していた。若い男たちが競いあうように仕向け、ポピーの怒りの炎に油を注ぎ、来年は戻ってこなくてもいいとジェーンに告げて。そして、モーリスは? 彼はこの高まりゆく緊張を――アンジェラのおこなっていたゲームを――どう考えていたのだろう? アンジェラの退屈をまぎらして結婚生活をつづけさせてくれるものとして、歓迎していたのか? 彼にとっても、耐えがたい状況だったにちがいなかった。

「アンジェラが島の男の誰を愛人にしていたのか、知っていますか?」

「まさか!」ベンがぎょっとしていった。「そういう話はしなかったんです。彼女は穿鑿《せんさく》されるのを嫌がったでしょう」言葉をきる。「ぼくがそういう質問をしていたら、おそらく二度とぼくとは会おうとしなかったはずです」

「アンジェラは、いまとくになにかの研究に取り組んでいましたか？」

「この夏にフェア島を訪れた海鳥の個体数調査をまとめていたところで、それ以外は、なにもなかったと思います」ベンが顔をしかめた。それが、いったいなんの関係があるというのか？会話が自分とアンジェラの情事からそれたことに、腹をたてているようにさえ見えた。もっとアンジェラの話をしていたいのだ。

「羽根の収集が関係するような研究とかは？」ペレスはたずねた。

「彼女の髪に飾られていた羽根のことを考えているんですね？」

「その羽根が、もとから鳥部屋にあったものかどうかを知りたいんです」そうでないとすると、犯人が持ちこんだにちがいない、とペレスは思った。だが、そんなことをした理由はなんなのか？　犯人はなにを伝えたかったのか？

「そうは思いませんね。見たおぼえがありませんから。でも、だからといって、なかったとは言い切れない。アンジェラは自分の研究にかんして、ひじょうに口がかたかったんです。アイデアを盗まれて先に発表されてしまうことを、ひどく恐れていた」

「羽根の研究をつうじて証明できることといったら、なにが考えられますか？」

ベンは肩をすくめてみせた。あまり興味がなさそうだった。依然として、自分の感情のほうに関心があるのだ。ほんとうに自分のことしか頭にない連中がいるものだ、とペレスは思った。みずからドラマを作りあげ、そこで主役を演じるのが大好きな連中だ。

「羽根を分析すれば、その鳥の分類学上の所属や名称があきらかになります」ベンがいった。

「DNAから特定するんです。それに、その島がどこからきたのかを推測することも可能だ。環境にふくまれる微量元素を検出することで」

しばらく沈黙がつづき、ペレスは集中力が薄れていくのを感じた。まわりを見まわす。この集会場は、結婚パーティによくつかわれていた。伝統的な里帰り結婚式で、フランを妻としてここにつれ帰ったところを想像する。彼女は、島にくるまえに挙げた結婚式のときとおなじドレスを着用する――それが習わしだからだ。会場は花や風船で飾られ、演壇の上には〈ジミーとフラン〉という大きな横断幕が張られる。音楽が演奏され、人びとが踊る。出会った瞬間から、おまえは彼女と結婚したいと思っていた。これまで考えたこともなかったが、ふいにそれが真実であることを悟って、ペレスは息ができなくなった。こんなことは、口が裂けてもフランにはいえなかった。彼女は大笑いするだろう。薄っぺらで、感傷的、とペレスは思った。それが、おまえだ。

「わたしと話をするのを、どうしてあんなに恐れていたんです?」ペレスはたずねた。「あなたは怖がっていましたよね?」

ベンはふたたび肩をすくめてみせた。「待つのが苦手なんです。試験がはじまるのを待っているみたいで。昔から、試験は得意じゃなかった。口頭試問のまえに失神しかけたこともあります」

「それだけですか?」

「ぼくらの関係を突きとめられているにちがいない、と思っていました。アンジェラの男たちいまの彼は、快活といってもいいくらいだった。なにか見落としたことがあるのだろうか？　ペレスは考えた。彼があれほど心配し、罪の意識を感じていた理由とは、なんだったのか？　ベンがつづけた。「捕まらずにやりとげられると思っていたら、ぼくはヒュー・ショウを殺していたでしょう。でも、アンジェラを殺したりはしない。彼女を傷つけるようなことは、絶対にしません」


のことも。だとすると、ぼくには彼女を殺す動機があることになる」

「嫉妬ですか？」ペレスはたずねた。「あなたは嫉妬していた？」

「ものすごく」事情聴取のはじめのころにベンが見せていた不安は、すっかり消えていた。

20

ベン・キャッチポールが帰っていったあとも、ペレスはそのまま集会場にとどまり、アンジェラのことを考えていた。彼女はいたずらを仕掛け、ゲームをして、フィールドセンターの男たちの感情をもてあそんだ。そのいずれもが、暴力を誘発して彼女に死をもたらす原因としては、じゅうぶんすぎるくらいだった。

おまえはなにをいいたいんだ？　身から出た錆だとでも？　その考えに、ペレスはぎょっとした。被害者——とくに、女性の被害者——のことを自業自得だと同僚がほのめかすたびに、彼は愕然としていたというのに……。だが、ペレスはアンジェラ・ムーアに興味をひかれていた。彼女のことを、もっとよく理解したかった。島の行事で何度か顔をあわせたときのことを思いだそうとする。彼女から誘われていると感じたことは、一度もなかった。彼女は生き生きとしていて自信に満ちていたが、ペレスはとくに魅了されることもなく、ベン・キャッチポールののぼせぶりも、アンジェラがどうやってフィールドセンターの男たちの心を狂わせていたのかも、よくわからなかった。

もしかすると、おまえは彼女のタイプじゃなかったのかもしれない。年をとりすぎていたのかも。退屈すぎたのかも。不本意ながら、ペレスはちくりと羨望の念をおぼえた。

何本か電話をかけて、ペレスはブリン・プリチャード——アンジェラの父親に娘の死を告げた警官——の自宅の電話番号を突きとめた。

「彼は地域安全活動の制服警官だ」ニュータウンの警察署長は、そういっていた。「もう何年も、あの地域を担当している。野心はないが、あの土地のことなら隅々まで知りつくしている男だよ」

電話にでたのは女性で、受話器に手がかぶせてあるにもかかわらず、彼女が大きな声で叫ぶのが聞こえた。「あなた、電話よ。仕事の。外国の人みたい」霧笛のような声だった。

ブリン・プリチャードは、一日じゅうでもしゃべっていそうだった。途中で奥さんから飲み物の差し入れがあったらしく、ときおり間があいてペレスが質問できるようになるたびに、なにかをすする音がした。

「あの親子は、根っからの地元の人間ってわけじゃありません。アンジェラが十一歳だか十二歳だかのときに、この村に引っ越してきたんです。母親は、最初からいませんでした。もちろん、はじめはいたんでしょうけど、ここじゃその姿を見たものはいません。うわさじゃ、教授があまりにも気むずかしいクソ野郎なので、いっしょに暮らしていられずに逃げだしたんだとか。臆測にすぎませんけどね。いろんな臆測が飛びかってたんです。ほんとうのところがどうだったのか、誰もさぐりだせなかったので。あの親子は、地元の連中とつきあいがなかった。ひとつ例をあげると、アンジェラは学校にかよってませんでした。教授が自宅で娘を教えてたんです。このあたりのイングランド人の家庭では、自宅学習はそうめずらしいことじゃありません。すこし頭のいかれたヒッピーかぶれの連中が、よくひきつけられてくるんです」ここでひと息いれて、ブリンが紅茶を飲んだ。

「教授?」

「父親は教授だったんです。とりあえず、引退して、こっちで暮らしはじめるまでは。ブリストル大学の生物科学の教授でした」

「それじゃ、かなり年がいっていたにちがいない。その年頃の娘を育てるにしては」ペレスは、その生活が娘にとってどんなものだったのかを想像しようとした。年配の学者とひとつ屋根の下で暮らし、同年代の友だちもいない。

それについては、ブリンも一家言もっていた。「こっちに越してきたとき、アーチー・ムーアは五十五歳くらいでした。あんなのを認めるなんて、間違ってますよ。教育関係機関は、いったいなにを考えてたんだか。あの男が、どうやって十代の娘に必要なことをしてやれたっていうんです？　だから彼女は、十代で家を出たんです。ところが連中は、彼女がバランスのとれた教育を受けているといった。彼女は一年はやくすべての試験を受けて、全国でもトップクラスの成績で合格しました。けど、教育ってのは試験だけじゃない、でしょ？　教授はひたすら娘に勉強させてました。学業だけじゃなくて、音楽の方面でも。ピアノのレッスンを受けにニュータウンまでいかせてて、夜になって家のまえをとおると、いつでも練習する音が聞こえてましたよ。彼女には他人とのつきあいがまったくなかった。ほかの自宅学習の子供たちとさえね。教授がどこで娘の服を買ってたのか知りませんが、彼女はずっと中年女性みたいな恰好をしてました。それでいったい、どうやってまともに育つっていうんです？」

ペレスがこたえずにいると、ブリンが先をつづけた。「最後には彼女がすこし荒れることになったのも、無理ありませんよ」

「荒れたというと？」

「大学へ進むまえの最後の夏でした。彼女は村の不良少年たちとよくつるんでました。女の子たちからは、あまり好かれていなかったみたいで。べつに、犯罪に手を染めてたわけじゃありません。すくなくとも、逮捕されたことは一度もなかった。酒を飲んだり、たぶんドラッグをやるくらいで。ある晩、教授から娘が行方不明になったという通報がありました。結局、彼女は何日かして、二日酔いであらわれたんですけどね。一週間ずっと寝てなかったみたいな感じでした」

「その間、彼女はどこに?」

「本人は、なにもいおうとしませんでした。でも、男といっしょでした。彼女が大学にはやくいったのは子供を堕ろすためだ、といううわさが流れました」

どうしてブリンにそんなことがわかるのか、ペレスはたずねなかった。彼もまた、個人情報がいつのまにか周知の事実となっている共同体で暮らしていたからだ。

「彼女はそちらに帰ってきてましたか?」ペレスはたずねた。「大学の休暇中とか、卒業して社会人になってからとか?」

「いいえ」一瞬、間があいた。「ここで彼女の姿が目撃されたのは、大学にいくためにニュータウンで長距離バスに乗りこんだときが最後でした。父親にとってはすごくつらいだろう、とずっと思ってましたよ。そりゃ、教授のことは好きじゃありませんが、彼は自分の娘にとってよかれと思ったことをしたまでなんです。彼女に教育をほどこした。あの父親がいなければ、彼女があれだけ成功することもなかったでしょう。でも彼は、娘の結婚式に招かれもしなかった」

「彼女が父親と距離をおいていた理由について、なにか心当たりは?」

ふたたび、間があく。「虐待のことを考えてるんでしょ?」ブリンがいった。「それが理由じゃないかと?」

「頭には浮かびました」

「わたしの頭にもですよ」ブリンがいった。「当時はね。でも、ちがいます。彼女が帰省しなかった理由は、そういうことではないでしょう。そもそも、彼女はあなたがいま考えているような虐待に黙って耐えているような女性じゃなかった。彼女には戻ってくる理由がなかったんです。それだけのことです。父親は、年老いた恨みがましい酔っぱらいになりました。お茶の時間から閉店まで、〈ラム〉のカウンターでのんだくれてます。そして、耳をかたむけてくれるものになら誰彼かまわず、自分の有名で恩知らずの娘のことを話して聞かせている。ここには、彼女のほんとうの友だちはひとりもいませんでした。おそらく、心のなかからこの場所のことを締めだしていただけなんでしょう」

「娘が亡くなったという知らせを、父親はどう受けとめましたか?」

「その知らせを聞くとすぐに、わたしは彼に会いにいきました。お昼ごろだったので、すくなくとも彼はしらふにちかい状態でした。娘を育てていたころとおなじ家に、まだ住んでるんです。村のはずれにある、醜悪な感じの平屋建ての家です。建てられたのは、きっと五〇年代でしょう――いまじゃ、とてもあんな家の建築許可はおりない。ときどきリリー・ルウェリンが掃除にいってますけど、そうは見えませんね。そりゃもう散らかり放題で。彼は物を捨てられないんです。居間じゅうに新聞が山積みになってる。それに、いまもまだ実験をつづけてるらしくて、キッチンの作業台は広口瓶や試験管だらけです。そのなかで、なにかを育てている。あと、顕微鏡もあります。テレビはなし。あの家にテレビがあったことは、一度もありませんでした」

サンディ・ウィルソンがこの電話をかけていたら、おそらくブリンをせっついて、はやく要点を話すようにと急かしていただろう。だが、ペレスはこういう細かい情報をありがたいと思っていた。それによって、頭のなかで家の様子を思い浮かべることができるからだ。彼はいまブリンといっしょに部屋のなかにはいり、腰をおろせるように椅子の上をかたづけ、靴底のべたつきを感じていた。

「娘の件は、単刀直入に告げました」ブリンがいった。「〝アンジェラが亡くなった。どうやら、殺されたらしい〟と。彼はそこにすわったまま、わたしをみつめてました。もともと大柄な男で、いまでも背丈はかなりあるんです。もっとも、体重はだいぶ減りましたがね。それから、彼は泣きはじめた。〝あの娘にもいつか理解してもらえる日がくる、と考えていた〟と彼はいいました。〝わしがしてやったことに対して感謝してもらえる日がくる、と。だが、これでその機会は失われてしまった〟。昔から、厳しい男でした。妥協することを知らなかった。アンジェラは、彼が大学をやめたあとの研究課題だったんです。彼の涙を見ているのは、すこし居心地が悪かったですよ。けれども、その涙は自分のために流しているのであって、娘のためじゃないって気がしました」

「彼はくわしいことを知りたがらなかった？」科学者なら、自分の娘の死にかんする事実に興味をもちそうなものだった。理性的な人間になるよう、子供を育ててきたのだから。たとえ年をとっていようと、すがりつく事実を必要とするのではないか？

ブリンは一瞬、ためらった。「彼は〝驚かない〟といっただけでした。〝あの娘は、安穏とした人生を送るようなタイプじゃなかった。結局、蛙の子は蛙ということだな〟」

ペレスは携帯電話を切った。予想どおりの内容だったといえるだろうか？　アンジェラの受けた風変わりな教育。愛情に欠け、プレッシャーの大きかった生活。彼女がすぐに友だちを作れるような女性に育たなかったのも、無理なかった。子供のころに、そういう練習をまったくしてこなかったのだ。見た目も話し方もまわりとちがう少女が、小さな共同体で成長していく。それがどういうものかを、ペレスは想像しようとした。母親はおらず、テレビもない。ほかの子供たちのなかにまじれば、からかわれ、陰口をたたかれる。狙われやすい標的。いけにえだ。彼女が注目と愛情を得るためにほかの手段を身につけていったのも、当然のことといえた。だが、ブリン・プリチャードとの会話でアンジェラ殺しの解明に一歩ちかづいたかというと、それはあまりさだかでなかった。

窓の外に目をやると、ふたりの母親が保育園にかようわが子が出てくるのを運動場で待っているのが見えた。アンジェラの母親は、きっとアーチー・ムーアよりも若いにちがいなかった。いま、どこにいるのだろう？　遠くから娘の活躍を見守りつづけていて、娘の死のニュースも目にしたのだろうか？　ペレスはラーウィックの警察署の番号にかけ、サンディ・ウィルソンにつないでもらった。

「あすこっちにくる準備は、もうできてるのか？　グラットネスの港にはやめにいくのを、忘れないようにしろ。定刻まえに〈グッド・シェパード〉号をだすように、頼んでおいたから。こっちの島には、いまめずらしい鳥がいる。バードウォッチャーたちに押し寄せてきてもらいたくないんだ」ペレスとしては、それで記者たちも出し抜ければ、と考えていた。もっとも、このまま風がおさまれば、かれらは苦もなく飛行機をチャーターできるようになるだろうが。「きょうの午後、おまえにやってもらいたいことがある。亡くなった女性の母親を見つけるんだ。こちらの知るかぎりでは、アンジェラが十一歳のときから、母親は一度も娘と接触していない。父親はブリストル大学で教授をしていたから、そこから手をつければいいだろう」

サンディがあくびをした。これが彼のもっとも苦手とするタイプの仕事であることを、ペレスは知っていた。電話口のむこうの相手には、どうせ彼の訛りは理解してもらえないだろうし、高等教育を受けた人物を相手にすると、つい腰がひけてしまうからだ。この数年でサンディはかなり成長していたが、あいかわらず嫌気がさすのははやかった。

ペレスは、自分でアンジェラの母親をさがせない理由を説明する必要を感じた。「わたしはこれからフィールドセンターに戻って、モーリスと会う。彼にもアンジェラの母親の所在を訊いてみるつもりだが、こちらでは手にはいらない情報も、そちらでは集められるだろう」

「母親の行方を突きとめるのが、そんなに重要なんですか？　だって、彼女が殺人犯である可能性は、まずないわけでしょ？　そこにいたのでないかぎりは。警部が自分でいってたじゃないですか。犯人はフィールドセンターに滞在していたものにちがいないって」

「母親には娘の死を知る権利があるはずだ！」

だが、捜査という観点からすると、おそらくはサンディのいうとおりだろう。これは余計な活動であり、時間の無駄だった。ペレスは自分に対して、アンジェラ・ムーア殺しの犯人に皆目見当がついていないことを認めたくないのだ。だが、モーリスは五年間、アンジェラといっしょに暮らしてきた。彼女の浮気に耐え、彼女を崇めつづけてきた。ほかの誰よりも、アンジエラをよく理解しているはずだった。そして、ポピーがフィールドセンターを離れてスプリングフィールドでフランたちとすごしているいま、ペレスにはようやくその人物とふたりきりで話をする機会が訪れようとしていた。

21

フィールドセンターのキッチンで、ペレスはモーリスとばったり出くわした。モーリスはペレスの姿を目にしても驚いてはいなかったが、その顔は青白く、げっそりとしていた。

「ジェーンをさがしてたんだ」モーリスがいった。「きみは見かけてないよな。自分の部屋かもしれない。夕食の準備はすべてできてるのに、本人が見つからなくて。人に訊こうにも、誰もいやしない。みんな、出かけてるんだろう」必要とするときにジェーンがそこにいないことに、モーリスはいらだっているようだった。注意をひこうと――あるいは、安心させてもらおうと――すねている子供のように、あたりを見まわす。いまの彼からは、このセンターを運営していた有能で愛想のいい男の姿は、とても想像できなかった。

「なにか問題でも？」

「いや」モーリスがいった。「問題ってほどのことじゃない。ポピーの荷造りを手伝ってもらおうかと思って。あすの船でポピーを送りだすから、あの子の荷物をまとめておかないとまずいだろう。娘はきみの婚約者と出かけたまま、まだ戻ってきていないんだ」ここでもまた、かすかに非難するような響きが感じられた。まるで、娘の不在はペレスのせいだとでもいうように。

「あなたは本土にいかないんですか？」

「ああ」モーリスがいった。「どこへいけばいいのか、わからない。いまや、ここがわたしにとって唯一の家だ」部屋を見まわす。「泊めてくれる友だちはいるだろうが、いまのわたしは、いっしょにいて楽しい相手になれそうにないしな」

「手を貸しましょうか？」ペレスは荷造りがなかなか上手かった。すくなくとも、フランよりはましだった。それに、荷造りをしながらなら、アンジェラの夫と肩肘張らずに話ができるだろう。

だが、モーリスは決められないようだった。「本人にまかせたほうがいいのかもしれないな。忘れ物があっても、べつにどうってことはないし。それに、もうそろそろ帰ってくるだろうから、そしたら自分でできる」モーリスは、ぼんやりした目でペレスを見た。「紅茶でも飲むか？」

「ええ」ペレスはいった。「いいですね」紅茶は住居部分で飲むのかと思いきや、モーリスはその場でくるりとむきなおると、そこにあったやかんのスイッチをいれた。フィールドセンターの広いキッチンを、中立地帯とみなしているのかもしれなかった。ペレスはモーリスから捜査の進展について訊かれるだろうと考えていたが、ふたりがかわしたのは知りあいがするような礼儀正しい会話だった。翌日の天気だとか、ようやく風がおさまりそうだとか。アンジェラが殺されたことを知らされたとき、モーリスは涙を流してふさぎこんだが、いまはそうするかわりに、なにも考えずに些事に集中していた。それもまた、アンジェラの死に対処するひとつの方法といえそうだった。

「アンジェラの過去の空白部分を埋めるのに、手を貸してもらえないかと思ったんですが」ドイツ湾に居座ろうとしている高気圧にかんするモーリスの説明をさえぎって、ペレスはいった。

一瞬、ぎょっとしたような沈黙がおりた。モーリスがティーバッグをマグカップにいれた。

「わたしとつきあいはじめるまえの彼女の人生については、よく知らないんだ」ようやく、そういう。「アンジェラは、自分の家族とあまり上手くいってなかった」

「それでも、なにか聞いているはずです」

「彼女の父親は科学者だった。学者だ。教育にかんして変わった考えをもっていて、アンジェラを地元の学校にかよわせるかわりに、自宅で学ばせた」

「彼女の両親が離婚した理由は？」

「アンジェラは、その話を一度もしなかった」モーリスがいった。「出ていった母親を恨んでいたな。子供のころは捨てられたように感じていた、といって」

「父親との関係はどうだったんです？」ペレスはたずねた。紅茶のはいったマグカップを、両手でつつみこむ。

モーリスは肩をすくめた。「彼女が小さかったころは、すごく仲が良かったらしい。だが、しばらくすると、アンジェラは父親に支配されていると感じはじめた。わたしの印象では、彼はすこし威圧的だったようだ。というか、娘をつうじて自分の人生を生きていたといったほうがいいかな。アンジェラが家を出て大学に進むと、ふたりのつながりは切れた」

「それは、アンジェラの決断だったんですか？　父親ともう会わないというのは？　なんだか、極端な気がしますね。とりわけ、小さいころは父親と上手くいっていたのだとすると」

「わたしには、どうでもよかった」モーリスがいった。「わたしが愛していたのは、アンジェラだった。彼女の家族と結婚したわけではないんだ」

「母親のほうは？　アンジェラは母親と連絡をとりあっていましたか？」

「それはないだろう」モーリスがブリキ缶をあけ、ジェーンの焼いたジンジャー・ビスケットを一枚ペレスに勧めた。「アンジェラは母親の話を一度もしたことがなかったし、わたしもたずねなかった」


スプリングフィールドまで歩いて戻るとき、ペレスは風がほぼ完全にやんでいることに気がついた。ふいに、すごく寒く感じられた。高気圧の件は、モーリスのいっていたとおりだった。空は晴れ渡っており、今夜は霜がおりるだろう。今年の天気は、ほんとうに変わっていた。嵐のあとに、この突然の冷えこみだ。日の光は急速に薄れつつあった。じきに冬至となり、それがすぎると、ラーウィックの火祭り、アップ・ヘリー・アーがくる。またシェトランドに冬が訪れようとしているのだ。ペレスがはじめてフランと出会ったのは真冬で、彼はよく、雪のなかにいるフランの姿を思い浮かべていた。フランがキャシーを乗せた橇をひっぱり、土手の上にあるレイヴンズウィックのわが家にむかって、顔を真っ赤にしながら進んでいく姿を。

ふと思いたって、ペレスはフィーリー石塀のそばで道路からそれ、パンドを目指して西へとむかった。アンジェラが愛人たちをこっそりパンドにつれこんでいたのなら、そこにはほかにも秘密が隠されているのかもしれなかった。日記とか、両親にかんする情報とか、モーリスに知られたくない過去とか。父親と母親に見切りをつけ、もう二度とかかわりをもつまいと決心したら、自分ならどう感じるだろう？　実際に彼は、そうすれば人生はもっと単純になる、と考えていたことがあった。だが、自分は両親に背をむけられっこない、とわかっていた。罪の意識は、彼の性格の一部——最初の妻が〝感情のたれ流し〟と呼んでいたものの一部——なのだ。絶対に断ち切れないつながりというものが、彼には存在していた。母親からかかってきた電話を一日でも放っておくと、彼はいやな気分になった。

パンドは、ペレスの記憶にあるよりもさらに荒れはてていた。かつては、ぐるりと板が張りめぐらされ、どんな悪天候も寄せつけなかったのだが……。梯子でのぼっていく寝棚はまだ残っていたものの、全体に湿っぽい匂いがした。ドアを押しあけると、すでにあたりは暗くなりかけており、なかはよく見えなかった。懐中電灯は持参しておらず、ドアから射しこむ最後の日の光で、汚れた台皿に立つ一本の蠟燭が目にとまった。荷箱でこしらえた間に合わせのテーブルの上においてある。そこは、子供の隠れ家といった感じがした。台皿のとなりにマッチの箱があり、ペレスはそれで蠟燭に火をともした。マッチを擦った瞬間、いろいろなものが見えてきた。白くねじれた流木と石炭の用意された火床。片隅にあるワインの棚。棚板の上のふたつのグラスとビスケットの缶。蠟燭に火がともると、さらに明るくなった。ペレスは部屋の中央に立ち、ぐるりと見まわした。

ここはおもちゃの家か遊び場のようだ、という考えがふたたびペレスの頭をよぎった。床はきれいに掃かれ、窓台にはドライフラワーをさしたジャムの広口瓶がおかれていた。だが、この場所をつかっていたのは、島の子供たちではないだろう。ここはアンジェラの部屋だった。彼女がフィールドセンターでの生活から逃れてくるための場所。彼女がみずからの夢を若い愛人たちと実現していたかもしれない場所だ。ここでは、アンジェラのあたらしい一面をうかがい知ることができた。家庭的で、ロマンチックでさえあった一面だ。

ペレスは蠟燭を手にとって壁沿いに歩きまわり、アンジェラが大切なものを隠していそうな場所をさがした。フェア島のフィールドセンターの監視員をつとめる著名人としてのアンジェラは、感傷や懐旧の念とはまったく無縁そうに見えた。だが、この空間を作りあげた女性ならば、過去の思い出の品をとっておくかもしれなかった。ペレスとしては、母親からの手紙が見つかることを望んでいた。母親が自分の娘を完全に見捨てるとは、どうしても思えなかったのだ。だが、なにもでてこなかった。石壁と羽目板のあいだに隙間があるかもしれないと考えて、羽目板を軽く叩いていく。ワインの棚のうしろで光沢のある木製の箱を見つけたときには興奮したが、ふたをあけてみると、なかにはひと組の銀のイアリングと地味な銀の腕輪がはいっているだけだった。愛人たちのひとりから贈られたプレゼントかもしれなかった。

ペレスは、寝棚につうじる梯子をのぼりはじめた。片手に蠟燭をもっていたので、バランスを保つのに苦労した。サラと結婚するまえ、彼は未来の花嫁をここへつれてきたことがあった。夏の穏やかな日で、あけっぱなしのドアからは刈った草や草地の花の匂いが流れこんできていた。こんなに強く誰かを愛することは、もう二度とないだろう、とそのとき彼は思った。古い藁のマットレスに羊皮をかぶせて、ふたりでその上に横たわり、身体をまさぐったり唇をかさねたり睦言を交わしたりして、午後の大半をすごした。そこで愛を交わしはしなかった。サラは昔ながらの信仰の篤い女性で、〝待ってもらえないか〟と単刀直入にペレスに頼んでいたのだ。その願いを聞きいれた自分はすごく自制心がある、とペレスは考えていたが、実際のところ、そうすることで興奮はいや増し、サラが完璧な女性であるという彼の見方はいっそう強化されていた。ついにセックスが許されたとき、それはいささか期待はずれの結果に終わった。そのことを、当時ペレスは彼女に対してはもちろんのこと、自分に対してさえ認められなかった。

寝棚には、あいかわらず羊皮がおかれていた。白い羊皮と黒い羊皮が何枚も積みかさねてある。彼とサラがけだるい午後をすごしたときよりもずっと数が多く、まだ梯子の段をのぼっているときから、ペレスにはそれが見えていた。寝棚にあがるのに両手をつかえるように、蠟燭をもつ手をあげて、寝棚の床のほうへとおろしていく。そのとき、女性の身体が目に飛びこんできた。投げだされたような恰好で、羊皮の上に横たわっている。羊毛は血でピンク色に染まっており、小さな白い羽根が雪片のように女性の肌を覆っているのがわかった。

一瞬、ペレスは梯子の上で立ちつくした。目のまえの光景にぎょっとして、両手が梯子の横木に凍りついてしまったように感じられた。隙間風にあおられて蠟燭の炎がちらちらと揺れ、それからさらに明るさを増して戻ってきた。寝棚の木の壁に血が飛び散っているのが見えた。殺害の途中で、動脈が切断されたのだ。これは、まったく異なる殺人だった。最初の殺しは、まえもって計画され、冷静に実行に移されていた。今回は、もっと荒っぽかった。おなじ犯人だとするならば、その人物はパニックを起こしかけているか、自制心を失いはじめていた。

22

ペレスはパンドの地上階で間に合わせのテーブルのまえにすわり、何本か電話をかけた。彼の声は切羽つまっており、電話を受けた同僚たちは、誰か別人かと思ったほどだった。かれらが知っているペレスは、のんびりとした物柔らかなしゃべり方をする男だった。命令を怒鳴りちらしたり、異議を言下に却下するようなことはしなかった。

まずペレスが電話をかけた相手は、サンディだった。「ヴィッキー・ヒューイットは、もうアバディーンからきてるか?」

「ええ、明朝の船に乗れます」

「飛行機をチャーターして、いますぐフェア島にきてくれ。ヴィッキーもつれて」

「今夜は、無理ですよ」緊急事態で飛行機を飛ばすことに、サンディはなんの異論もなさそうだった。ただ、どうやったらそんなことができるのか、わからないだけなのだ。「もう暗くなりかけてますから」

「風はそれほど強くないし、今夜は月がでるだろう。滑走路は照らしておく。救急搬送のときにやるように」

「どうして、そんなに急ぐんです？」

「また人が殺された。犯罪現場が汚染されるまえに、専門家に調べてもらう必要がある。今回は、まえの殺しのときとはちがって見える。被害者はやはり刺されているが、前回ほど手際が良くない。傷も多いし、より抵抗されたようだ。ただし、現場は最初のとき同様、飾りつけられている」ペレスはひと息いれた。「それと、容疑者に対して、きちんとした事情聴取をおこないたい。わたしひとりでは無理だ。だから、今夜じゅうに、おまえとヴィッキーでこちらにきてくれ。できれば一時間以内に」

サンディにとやかくいうひまをあたえずに、ペレスは電話を切った。そのまま、蠟燭の明かりのなかにすわっている。蠟燭は長くて太かった。溶けた蠟のなかに芯が沈みこみそうになるたびに、蠟燭をかたむけて蠟が流れ落ちるようにしなくてはならなかったが、とりあえず飛行機が到着するまで、明かりはもちそうだった。そのあとは、発電機と強力な懐中電灯の出番となる。ようやく、これ以上の殺人が起きるのを防ぐのに必要な機材と人員がそろうのだ。

ペレスはつぎに、スプリングフィールドの実家に電話をかけた。父親がでてくれることを願っていた。チャーター機が着陸できるように滑走路に沿って火をたかなくてはならないが、父親ならそれに必要な男たちを手配することができた。いまだけは、フランと話をしたくなかった。彼女はいろいろと質問を浴びせてくるだろうし、ペレスはなんといったらいいのかわからなかった。ほら、暴力はどこにでもあるのさ。フェア島に戻ってきても、それから守られることはないんだ。

母親が電話にでた。「ジミー、おまえ抜きで、お茶をはじめたわよ。いつごろ帰ってこられるんだい？」ありふれた日常の会話。頭上の寝棚の状況を考えると、それ自体が冒瀆であるようにさえ感じられた。ペレスが返事をするまえに、母親が大声でいっていた。「フラン、ジミーから電話よ」

「もしもし、あなた《スウィーティー》」いつもの呼びかけだ。

ペレスの口からは、なかなか言葉が出てこなかった。その沈黙に対して、フランがすぐに反応した。「なにかあったの？」

「また人が殺された」告白するような口調だった。まるで、それが彼の責任でもあるかのように。実際、そうなのだ、とペレスは思った。おまえがもっときちんと仕事をしていれば、これは防げていたはずだ。

「誰が殺されたの？」フランが強い口調でたずねた。そして、ペレスがこたえるまえに、つづけた。「ポピーでしょ？　あたし、あの娘をひとりでフィールドセンターまで歩いて帰らせたの。いっしょにこなくていい、っていわれたから」

「ちがう！」ペレスは絶対に、フランに罪の意識を感じてもらいたくなかった。罪の意識なら、彼がたっぷりふたり分を感じることができた。「そうじゃない。殺されたのは、ジェーン・ラティマーだ。フィールドセンターの料理人の」

ふたたび沈黙がながれる。激しい感情の爆発はなかった。「彼女のこと、好きだった」ようやく、フランがいった。「もっとよく知りたいと思ってた。友だちになれるかもしれないって。あたしにできることが、なにかある？」

「いや。スプリングフィールドにいてくれ。お袋に、鍵をかけるようにと伝えて。それじゃ、親父にかわってくれないか」

ペレスは父親に、起きたことと必要なものを説明した。「飛行機に乗ってきた連中を出迎えて、パンドまでつれてきてもらいたいんだ。重たい装備がたくさんあるだろうから、それをできるだけちかくまではこべるような車を用意して。なんだったら、モーリスにいわないで。ぼくは、ドローヴァーを借りてもいい。ただし、それが必要な理由は、フィールドセンターのランここで待ってなくちゃならない。現場を無人で放っておくわけにはいかないから」

「自分で出迎えたいんじゃないのか？　おまえのかわりに、わたしがパンドで見張っててもいいぞ。滑走路に人を手配したあとで」

一瞬、ペレスはその提案に心をひかれた。だが、アンジェラ・ムーアの件で、すでに彼はじゅうぶんすぎるくらい規則を破っていた。もしも手順どおりにやることができていれば、犯人はすでに捕まっていたかもしれないのだ。

「いや、いい」ペレスはいった。「ぼくは、ここにとどまらないと。でも、ありがとう」父親が彼の仕事に手を貸そうとするのは、これがはじめてのことだった。

ペレスがつぎに電話をかけた相手は、地方検察官のローナ・レインだった。彼女はまだオフィスにいた。「ぎりぎりでしたね、ジミー。ちょうど帰るところでしたから。〈バスタ・ハウス・ホテル〉で、弁護士たちとの夕食会があるので」地方検察官の声には、エディンバラの上流階級のアクセントと、いつものように相手をかすかに責めるような響きがあった。

「今夜、フェア島への緊急フライトを手配しました。あなたにお知らせしておいたほうがいいかと思って。また殺人が起きたんです」

「それはまた、ずいぶんとお金がかかりそうですね、ジミー。インヴァネスには話をとおしてあるのかしら？」被害者の身元をたずねるまえに、まず政治的なかけひきのことを考えるとは。

「飛行機が離陸するまで待とう、と思いました。そうすれば、かれらも反対できませんから」

地方検察官が小さく笑った。「おや、まあ、ジミー。あなた、学習してるわね。わたしが優秀な教師だということかしら？」

ペレスは、そのまますわっていた。いまでは、外はすっかり暗くなっていた。寝棚に戻って、羊皮のベッドに横たわるジェーン・ラティマーをもう一度見たかった。そのイメージは彼の頭にしっかりと焼きつけられていたが、それでも細かい点を見落としているかもしれなかった。

たちどころに犯人をあきらかにするようなものを。そう考えると、ペレスは居ても立ってもいられなくなった。彼は忍耐強い男だったが、こうしてすわっていると――奇妙な冷たい光のなかで、じっと動かずに、ただひたすら待っていると――すこし頭がおかしくなりそうだった。だが、いま梯子をのぼっていけば、彼はふたたび自分の指紋やセーターの繊維や吐く息で現場を汚染してしまう可能性があった。今回は、きちんと手順を踏んで捜査を進めるつもりだった。

ペレスは立ちあがると、パンドの戸口にたたずみ、丘のむこうをながめた。ここからでは、滑走路は見えなかった。すこしまえに、何台かの車がセッターのまえの道路を北にむかって通過していく音が聞こえたような気がしていた。彼の父親の指示のもと、島の男たちが篝火《かがりび》を用意し、風防付きランプに火をともすところを想像する。そこには、ボランティアの消防隊もいるはずだった。飛行機が着陸するときには、いつでも消防隊の誰かが待機することになっていたし、こうした特別な状況の場合、それはさらにいっそう重要となった。消防隊を指揮しているのは、おそらくデイヴ・ホィーラーだろう。緊急時にみんなで力をあわせるというのは、フェア島の人間がもっとも得意とすることだった。

雲ひとつない星空に、半月が浮かんでいた。ペレスは自分の身体が冷えきっていることに気づいて、脚の感覚を取り戻そうと足踏みをした。だが、ジェーン・ラティマーほど冷えきっているわけではない、という考えが頭をよぎる。ペレスは、ふたたび彼女の姿を思い描いた。まるで、雪の女王のようだった。橇の上で羊皮の上に横たわり、全身を氷の結晶のように見える小さな羽根で覆われた、華麗なる雪の女王だ。

丘の黒い輪郭のむこうが、赤い光でほのかに明るくなった。篝火がともされ、準備がととのったのだ。そのとき、北のほうから飛行機のエンジン音が聞こえてきた。明かりもちかづいてきている。ペレスは腕時計に目をやった。サンディに電話をかけてから、一時間半が経過していた。悪くない、と彼は思った。讃嘆の念にちかいものを感じていた。サンディの飲み仲間はシェトランドのあちこちで力のある地位についており、これほど短時間のうちに飛行機を飛ばすことができたのも、そのコネのおかげにちがいなかった。飛行機がさらに高度を下げる。操縦室の明かりとパイロットの人影が見えていたが、やがてそれも丘のむこうに消え、滑走路に着陸した飛行機のエンジン音が止まるのが聞こえてきた。

ペレスはバンドのなかに戻り、手を蠟燭の炎にちかづけて温めようとした。さまざまな装備を飛行機から降ろしてここまではこんでくるのに、まだしばらく時間がかかるだろう。だが、彼はすでに騎兵隊が到着したような気分になっていた。もはや、ひとりではないのだ。

最初にやってきたのはサンディで、ペレスの予想よりもずっとはやかった。サンディをヴァンに乗せてきたタミー・ジェイミソンは、あきらかにこの場にとどまりたがっていた。なにせ、これは彼の両親の時代に女王陛下が訪れて以来、フェア島でもっとも興奮させられる出来事なのだ。だが、ペレスは彼を帰らせた。サンディは上司の指定した時間内に飛行機を飛ばすことができた興奮で、頬を紅潮させていた。「ほんと、大変でしたよ」という。「フェア島にむけて飛行機が飛ぶってうわさを、一部のレポーターが聞きつけたにちがいありません。ティングウォールで待ち伏せしてました。あの連中、滑走路で飛行機のまえに立ちふさがるかと思いましたよ」ティングウォールというのは、島どうしを結ぶ飛行機が離発着する小さな空港で、ラーウィックのそばにあった。

「またべつの殺人が起きたことを、かれらは嗅ぎつけていたか？」

「いいえ」サンディがいった。「連中の質問は、アンジェラ・ムーアにかんすることばかりでした」言葉をきる。「BBCスコットランドの撮影班もいました。今夜、おれの姿がテレビに映るかもしれない」そうなっても、サンディが気にするとは思えなかった。それどころか、有名人になるのを大いに楽しみそうだった。ウォルセイ島にいる親戚たちが、夜のニュースでテレビ画面に映しだされる彼の姿を指さすのだ。

「地方検察官は、いまどこにいる？」地方検察官が夕食会の約束を取り消しておなじ飛行機でフェア島にきているであろうことを、ペレスは確信していた。仕切りたがり屋の彼女が現場で指揮をとる誘惑にあらがえるとは、思えなかった。

「ヴィッキー・ヒューイットや装備といっしょにきます」ふたたび離陸した飛行機の轟音で、サンディの言葉がさえぎられた。飛行機は頭上で急上昇してから旋回し、ふたたび北へとむかって飛んでいった。「警部の友だちのヴァンが魚臭くて、地方検察官は乗りたがらなかったんです。今夜、自分がどこに泊まることになるのかを、知りたがってました」

「フィールドセンターには、部屋がいくらでもあるだろう」ペレスはいった。「ただし、食事は自分で用意してもらわないと。全員がそうなるな。料理人が死んだんだから」ここではじめて、ペレスは二件目の殺人のもつ影響について考えはじめた。間違いなく、フィールドセンターの滞在者たちは朝の船で島を出ていくと言い張るだろう。容疑者の半分が翌日のアバディーン行きの飛行便で本土に去ってしまったら、どうやって捜査を維持できるというのか？　ポピーは島を離れるべきだ、とペレスは考えていた。彼女は子供みたいなもので、母親を必要としていた。自宅で、母親に目を光らせておいてもらえばいい。ポピーとは、今夜話をするつもりだった。残りのものたちについては、島に残るように頼む。意に反してまでとどまらせることはできないが、かれらが島を去れば事件の捜査に支障がでかねないといえば、説得できるだろう。それに、捜査が終了するまでここに残れば、それだけ怪しまれずにすむ。

ランドローヴァーのヘッドライトが頭上のヘザーを照らしだし、つづいてでこぼこの草地を苦労しながらちかづいてくる車の音が聞こえてきた。運転しているのは、ペレスの父親だった。真っ先に車から降りて、あとにつづく女性たちに手を貸している。そのしぐさは、ペレスの目にはやけに慇懃《いんぎん》に映った。地方検察官は暖かそうなレインコートにウォーキング用のブーツという恰好だったが、それでもなぜか優美に見えた。「女性の死者がふたり。ここは、いったいどうなってるのかしら、ジミー？　おなじ犯人なんでしょうね？」

「さもなければ、模倣犯です」ペレスは羽根のことを説明した。

「羽根のことを知っているのは？」

「全員です。監視員助手が最初の犠牲者を発見したんですが、わたしが口止めするまえに、その話はもれてしまっていたので」

「性的暴行の痕跡は？」地方検察官がたずねた。「まず、そのことを考えたはずですよね」

「ありません。どちらの女性も服を身につけたままで、着衣はまったく乱れていませんでした」

ペレスの父親に手伝ってもらって、サンディとヴィッキーがランドローヴァーから発電機をはこんでいた。その小柄な体格にもかかわらず、犯行現場検査官のヴィッキーはいつでも自分の分担をはたすといってきかなかった。彼女は犯行現場用のテープを金属製の柱のあいだに張りめぐらし、パンドのなかへとつづく小道を作りあげてから、ライトの設置をペレスの父親にまかせて、ほかの三人に合流した。ヴィッキーはペレスの父親に犯行現場用のスーツとオーバーシューズを着用させており、ペレスは廃墟と化した農家の戸口のすぐ内側で作業するその人影を、ずっと意識していた。

「手伝いましょうか?」サンディが、暗がりにいるペレスの父親にむかって大声でたずねた。

「いや、いい。ひとりでじゅうぶんだ」その仕事が彼の手に余るのではないかといわれたかのような、そっけない返事だった。数分後、パンドの内側から明るい白い光がもれだしてきた。

「フィールドセンターにいかないと」ペレスは地方検察官にいった。「滞在者全員が容疑者ですが、まだかれらと話す機会がなくて。いっしょにきますか? ここを調べるのはヴィッキーとサンディにまかせて、あなたは朝になってから、作業のすんだ現場を見ればいい」

事情聴取に地方検察官を同席させるというのは、ふだんペレスがもっとも望まないことだった。落ちつかない気分にさせられるからだ。だが、いまはちがった見方が役にたつかもしれないと考えていた。地方検察官は高い教育を受けた外からの移住者で、フィールドセンターの滞在者のほとんどがそうだった。

ペレスの父親が、ランドローヴァーでふたりをフィールドセンターまで送った。「うちの車がセンターにとめてあるから、わたしはそれに乗り換えて、まっすぐスプリングフィールドに帰る。フランには、なんていっておく?」

「今夜は戻れないだろうって。あと、心配する必要はないと」

23

ダギーはほぼ一日じゅう、〈黄金の水〉にいた。白鳥はまだ、どこへもいってなかった。彼はすでに、白鳥を見つけたときの模様を記した記事を『ブリティッシュ・バーズ』(鳥類専門誌)のために書きはじめており、光線の具合が良くなった機会をとらえて、より鮮明な写真をさらに何枚か撮っていた。もちろん、頭の片隅では、ほかにもいろいろな考えが——殺人や警察の捜査にかんする不安が——渦巻いていた。だが、ダギーはバードウォッチングをしているとき、いつでも完全に集中することができた。それが彼の逃避法だった。

すでに光は弱まってきており、ダギーはフィールドセンターに戻るところだった。携帯電話にでるために、途中で三度足を止めなくてはならなかった。白鳥を観察していたあいだにも、半ダースほどの電話を受けそこなっていた。フェア島の北端は、受信状態がひどく不安定なのだ。電話はすべてシェトランド本島にいるバードウォッチャーからで、白鳥がまだいるのかを確認するためのものだった。かれらは翌朝フェア島へ渡ってこようと計画していた。

「一日じゅう、そいつを観察してたよ」ダギーは意気揚々とした口調でいった。もちろん、それは誇張だった。彼は一日ずっと〈黄金の水〉にいたわけではないのだ。「ほんとうに、うっとりするような光景だった……ああ、なんだったら、飛行機のところで落ちあって、そこまで案内するけど」ダギーは、ほかの連中の態度にこれまでになかった敬意を感じていた。今後、彼はイギリス国内で最初にナキハクチョウを目視した人物として、永遠に人びとの記憶に残るだろう。ほかのものたちが嵐でラーウィックに足止めされたことは、この伝説にいっそう箔をつけるだけだ。

ダギーがフィールドセンターに帰りついたとき、あたりはすっかり暗くなっていた。共同部屋に自分の装備をおいてから、社交室にいく。バーには誰もいなかったので、勝手に炭酸飲料の缶をとりだし、料金箱に金をいれておいた。センターは、がらんとした感じがした。そして、その理由にダギーは気がついた。キッチンから、なにも物音がしていないのだ。いつもはジェーンがラジオをつけっぱなしにしており、音楽ではなく、おしゃべりや議論をする声が、背景音として社交室に流れこんできていた。この静けさに、ダギーは不安をおぼえた。そのため、真実ゲームのことを思い返すといまだに気まずかったものの、ヒューとベンがぶらぶらと部屋にはいってきたときには、ほっとした。誰もいないフィールドセンターには、どこかぞっとさせられた。

「北にむかう道路で、ばったり出くわしたんだ」そういって、ヒューがベンと目をあわせた。

どうして、ヒューは説明の必要があると感じたのだろう？　ふたりがかわしたまなざしには、どこか陰謀めいたところがなかったか？

ダギーはまたしても、遊び場にいる太った少年の気分を味わっていた。決して仲間にいれてもらえない少年だ。ふたりでなにをしゃべっていたのかが、気になった。もしかすると、自分のことを冗談の種にして、笑っていたのかもしれない。ベンが罠《トラップ》に捕獲されていた何羽かの渡り鳥について報告し、三人は翌日にまたべつの珍鳥が見つかる可能性について議論した。

「きょうの午後、南にある小農場をすべてまわってきたんだ」ヒューがいった。その努力ですっかりくたくたになったとでもいうように、伸びをしてみせる。「とくにこれといった鳥はいなかったけど、あしたは期待できそうだな。夜明けにちょっと霧雨が降れば、なおさらだ」

いかにも、アンジェラとかわしていそうな会話だった。

「ペレスの事情聴取は、どうだった？」自分たちがアンジェラの殺害などなかったかのように──集会場に陣取って事情聴取をおこなっている刑事などいないかのように──ふるまいつづけていることに違和感をおぼえて、ダギーはたずねた。

「白鳥を見せてくれって、頼まれたよ」ヒューがいった。浮かれているといってもいいような口調だった。「正直、彼の頭がどれくらい切れるのか、すこし疑問だね。天気も回復したことだし、きっと捜査をひき継ぐために本土から誰か送られてくるんじゃないかな」

「彼はかなりの切れ者だと思うな」ベンもビールを飲んでいた。「鈍いふりをしているけど、ここでなにが起きるのか、おおよその見当はついているような感じだった。ぼくだったら、彼を見くびるようなことはしないな」

そのとき、ファウラー夫妻があらわれた。いつものとおり、ここがどこかの高級ホテルであるかのように、夕食にそなえてシャワーを浴び、着替えてきていた。このふたりは、いついかなるときでも身ぎれいにしているのだ。全員が着席し、食事の用意ができたことを知らせるベルが鳴るのを待っていた。奇妙な緊張感がただよう。ペレスのことや彼に訊かれた質問のことは、もはや誰も口にしなかった。かれらはただすわって、おたがいを見ていた。ヒューだけがリラックスしているような感じで、のんびりと椅子に腰かけ、古いシェトランドの鳥類報告書に目をとおしていた。

「今夜の夕食は、すこし遅れ気味だな」ジョン・ファウラーが腕時計を見た。「ジェーンらしくない。でも、美味しそうな匂いだ」それから、ふたたび沈黙がたちこめた。サラ・ファウラーは夫のとなりでハンカチをねじってまるめ、それを片方の手から反対の手へと移動させていた。じっとすわっていられないように見えた。その絶え間ない動きに、ダギーはいらいらした。いますぐ彼女があの動作をやめなければ、叫びだしてしまいそうだ。

数分後、キッチンで物音がした。職員の居住区画につうじるドアがあく音だった。一瞬、ほっとした空気がひろがり、そのときはじめてダギーは、自分たちがどれほどジェーンに頼るようになっていたのかを悟った。罠《トラップ》の見まわりとか、食事とか、毎晩の日誌づけといったフィールドセンターでの日課があるおかげで、かれらはアンジェラが殺されたあとも、パニックを起こさずにすんでいたのだ。キッチンにジェーンがいないことで、その安心感をもたらす日課が破綻しかけていたが、こうして彼女があらわれたからには、すべてがまた上手くいくようになるだろう。

だが、ジェーンがあわただしく駆けこんできて、遅れたことをわびながらテーブルの用意をしていくかわりに、かれらが目にしたのはモーリスとポピーの姿だった。

「今夜は、みんなといっしょに食事をとろうと思って」モーリスがいった。「ポピーの最後の夜だから。ジェーンは?」

かれらが返事をするまえに、頭上を飛行機が通過していく音が聞こえてきた。すごい低空を飛んでいるようだった。この数日間、飛行機のエンジン音を耳にしていなかったので、よけい耳についた。

「もしかして、ジェーンは逮捕されたのかもしれないな」ヒューがふざけていった。これ以上そういう冗談を聞かされていたら、ここにいる誰かがやつの顔をひっぱたくだろう、とダギーは思った。「いまのは、彼女をつれていくための飛行機だ」

「馬鹿なことをいうんじゃない!」モーリスの声は、ダギーがこれまで耳にしたことがないくらい断固としていた。自分のかわりにすべてを円滑に進めてくれるジェーンのいない島の生活など、考えたくもないのかもしれなかった。「たぶん、ジェーンはスプリングフィールドでメアリやフランといっしょにいるんだろう。すこしくらい、休ませてやろうじゃないか。夕食は、すっかり用意ができてる。自分たちで給仕すれば、すむことだ」

ジェーンの身の安全を心配する声がひとつもあがらなかったことに、ダギーはふと気がついた。彼女は、いついかなるときでも自分の面倒をみられる有能な女性のひとりなのだ。飛行機がきたことにかんして、あれこれ臆測が口にされることもなかった。みんな、それが捜査がらみのものだと決めつけていた。テレビで、そういうドラマを観てきているからだ。いまは、食事をとるのが人生でもっとも重要なことに思えた。とりあえず、それに集中していれば、ほかのことを考えずにすむ。悩みがあるときに、ダギーがすべての注意をバードウォッチングにむけるのとおなじことだった。

こうして、全員がキッチンへいき、ファウラー夫妻の指揮のもと、ポピーがテーブルの用意をし、ベンが皿をならべた。ジョン・ファウラーが、オーブンで温めてあるライスを見つけた。まるで、ジェーンははじめから自分が遅れることを想定していたかのようだった。サラがチキン・キャセロールのはいった大きな深鍋を配膳口まではこんできて、ちょうどジェーンがやるように、それを皿に盛りはじめた。エプロンまで、ジェーンのものを身につけていた。食べているあいだ、みんな黙りこんでいたので、フィールドセンターの庭にはいってきた車の音がはっきりと聞こえた。

食堂に、ふたたび安堵感がひろがった。「きっと、ジェーンを送ってきた車だわ」ポピーが、いわずもがなのことを口にした。というのも、全員がおなじことを考えていたからだ。ポピーは黒いアイライナーをひき、髪の毛にはジェルをつけており、いつもの自分に戻ったように見えた。フィールドセンターの外側のドアにつづいて、食堂につうじるドアのあく音がした。みんなジェーンにかける言葉を用意しているのだろう、とダギーは思った。ほら、きみなしで、なんとかやってのけたよ。夕食は、スプリングフィールドでとってきたのかい？　でも、こっちの食事にはかなわなかったはずだな。彼女がいなくて自分たちがどれほどあわてていたのかを悟られないような言葉だ。

だが、食堂にはいってきたのは、ジェーンではなかった。見知らぬ女性がそこに立ち、かれらを見ていた。テレビのニュースキャスターを思わせる、手入れのいきとどいた髪とさり気ない化粧。そのうしろにはジミー・ペレスがひかえており、彼に話をさせようと、女性がわきにどいた。

「こちらは、ローナ・レイン」ジミー・ペレスがいった。「地方検察官です。彼女は、当地の警察の捜査を統括しています。スコットランドの法体系は、イングランドのものとはちがうんです。したがって、彼女は捜査に関与してきます」

「ジェーンを見かけたかな？」モーリスが全員を代表して口をひらいた。いまの彼には、ジェーンの所在のほうが、ラーウィックの法曹関係者があらわれたことよりも気にかかっているようだった。いったい、誰がコーヒーをいれるというのだ？　「彼女は消えてしまったみたいでね。きみたちといっしょにスプリングフィールドにいるのかと思っていたんだが」

ペレスと地方検察官のあいだで視線がかわされたことに、ダギーは気がついた。

「ジェーン・ラティマーは亡くなりました」地方検察官の女性がきびきびといった。「それで、わたしがここにいるのです」

全員が彼女をみつめた。

「なにがあったんです？」ヒューの顔からは、笑みが消えていた。それがないと、彼の顔はまったくちがって見えた。

「われわれがここにいるのは、質問するためです。こたえるためではなく」地方検察官がいった。「彼女の死には、疑わしい点があります。いまの時点でお知らせできるのは、それだけです」

彼女のやり方はペレスとはずいぶんちがうが、こちらのほうが対処しやすそうだ、とダギーは思った。より直接的に攻めてくる。ダギーは、ペレスの沈黙や無言のうちの理解に脅威をおぼえていた。この女性は、怒鳴りつけて威張りちらすことはあっても、ペレスのように心を読むことはできないだろう。

「みなさんが最後に彼女を見かけたのは、いつですか？」地方検察官がたずねた。テーブルの上座に立ち、全員を見渡す。そこにいるものたちに自己紹介を求める必要がなかったのは、まえもってペレスから説明を受けていたからにちがいなかった。彼女は自分の役割を楽しんでいるように見えた。もしかすると、就業時間の大半をオフィスですごしているので、こうして闇をついて飛行機で島を訪れ、殺人を犯した可能性のある容疑者たちと面とむきあうのは、彼女にとってすごく胸躍ることなのかもしれなかった。

「お昼のとき、彼女はここにいました」ジョン・ファウラーがいった。「彼女が給仕して、あとかたづけをしたんです。それ以降は、見かけてません」

「どなたか、それよりもあとに彼女を見た人は？」

誰も口をひらかなかった。「ここは小さな島です」地方検察官がいった。「隠れるような場所は、ほとんどありません。彼女は午後のある時点で、フィールドセンターから徒歩で出かけていったようです。車を運転した形跡はありませんでした。きっと誰かが彼女の姿を目にしているはずです。このなかで、外に出ていた人は？」まるで、とりわけ反応の鈍い生徒たちから答えをひきだそうとしている教師のような口調だった。

それでも、やはり返事はなかった。ダギーの携帯電話が鳴りはじめた。ブリストルのバードウォッチャーのひとりで、希少鳥委員会のメンバーをつとめている男からだった。

「電源を切ってください！」ダギーのほうには目もくれずに、地方検察官がぴしゃりといった。椅子をひいて、テーブルのまえにすわる。今度は、ペレスがしゃべる番だった。

「これからどうするのかを決めなくてはなりません」ペレスがいった。「あすは、船が運行されます。ポピーはその船で島を出るべきだということで、話はすでにまとまっています。母親がグラットネスまで迎えにきていて、彼女を自宅につれて帰ります。彼女からふたたび話を聞く必要がでてきた場合でも、居場所がつかめているので問題はありません。ほかに、島を離れようと考えている方はいますか？」

「ぼくは十一月の中旬まで、センターにいる契約になっています」ベンがいった。「渡りのシーズンのあいだ、誰かが足環つけを続行しなくてはなりませんし、アンジェラがいないので、かわりに年次報告書の準備をするつもりです」

「ぼくも、ここにとどまります」ダギーはいった。バードウォッチング界の名士からの電話をとらせてもらえなかったことで、まだ腹をたてていた。いまは南東から弱風が吹いていた。予定のコースからそれた渡り鳥が、ほかにもあらわれるかもしれないではないか？　アメリカの鳥は、それはそれですごく貴重だが、東からきた珍鳥ほど興奮させてはくれなかった。金さえ積めば誰でもアメリカまでいき、ナキハクチョウをその目で見ることができるが、シベリアからきた鳥となると、そう簡単に繁殖地までおいかけていくわけにはいかないのだ。「それに、あしたになれば大勢のバードウォッチャーが押し寄せてきます」

「それにどう対処するのか、決めなくてはなりません」ペレスが地方検察官に目をやった。「かれらがくるのを阻止することはできませんよ！」ダギーはいった。「なんとしてでも、やってくるでしょうから。飛行機の運行を止めても、かれらは船をチャーターしてきます」

「かれらに捜査の邪魔をさせるわけにはいきません」地方検察官がいった。

「そんなことはさせません！　ぼくがかれらを〈黄金の水〉までつれていき、また滑走路へつれ戻します。かれらが島に滞在する必要はないんです」

地方検察官がペレスを見た。「それで問題ないかしら？」

「大丈夫でしょう」ペレスが言葉をきった。「マスコミのほうが、もっと厄介かもしれない」

「マスコミは心配いりません」地方検察官がいった。「わたしが対応します。全員を一箇所に集めて、おなじ情報を渡すのが、最善の策でしょう」

彼女なら喜んでマスコミの相手をしそうだ、とダギーは思った。

「記者会見をひらけるところが、どこかあるはずですよね。集会場とか？」

ペレスがうなずいた。

「あしたの船で島を出られたら、とわたしは考えていました」サラ・ファウラーがいった。あいかわらず、膝の上で両手をそわそわと動かしていた。「あと一週間滞在する予定でしたけど、なんだか怖くて。二件の殺人で、ふたりの女性が犠牲になった。もう帰りたいんです」

「あなたたちをここに足止めすることは、できません」ペレスがいった。「けれども、最初の計画どおりにしてもらえると、こちらとしてはすごく助かります。きょうの午後の出来事を考慮にいれて、全員ともう一度話をする必要があります。先ほどの飛行機で、警官がもうひとりやってきました。彼は、このフィールドセンターに滞在します。みなさんの安全は、保証します」

「もちろん、みなさんは安全ですよ」地方検察官がいった。「わたしも、ここに滞在しますから」まるで、ふたたび悲劇が起きるのを防ぐには、ペレスの同僚よりも自分のほうがはるかに役にたつ、とでもいうような口ぶりだった。

ファウラー夫妻は顔を見合わせた。ダギーの考えでは、地方検察官に立ちむかい、やはり島を離れると主張するほうが、最後まで我慢して島に滞在するよりも勇気がいりそうだった。サラ・ファウラーが夫の腕をつかんだ。「お願い。わたし、もうこれ以上は耐えられそうにないわ」

ジョン・ファウラーは顔をしかめていた。おそらく、妻の頼みと自分が義務とみなしていることとのあいだで、板ばさみになっているのだろう。「あと数日だけだ」ジョン・ファウラーがいった。「ペレス警部も、ああいってることだし」

サラ・ファウラーは夫に目をやり、自分の負けを悟った。「わかったわ。とどまりましょう」

「誰が料理をするんです？」ダギーはたずねた。

その晩はじめて、ペレスが笑みを浮かべた。「島の誰かに頼んでおきます。あなたたちを飢えさせるわけにはいきませんから」それから、ヒューのほうをむいていう。「あなたは、どうです？　帰る必要がありますか？」

おなじみの笑みが、すでに戻ってきていた。「すべてに決着がつくまで、ここにとどまりますよ。犯人が捕まるまで。もちろんです」

24

フランはメアリといっしょに、スプリングフィールドであたらしい情報が届くのを待っていた。昔からずっと、女はこうしてきたのだ。その点、男は楽でいい。その場にいて、なにが起きているのかを目にしていられるのだから。女は最悪の事態を想像しながらただすわり、男たちが戻ってくるのを窓のカーテンの隙間から確認するしかないのだ。そこまで考えたところで、フランは自分がとんでもなく芝居がかってきていることに気がついた。それではまるで、埠頭の先端で海をながめている〝フランス軍中尉の女〟だ。いまの世の中、携帯電話というものが存在していた。彼女はいつでもペレスに電話をかけ、なにが起きているのかを訊くことができた。

まともな飲み物があれば、待つのもこれほど苦痛ではなかっただろう。フランは胃がたぷたぷになるくらい、紅茶を飲んでいた。清教徒である夫の影響か、メアリはアルコールを罪深いもの、人を――とりわけ、女性を――堕落させるものと考えていた。夫が一杯やるのを薬のようなものとみなしており、決して自分もいっしょに飲もうとはしなかった。フランはこのまえ店にいったときに、ワインを一本買ってきていた。夕食で全員がそろったら、みんなで飲もうと考えていたのだ。だが、それがちかぢか実現する見込みは薄く、ボトルはまだ彼女の部屋にあった。そして、そこから彼女を誘惑していた。ボトルはねじぶた式だから、キッチンからコルク抜きをこっそり拝借してくる必要さえないのだ。フランはすでに頭のなかで、この出来事を面白おかしい逸話に仕立ててあげようとしていた。ロンドンのバーで友人たちと会ったときに、はじめてのフェア島訪問について話して聞かせるのだ。信心深い義理の両親のこと。こっそり自分の寝室へいき、ボトルからワインをらっぱ飲みしたこと。フランは話し上手だった。みんな、おなかをかかえて笑うだろう。

毎晩やるように、フランは娘のキャシーに電話をかけた。キャシーは、父親のダンカンが商用で訪れたウォルセイ島にいっしょにつれていかれて、退屈したようだった。「ねえ、いつ帰ってくるの？」キャシーがたずねた。「泳ぎにつれてってくれるって、ジミーが約束してくれたの」

「あと、二、三日よ。約束する。すぐだから。お父さんにいって、あしたはジェニーといっしょに遊べるようにしてもらいなさい」ジェニーというのは、キャシーのあたらしい親友だった。フランが受話器をおいた直後に、ペレスの父親が帰ってきた。ペレスが父親のジェームズに対して苦手意識をもっていることを、フランは知っていた。ふたりで、それについて話しあったことがあるのだ。両親との関係とか、それをどうやって生きのびるかとか。だが、フランはペレスの父親をいい人だと考えていた。すくなくとも、彼女に対しては愛想が良かった。ペレスが忙しいときに小農場を案内してくれ、いま育てている作物や羊のあつかい方を説明してくれた。女性といっしょにいるのを楽しむ男性という感じがした。

とはいえ、いまのジェームズは、ひどく疲れて年老いて見えた。いつもはがっしりとしたたくましい男性という印象があるのだが、今夜は目やあごのまわりの皮膚のたるみとか手の甲のしわが目についた。

「ジミーは、よくあの仕事をつづけていられるな」ジェームズがいった。「わたしには、きつすぎる」ペレスの父親は暖炉のそばのいつもの椅子に腰をおろすと、長靴を脱いだ。

「飛行機は無事に着陸できたの?」メアリがたずねた。

「ああ、まったく問題なかった。あたらしいパイロットだったが、きちんと自分の仕事を心得てたよ」ジェームズが立ちあがり、自分用にグラスにウイスキーを注いだ。瓶をフランのほうに掲げてみせる。「一杯どうかな?」まさに、いまがふだんとはちがう状況であることを示すものだった。

一瞬ためらってから、フランはうなずいた。ジェームズは、自分のグラスとおなじくらいなみなみとウイスキーを注いだ。

「もう犯人は逮捕されたのかしら？」フランはたずねた。二件目の殺人が起きたことで、すくなくとも捜査にはあらたな弾みがついたかもしれない、という考えが頭に浮かんできていた。ジミー・ペレスが事件の真相によりちかづいているのは、まず間違いなかった。

「そいつは、まだのようだ」ジェームズがいった。「ジミーは事件について話すことができなかった。当然だが」

「それじゃ、あたらしい情報はなにもないのね」メアリだった。編み物から顔をあげており、それをすぐわきの床の上においた。「ジェーンを殺したいと思う人がいるなんて、理解できないわ。アンジェラの場合は、ちがったけど。彼女のことは、どうしても好きになれなかった」さっと夫を見あげる。「あたしが彼女をどう思っていたのかは、知ってるでしょ」メアリがアンジェラのことを悪くいうのを、フランははじめて耳にした。これもまた、殺人が島の全員に影響をおよぼしていることを示すものに思えた。「でも、ジェーンは？　彼女のどこがいけなかったというの？」

「彼女のことは、誰もよく知らなかった」ジェームズがいった。「ほんとうのところは」

「あたしは知ってたわ。彼女を好きになるくらい。このあいだ、例のバードウォッチャーがめずらしい白鳥のことで駆けこんできたとき、ジェーンはここにいたの。男たちののぼせぶりに、ふたりで大笑いしたわ。女のほうが分別があるという点で、意見が一致したの」

すこしのあいだ、三人とも黙ってすわっていた。

「そういえば、例のあたらしい地方検察官が飛行機でやってきてたな」ようやく、ジェームズが口をひらいた。ちょっとしたうわさ話で妻の気をまぎらわそうとしているのだろう、とフランは思った。「良さそうな女性だった」

ペレスが彼女とあまり上手くいっていないことを、フランは口にしかけた。だが、すんでのところで思いとどまった。ペレスは、そういう話を父親とはしたがらないだろう。

ジェームズがフランのほうをむき、いつになくやさしい声でいった。赤ん坊に話しかけているような感じだった。「ジミーはあんたに、あすの船でわれわれといっしょに島を離れてもらいたがってる。うちにいるほうが安全だ、と考えているんだ」

「とんでもない！」レイヴンズウィックの自宅にいたら、待つのはもっとつらくなるだろう。いっしょにキャシーがいたとしても、フランには耐えられそうになかった。「おことわりします」

思っていたとおりの返事だとでもいうように、ジェームズが肩をすくめてみせた。フランは説得されないだろう、とすでに息子にはいってあるかのように。

「あの子は、いつごろ帰ってくるのかしら？」メアリがたずねた。

「起きて待ってなくていい、といってたな。朝までかかるのかもしれない」

フランは寂しさをおぼえた。彼女の生活は、こんなふうになるのだろうか？　ペレスは仕事に忙殺され、彼女は家で心配しながら待つ。やはり、そういう状況は彼女の手には余るかもしれなかった。ふたりでフェア島に越してきたほうがいいのかも。小農場と〈グッド・シェパード〉号で働いているかぎり、ジミー・ペレスが殺人者の私生活をさぐりまわることもないわけで、そうなればフランも彼の身の安全を心配してすごさずにすむだろう。

ペレスが帰ってきたとき、フランはまだ起きていた。ときおりベッドわきの目覚まし時計に目をやっていたので、午前三時をまわっているのは間違いなかった。すでに風はやんでおり、車のちかづいてくる音が聞こえた。ささやきかわす声。それから、ふたたびエンジン音が北のほうへと遠ざかっていく。サンディ・ウィルソンに家まで車で送ってもらったのだろう。ペレスは、もうくたくたのはずだった。その持久力のすごさに、フランはいまはじめて気づいていた。彼が戻ってきたという安堵感で、緊張がゆるんだ。これで、ようやく眠れそうだった。

ペレスは、すぐにベッドにやってきた。ウイスキーも紅茶もなし。彼がはいってくる音を耳にして、フランはベッドわきの明かりをつけた。ペレスがまばたきをした。彼女がまだ起きているので、がっかりしているように見えた。フランは傷つかないように努力した。彼はしゃべるのが億劫なくらい疲れているのだ。だから、質問は一切しなかった。自分を遠ざけようとしたことへの罰もなし。フランは黙って横になったまま、彼が服を脱ぐのをながめていた。そして、彼がベッドにはいってくると、両腕をひろげて迎えいれた。

全身が冷たくなっていた。どうやら、フィールドセンターから車でまっすぐ帰宅したわけではなさそうだった。それなら、こんなに冷えきったりしないはずだ。フランは彼の腕をさすって血流を取り戻させ、脚どうしをからめた。自分がうとうとと眠りに落ちていくのがわかったが、同時に、となりで彼が身体をこわばらせたまま眠れずに横たわっているのを意識していた。まるで、身近な人を亡くしたような悲しみ方だった。赤の他人の死を捜査しているプロの刑事とは、とても思えなかった。

フランがふたたび目をさましたとき、あたりはまだ暗かった。家のなかで、日常生活の音がしていた。水の流れる音。鍋のぶつかる音。〈グッド・シェパード〉号を出航させるため、ペレスの父親が早起きをしていた。ベッドにいるのは、フランだけだった。ペレスが帰ってきていたのが——そして、冷えきって黙りこくった彼を自分が腕で抱きしめていたのが——まるで夢のなかの出来事のように感じられた。

25

飛行機で到着した地方検察官をつれてフィールドセンターにいったとき、ペレスはジェーンの死に対する滞在者たちの反応を観察しながら、自分が一歩しりぞいたところから成り行きを見守っているような感覚をおぼえていた。それでなくても、すでに長い夜になっていた。飛行機が闇をついて着陸する現場に居合わせず、そのときの光景を——オレンジ色の光のなかに浮かびあがる男たちの黒い影を——想像するしかなかったせいか、上空を飛行機が通過していったのは奇妙な夢の一部にすぎなかったような気がした。

ペレスは住居部分にポピーをつれていった。窓のカーテンはひかれておらず、月明かりに照らされた丘が見えていた。その上を、灯台の光線が催眠術にかけるような感じで規則正しく移動していく。ようやく、ポピーとふたりきりになることができた。モーリスはほかの滞在者たちとともに、まだ社交室にいた。ソファにならんですわる。火床は掃除されておらず、灰と流木の燃えかす、それに黒焦げになった紙であふれそうになっていた。部屋は寒く、ポピーはセーターの上にフリースのジャケットを着ていた。

「きみは今夜、スプリングフィールドから歩いてここへ戻ってきた」ペレスはいった。「途中で、誰かと会わなかったかな?」

ポピーはその質問が耳にはいっていないようだった。「ジェーンは、あたしにすごくやさしくしてくれた」という。「アンジェラが死んだのは、どうでもよかった。そのおかげで、あたしの人生は楽になったから。でも、どうして誰かがジェーンを傷つけようと思うわけ?」

「なにか理由に心当たりは?」

ポピーは首を横にふった。「ジェーンのことを好きじゃなかったのは、アンジェラだけだった」

「どうして、好きじゃなかったのかな?」

「有名だとかそういったことに、ジェーンが関心を示さなかったからよ。アンジェラは、いつでもまわりからちやほやされてないと気がすまなかった。でも、ジェーンはそういうゲームにつきあおうとしなかった」

ペレスは最初の質問に戻った。「スプリングフィールドから歩いて戻るとき、誰かを見かけなかったかな？」

「滑走路のむこうの丘を歩いてる人がいたわ」ポピーがジャケットのなかで背中をまるめた。「一瞬、びっくりした。だって、アンジェラかと思ったんだもの。彼女はよく、あんなふうに歩いてた。休まずに何マイルでも歩ける、って感じで。でも、もちろん、アンジェラのはずがなかった。あたし、幽霊は信じてないの」ぶるりと身体を震わせる。

「誰だったのかな？」犯人だった可能性もある、とペレスは思った。パンドから北へ戻っていく殺人犯だった可能性も。

ポピーは肩をすくめた。「よくわからなかった。丘にある黒い人影ってだけだったから。それに、バードウォッチャーって、みんなおなじに見えるでしょ？　防水ジャケットに帽子に手袋って恰好してると」

「性別は？」

「そうね。最初はアンジェラかと思ったんだから、女だったのかもしれない。でも、男だったって気がする」

フィールドセンターに滞在している女性はサラ・ファウラーだけだが、彼女は夫とおなじくらい背丈があるし、ぶかぶかのジャケットを着て帽子をかぶっていれば、遠目には男と見分けがつかないだろう。だが、丘を歩いていた人物のほうからは、ポピーの姿がはっきりと見えていたものと思われた。手もとに双眼鏡があったとすれば、なおさらだ。ポピーが翌朝はやくの船で島を離れることになっているのを、ペレスは嬉しく思った。

「殺されるまえの週、アンジェラはきみになにかいってたかな？　殺される理由を示すようなことを？」

「ううん。彼女、あたしにあまり注意をはらってなかった。そりゃたしかに、ボーイフレンドのことでからかったり、あたしのことを笑いものにしたりしてたけど、いまになって考えてみると、どこかうわの空だったって気がする。なにか、べつのことを考えてるような感じだった」間があいたあとで、本音があらわれた。「彼女にビールをひっかけたのは、たぶん、そのせいね。あたしがそこにいないみたいにふるまわれるより、憎まれるほうがましだもの」

午後十時。ペレスはフィールドセンターの滞在者を地方検察官にまかせて、自分は犯罪現場に戻ることにした。ひとりで残されることに地方検察官はまったく動じる気配もなく、ペレスが出ていくときには自分とサンディとヴィッキーのための宿泊場所を手配していた。

「共同部屋など、もってのほかです」地方検察官がモーリスにそういっているのが、ペレスの耳に聞こえてきた。「すくなくとも、わたしとミズ・ヒューイットにはシングルの部屋を用意してください。できれば、シャワー付きの部屋を。ウィルソン刑事は、どこでも空いているところでかまいません」

月明かりのなか、ペレスはパンドまで歩いていった。すでに霜がおりていて、湿地にはうっすらと氷が張っていた。頭のなかで、これまでにフィールドセンターの滞在者たちとかわしてきた会話を思い返す。自分は、なにを見落としたのだろう？　なにが、もう一件の殺人をひき起こしたのか？　犯人は理性的な人物である、といまでもペレスは考えていた。これは、タブロイド紙にでてくるような精神病質者による犯行ではない。性的暴行はなかったし、とくにアンジェラの場合には、殺害するのに必要以上の暴力はふるわれていなかった。甘やかされた十代の若者が怒りを爆発させたわけではなく、抑制がきいていた。ポピーを母親のもとへ帰しても、やはり差しつかえはないだろう。本人と話をしたあとでも、ペレスはポピーが殺人者であるという感じをまったく受けていなかった。ジェーンが刺し殺されたのは、おそらく彼女がアンジェラ殺しの犯人にとって脅威となったせいなのだ。ジェーンはなにかを目撃するか、耳にするかした。あるいは、犯人の正体を突きとめたのか。だが、たとえ彼女が犯人の本来の標的ではなかったのだとしても、その殺害には獰猛《どうもう》なところがあり、アンジェラのときとはちがっていた。その点が、ペレスにはよく解せなかった。

ジェーンがアンジェラの隠れ家を見つけたのだとすれば、それが殺される原因となった可能性もあった。あそこには、犯人を指し示すような日記とか手紙とか写真がおかれていたのかもしれない。ジェーンは、そのために殺された。そして、いまではその品は持ち去られ、おそらくは破棄されてしまっているのだろう。これが、ジェーンの死体を発見して以来、ペレスが組み立ててきた仮説だった。フィールドセンターを出るまえに、彼は鳥部屋で地方検察官と膝をつきあわせ、その仮説について話しあった。そして、確信が深まったいま、それに沿った対応をいろいろと考えていた。フィールドセンターを捜索するために、専門家のチームを呼ぶつもりだった。パンドから持ち去られたものがなんであれ、それはもう処分されているのだろうが、それでも見つける努力はしなくてはならなかった。あすは一日じゅう飛行機が飛べそうだとわかっていたし、チャーター機がすべてバードウォッチャーたちに押さえられていた場合でも、そのときはヘリコプターの緊急出動をふたたび要請すればすむことだった。

ペレスがパンドについてみると、サンディが外で煙草を吸っていた。建物にちかづくにつれて、煙草の先端の輝きにつづいて白い吐息が見えてきた。

「おかしなもんですね」サンディがいった。「ここはウォルセイ島とおなじだろう、って思ってました。あそこよりも小さいだけで。でも、そうじゃない、でしょ？　こっちのほうが、ずっと僻地だ」ウォルセイ島というのは、サンディが生まれ育ったところだった。シェトランド本島からほんの数マイルしか離れておらず、カーフェリーの定期便で本島と結ばれていた。サンディは煙草をもみ消すと、ポケットから袋をとりだして吸い殻をいれ、寒さをしのごうと足踏みをした。「おれには耐えられないだろうな。一週間もここにいたら、頭がおかしくなりそうだ」

「慣れるさ」だが、ペレスは自分もこの地にふたたび慣れることができるかどうか、あまり自信がなかった。もしかすると、島を離れていた期間が長すぎたのかもしれない。「犯行現場の検査のほうは、どうなってる？」

「ヴィッキーによると、写真は終わったそうです」サンディがいった。「いまは、証拠を採取してます。おれは邪魔になってたんで」自分はいつでも邪魔になっている、とでもいうような口調だった。

ペレスはサンディをその場に残して、パンドの戸口に立った。ヴィッキーの姿はどこにもなく、おそらく寝棚にいるものと思われた。大声で彼女に呼びかける。「上をのぞきにいっても、いいかな?」

「どうぞ。もうすぐ終わるところよ。ただし、スーツを着用して、テープのあいだをとおってきてね。オーバーシューズは、はく必要ないわ。どうせ、ここを去るまえに、あなたの靴跡を採取しなくちゃならないんだから」

ペレスは戸口のすぐ内側にあった紙製の現場用スーツを身につけると、梯子をのぼっていった。途中で足を止め、なかをのぞきこむ。ジェーンの死体は、彼が記憶していたとおりの状態で、強烈な白い光に照らされていた。ヴィッキーは寝棚の隅のほうにいて、まっすぐにのびた死体の手を避けるようにしてしゃがみこんでいた。両手を羊皮の下にいれて、まさぐっている。

「殺人の凶器をさがしてるの」ヴィッキーがいった。

「今回も刺殺なんだろ?」

「間違いなく、そのようね。ただし、当然のことながら、おなじナイフではないわ。このまえのナイフは、最初の犠牲者といっしょにヘリコプターではこび去られたんだから」

「今回のほうが、血の量が多い」

「それに、傷痕も」ヴィッキーがいった。「たぶんジェーンは、犯人が梯子をのぼってくる音を耳にしたのね。どこにも逃げるところはなかったけれど、彼女は抵抗した。両手と両腕に防御創があったわ」

殺人犯はどう感じていたのだろう、とペレスは考えた。自分がこれから刺そうとしている女性と面とむきあわなければならないことに、吐き気をもよおしていたのか？　それとも、それを楽しんでいた？

「女性でも、やれたかな？」女性なら、こういう暴力に興奮したりしないのではないか？

ヴィッキーが肩をすくめた。「やれないことは、ないんじゃない」

「われわれがさがさなくてはならないのは、どういう凶器なのかな？」

「あら、それは病理医に訊いてもらわないと。あたしよりも、ずっといい給料をもらってるんだから」

だが、そういいながらも、ヴィッキーはにやりと笑ってみせた。彼女はまったく気どったところがなく、ペレスはその判断を、アバディーンで検死をおこなう高名な医師の意見よりも尊重していた。

「細身の刃ね」ヴィッキーがいった。「すごく鋭い。犯人は、刺したあとでひき抜いてる。ひとつにはそのせいで、ここには最初の犯行現場よりも大量の血があるの。どうやら、動脈を切断したようね。もちろん、羽根も前回とはまったくちがってるわ」

「そうなのか？」ペレスは驚いた。鳥の羽根がある、ということしか認識していなかったのだ。

「たしかに、こっちの現場のほうが量は多いな。鳥部屋では、アンジェラの髪の毛に数本が編みこまれているだけだった。それに、あっちの羽根のほうが長かったし」

「ここのは、誰かが羽根枕を切り裂いて、中身をぶちまけただけよ」ヴィッキーがいった。

「あなた、寄宿学校で枕投げをしてこなかったの?」

「アンダーソン高校の寄宿寮は、寄宿学校といえるようなものじゃなかったからね」ペレスはヴィッキーと会うたびにおなじことを指摘していたが、これはふたりのあいだのお決まりの冗談になっていた。ペレスはお上品な寄宿学校へかよい、ヴィッキーは地元の総合中等学校へかよっていた、というのが。「それじゃ、アンジェラの髪の毛に飾られていた羽根は、なんだったのかな?」

「DNA分析のために本土へ送ってしまったけど、枕に詰めておくような羽根でなかったのはたしかね。見た感じからすると、何種類かのちがった鳥の羽根だったのかもしれない」

ペレスは考えたが、それがなにを意味するのかについては、よくわからなかった。「空っぽになった枕カバーは見つかったのかな?」

「ここにはないわ」ヴィッキーが伸びをした。地上階から上を照らしているスポットライトのせいで、彼女の顔に奇妙な影がいくつかできていた。「殺人につかわれた凶器もね」

「フェア島に捜索チームを呼ぶつもりでいるんだ。この場所を隅ずみまでさがしてもらってから、フィールドセンターにいっておなじことをしてもらう。あすの朝いちばんで、手配するよ」

ペレスは梯子をおり、ヴィッキーがそのあとにつづいた。彼はフィールドセンターから、コーヒーをいれた魔法瓶を持参してきていた。家のすぐ外にサンディを立たせたまま、いまそれをリュックサックからとりだし、ポケットからはサンドイッチをいくつかとフルーツケーキの半塊をひっぱりだす。魔術師が色鮮やかなリボンをどこからか出現させるときのような手つきだった。「ジェーンのフルーツケーキは有名だったんだ。じっくり味わってくれ」

三人は、タミー・ジェイミソンのヴァンのなかにすわって食事をとった。タミーは徒歩で帰宅したにちがいなかった。フロンドガラスには氷の筋がいくつもできていたが、その寒さにもかかわらず、車に染みついた魚臭さが鼻をついた。ペレスはヴァンの後部にいて、薄汚れたクッションの上にすわっていた。コーヒーをいくらか飲んだが、食糧には手をつけずに、ほかのふたりに残しておいた。

ペレスはたずねた。「指紋は、どこから採取した？」

ヴィッキーのコーヒーの好みは、ペレスとおなじだった。濃いやつを、ブラックで。ねじぶた式の魔法瓶にはいっている牛乳は、サンディのためだった。そして、ポリエチレンの袋の隅にねじこんであるスプーン数杯分の砂糖も。ヴィッキーはコーヒーをがぶりと飲み、あまりの熱さにむせた。それから、うしろにすわっているペレスのほうをむいた。「棚とワイン棚、それにマグカップから。梯子にもいくつかはっきりしないのがついてたけど、寝棚の厚板から採取したやつは鮮明だったわ。もちろん、ジェーンかアンジェラの指紋という可能性もあるけど」

「ジェーンの死体を発見するまえに、木製の箱をあけたんだ」

「箱の指紋もとろうとしたけど、なにもなかったわ。あなたのさえ」

箱をあけたときには手袋をしていなかったので、ペレスは不思議に思った。だが、ふたの端にふれただけだったのかもしれなかった。そのために、指紋が残らなかったのかも。

つぎの質問をしようとして、ペレスはまえに身をのりだした。ヴァンの後部の窓では、結露した水滴がつぎつぎと流れ落ちていた。「箱のなかにあったものは、証拠として押収してくれたかな？」

「箱のなかのものって？」ヴィッキーはケーキをひと切れとると、それを口のなかにいれた。

ペレスは目をとじた。一瞬、溺れているような感覚をおぼえた。犯行現場用のスーツに身をつつんだ父親の姿を思い浮かべる。父親がパンドのなかで強力なライトを設置しているところ。手伝おうかというサンディの申し出をぴしゃりとはねつけるところ。ペレスがふたたび顔をあげると、サンディが飛行機の時間と捜索チームを呼び寄せるにあたっての実務的な問題について質問してきていた。「連中にインヴァネスから直接飛んできてもらうことはできませんかね？」ペレスは息を殺して、ヴィッキーが先ほどの質問をくり返すのを待った。箱のなかのものって？　だが、ペレスがすぐに返事をせずにいると、ヴィッキーがかわりにサンディの質問にこたえた。彼女はひどく疲れており、おまけに細ごまとした仕事が山のようにあるので、いつまでも箱のことにこだわってはいられないようだった。

もう一度訊かれたら、なんとこたえよう？

ヴァンのなかでは、サンディとヴィッキーの会話がつづいていた。だが、ペレスはほとんど聞いていなかった。

正直にいうか？　銀のイアリングと腕輪のことを？　南灯台《サウス・ライトハウス》で商売をはじめたスコット

ランド人の女性がこの島で作っている装身具のことを？　あの形には、見覚えがあった。フランに買ってやったものとおなじデザインだ。

「フィールドセンターの暖房が、まだついてるといいんだけど」ヴィッキーがいっていた。

「あそこの宿泊設備はどんな感じなの、ジミー？　問題ない？」

「悪くはないよ」

箱のなかのものって？　ヴィッキーがそう訊き直すことはなかった。そして、ペレスがその質問を彼女に思いださせることも。

それから、そろそろ仕事を切り上げるということで話はまとまった。そのまえに、ヴィッキーはパンドの外のぬかるんだ小道に足跡が残っているかどうかを確認したがった。夜のうちに天候が変わったら、消えてしまうかもしれないからだ。「それと、あたしたちの誰かがここに残って、現場を見張ってなくちゃいけないんじゃない？」

「立入禁止のテープを張っておくよ」サンディがいった。「そして、夜が明けるまえに、おれがここに戻ってくる。おれが二、三時間くらい睡眠をとっても、問題ないですよね、警部？」

それに対して、ペレスは気もそぞろに黙ってうなずいた。ヴィッキーとサンディが忙しく作業しているあいだに、廃墟のなかへはいっていく。光沢のある木製の箱をあけてみると、やはりなかは空っぽだった。

そのころには、サンディはすでに車のエンジンをかけて待っていた。ペレスは懐中電灯を消すと、走って外へいき、ヴァンの後部に乗りこんだ。箱が空になっていたことについては、依然としてひと言もふれなかった。スプリングフィールドに到着して車から降りるとき、ペレスはためらった。そこでなにかいっていたかもしれないが、そのまえにサンディが運転席から大きな声でいった。「頼みますよ、警部。もうベッドにはいりたいんです」

ペレスは自分の鍵をつかい、誰もわずらわさずに静まりかえった家にはいった。寝室のドアを押しあけたとき、フランが明かりをつけた。彼女にいうことはなにもなかったので、ペレスはそのまま黙っていた。フランが身体をかさねあわせてきて、彼を温めようとしてくれた。だが、彼女が眠りについたことを示す規則正しい寝息が聞こえてきたあとも、ペレスの身体はずっとこわばって冷えきったままだった。まるで、外の凍りついた大地の上に横たわっているかのように。

26

ペレスは土手に立ち、パンドを見おろしていた。その建物は、いまにもぼろぼろに崩れて丘に吸収されてしまいそうに見えた。かつて周囲の塀を形成していた石は散逸し、いまや湿地の地面から顔をのぞかせているごつごつした岩とまったく見分けがつかなかった。建物自体も、片側が沈下していた。セッターからパンドにかけての低い土地に薄霧がたちこめており、夜明けの光のなかで、建物にはロマンチックといってもいいような雰囲気がただよっていた。恋人たちがあいびきするのに、うってつけの場所だ。

ペレスは一睡もしていなかった。朝早くから何度も寝返りをうち、目覚まし時計に目をやるたびに、時間の歩みののろさに驚いていた。空っぽの木製の箱がなにを意味するのか、彼はすぐに気づいていた。ヴィッキーが困惑して顔をしかめ、魚臭いヴァンのなかで彼のほうにむきなおって、「箱のなかのものって?」とつぶやいた瞬間から。その問いかけは、ひと晩じゅう彼の頭のなかでぐるぐるとまわりつづけていた。

あの装身具を持ち去ったのは父親だと、ペレスは知っていた。ほかには、いないではないか? サンディやヴィッキーではなかった。どうして、かれらが持ち去るのか? ふたりとも、この捜査に個人的なつながりはまったくないのだ。それに、ほかにそうする機会のあるものはいなかった。ヴィッキーがあの質問を口にした瞬間、ペレスは父親が関係しているにちがいないと悟っていた。だが、なにもいわなかった。それで彼は、自分が軽蔑している連中とおなじくらい堕落していることになるのだろうか? わが子のために仕事を見つけてやる政治家。規制のお目こぼしを狙って袖の下をつかう実業家。脅迫と賄賂で成功を手にしたダンカン・ハンターのような男たち。

父親は、ペレスとおなじころに起きだしてきていた。ふたりはいっしょにキッチンで立ったまま紅茶を飲み、母親が家で焼いたパンをトーストにして食べた。だが、そこには母親もいたし、眠れない一夜をすごしたあとで頭が混乱して気が張っていたペレスは、どうせなにをいえばいいのかわからなかっただろう。怒りを抑えられなかっただろう。なぜなら、父親のしたことに気づいて以来、彼の思考はすさまじい怒りに支配され、理性がかき消されていたからだ。教会の説教壇から高潔さや道徳について一席ぶっている男が、どうしてそんな自分を恥じずにいられるのか？　どこまで偽善者になれるのか？　これまで一度も、ペレスは肉体的な暴力への衝動を心底から理解したことがなかった。だが、いまは自分でもなにをしでかすかわからなかった。こぶしが血だらけになるまで父親の顔を殴りつけたときの気分を想像していた。そういうわけで、ペレスはなにもいわなかった。そして、父親から〈グッド・シェパード〉号のほかの乗組員たちといっしょに北へむかうトラックに乗っていくかと訊かれたとき、ただ黙ってうなずいた。

ペレスはセッターで降ろしてもらい、そこからパンドまで歩いていった。ちょうど明るくなりかけたところで、草の葉とヘザーのてっぺんが白霜で覆われているのがわかった。建物にちかづいていくとき、草むらに潜んでいたタシギが驚いて飛びたった。ペレスはしばらく足を止めて、タシギが丘の上をジグザグに飛んでいくのを見送った。昔だったら、あの鳥は撃ち落とされていただろう。たとえ、ほんのひと口分の食糧にしかならなくても。

最初こそ衝撃を受けたものの、ペレスは父親がイアリングと腕輪を持ち去ったことにも、その盗難が示唆している裏切りにも、まったく驚いていなかった。それで、これまで関係がないと思われていたこととの説明がつく。アンジェラが島の人間を愛人にしていたかとたずねたとき、船にいた若者たちが気まずそうに足をもぞもぞさせていたこと。飛行機を出迎えたいのであれば、かわりに自分がジェーンの死体のそばについていようか、と父親が申しでたこと。そのあとで、父親はパンドのなかで照明を設置しているときに——みんなの注意がほかにそれているときに——隙を見て装身具を盗んだにちがいなかった。息子がジェーンの死体を発見するまえに、すでに建物の地上階を見てまわっていたとも知らずに。

　それに、父親は昔から年若い女性が好きだった。彼女たちに注目されるのを喜んでいた。いっしょに踊るのを好んだ。女性たちも、彼に好感をもった。その古めかしい礼儀正しさにだまされた。見る目のあるフランでさえ、その魅力にまいっていた。

　いままでに、何人の女がいたのだろう？　羊岩《シープ・ロック》の上の空が白んでいくのをながめながら、ペレスは考えた。何度くらい、お袋に嘘をついてきたのか？　そのとき、母親は夫とアンジェラ・ムーアの関係を知っていたにちがいない、という考えがペレスの頭に浮かんできた。すくなくとも、なにか怪しいと疑ってはいたのだろう。母親は洞察力のある女性だし、結婚して三十五年以上になるのだ。おまけに、父親は嘘をつくのが下手そうだった。両親の結婚に問題があることに自分がいままで気づかなかったのが、不思議でならなかった。両親は夫婦の危機を、じつに巧みに息子から隠してきていた。

　廃墟と化した小農場の農家には、すでにサンディの姿があった。戸口にすわって、ペレスがちかづいてくるのをながめている。ヴィッキーがまだフィールドセンターで睡眠不足を取り戻しているところだといいのだが、とペレスは思った。捜索チームを乗せたヘリコプターは十時にくる予定で、ヴィッキーはそれに死体と証拠を積んで、お昼までにアバディーンにつくことになっていた。ペレスはいま、サンディとふたりきりで話がしたかった。

きょうもまた、ペレスのバッグにはコーヒーがはいっていた。ベーコン・サンドイッチと、べたべたするナツメヤシのケーキ数切れも。ペレスの母親が誰よりも早起きして、夫と乗組員のために食糧を用意し、息子にも包みをもたせてくれたのだ。船の出る日は、いつでもそうしていた。夫がこっそりパンドまできてアンジェラ・ムーアとセックスしているのを知っていたのなら、どうしてそんなことをするのだろう？　おそらくは自尊心を守るため、そして島のうわさ話に対して共同戦線を張るためだ。母親の愛情は、まだ冷めてはいないにちがいなかった。だから、夫が馬鹿みたいに見える事態を避けようとしているのだ。

ペレスは、戸口にいるサンディのとなりに腰をおろした。「フィールドセンターの様子は？」

「問題ありません。地方検察官は、あとでここにきて死体の搬出を見届けるといってました。フィールドセンターのランドローヴァーを借りるそうです。すべてきちんとおこなわれるように、ヴィッキーが目を光らせることになってます」

「おまえの意見を聞きたいんだ」サンディの顔に浮かんだ驚きと誇らしげな表情に、ペレスは思わず笑みを浮かべた。ふだんサンディは、本人が望むと望まざるとにかかわらず、意見されるほうだった。意見を求められることは、めったになかった。

ペレスは、これまでのいきさつを話した。ジェーンの死体を発見するまえにパンドを捜索していて、木製の箱のなかで銀のイアリングと腕輪を見つけたこと。それが消えたのはどうしてかということ。

「親父さんは、なんていってるんです？」サンディは、すでにつぎの煙草に火をつけていた。

「なにも。まだ訊いてないんだ」

「きちんと訊いたほうが、いいんじゃないですか。まったくの思いちがいってことも、ありうる。自分が結論に飛びついてるのかもしれないとは、思わないんですか?」

「どう見えるかが心配なんだ。もしも起訴することになったら……」

「アホらしい」サンディは煙草の煙を冷たい空気のなかに吐きだし、それがのぼっていくのをながめていた。「親父さんが殺人犯だと思ってるわけじゃないんでしょ?」

「ああ」すくなくとも、その可能性はほとんどすぐに排除されていた。アンジェラ・ムーアが殺されたとき、ペレスの父親はスプリングフィールドにいた。それに、もしも浮気がばれないようにジェーン・ラティマーを刺して口封じをしたのなら、父親はそのときに木製の箱から装身具を持ち去ることができただろう。あと、鳥の羽根をつかって飾りつけるというのは、ペレスの父親らしくなかった。

「それじゃ、起訴するときのことは考えなくていいわけだ」サンディがいった。「でも、もしも親父さんがアンジェラ・ムーアを知ってたのなら、なにか警部の役にたつような情報をもってるかもしれない。親父さんに彼女のことを訊かないのは、間違ってますよ。彼は重要な参考人なんですから」

「だが、犯行現場に手をくわえた」ペレスはいった。「警察の捜査を妨害したんだ」

「たしかに」サンディがいった。「親父さんは警部のいったとおりのことをしたかもしれない。でも、だとすると、親父さんは結婚生活を守ろうとしていることになる」言葉をきる。「そして、息子に恥をかかすまいとしていることに」

ふたりは黙ってすわったまま、オレンジ色の大きな太陽が羊岩《シープ・ロック》のむこうの海の上へとのぼっていくのをながめていた。遠くのほうから、飛行機の接近する音が聞こえてきた。

やってきた飛行機を確認するために、ペレスは滑走路にむかった。飛行機は夜が明けると同時にティングウォールを離陸したにちがいなく、定期便である可能性はゼロだった。途中で、太ったバードウォッチャーのダギー・バーと出会った。この寒さにもかかわらず、ダギーは顔を赤くして、息を切らしていた。

「〈黄金の水〉にいってきたんです」苦しそうにあえぎながら、ダギーがいった。「白鳥がまだいるかどうかを確かめに」

「それで、まだいましたか？」父親のことでひと晩じゅう頭を悩ませていたあとでは、バードウォッチャーたちの来訪はちょうどいい息抜きになりそうだった。ペレスは昔から、かれらの執着ぶりをすこし滑稽だと感じていたのだ。そのほとんどが男性だということに、ペレスは気がついた。アンジェラ・ムーアは、そのなかの〝希少種〟だった。

「ええ。きのうの晩とまったくおなじところにね」

「かれらをまっすぐ〈黄金の水〉に案内したら、今度はそのまま飛行機までつれて帰ってください。寄り道はなしです。それを守っていただけないのであれば、飛行機の運行を中止します」

「かれらには、すべて説明してあります」ふたりは小道からどいて、デイヴ・ホィーラーの車がとおれるようにした。

滑走路には、きのうの晩の緊急フライトの痕跡がまだ残っていた。篝火《かがりび》がたかれたあとの灰の山。黒く焦げた草地。飛行機は滑走路の上空を旋回してから、高度を下げて着陸した。滑らかな着陸で、なんの問題もなかった。タミー・ジェイミソンの女房が、車を運転してあらわれた。ヴァンではなく――ヴァンは、まだサンディがつかっていた――ホイールアーチが錆びてぼろぼろになった金色のフォード・カプリだった。ペレスのすぐそばで車をとめて、窓を下げる。彼女はフェトラー島の出身で、タミーとは学校で出会っていた。

「亭主が船といっしょに出かけていって、ほっとしてるってところかな？」ペレスはたずねた。

「まあね。あの人、毎週海に出てないと、不機嫌な熊みたいになるから。それに、いないと静かで、助かるわ。あの人のことはすごく愛しているけど、誰だってひとりの時間が必要でしょ」

「あの飛行機で、知りあいでもくるのかい？」

タミー・ジェイミソンの女房がにやりと笑った。「ちがうわ。ここへは、タクシーとしてきたの。きのうの晩、モーリスから電話があって、バードウォッチャーたちを北端まで乗せてって、またつれて戻ってくれないか、って頼まれたから。午前中、ずっとそうすることになりそうよ。シャトル便みたいなものね。モーリスの話じゃ、お金を払ってもらえるってことだから、休暇用の資金にさせてもらうわ」

モーリスは、フィールドセンターの所長としての役割に復帰しつつあるにちがいなかった。もしかすると、ジェーンの死によって、ふたたび指揮をとらざるを得なくなったのかもしれない。あるいは、地方検察官が関係しているのかも。彼女に立ちむかうだけの度胸のある男はそうはいなかったし、モーリスはいつでも楽な道をえらんできていた。ペレスが地方検察官のことを考えるのとほぼ同時に、携帯電話が鳴って、画面に彼女の名前があらわれた。

「ジミー。いま、どこかしら？」

「滑走路で、到着したバードウォッチャーたちの第一陣を見ているところです」かれらは山のような望遠鏡や三脚やカメラとともに、飛行機から降りてくるところだった。ダギーが、そのうちの四人を待ち受けている車へと誘導する。ペレスのいるところからでも、かれらの興奮が伝わってきた。四人は機材をトランクに詰めこむと、ぞろぞろと後部座席に乗りこんだ。ダギーは助手席にすわった。「きみたちは道路を歩きはじめててくれ」ダギーが残りの四人に声をかける。「この連中を降ろしたら、すぐにひき返してきて、途中で拾うから」

「ジミー？」地方検察官がいらだたしげに返事を待っていた。

「すみません。ぼうっとしていたもので」

「記者会見の時間と場所を決めました。二時に、集会場です」

地方検察官の言葉は、それ以上は聞きとれなかった。離陸しようとする飛行機が、ペレスのすぐそばを通過していったからである。おそらく、飛行機もシャトル輸送をすることになっているのだろう。またべつのバードウォッチャーの一団をつれてきて、先にきた連中をつれて帰るのだ。

「すみません」ペレスはふたたびいった。「もう一度くり返してもらえますか？」

「あなたにも同席してもらいたいの、ジミー。記者会見に」地方検察官がますますいらだってきているのがわかった。彼女は、すぐに返事がかえってくることに慣れているのだ。

「記者たちは、どうやってここへ?」

「特別にチャーター便を手配しました。乗りきれなかったものたちは、船できます。それまでには、日帰りのバードウォッチャーたちをほとんどおっぱらえているといいのですが」

じつに見事な仕切りだ、とペレスは思った。

「それで、ジミー?」

「え?」

「記者会見にでてくれますね?」

「ええ」ペレスはいった。「もちろんです」

フィールドセンターでは、滞在者たちが朝食をとっているところだった。ダギーはいなかったが、ほかの容疑者は全員そろっていた。ファウラー夫妻、ヒュー・ショウ、ベン・キャッチポール、モーリス・パリー。ペレスは部屋の入口に立ち、気づかれるまでかれらを観察していた。このうちの誰かひとりが殺人者なのだ。みんな、いかにもふつうで害がなさそうに見えたので、その考えはひどく大げさで滑稽に思えた。

きょうも、サラ・ファウラーがキッチンでジェーンの代理をつとめていた。ポピーが去ったいま、ここに長期滞在している女性はサラ・ファウラーだけだった。当然のことのように彼女が料理をしているこの状況を、フランはどう考えるだろう？ だが、サラ・ファウラーがこの役割を喜んでひきうけているのが、ペレスにはわかった。きのうの晩の切羽つまった様子は、すっかり影をひそめていた。彼女はジェーンがやっていたようにカウンターのうしろに立ち、温めた盛り皿からベーコンと目玉焼きをそれぞれの皿へと移し、ときおり顔をあげては、ほかの宿泊客と言葉をかわしていた。彼女をもっとよく理解できたらいいのだが、とふたたびペレスは思った。彼女の気分の変化の裏には、いったいなにがあるのだろう？　もちろん、きのうの晩は、全員がショックを受けているように見えた。それが、けさはみんなしてあの事件を無視し、ふだんどおりにふるまいつづけることにしたかのようだった。ジェーンがフィールドセンターから離れたところで殺されたという事実が、それをやりやすくしているのかもしれなかった。

「朝食はいかが、警部さん？　それか、コーヒーでも？」ペレスの姿を目にして、サラ・ファウラーが声をかけてきた。

「どうも」ペレスはいった。「それじゃ、コーヒーをお願いします。どうやら、あなたがひとりで、すべてをこなすはめになっているようですね？」

「なにかやることがあるほうが、ずっといいんです。だから、料理する人をほかに手配してもらう必要はありません。忙しいほうが、嬉しいんです」

食堂に、ヴィッキーと地方検察官の姿はなかった。

「ちょうど、すれちがいでしたね」サラがいった。「同僚の方たちは、フィールドセンターのランドローヴァーで出かけていきました」パンドへいって、ジェーンの死体を回収し、南《サウス》灯台《ライトハウス》ちかくのヘリコプター離着陸場へはこんでいくためだ。

ペレスはうなずくと、自分のコーヒーを受けとり、テーブルのモーリスのとなりにすわった。

「ポピーは無事に〈グッド・シェパード〉号で出発したんですか?」

「ああ」モーリスは、ここしばらくなかったくらい身ぎれいにしていた。娘を船まで送っていくまえに、ひげを剃ったのだろうか? 彼女のために、最後にいま一度しっかりしようと努力したのか? それとも、これもまた地方検察官の影響によるものなのか?

「いざ島を去るときがくると、あの娘はひどく気が進まなそうに見えた」モーリスがつづけた。「わたしのことが心配だ、といってね」顔をあげる。「ジェーンの身内には、もう連絡したのかな?」

「彼女の妹さんに」ペレスはいった。「ジェーンのご両親は、かなりの高齢なんです。この知らせは、妹さんから伝えてもらうことになっています」ペレスは、テーブルの反対側にいるバードウォッチャーたちを見渡した。「どうして、あなたたちは〈黄金の水〉にいないんです? アメリカからきたあの白鳥のいるところに?」

「フィールドセンターの仕事を放っておくわけにはいきませんから。みんながみんな、休暇中ってわけじゃないんです」ベン・キャッチポールが顔を赤くしていった。彼がそれほど憤慨する理由が、ペレスには理解できなかった。バードウォッチャーたちが飛行機で島に押し寄せ、我が物顔で歩きまわるのが、そんなに気にいらないのだろうか? 「ダギーのような連中は気づいてないのかもしれないが、フェア島は珍鳥がいるってだけの場所じゃない。われわれはここで本物の研究をおこなってるんです」

「もちろんです」ペレスはコーヒーを飲んだ。

「ぼくはすでに罠《トラップ》の見まわりをすませてきましたし、このあとは丘へ調査にいきます。アンジェラがいなくなっても、誰かがつづけなくてはなりませんから」

「ウォード・ヒルの上からは、パンドがよく見える」

「それが？」ふたたび、ベンの顔が怒りと反抗で赤くなった。

「きのう、あなたがそこにいたのではないかと思ったんです。誰かが丘にいました。そして、それがあなたなら、なにか見ていたかもしれない」

「午前中、丘にいました。でも、そのころはまだ、ジェーンはフィールドセンターにいましたよ」ベンは立ちあがると、赤い髪の毛を若い娘のようにひらひらさせながら、これ見よがしな足どりで部屋から出ていった。ポピーはいなくなったものの、今度はベンが彼女のかわりに怒りっぽい十代の代表になったような感じだった。

「みんな、すこし気がみじかくなってるんですよ」ジョン・ファウラーがいった。「ストレスのせいでね。あなたがどうこういうんじゃなくて」

ジョン・ファウラーのすぐわきのテーブルの上にはノートがおかれており、そのページはのたくるような速記文字で埋めつくされていた。ペレスは、またしてもこの男の目的に疑念を抱いた。今回の出来事は、いつの日か記事となって大手の日曜紙を飾るのではなかろうか？それが面白い記事になるのが、ペレスにはわかった。吹きさらしの島で、ひとつ屋根の下に関係者がつどい、このなかの誰が殺人犯なのかに思いをめぐらすのだ。

ジョン・ファウラーは妻を手伝うといったようなことをつぶやくと、キッチンへ去っていった。ヒューは、これから〈黄金の水〉へいくといった――友人たちと会って近況報告をしあういい機会だし、この栄光の瞬間を極力利用しない手はない。こうしてペレスは、モーリスとふたりきりで残された。

「彼女は同性愛者だった」モーリスが、やぶから棒にいった。それから、ペレスがすぐに反応しないのを見て、こうつづけた。「ジェーン・ラティマーだよ。彼女は同性愛者だった。おそらく、今回の事件とは関係ないだろうし、わたしにはどうでもいいことだった。ただ、きみには話しておくべきかと思ってね」

「彼女は、そのことを話題にしていましたか？」

「ことさら騒ぎたてはしなかったが、秘密にはしていなかった。ときどき、パートナーのことを口にしていたよ――別れたパートナーだ。パートナーはメディア関係者でね。テレビとか、映画とか、そういった関係の仕事をしている」

「ここにいるあいだに、ジェーンが誰かと関係をもったことは？」

「わたしの知るかぎりでは、ないな。だが、気づいていなかっただけかもしれない。彼女は吹聴しなかっただろうし。とはいえ、可能性は低い。フィールドセンターに滞在する独身女性は、そう多くないから」

サンディなら、この意外な新事実に興奮し、重要な意味があると考えそうだった。だがペレスは、今回の事件のほんとうの標的がジェーンだとは思っていなかった。彼女が殺されたのは、本人にかんすることが理由ではなく、彼女が知っていたこと、もしくは推測したことのせいなのだ。

外でエンジン音がしたかと思うと、長い窓越しにヘリコプターが到着するのが見えた。亡くなった女性を本土へつれ帰るためのものだ。はでな見送りはないかもしれないが、本人もそのほうを望んだのではないか、とペレスは思った。

27

ダギーは腕時計に目をやった。あと二十分したら、いまいる最後のバードウォッチャーの一団を滑走路に送り届けなくてはならない。最初の一団は、すでに島を去っていた。バードウォッチャーたちはなにかを達成したあとの高揚感にひたっており、もはや誰もきちんと白鳥を見てはいなかった。ついた当初は、みんな集中していた。望遠鏡越しに白鳥をみつめ、メモをとり、スケッチを描き、小声で話していた。だが、いまでは声が大きくなっていた。笑い声をあげ、近況報告をしあい、残念ながらここにこられなかった友人たちにメールや写真を送って、その連中を悔しがらせていた。その中心にいるのが、ヒューだった。知らない人が見たら、あの白鳥を発見したのはダギーではなく、ヒューだと思ったことだろう。そして実際、二番目にそれを目視した人物として、ヒューの名前も『ブリティッシュ・バーズ』の希少鳥報告書に掲載されることになっていた。ダギーには、それが腹立たしかった。

もうすぐ飛行機が到着するはずで、遠くのほうから迎えの車の音が聞こえてきたとき、ダギーはほっとした。飛行機に遅れないように来訪者たちを島の南へ送り届けるのは自分の責任だ、と感じていたからである。そりゃ、ヒューはみんなに囲まれて話を披露していればいいだろう。誰もが殺人事件のことを聞きたがっており、ヒューは喜んでそれに応じていた。だが、飛行機がきたときにかれらが滑走路にいなければ、責められるのはダギーなのだ。アンジェラがここにいたら、彼のことを笑っていただろう。まったく、ダギーったら。そんなにぴりぴりしないで。アンジェラは、よく彼のことを笑っていた。時間厳守への執着。退屈そうな仕事。まわりが見えなくなるところ。だが、アンジェラ自身、まわりが見えなくなるところがあった。すくなくとも、自分の仕事が関係しているときには。

サリー・ジェイミソンの運転する金色のカプリが角をまがってあらわれると、歓声のようなものがあがった。車の錆や臭いについて不満を口にするものもいたが、誰も滑走路まで歩いて戻りたいとは思っていなかったのだ。かれらはぞろぞろと溜池のふちから離れ、道路へとむかいはじめた。シェトランド在住のバードウォッチャーたちは、これからラーウィックに帰ってバーで昼食をとり、お祝いにビールを何杯かやるのを楽しみにしていた。それ以外の連中は、本土まで戻らなくてはならなかった。ダギーは、集団のいちばんうしろについて歩いていった。

最後にもう一度、白鳥を見ようとふり返る。白鳥は羽をひろげると、水の上を走って飛びたち、空へと舞いあがった。おそらく旋回したあとで、また水面に戻ってくるのだろう、とダギーは考えていた。〈黄金の水〉にきてから、何度もそういうことがあったからだ。だが、白鳥は空高くまで飛んでいくと、そのまま北のほうへと遠ざかっていった。バードウォッチャーたちは黙りこみ、白鳥が視界から消えるまで見送っていた。あの鳥が戻ってくることはもうない、とみんなわかっていた。

28

集会場のなかは、やけに暖かかった。きっと地方検察官が手をまわして、暖房をつけさせたにちがいなかった。それにくわえて、窓からは日の光がさんさんと射しこんでいた。カメラのレンズに反射して、片隅で舞う埃を浮かびあがらせている。積みあげてあった椅子は、ばらばらにして列にならべてあった。地方検察官とペレスは、ならんで部屋のいちばんまえに立った。ペレスは父親と対峙しなくてはならないことを考えて、まだ集中できずにいた。〈グッド・シェパード〉号はフェア島に戻ってきており、これ以上は先のばしにできなかった。だが、彼の頭には、すでに疑念が芽生えてきていた。もしもサンディのいうとおり、自分が全体の状況を読みちがえていたら？　父親を姦通で非難したあとで、それがとんでもない間違いだったとわかったら？　父親は、もう二度とペレスと口をきこうとしないだろう。

記者会見は、地方検察官が仕切った。まずはじめに、フィールドセンターでペレスと昼食をとりながら用意した声明文を読みあげる。第二の殺人が起きたというのは、ほとんどの記者にとっては初耳だった。ジェーンの死体は、かれらが到着するまえにヘリコプターではこび去られていた。地方検察官が例のそっけない口調で慎重に事実をあきらかにしていくと、会場では歓喜にちかいあえぎ声がもれた。この劇的な展開を喜ぶマスコミを責めるわけにはいかない、とペレスは思った。フェア島の住民の多くも、おなじような反応を示していたのだ。それはまるで、観客を楽しませるために、フィールドセンターという小さな世界で昼メロが実演されているような感じだった。

日の光に対して目をすこし細めながら、地方検察官が会場を見渡した。「ご質問は？」

古びた防水ジャケットを着た大柄な男性が手をあげた。ペレスの知らない顔で、本土からきた記者にちがいなかった。「この小さな島で、女性がふたり殺された。犯人の逮捕はそうむずかしいとは思えませんが、どうしてこんなに時間がかかっているんですか？」

地方検察官が冷たい目で記者を見た。「すでに説明したとおり、ここはふつうの状況下にはありませんでした。悪天候のせいで、通常の科学捜査の支援を得られなかったのです。逮捕はじきになされると、われわれは考えています」

「インヴァネスから重大犯罪捜査班を呼ぶ予定は？」

「わたしは地元の警察に全幅の信頼をおいています。かれらに協力するため、きょう本土から専門の捜索チームが到着しました。もちろん、必要とあらば、さらなる応援を要請することもあるでしょう」

では、プレッシャーはないわけだ、とペレスは思った。地方検察官の言葉の裏の意味を、彼はきちんと理解していた。すぐに事件を解決できなければ、あなたの手から捜査をとりあげますから。二日前だったら、ペレスはそれでもかまわなかっただろう。喜んで事件の捜査をひき渡し、フランを島からつれ去っていたところだ。だが、いまは父親が事件に関係している可能性がでてきていた。もしも父親がアンジェラ・ムーアと寝ていたことが明るみにでれば、彼の家族の生活はマスコミの取材でめちゃくちゃにされてしまうだろう。

黒髪の若い女性が立ちあがった。「アンジェラ・ムーアは有名人でした。彼女に特別な関心を寄せていた人物がいたということは？」

この質問にも、やはり地方検察官がこたえた。ここまでペレスは、事実を補足するために何度か口をひらいただけだった。

「ストーカーのことをいっているのかしら？　いいえ、そういう証拠はありません」

「ミセス・ムーアの親族は、事件の詳細をもう知っているんですか？」突きでた前歯のせいでネズミのように見える痩せた男がいった。おそらく全国紙は、すでにアーチー・ムーアの所在を突きとめにかかっているのだろう。ブリン・プリチャードが説明してくれたぼろぼろの平屋建ての家の外で、いまもかれらは張りこんでいるのだろうか？　ペレスは、アンジェラの父親がパブにすわって記者たちから酒をおごってもらい、自分の有名で恩知らずの娘について愚痴っているところを想像した。

この質問には、地方検察官が口をひらくまえに、ペレスがこたえた。「ミセス・ムーアの父親には、すでに事件のことを通知してあります。けれども、まだ母親の所在を突きとめる必要があります。彼女が北スコットランド警察をつうじてこちらに連絡をとってもらえると、ひじょうに助かります」カメラのフラッシュライトがたかれ、ペレスはぎくりとした。自分が馬鹿みたいに感じられた。

それ以上、質問はなかった。マスコミ関係者は、できるだけはやく島を離れたがっているように見えた。たしかに、これは大きなニュースかもしれないが、こんな岩のかたまりにひと晩足止めされたくはないのだ。かれらが心配しているのは、殺人犯が野放しになっていることよりも、島にパブが一軒もないという事実のほうだろう、とペレスは推測した。滑走路で飛行機がくるのを待つあいだ、かれらのおもな話題といえば、どこで最初の一杯をひっかけられるかということだった。

地方検察官も記者たちといっしょに滑走路へいき、かれらを押しのけるようにして、ティングウォールに戻る最初の飛行機に乗りこんだ。〈バスタ・ハウス・ホテル〉での会食の予定を組み直したのかもしれなかった。それに出席するまえに、自宅で着替えたいのかも。

「連絡を絶やさないようにしましょう、ジミー」そういって、地方検察官はすこし王族っぽく手をふってみせた。土壇場の指示も、事件の早期解決を迫る言葉もなし。ペレスがそのプレッシャーを理解していることを、彼女は知っているのだ。あと二日もすれば、マスコミは誰かべつの人物――都会からきたべつの人物――に捜査をひき継がせるべきだと主張しはじめることだろう。

二機目の飛行機が離陸するころには、あたりは暗くなりかけていた。ペレスは水平線の彼方に消えていく飛行機を見送った。これで、日帰りの訪問者はすべていなくなった。フィールドセンターの関係者以外で島にいるよそ者といえば、捜索チームのメンバーだけだった。かれらは、すくなくともあと一日は滞在することになっていた。ペレスは、家に帰って父親と話をすることにした。〈グッド・シェパード〉号の荷卸しはとっくの昔に終わっているはずで、父親は家でテレビのまえにすわり、サッカーの試合結果を報じる番組がはじまるのを待っているものと思われた。《ファイナル・スコア》を観るというペレス家の神聖なる儀式を邪魔するかと思うと、一瞬、ペレスは喜びをおぼえた。

借りている車にむかって小道を歩いているときに、携帯電話が鳴った。ちょうどサンディがいまどこにいるのかと考えていたところだったので、てっきり彼からだと思い、ペレスは画面を確認せずに電話にでた。おそらく、捜索の結果を知らせてきたのだろう。だが、驚いたことに、聞こえてきたのはモーリスの声だった。

「いま忙しいかな、ジミー？　すこし時間をもらえないか？」

モーリスは、フィールドセンターの住居部分でペレスを待っていた。そこは、ペレスが見たこともないくらい散らかっていた。きのうの晩に彼がここでポピーと話をしたときよりも、確実にひどくなっている。表向き、モーリスはしっかりとした行動をとるようになってきていたが、私生活では、まだ崩壊がつづいているのだ。ポピーがいなくなったので、もう体裁をつくろう必要はない、と感じているのかもしれなかった。居間のテーブルの上には、煙草の吸い殻であふれた灰皿があった。モーリスが肩をすくめてみせた。「やめてたんだ。アンジェラが嫌いでね。だが、いまとなっては……」キッチンへいき、ウイスキーの瓶とグラスをふたつ手にして戻ってくる。「一杯つきあってくれ、ジミー。なんだったらひとりでも飲むが、そうはしたくないんだ」

ペレスはうなずいた。モーリスは寂しいという理由だけで、ペレスをフィールドセンターに呼びつけたのだろうか？ ペレスはウイスキーをすすり、相手が先をつづけるのを待った。

「きょうの船で、郵便物が届いた」モーリスがいった。「悪天候のあとがどんなだか、知ってるだろ。郵便物が山ほどくる。そして、そのほとんどは屑だ」

ペレスはふたたびうなずいた。「そして、そのなかにはアンジェラ宛のもののもふくまれていた？」

「ああ。封筒にある彼女の名前を目にしたときは、ぎくりとしたよ。べつに驚くようなことでもないのに」

「かまわなければ、その郵便物をこちらで預からせてもらえませんか」ペレスはいった。自分が先に気づいて、アンジェラ宛の郵便物を差し押さえておくよう、郵便局のジョアンに頼んでおくべきだったのだ。「あとでお返ししますから。もう開封したんですか？」

「彼女への私信はあけてない！」モーリスがショックを受けたような声でいった。

「でも、なにかひっかかることがあったんですね？　それで、電話をくれた」

「月例銀行口座通知書だ」モーリスが立ちあがり、テーブルの上の書類の山から一枚の紙をひっぱりだした。「共同当座預金のものだ。わけがわからない」

「というと？」

「ふだん、わたしは夫婦の預金口座に一切かかわっていない。もちろん、フィールドセンターの予算は、わたしが管理している。だが、夫婦の収入のほうは、ほとんどがアンジェラが稼いでくるものなんでね――テレビ出演とか、本の印税とかで。だから、共同預金口座といっても、実際には最初から彼女の口座だったし、彼女がいつも管理していた」自分よりもずっと稼ぎの多いパートナーをもつというのは、どんな感じがするものなのだろう、とペレスは思った。フランがものすごく名のとおった画家となったあかつきには、それとおなじことがペレスの身にも起きるかもしれなかった。もちろん、そんなことは気にしない、とペレスは自分に言い聞かせていたが、心の奥底では、あまり自信がなかった。いまはじめて彼の頭には、アンジェラは大金持ちだったのかもしれない、という考えが浮かんできていた。この夫婦には、出費らしい出費がなにもなかった。家賃はいらないし、生活費はすべてトラストもちだ。金というのは、殺人の強力な動機だった。

モーリスは先をつづけていた。「天気が悪くなる直前に、アンジェラは本島に出かけていた。歯医者の予約があったんでね。ある晩ひどい歯痛に悩まされて、急遽手配したんだ。月例銀行口座通知書によると、その日に彼女は夫婦の共同預金口座から三千ポンドを引き出していた。

どうして、そんなことを？　なんで、そんな大金が必要だったんだ？　この島で現金をつかうといったら、センターのバーで飲み物を買うとか、店でチョコレートを買うとかするときくらいだ。ほかはすべて、掛けで清算される」

「その三千ポンドの現金は、いまここに？　捜索チームは、もう住居部分を調べたんですか？」ペレスは捜索チームに、まずパンドからはじめて、そのあとでフィールドセンターにとりかかるようにと指示していた。

「いや」いまのモーリスは、ただもうひたすら困惑しているように見えた。窓に背をむけて立ったまま、ペレスの顔をのぞきこんでいる。

「アンジェラなら、金をどこにしまうでしょう？　ハンドバッグとか？　あるいは、財布とか？」死体が発見されたとき、鳥部屋にハンドバッグはなかった。

「ふだん彼女は、ハンドバッグのかわりに小さなリュックサックをもっていた」モーリスがいった。「財布は、おそらくそのなかだろう」だが、モーリスはそれをさがしにいこうとはしなかった。

「調べてみたほうがいいのでは？」ペレスはそっといった。モーリスはフィールドセンターを運営するために平静さを保ちながらも、やはりひとりでいるときには、物事に上手く対処できずにいるようだった。「リュックサックは、どこです？」

「コートといっしょに、そこの戸棚のなかだ」モーリスは返事をするまえから行動に移っており、住居部分の入口にある松材の戸棚をかきまわしていた。ブーツや靴を手当たりしだいに放りだしたあとで、リュックサックをとりだす。ペレスがそばまでいったときには、それを証拠としてきちんと押収させてもらいたいと提案しようにも、すでに手遅れだった。モーリスはその場にしゃがみこみ、床に中身をぶちまけた。

急に張りきったせいでくたびれたらしく、モーリスはすわりこんだまま、絨毯の上の品物の山をただながめていた。ペレスは、そのわきにひざまずいた。

紙片が数枚（そのなかにはレジのレシートが二枚あり、ペレスはあとでじっくり目をとおすことにした）。小さな手帳。ポケットティッシュ。大きな革の財布。ふたりは同時に財布を目にし、ペレスが止めるまもなく、モーリスが手をのばした。ふくれあがった財布には、丸めた札束がはいっていた。モーリスがそれを数える。

「三百五十ポンド」という。「それと、小銭が少々。残りの金は、いったいどうしたんだ?」

「はやめにクリスマスの買い物をしたとか?」ペレスはいってみた。彼の母親は、いつでも十一月にラーウィックへ買い出しにいっていた。島の住民のほとんどがインターネットでプレゼントを買っていたが、母親がいうには、店に出かけていくのが楽しいのだという。それはまた、古い友だちと会っておしゃべりをするいい機会でもあった。

「アンジェラが?　まさか!　アンジェラはクリスマスなんてしなかった!」

だが、うちはやる、とふいにペレスは思った。今年はレイヴンズウィックのあの家で、おまえとフランとキャシーの三人で。それから、みじめな思いをしている男のまえで自分のしあわせを考えていたことに、ペレスは恥ずかしさをおぼえた。

モーリスがペレスを見あげた。その目は熱っぽく輝いていた。「ここでなにが起きていたのか、知らなくてはならない。たしかにこのまえは、どうでもいいといった。だが、そのせいで頭がおかしくなりそうなんだ。さまざまな臆測や可能性が、頭のなかでただぐるぐるとまわりつづけていて」

ペレスは品物をすべてリュックサックのなかに戻した。「これも預からせてもらいます。アンジェラが大金をおろしていた件を説明する手がかりになる。おそらく、彼女が殺されたこととは、なんの関係もないんでしょう。捜査では、それこそいろいろなことが明るみにでてくるものなんです。なにかわかったら、すぐにお知らせします」ペレスは立ちあがったが、モーリスは床にすわりこんだままだった。ペレスは腰をかがめ、腫れ物にさわるようにして、モーリスが立ちあがるのに手を貸した。

サンディは鳥部屋をオフィスとして使用しており、ペレスがいってみると、電話をしているところだった。相手はきっと、ガールフレンドのひとりにちがいなかった。というのも、ペレスの姿を目にするや、サンディはすぐに会話を終わらせたからである。

「捜索チームは、なにか見つけたのか？」ペレスはたずねた。

「まだ、なにも」

「その電話は、しまわなくていいぞ。どうやら一週間ほどまえに、アンジェラ・ムーアはラーウィックに出かけていたらしい。彼女が町にいたとき、かかりつけの歯医者にいっていたかどうかを調べてくれ。わたしには、その歯痛がフェア島を離れるための口実にすぎなかったように思える。彼女はまた、王立スコットランド銀行から現金で三千ポンドを引き出していた。それだけの大金となると、現金自動支払機でおろすわけにはいかなかったはずだ。彼女に応対した窓口係から、話を聞いてくれ。それだけの金が必要な理由を、アンジェラはいっていなかったか？　それと、その日に彼女がほかになにをしていたのか、突きとめられるかやってみてくれ。引き出した現金は、ここにはなさそうだ。彼女はそれをどうしたのか？」

ペレスでもこうした疑問に対する答えを手にいれられるだろうが、彼の場合、それには何週間もかかった。ペレスはシェトランド諸島の出身だが、いまでもラーウィックでは一種のよそ者と見られているのだ。町の人たちは、なかなか彼にはどうでもいいような情報までしゃべろうとはしないだろう（そういった情報こそ、アンジェラがフェア島を留守にしていたあいだの行動を突きとめるのに役立つのだが）。それは、ペレスが一時期、本土の都会で警官をしていたせいかもしれなかった。あるいは、フェア島の出身者であるせいかも。サンディはウォルセイ島で生まれ育ったかもしれないが、いまではラーウィックにすっかり溶けこんでいて、あらゆるところに情報提供者をもっていた。

「すぐにとりかかります」サンディは椅子の背にもたれかかって、ペレスを見あげた。「助かりましたよ。ほかに、することがなんにもないんです。ここには宿泊客用のテレビさえないって、知ってました？」こんな地のはてにつれてこられたのはペレスのせいだ、といわんばかりの口調だった。

29

翌日は日曜日で、突然、すべてが静止した。活動が一切途絶えた。バードウォッチャーやマスコミ関係者を満載した飛行機も、ヘリコプターも、殺人もなし。天候でさえ穏やかで、フェア島は雲ひとつなくすっきりとした冷たい朝を迎えていた。店のそばの土手にある風力タービンは、ぴくりとも動いていなかった。

ペレスはサンディに、一日じゅうフィールドセンターにとどまるようにと指示していた。まだ残っている滞在者に安心感をあたえ、ひきつづきジェーン・ラティマーにかんする供述をとってもらうためだ。

ペレスが子供のころのフェア島では、日曜日は神聖にして侵さざるべきものだった。毎週、彼はふたつの教会へつれていかれた――ひとつはスコットランド教会の教会、もうひとつはメソジスト教会の礼拝所だ。ペレスが生まれるまえから、島人たちは〝宗派にこだわっていたら生きてはいけない〟という結論にたっしていた。そして、ふたつの教会へかようのは、それに対するかれらなりの対処法だった。どの宗派に生まれてこようと関係なく、島人は全員がどちらの礼拝にも参列した。子供たちは身ぎれいにし、男たちはスーツや意匠を凝らした手編みのセーターに身をつつみ、女たちはスカートとそれらしい靴という恰好で。それがすむと、あとは安息の一日だった。小農場での作業も、魚をとるのもなし。もちろん、女たちにとっては、そういうわけにはいかなかった。昼食の用意をする必要があったし、鍋だってきれいにしなくてはならない。だが、洗濯物を紐に干すのは――たとえ、洗濯日和の日であっても――ご法度だった。それを破れば、近所の人たちからうわさされることとなった。

ペレスは、スコットランド教会の朝の礼拝にフランをつれていった。ふたりで参列すれば母親が喜ぶとわかっていたし、捜査から離れてじっくり考える時間が欲しかったのだ。事件のほうは、しばらくサンディにまかせておけばいい。それに、フランに島の生活がどういうものかを理解させておく必要があるとも感じていた。彼女はいまだに、〝仲むつまじい共同体での生活〟というロマンチックな幻想を抱いているのだ。その団結を実現するにあたって宗教がはたしている役割を彼女が受けいれられるかどうか――とりあえず、彼の父親が伝道しているような宗教だけでも受けいれられるかどうか――ペレスには確信がなかった。

父親のことはずっと気にかかっており、けさも目をさましたときから、ペレスに自分の臆病さを思いださせつづけていた。彼はまだ、父親にアンジェラ・ムーアとの関係について問いただしていなかった。まえの晩は、そうする機会がなかったのだ。ペレスは遅い夕食に間にあう時間にスプリングフィールドに戻り、家族はひと晩じゅう、いっしょにすごしていた。大切な話があるといって父親を外につれだせば、母親に怪しまれていただろう。それに、たとえ母親が夫とアンジェラの関係にうすうす感づいていたのだとしても、そのことが事件にかかわっているとなれば、やはりショックを受けるはずだった。食事のあいだ、父親はずっと陽気で、よき主人役をつとめていた。たぶん、ほっとしているのだろう。パンドから装飾品を持ち去ったので、自分の秘密は守られた、と考えて。父親は、それをどうしたのだろう？　シェトランド本島へむかう途中で、〈グッド・シェパード〉号から投げ捨てた？　もしかすると、父親はアンジェラが死んだことを喜んでいるのかもしれなかった。それによって、罪への誘惑がとりのぞかれたのだから。

　父親が教会で説教をすることになっていたので、一家ははやめに家を出た。地面がまだぬかるんでおり、遠回りをした。神の存在は歯の妖精とおなじくらいうそ臭い、とフランは考えていた。不信心な家で育った彼女にとって、信仰は理解しがたいものなのだ。だが、きょうは神妙にしていた。丈の長い茶色いスカートに短めのツイードの上着、そして茶色い革のブーツで、地味にまとめている。教会の戸口をとおるとき、フランがペレスにささやいた。「わかってる、ジミー・ペレス？　あたしがいまここにいるのは、あなたを愛しているからよ。それ以外には、ないんだから。ひとつ貸しね」

　そういうと、彼女はちらりと笑みを浮かべてから、ペレスの母親のあとについて自分の席へとむかった。

　宗教について論じあうたびに、ペレスはいつでも最後にはフランに賛同していた。聖書は、言い伝えと隠喩の寄せ集めにすぎない。だが肚の底では、そう簡単に父親の教えをふり払うことができなかった。彼は罪の概念とともに育ってきており、青年期には罪悪感にとりつかれていた。彼にとって罪悪感とは、自分の身体に巣食って成長していくサナダムシのようなものだった。

　ペレスたちが席についたとき、ちょうどファウラー夫妻がはいってきた。会衆がふり返って、かれらを見た。礼拝への来訪者はいつでも歓迎されていたが、やはりめずらしかった。ジョン・ファウラーはまわりに愛想をふりまいていたが、サラ・ファウラーのほうはあいかわらずぴりぴりしていた。彼女はフィールドセンターのキッチンにいるときがいちばんしあわせそうだった、とペレスは思った。フィールドセンター以外のところでは、どうしていいのかわからないように見えた。

　ペレスの父親は『ガラテヤ人への手紙』の第五章二十二節を引用して、〝御《み》霊《たま》の実〟について語っていた。はじめのうち、ペレスはそれを聞き流していた。二件の殺人事件のことがまだ頭から離れず、殺されたふたりの女性のつながりを見つけようとしていたのだ。ジェーンの死はアンジェラ殺しの副産物にすぎない、というのが彼の最初の想定だったが、だからといって、ほかの可能性に心を閉ざしているわけではなかった。女性ばかりを狙った理不尽な殺人鬼の線を完全に否定する気はなく、ラーウィックにいる捜査班に、フィールドセンターにいる宿泊客と職員のことをもっとくわしく調べてもらうつもりだった。かれらがこの島にくるまえに住んでいた地域で、女性に対する未解決の暴力犯罪はなかったか？　ペレスは忘れないように書きとめておこうと、ペンをさがして上着のポケットに手をいれた。

　そのとき、父親の説教の内容がじわりと意識に沁みこんできて、ペレスは思わずペンと紙片をおいた。もっと注意して耳をかたむけはじめる。まえの座席の背に作りつけられた幅の狭い棚にペンをおくとき、自分の手が震えているのがわかった。怒りだ。中座しないようにするのが、精一杯だった。

ペレスの父親の説教は、〝自制〟の部分へとさしかかっていた。〝御霊の実〟のひとつだ。〝御霊の実〟のなかで最後にあげられているものかもしれないが、だからといって重要性がいちばん低いわけでは決してない。ペレスの父親はまえに身をのりだし、その言葉をくり返した。「決して、そんなことはないのです」聖書台にのせた紙をめくる。ペレスの父親は自分の説教を真剣にとらえており、いつでも草稿を用意していた。

「『箴言《しんげん》』には、〝おのれの情熱を自制することは、城壁に囲まれた要塞都市を攻略するよりも困難である〟と書かれています。人は、おのれの行動を支配しなくてはなりません。おのれを制御できない人は、城壁を破壊された都市のようなものです。無防備状態だ」この最後の言葉は、とどろくような大声で発せられた。だが、聴衆にはあまりぴんとこなかったようで、ペレスの父親はもっと身近なイメージをひいてこようとした。「貧相な小船で、ここ数日吹き荒れていたような強風のなか、海に出ていくところを想像してみてください。そういう事態を想定して造られている〈グッド・シェパード〉号のような船にとってさえ、困難な状況です。それが、夏のあいだ本島の海岸ちかくで子供たちが遊ぶような小船だったとしたら、どうです？　その船体に、風力10の風が叩きつけてきたら？　小船は波にのみこまれてしまうでしょう。跡形もなく、完全に」その比喩に会衆は納得してうなずき、おのおの腕時計に目をやった。十五分が経過していた。ペレスの父親の説教がそれを大幅に超えてつづくことはなく、いまも彼の話は終わりにちかづきつつあるようだった。「〝自制〟がなければ、ほかの〝御霊の実〟も存在しません。〝親切〟、〝柔和〟、〝寛容〟、〝平安〟。それらはすべて、利己的な情欲や感情によって洗い流され、のみこまれてしまうでしょう」

音楽がはじまり、人びとが賛美歌をうたいはじめた。サラ・ファウラーは美しい声をしており、歌詞を知っているようだった。ファウラー夫妻はペレスたちの真ん前にすわっていたので、ペレスはほかの会衆のなかから彼女の声を聞きわけることができた。彼のとなりではフランの歌声もしていたが、こちらは音をはずさずに最後までうたえたためしのない女性だった。そのことは、ふたりのあいだで冗談の種になっていた。

礼拝が終わると、島民たちは外の日だまりに立って、おしゃべりをした。殺人のことは、話題にのぼらなかった。アンダーソン高校から帰省してくる子供たちのこと。集会場で予定されている六十歳の誕生日パーティのこと。もしかすると、ファウラー夫妻がいるので、みんな遠慮しているのかもしれなかった。夫妻もしばらく人びとの輪の端に立っていたが、すこし手持ち無沙汰な様子だった。

フランがファウラー夫妻にちかづいていって声をかけた。「フィールドセンターから、ずっと歩いてきたのかしら?」

「いいお天気だったので」ジョン・ファウラーがいった。「それに、しばらくあそこを離れたかったんです。おわかりいただけると思いますが」

「車で送っていくわ」フランがいった。「かまわないかしら、メアリ? 車をつかっても?」

自分の一存では決められないとでもいうように、ペレスの母親は夫の姿をさがし求めた。そこで、ペレスがかわりにこたえた。「もちろん、かまわないさ。でも、昼食に遅れるといけないから、すぐに戻ってきてくれ」ペレスは、自分の付き添いなしにフランをフィールドセンターにいさせたくなかった。

父親の偽善に、ペレスはまだひどく腹をたてていた。よくもまあ、ぬけぬけと自制にかんする説教などできたものだ。アンジェラ・ムーアの件をきちんと話しあわないかぎり、もうこれ以上は父親と食事の席をともにすることなどできそうになかった。たとえ、これがペレスの完全な思いちがいで、とんだ醜態をさらすことになろうとも、彼は真実を知らなくてはならなかった。

ペレスの母親は友人たちとすこし言葉をかわしたあとで、急いで帰っていった。食事をオーブンにいれなくてはならないからだ。フランもいっしょに帰路につき、そのあとにファウラー夫妻がつづいた。フランが去りぎわに、ペレスに小声でいった。「いますぐこの服を脱がなきゃ、自分は日曜学校の先生か婦人会のメンバーだと信じこんでしまいそうだわ」

「ぼくは残って、親父を待つよ」ペレスはいった。「いいかな?」

「もちろんよ。あなた、お父さんとあまり顔をあわせていないし」

ペレスの父親はまだ聖職者の役を演じており、信徒たちと握手をし、それぞれの様子をたずねていた。ようやく最後の信徒が去っていき、明るい秋の陽射しのなかには、ふたりだけが取り残された。ぬかるんだ草地の上に、ゆがんだ形の長い影ができていた。

「あの説教だけど」

父親がペレスのほうにむきなおった。ふたりはゆっくりと歩きはじめて、教会から家へとむかっているところだった。「それが？」息子が興味を示していることに、ペレスの父親は喜んでいた。

「図々しいにも、ほどがある」

「なにがいいたい？」父親は、むっつりと無表情だった。かすかに顔がしかめられた以外、反応はなにもなかった。

「アンジェラ・ムーアの件で、父さんは自制を発揮したのかい？」

ペレスの父親は、路上でいきなり足を止めた。ペレスはなにを期待していたのだろう？　息巻いて否定されることか？　自分が馬鹿みたいに見えるような筋のとおった説明か？　こんな沈黙でないことだけは、たしかだった。ペレスも足を止めて、すこしのあいだ、なにかしら反応がかえってくるのを待っていた。それから、父親の顔をのぞきこんだ。父親は、なんとかして平静を保とうと努力していた。いまや、雄弁な説教師、島の精神的な指導者の面影は、どこにもなかった。完全に言葉を失っていた。

ペレスは待った。いままでずっと、彼はこの男を恐れてきた。その人物がいま、つまらないいたずらをしているところを見つかった子供のように、言葉につまっていた。

「父さんは浮気をしてた」ついにペレスは口をひらいた。

「ちがう！」

「彼女と寝てた」

「一度だけだ」ペレスの父親がいった。緊張で、声が甲高くなっている。それから、もっと抑制のきいた声でつづけた。「ああ、彼女と一度寝た。だが、恋愛関係といったようなものはなかった」

「彼女に贈り物をした。装飾品を」

「自分は彼女に恋をしている、と思いこんでたんだ」父親が言葉をきる。「だが、あれは肉欲だった。いまは、それがわかっている」すごい早足で、父親が道路を歩きはじめた。ペレスはあとにつづき、父親と肩をならべて歩いた。

「それで、母さんはなんて？ それが肉欲にすぎなかったと聞いて、喜んでた？」

ペレスの父親が、ふいに立ちどまった。「ほかの男の結婚生活に首を突っこむ権利など、おまえにはない」

「あるとも！」気がつくとペレスは大きすぎる声で怒鳴っており、喉の奥がひりひりしていた。

「こっちは殺人事件の捜査をしていて、父さんは参考人だ。犯行現場に手をくわえた！」

「おまえはいつだって刑事なんだな、ジミー？ この件だけでも、仕事から離れていられないのか？」

ふたりはしばらくにらみあったまま、敵意の火花を散らしながら立っていた。

「わかった」ペレスはようやくいった。「それじゃ、ひとまず捜査のことは忘れよう。とりあえず、すこしのあいだは。父さんとおれとのあいだのこととして話す。父さんはずっと、おれに道徳にかんする説教をたれてきた。罪悪感をもたせてきた。それなのに、いったいどうやってほかの女と寝たことを正当化できるのか、聞かせてもらいたいね。そんなことをしておいて、どうして平気な顔して生きていられるんだ?」

「頭では、それが愚かで恥ずべきことだとわかっていた。だが、あの女が相手では」

「それじゃ、彼女のせいだというんだ? 彼女が無理やり父さんにセックスさせたって?」ペレスは怒りがぶり返してくるのを感じた。こんなにびくついていてみじめな父親の姿は目にするに忍びなかった。せめて、起きたことに対する責任くらいは、きちんととってもらいたかった。

「フィールドセンターでの催しのあとだった」父親がいった。「去年の、ちょうどいまごろだ。宿泊客が全員島を去ったあとで、音楽つきのちょっとしたパーティがひらかれた。ジェーンが、それはもう見事なごちそうを用意してくれた。席について食べる、本格的な夕食会だ。そのシーズンの島の支援に感謝するためのもので、アンジェラは自分の発案だといっていたが、おそらくはジェーンとモーリスがふたりで企画したんだろう」

「つづけて」

「食事のまえにウイスキーを何杯かやったし、食事のあいだはワインを飲んだ。ワインは、あまり飲み慣れていないんだ」

ペレスは、なにもいわなかった。父親には、好きなだけいいわけをさせておけばいい。

「彼女はわたしを鳥部屋につれこみ、これ見よがしにうしろ手でドアに鍵をかけた。そして……」

「母さんは、まだおなじ建物にいた！」ペレスは途中でさえぎった。父親とアンジェラ・ムーアのセックスにかんする細かい描写を聞くのは、耐えられなかった。そんな情報は、必要なかった。だが、それでも彼は想像していた。木と鳥の匂い。固い机。興奮と焦り。自分たちがいないことに気づかれるまえに、すませてしまわなくてはならないのだ。

「そして、それ一度きりだった？」ペレスはたずねた。たぶん、父親のいうとおりなのだろう。一度のせわしないあいびきは、とうてい浮気とはいえない。フランと彼女のロンドンにいる友人たちならば、おそらくそれをちょっとした過ちとしてかたづけるはずだ。

「それがまた起きることを、わたしは期待していた」父親がいった。「また起きてほしかった。だが、そうはならなかった」

「彼女を説きつけようとした？」

「とんだ恥をさらしたよ。いまなら、それがわかる」父親がペレスを見た。「ああいうことになるまえ、彼女とは何度かパーティで話をして、軽くいちゃついたことがあった。わたしに気があるのでなければ、彼女はそんなことしやせんだろう、と思った」

ペレスははじめて、自分の父親を〝世慣れていない男〟として見ていた。子供のころの彼にとって、父親は豊富な知識と経験をもつ男だった。だが、いうまでもなく、父親は島を離れて生活したことが一度もなかった。まだ年が足りなかったせいで徴兵されずにすんでいたし、大学にはいかなかったからだ。アンジェラにしてみれば、いいカモだったのだろう。

いつしかペレスの怒りはおさまりかけており、かわりにおなじみの理解が芽生えてきていた。彼は理解したくなかった。そういうのは、ソーシャルワーカーとか、他人の犯罪行為のいいわけをする意志の弱い優柔不断な連中にまかせておけばいい。だが、ペレスは一度として、誰かをとことんまで非難できたことがなかった。それは彼にいわせれば欠点であり、一種の臆病さだった。いまペレスは、父親がどうして誘惑されたのかを理解しはじめていた。長い結婚生活。小農場と船と教会からなる、決まりきった毎日。そこへ若くてセクシーで有名な女性があらわれ、自分に魅力を感じているそぶりを見せられたら、父親が勘ちがいするのも無理なかった。

父親がつづけた。「彼女は、ひたすらお楽しみを求めていた。ここに退屈してたんだ。人生に、もっと刺激を必要としていた。わたしは彼女に愛を告白し、贈り物を買った。彼女にとっては、いい気慰みになっていたんだろう。もしかすると、そう悪い気はしていなかったのかもしれない」

「彼女の口から、ほかの男たちについて聞かされたことは？」

沈黙。

「ほかにもいたのは、知ってたはずだ」

「どうやら、わたしは彼女のことを、なにも知らなかったようだ」父親が言葉をきり、ふたたびペレスのほうをむいた。顔が真っ赤になっていた。「〝妻と別れるから、いっしょになってくれ〟とまでいったんだ」

モーリスとおなじだ、とペレスは思った。まさにそのとおりのことを、モーリスは口にしたのだ。その後、ついに彼は理性を取り戻したのだろうか？　自分を笑いものにする女性とはもういっしょに暮らしていけない、と決意していたのか？

「それで、この件について、母さんはなんだって？」冷淡な口調のまま、ペレスはたずねた。彼の母親も過去によろめきそうになったことがあったが、決して夫を裏切ってはいなかった。

「おまえの母さんは許してくれた」父親がいった。「それどころか、夫婦の絆がよりいっそう強まったかもしれない、といっていた。いつかは、この件もわれわれにとっては過去のものになるだろう」

どうして母親がそういう態度をとれるのか、ペレスは不思議でならなかった。夫に笑いものにされたのだ。どんな女性だって、それを許すことはできないはずだ。いいかい、父さん。母さんは父さんのもとにとどまり、そのましあわせにさえなるかもしれない。でも、父さんの仕打ちを忘れることは、決してないだろう。

30

礼拝のあとでファウラー夫妻を車に乗せて北へむかうあいだ、フランはいつしかこの中年夫婦に興味をそそられていた。ジョン・ファウラーは、つぎつぎと彼女に質問してきた。彼女の家族やペレスのこと。シェトランドで暮らすようになった経緯。そして、彼女の作品のこと。彼は実際にフランの絵を見ており、それについて見識をもって熱心に論じることができたので、フランとしても悪い気はしなかった。とはいえ、こんなふうに関心をもたれるのは、おかしな気がした。

「どうして、そんなに質問するのかしら？」ついにフランは笑いながらたずねた。「本でも書こうとしているとか？」

「わかりませんよ。いつか、そうなるかもしれない。わたしは名声というものに興味があるんです」

ジョン・ファウラーから有名人あつかいされて、フランは思わずわくわくしていた。ファウラー夫妻をフィールドセンターで降ろしてから家に戻る途中で、ようやくフランはジョン・ファウラーの妻が道中ほとんどしゃべっていなかったことに気がついた。フランには、サラ・ファウラーと同世代の女性の友だちが何人かいた。だが、サラは彼女たちとはどこかちがっていた。ロンドンにいるフランの中年の友人たちは、はでな服装をして、自分の意見をしっかりと主張し、よく笑った。不安そうにおどおどして、夫にべったりと頼りきっているサラ・ファウラーには、どことなくヴィクトリア時代っぽいところがあった。

昼食のあとで、フランはペレスといっしょに散歩に出かけた。どうやら午後の散歩はフェア島の日曜日の習慣らしく、北へむかう途中で、陽射しのなかをぶらつくほかの家族にも何組か出会った。腕を組んだ中年のカップル。はじめて補助輪をはずした自転車をぐらぐらとこいでいく男の子と、お人形の乳母車を押している女の子。そして、そのあとをついてくる両親。全員が、まだ教会用のよそゆきのままだった。

ペレスと彼の父親のあいだでなにかあったのが、フランにはわかった。だが、ペレスはその話をしようとしなかった。フランの両親は自由放任で、厳しいところがまったくなかった。十代のころ、フランは〝もっと規則があればいいのに〟と思うことが何度かあった。反抗したいときにぶつかっていける壁、ふらふらしているときに自分を支えてくれる境界線が欲しかったのだ。ペレスの場合、おそらくその子供時代は規則でがんじがらめにされていたのだろう。ペレスの父親が定めた規則だ。それがいま、なにをきっかけにして、力関係に変化が生じることになったのだろう？　昼食の席で、ペレスの父親はやけに静かだった。〝かしこまっている〟といってもいいくらいに。

そのまえに、フランは娘のキャシーと長電話をしていた。「もうすぐよ。あと二日したら帰るから」そのときまでに捜査が終了していようがいまいが、フランは予定どおりに火曜日の船で島を離れることに決めていた。「ええ、あなたに会えなくて寂しいわ」ときどきフランは、自分がキャシーをバランスよく育てているだろうか、と心配になることがあった。規則で縛りつけすぎているのではないか？　あるいは逆に、規則をゆるめすぎているのでは？　ダンカンは、娘に好き放題やらせていた。

フランが予想していたとおり、散歩の終着点はフィールドセンターだった。ペレスはサンディと話をしたいのだ。一日じゅう捜査から離れていることに、耐えられないのだろう。建物のなかは静まりかえっており、社交室には誰もいなかった。ふたりがキッチンにいってみると、サラ・ファウラーがロースト用の底の浅い鍋をごしごしと洗っているところだった。食器洗い機にいれるには大きすぎるし、汚れがこびりついているからだ。彼女はきょうもジェーンのエプロンをしており、大きな流しのまえに立ち、袖を肘のところまでまくりあげていた。片方の頬に、洗剤の泡がついている。ふたりの足音に気づいてふり返ったとき、一瞬、その顔に不安がよぎった。

この女性は、いったいどうしたというのだろう？　フランは思った。耐え忍ぶふりをして、楽しんでいるとか？　か弱い妻を演じるのを？　それから、こう思った。もちろん、誰でもびくつくはずだ。あたしだって、ここに滞在していたら、やはりそうなっていただろう。

サラが小さな笑みを浮かべてみせた。「あなたの同僚は、鳥部屋にいます」

ペレスはうなずいたが、その場から動こうとしなかった。「ここの様子はどうですか？」

「問題ありません」ようやく満足いくまでロースト用の鍋がきれいになったので、サラはそれを水切り台の上に逆さまにおいた。「こんなことというと、ひどいと思われるかもしれませんけど、正直なところ、アンジェラとポピーがいなくなって、ここの雰囲気は以前よりも穏やかになったような気がします」顔がしかめられる。「でも、ジェーンがいないのは寂しいわ」

「彼女とじっくり話をする機会は、ありましたか？」ペレスが作業台にもたれかかった。打ち明け話をさせようというかまえだ。あたしが殺人犯だったら、きっと彼に自白してしまうわ、とフランは思った。そうせずには、いられないはず。彼を喜ばせたい一心で。

「すこしだけ」サラがいった。「彼女は、すごい聞き上手でした。でも、あまり自分のことはしゃべらなかった」

「ジェーンが怯えているとか脅されているといった印象は、受けなかった？」

サラは、しばらく考えていた。布巾をしぼってから、長い金具にかける。

「ええ」彼女はいった。「そういった感じは、まったくありませんでした」


鳥部屋では、サンディが携帯電話にむかってしゃべっていた。それが仕事の電話でないのが、フランにはわかった。相手は、たぶん女性だろう。サンディの顔が赤くなりはじめたところを見ると、それは間違いなかった。彼のまわりには、いつでも女性の影があった。

「ずいぶんと忙しそうだな、サンディ？」ペレスがいった。「それで、なにがわかった？」

サンディは机にのせていた両脚をさっとおろすと、左手のマグカップに残っていた紅茶をごくりと飲みほした。「あまり大したことは。フィールドセンターに滞在している全員と話をしました。ジェーン・ラティマーが殺された日、フィールドセンターの外で彼女の姿を見かけたと認めているものは、ひとりもいません」

「それじゃ、誰かが嘘をついてるんだ。なぜなら、そのうちのひとりが彼女にナイフで切りつけ、失血死させたのだから」

「島民のひとりが犯人だって可能性はないんですか？　だって、ほら、ここに滞在している連中は、みんな教養がありそうだし」

フランはペレスを見ていたので、彼がその考えをすぐに否定しかけてから思い直したのがわかった。

「アンジェラ・ムーアを殺害したのは、フィールドセンターに滞在している人物だ」ペレスはいった。「だが、おまえのいうとおり、決めつけないのが肝心だ。アンジェラの場合とちがって、ジェーンを殺すことは、この島にいる誰にでもできた。捜索チームのほうで、なにか収穫は？　まだナイフは見つかっていないのか？」

サンディは首を横にふった。「でも、見つかることはないんじゃないですかね？　だって、百ヤード歩いていって、いちばんちかくの崖から投げ捨てればいいだけなんですから」

「アンジェラがパンドを愛の巣にしていたことを知ってたものは？」

「ベン・キャッチポールとダギー・バーです」

「ヒュー・ショウは知らなかった？」

「本人は、そういってます。アンジェラ・ムーアとセックスしたことは認めていますが、それはランドローヴァーか、このセンターのなかだったと」

フランは、アンジェラの気持ちになって考えてみようとした。このセンターを運営するのは、アンジェラの夢だった。そして彼女は、その一生の夢を三十歳になるまえに達成してしまっていた。ほかにはあと、なにがあっただろう？　便宜上の結婚。彼女の名声にひかれ、気をひこうと必死になっている若い崇拝者たち。きっと、気が狂いそうなくらい退屈していたにちがいない。そろそろ先へ進むべきときだ、と考えていたのだろうか？　彼女には、すべてを放りだして、モーリスやセンターのほかの職員たちに尻拭いをさせるだけの非情さがあった。子供がいれば、話はちがっていただろう。そうなると、すべてはもっと複雑になってくるからだ。

ペレスの話は、まだつづいていた。刑事たちは、ふたりともフランの存在を忘れてしまっているようだった。ふだんペレスは、彼女のまえで口にすることに気をつけていた。彼女が秘密をもらすことは決してないとわかっていたが、規則を厳守するのが彼のやり方だったからである。正しいことをするのが。

「動機に目を奪われすぎてるのかもしれないな。結局は、女を殺すのが好きな男ってだけのことかもしれない」

「強くて有能な女性を殺すのが好きな男よ」自分が口出しする筋合いのことではないとわかっていたが、フランは黙ってその場にいるのが得意なほうではなかった。「女らしさの固定観念から逸脱した女性。ジェーンは同性愛者だったし、アンジェラはつぎからつぎへと男と寝ていた」

「つまり、どちらの女性も、男性にとって脅威となりうる存在だったというわけだ」とりあえず、ペレスは彼女の説を真剣に受けとめていた。

サンディは、ひどく困惑していた。「冗談でしょ！　ここにいる男性陣のなかに、精神病質者と呼べそうなやつはいませんよ」

「どうして、そう言い切れる？」

「精神病質者の症状とか特徴の一覧に目をとおしたことがあるでしょう。精神病質者は、単独でいるのを好む、あまり教養のない変人と決まってる。でも、ここにいる人たちはみんな、学位も、奥さんも、きちんとした仕事ももっている」

ペレスが小さくこわばった笑みを浮かべた。「精神病質者は誰もがそういう人物というわけではないし、もしかすると、捕まってデータが残っているのは愚かなやつだけなのかもしれない。頭のいい精神病質者のことは、知りようがない。上手く逮捕を逃れているから」すわっているサンディを見おろして、つづける。「フェア島を留守にしていた日にアンジェラがラーウィックでなにをしていたのか、わかったのか？」

「その日、彼女はかかりつけの歯医者にいってませんでした。町にある、ほかのどの歯医者にも」

「銀行のほうは？」

サンディがにやりと笑った。「いまが週末だって、わかってます？　どこの銀行も閉まってるって？」

「だが、おまえにはいくつも情報源があるだろ、サンディ。この夏の職場のパーティにつれてきてた、あの赤毛の娘とか。モーリス・パリーとアンジェラ・ムーアの口座がある銀行で、カウンターのうしろにすわっている娘だ」

「アンジェラは本通りにある王立スコットランド銀行にいって、共同口座から現金で三千ポンドを引き出してました」

「そいつはわかってる！　もっと役にたつ情報をくれ」

サンディはかぶりをふった。「昼食時で、行内は混んでました。列ができてたんです。おしゃべりしている時間は、ありませんでした。彼女は大半を五十ポンド札で受けとりました――おかげで、銀行の高額紙幣はほとんど底をついたそうです。彼女はそれをふたつに折ると、リュックサックのポケットに突っこみました」サンディがペレスを見あげた。「ポケットは、すべて調べたんですよね？」

「どう思う？」

「それから、彼女は銀行から出ていきました」

「アンジェラは午後の飛行機でフェア島に戻ってきた」ペレスがいった。「二千五百ポンド以上の金を、数時間でどうやってつかったんだろう？」

「もしかすると、つかったんじゃないのかもしれない」フランはいった。「べつの銀行に自分専用の口座をもっていて、そこに預けたのかも。小切手で入金すると、処理されるまでにすごく時間のかかることがあるでしょ。自分が裏書きした小切手の支払いが滞らないようにしたければ、その小切手の口座の補充に現金をつかうほうが安心だわ」

ペレスがサンディのほうにむきなおった。「朝になったら、その点を確認できるか？」

「その日、アンジェラはもう一度目撃されています」サンディがいった。「午後二時ごろに、本通りにあるドラッグストアから出てくるところを」

「誰が目撃したんだ？」

「おれの学校時代の古い友だちです。あなたたちがはいってきたとき、その彼女と電話で話してたんですよ」ふたたび、サンディがにやりと笑った。

フランは、まだ島の南に戻りたくなかった。ペレスの両親の家で日曜日のお茶を飲み、日曜日のテレビ番組を観て、退屈で味気のない会話をかわす心がまえができていなかった。ペレスとともにセンターの外に立ち、帰路につこうとしていたときに、気晴らしになりそうなものを見つけた。

「灯台の塔にのぼったことは?」

「一度ある」ペレスがいった。「子供のころにね。開放日があって、誰でも自由に歩きまわれたんだ」

「いま、ちょっと見ることはできるかしら? てっぺんからの眺めは、さぞかし素晴らしいんでしょうね」

ペレスがその提案について考えているのが、フランにはわかった。ときどき彼女は、ペレスにむかって叫びたくなることがあった。いままで一度でも思いつきで行動したことがある、ジミー? その慎重さは、いったいなんなの? あたしのほうからプロポーズしていなければ、きっといまでも待ちぼうけをくらわされてたんでしょうね。だが、ペレスのほうも急いで家に帰りたいとは思っていないようだった。

「いいね。ただし、あいてればだけど。鍵は、クーリンに住むビル・マレーがもってる。北《ノース》・

灯台《ライトハウス》の理事会の代理でね。灯台では年に一度、ペンキ塗りとライトの点検がおこなわれているんだ」

「モーリスも鍵を預かってるんじゃない？　なにかあったときのために？」

「彼をわずらわすまえに、まず鍵がかかっているかどうかを確かめよう」フランは、ペレスが自分の機嫌をとろうとしているのを感じた。キャシーを相手にしているときのような態度だ。

塔の根元には、アーチ形の小さなドアがついていた。取っ手は固かったが、あれこれやっているうちに、まわった。ドアのむこうには、石造りののぼり階段が外壁に沿って螺旋状につづいていた。明かりは、いまペレスがあけたドアからはいってくる光しかなかった。そして、それも階段をのぼっていくにつれて、しだいに弱まっていった。だが、しばらくすると、上のほうにある小さな窓からの光がくわわった。フランは脚の裏側の筋肉がひきつるのを感じて、呼吸を整えるために、すこし立ちどまった。まえをいくペレスは、きついとは感じていないようだった。そのままどんどんのぼっていき、やがててっぺんについて、レンズ室につうじるドアをあけたのだろう。ふいに塔の内部が光であふれた。フランは彼のあとをおった。

彼女の思っていたとおりだった。眺めは素晴らしく、眼下には島が三次元の地図のようにひろがっていた。崖がいくつも海に突きだしている様子が、手にとるようにわかった。くねくねとつづく道路。そのまわりに点在する、フェア島最北端の小農場。それらの名前を、彼女はいまではそらでいえるようになっていた。たとえフェア島に移り住むことにならなくても、ここはあたしにとって、いつまでも特別な場所でありつづけるだろう、とフランは思った。ふるさとにいるみたいな気がする。捜索チームを乗せたランドローヴァーがフィールドセンターに戻ってくるのが見えた。そこから左のほうへ目をむけると、ふたたび羊岩《シープ・ロック》が視界に飛びこんできた。このまえとはちがう角度からの姿で、じつに印象的だった。フランはバッグからスケッチブックをとりだすと、ひたいをガラスに押しつけ、手早く描きはじめた。

「それじゃ、高いところでも平気なんだ」ペレスがいった。「あの飛行機の旅のあとでは、めまいでも起こすんじゃないかと思ってたんだけど」

フランはちらりとふり返って、笑みを浮かべてみせた。「飛行機のなかでは、自分はもう死ぬんだと思ってたのよ。状況を考えれば、恐怖をおぼえて当然だわ」

ペレスは島のほうに一瞥をくれたが、すぐに注意を北と西にむけた。「サンバラ岬の灯台とファウラ島の崖が見えるな」フランはスケッチにすっかり夢中で、ほとんど彼の言葉を聞いていなかった。

ペレスがじっと黙りこんでいるのに気づいて、フランはふたたび彼のほうに目をやった。ペレスはレンズ室の窓の下にぐるりとつらなる木製のベンチの下をのぞきこんでいるところで、フランの視線を感じたにちがいなく、こういった。「あれは、なんだと思う?」

「さあ。布切れかしら」フランの頭のなかは、これから描こうとしている絵のことでまだいっぱいだった。これは自分にとって最高の作品になるかもしれない、と考えていた。ペレスの両親に寄贈するまえに、どこかで展示できないだろうか?

「白い綿なのは、間違いない。枕カバーだとは思わないか?」

「ジェーンの死体の上にまかれた羽根のはいってた枕カバーかもしれない、と考えているのね?」

「その可能性はある。レンズ室は、自動点灯式のライトにいたるまで、染みひとつない状態に保たれている。ここに設備の点検にくる連中は、こんなものを残していきやしないだろう。枕カバーのことは捜索チームに伝えてあるが、まだ発見されていないんだ。連中に、ここを調べてもらおう。これ以上、必要ないところにさわらないようにしてくれ。指紋が採取できるかもしれないから」

フランは、ペレスがすぐにでも階段をおりていき、サンディやほかの捜査官たちをつれてくるものと思っていた。だが、ペレスは動かなかった。「たぶん、犯人はここにあがってきて、ひそかに監視してたんだろう」という。「ジェーンがパンドにいることを犯人がどうやって突きとめたのか、謎だったんだ。ここからなら、すくなくとも島の北半分にいる全員の行動を見張ることができる。みんながどこでなにをしているのか、一目瞭然だ」

フランは手をのばして、ペレスの手をとった。

ふたりでふたたび南にむかって歩いていくあいだ、午後遅くの陽射しは暖かいといってもいいくらいだった。あくまでも、いいくらいという程度だったが。ふたりは、大人のふりをしている七歳児よろしく手をつないだまま、言葉すくなに会話をかわした。おたがいに出会えてすごくしあわせだとか、将来の計画とか。事件の捜査とはまったく関係のない、感傷的なむつごとだ。ペレスは塔に残って捜索の指揮をとりたかったのだろうが、それをかれらにまかせていた。フランは、その決断に感謝していた。それと、もはや殺人犯があそこにのぼって自分たちを見おろせないことにも。ふたりで親密な時間をすごしているところを見られていたかもしれないと考えるたびに、フランは気分が悪くなった。

ペレスの携帯電話は、一日じゅう沈黙していた。それではあまりにも話がうますぎることに、フランはふと気がついた。

「あなたの携帯、ちゃんと電源がはいってるの?」ペレスの携帯電話は、ふたりのあいだで冗談の種になっていた。避妊の代替手段ね、とフランはいったことがあった。いつでも、きわめて間の悪いときに鳴りはじめるからだ。

「くそっ! 教会へいくので切ってから、電源を入れ直すのを忘れてた」ペレスは顔をしかめ、ボタンを押した。「着信が五件ある」こうして、暖かい秋の陽射しのもとでのロマンチックな散策は終わりを告げた。彼はすっかり刑事の顔に戻っていた。

「それで、結果は……」左手で携帯電話を耳に押しあて、右手で紙とペンをさがし求める。ふたりは歩くのをやめており、ペレスは空積みの石塀に紙をあてた。フランは平らな岩の上にすわって、羊岩《シープ・ロック》のほうをふり返った。塔から見た光景を思いだし、またしても自分が描くつもりでいる絵について考える。ペレスの声は、バーで流れるBGMとおなじだった。耳には届いていたものの、そのまま素通りしていった。ペレスは紙に走り書きしており、片面がカニのような窮屈そうな文字で埋まると、それを裏返しにした。彼の質問は、ただ相手に先をうながすための合いの手といった感じに聞こえた。

「どれくらい？　それじゃ、彼女は知ってたんですね？」

　フランは、羊岩《シープ・ロック》の岸壁のあちこちにできている影に心を奪われていた。この光のなかでは、岩はピンク色がかって見えた。ペレスは通話を終えると、ふたたびボタンを押して、ボイスメールに吹きこまれたメッセージに耳をかたむけた。太陽はすでにウォード・ヒルのむこうに沈んでおり、羊岩《シープ・ロック》の影はますます濃くなりつつあった。

　つぎの電話がはじまった。日が落ちるにしたがって、空気が冷たくなってきていた。フランは立ちあがって足踏みをし、コートを身体にまきつけた。すぐに終わる、とペレスが口だけ動かしてフランにいった。今度の電話では、もっとふつうに会話がかわされていた。ペレスが質問をし、相手がそれにこたえる。

「彼女はいま、なにを？」

　フランの耳に、不明瞭な返事が聞こえてきた。女性の声だった。

「最後にアンジェラと話をしたのがいつだったのか、いってたか？」

　ようやく、電話が終わった。完全な静寂。ペレスがふたたびフランの手をとった。訊いちゃだめ、とフランは自分に言い聞かせた。これは、あなたには関係のないことなんだから。だが、ペレスは訊かれるまえにしゃべっていた。

「最初の電話は、アバティーンの病理医だった。アンジェラ・ムーアの検死結果の初期報告がでたんだ」ペレスは柵の杭の上を飛んでいくズキンガラスをじっとみつめていた。「彼女は妊娠していた。約八週間だ。きっと、自分でも気づいていたにちがいない」

「それで、ドラッグストアに寄ったのかもしれない」フランはいった。「妊娠検査薬を買うために。確認しようと思って」

一年以上前から、フランは子供が欲しくて、そのことばかり考えていた。おなかのなかで赤ん坊が蹴るのを感じたくてたまらなくなり、誰の子供でもかまわないとさえ思っていた。だが、この切なる願望にも、やはりペレスがからんでいた。フランが想像するのは、黒い髪をした赤ん坊だったのだ。黒い髪。がっしりとした手足。強い握力。父親そっくりの赤ん坊だ。フランは、この件をペレスにもちだしていた。彼にプレッシャーをかけたくなかったので、それとなくさぐりをいれる感じで。子供か。もちろん、いいね、と彼はいっていた。それは、彼がなによりも望んでいるものだった。でも、結婚するまで待とう。きみさえかまわなければ、結婚式の夜まで。そして、フランはそれに同意していた。なぜなら、彼が規則と秩序を重んじているのを知っていたからだ。それに、結婚式の夜に子供を授かることになったら、すごくロマンチックではないか？　だが、その切なる願望は静かに疼くいらだちとなって、ずっと彼女につきまとっていた。

いまフランは、鳥部屋にあったパテ色の冷たい死体のことを考えていた。そのおなかにいた死んだ赤ん坊のことを。

アンジェラも、やはり子供を欲しいと感じていたのだろうか？　彼女くらいの年齢だと、とてもそうは見えない女性が、突如として母親になるという考えにとりつかれることがあった。

「モーリスは、まったく気づいていなかった」ペレスがいった。「それはたしかだ」

「そうなの？　彼のことは、よく知らないから。そもそも、彼の子じゃないのかもしれない」

「それは動機になるだろうな」ペレスが確信なげにいった。「もっとも、彼女が産むつもりだったのかどうかは不明だが。もしかすると、そのことで本土へいこうとしていたのかもしれないな」

「彼女、パーティでお酒を飲んでなかったわ」フランはいった。「それに気づいて、不思議に思ったの。勤務中の飲酒について、なにか規則でもあるのかなって。もしも堕ろすつもりでいたのなら、わざわざお酒をひかえようとするかしら？」

風景からは、すでに色が失われていた。ふたりはならんで道路の真ん中を歩いていった。

「もうひとつ、あたらしい情報がある」ペレスがいった。「モラグがアンジェラの母親の連絡先を突きとめた」

31

スプリングフィールドに戻ると、ペレスはアンジェラの母親に電話をかけた。できれば出向いて直接話を聞きたいところだったが、アンジェラの母親はまだイングランドの南西部――サマセットにある小さな村――に住んでいた。名前はステラ・モンクトン。彼女がアーチー・ムーアと離婚したあとで再婚したのか、旧姓に戻っただけなのかは、不明だった。彼女の発音には、フィールドセンターの監視員助手をつとめるベン・キャッチポールとおなじような訛りがあった。口をすぼめたようなやわらかい母音。だが、そこには教養が感じられた。彼女は言葉をえらんで、ゆっくりとしゃべった。

「娘さんの死がマスコミで報じられていたのを、ご存じなかったんですか？」母親から警察に問い合わせがなく、結局はモラグが彼女を見つけださなければならなかったことに、ペレスはまだ驚いていた。

「わたしは合唱隊のメンバーです」アンジェラの母親がいった。「ブルターニュで、一週間の音楽学校に参加していました。とても素晴らしい体験で、夜になってテレビのニュースを観ようとは思いもしませんでした」

ペレスは彼女の仕事に興味をもった。夫から逃れ、わが子を捨てたあとで、どうやって生計を立ててきたのだろう？ ペレスがその質問をぶつけるまえに、彼女のほうからそれについて語った。

「わたしは特殊学校で働いています。今回の合唱隊の旅行は、たまたま運良く学校の中間休暇とかさなったんです」

「最近、アンジェラはあなたとふたたび連絡をとっていましたね」

一瞬、沈黙がながれた。「警部さん、この件を電話でお話しするのは、すごく抵抗があります。そちらにうかがって、直接お会いすることは可能でしょうか？ アンジェラが亡くなるまで暮らしていたところを、ぜひ見ておきたいんです。そちらへはどうやっていけばいいのか、すでに調べてあります。朝いちばんの飛行機でブリストルからアバディーンに発てば、お昼までにはシェトランドにつけるでしょう。そこでお会いするというのでは？」

「フィールドセンターを訪れたいのであれば、あすの午後にフェア島に飛ぶ小型機がありま す」小型機の旅に相手がどんな感想をもつことになるのか、一瞬、ペレスは不安をおぼえた。このまま天気がもってくれるといいのだが。「あなたの席を予約しておくこともできますが」

ふたたび、沈黙がながれる。「ありがとうございます、警部さん。ぜひお願いします」

そのあとで、ペレスは日曜日であるにもかかわらず、携帯電話のメッセージに残されていた番号をつかって、ヴィッキー・ヒューイットの自宅に電話をかけた。

「なにがわかったのかな、ヴィッキー？」

「あの羽根のことよ。最初の死体にあったほう。ジェーン・ラティマーの上にまかれていた枕の羽根ではなくて」

「それで？」

「専門家に調べてもらったの。一部は、はっきりと特定できたわ。ミツユビカモメ。セグロカモメ。渉禽《しょうきん》類の鳥の羽根も何本か——シャクシギのものであることは、ほぼ間違いないそうよ。でも、きちんと確認するために、DNA検査をやりたいんですって。あと、白鳥の羽根も一本」

「どれも、この島で手にはいるような羽根だな」ペレスはいった。だが、この秋、オオハクチョウはまだ来訪していないはずだった。彼が聞いている白鳥といえば、大きな騒ぎをひき起こしたあの希少なやつだけだ。そして、その白鳥が目視されたとき、アンジェラはすでに亡くなっていた。

「その専門家に、白鳥の羽根のDNA検査も頼めないかな？」ペレスはいった。「種を特定してもらいたいんだ」

「費用は、そちらの予算からだしてもらうわよ」

かまうものか、とペレスは思った。

屋根裏にある小さな寝室に戻ると、ペレスはアンジェラにきた手紙を調べていった。モーリスから預かったあとで、まえの晩にざっと目をとおしておいたものだ。ほとんどが宣伝や広告のためのダイレクトメールだったが、彼女の出版社からの手紙もあった。それは、できるだけあいまいに書かれたような手紙だった――〝そちらのおっしゃるとおり、その件は、やはり直接会って話をしたほうがいいでしょう。いつごろ本土にくる予定なのか、お知らせいただけないでしょうか〟。これを書いた編集者とあす話をすること、とペレスは頭のなかにメモをした。

それから、ぶ厚い白封筒があった。中身は、列車の切符だった。アバディーンからロンドンにいくナショナル・エクスプレスの一等車の予約切符で、日付は十一月一日。アンジェラは、編集者と会う約束をすでにとりつけていたのだろうか？　手紙はすごく遅れてついていたので、その可能性はあった。あるいは、まったくべつの理由でロンドンへいこうとしていたのか。モーリスなら、知っているかもしれなかった。

その晩、ペレスは車でフィールドセンターに戻るまえに、まず本格的な日曜日のハイ・ティーをすませなくてはならなかった。冷肉にサラダ、そして母親の焼いたフルーツケーキ。レタスはいちばん最近の船で入荷したものだったが、それでもしなびていて、あまり食欲をそそらなかった。フランは家にいて満足しているようだったが、ペレスが仕事に戻らなくてはならないというと、せつなそうな表情で彼を見た。彼女はスケッチブックをもちだしてきており、木炭でなにやら書きとめていたが、いまはテレビでやっている《ソングズ・オブ・プレイズ》に目もくれずに、下絵にとりかかっていた。

フィールドセンターにつくと、ペレスは職員用のドアからはいってキッチンを抜け、まっすぐモーリスの住居部分へむかった。アンジェラの夫と話をするまで、滞在者との会話にまきこまれたくなかった。住居部分でもテレビがついていたが、こちらはサッカー中継だった。ペレスがはいっていくと、モーリスが立ちあがってテレビを消した。ペレスのノックに対しては、「どうぞ」と大きな声で叫んだだけだった。

テーブルの上には、例によって例のごとくウイスキーの瓶とグラスがおかれていた。「つきあわないか、ジミー?」モーリスがそちらにうなずいてみせた。それから、「そんな目で見ないでくれ。わたしはのんだくれじゃない。ただ、酒は感覚をすこし鈍らせてくれるんでね。ポピーはもう去ったし、そうしてなにが悪い?」

「すこしだけなら」ペレスはいった。モーリスはグラスをさがしにいった。

「アンジェラは、どうでした?」ペレスはたずねた。「飲むのが好きだった?」

「赤ワインがね。いつも、それを飲んでいた。気分がのってるときには、かなりの量を」

「でも、最近はちがった」ペレスはいった。「たとえば、われわれの婚約パーティのときとか。あの晩、彼女はあまり飲んでいなかった」

「なにがいいたいんだ、ジミー？　どうして、こんな話をしている？」モーリスは酔っぱらってはいなかったが、本人のいうとおり、感覚が鈍って、頭がすこしぼんやりしているようだった。

「きょう、病理医と話をしました」ペレスはいった。言葉をきって、相手の注意をひきつけたことを確認する。「アンジェラは妊娠していた」モーリスがまばたきをして、ペレスを見た。

「知らなかったんですか？」

モーリスは、ゆっくりと首を横にふった。

「彼女は本土へいく手配をしていました」ペレスはつづけた。「赤ん坊を堕ろすためかもしれないと思ったのですが、彼女が飲むのをやめていて、自分の身体を気づかっていたのなら、それでは筋がとおらない」

モーリスが顔をあげた。「その赤ん坊は、わたしの子ではない。わたしは何年もまえに精管《パイプ》切除術《カット》を受けている。その話は、赤ん坊の父親とすべきなんじゃないかな」アンジェラが亡くなって以来、はじめて声にかすかな苦々しさがあらわれていた。

「それは誰でしょう？」ペレスはたずねた。「誰と話をすべきだと？」

「身近なところに目をむけたほうがいいかもしれないぞ、ジミー。きみの親父さんは、恋焦がれる子犬みたいに、わたしの妻につきまとっていた」それから、自分の痛みを他人に転嫁したことをわびるような感じで、肩をすくめてみせた。「いや、彼のはずがないか。アンジェラとなにかあったのだとしても、それは一年ちかくまえのことだった」

「では、もっと最近の崇拝者ということになる」

「そんなことをいったら、みんな彼女の崇拝者だったさ」モーリスがいった。「それを責めるわけにはいかない、だろ？　それよりも問題なのは、そのなかで彼女が惚れていたのは誰かということだ。そいつの子供を産んでもいいくらい惚れていた男。そこまでいれこんでる相手はひとりもいない、とわたしはにらんでいたんだが」

「間違いで妊娠してしまったのかもしれない。偶然そうなったのかも」

「アンジェラは、そういう間違いを犯すような女性じゃなかった、ジミー。一度、彼女のバッグで事後用経口避妊ピルを見つけたことがあった」

「彼女には母性本能がまったく欠けていた」ペレスはいった。「あなたは彼女を、そう評していました」

「ああ、たしかに。だが、結局は生物学が勝ちをおさめたのかもしれない。わたしとは無理でも、やはり子供は欲しい、という結論にたっしたのかも。アンジェラは、自分の望むものを手にいれることに慣れていた」

ペレスは、目のまえにいる男を見た。アンジェラの妊娠を告げられても、モーリスはペレスが予想していたほど驚いてはいないようだった。妊娠の徴候が、すでにあらわれていたのだろうか？　つわりとか？　なんのかんのいっても、モーリスには三人の子供がいた。アンジェラの妊娠を疑いながらも、それを裏づけたくなくて、たずねなかったのか？　それとも、その事実を受けいれられなかったのか？

「アンジェラが身ごもっていたことを、ジェーンは気づいていたでしょうか」ペレスはいった。ジェーンには観察力があった。フィールドセンターで起きていることで、彼女の知らないことはほとんどなかった。ジェーンが見当をつけていたのだとすると、それが彼女の死につながった可能性はあるだろうか？　「妊娠について、ジェーンからなにかほのめかされたことは？　アンジェラが亡くなったあとにでも？」

「ない！」悲鳴にちかかった。モーリスが両手をあげた。「悪いが、ジミー、わたしはアンジェラが妊娠していたことを知らなかったんだ」

カーテンはひかれておらず、ペレスは外の暗闇に目をやった。船の明かりが見えていた。形からすると巨大なタンカーらしく、粛々と南へむかっていた。話はもう終わったとでもいうように、モーリスはペレスに背中をむけていた。そろそろ帰ってくれとでもいうように。

「アンジェラの母親を見つけました」

反応がなかった。

「あす、フェア島にやってきます。彼女のために、午後の飛行機の席を予約しておきました」ペレスは言葉をきったが、モーリスは依然として聞こえているそぶりさえ見せなかった。「彼女はあなたに会いたがるでしょう。けれども、どうするかは、あなたしだいです」

ようやく、モーリスがふり返った。「もちろん、会うよ。そのように手配してくれないか、ジミー？　彼女をここにつれてきてくれ」

「どうしてアンジェラは、アバディーンからロンドンにいく十一月一日の列車の切符を予約していたんでしょう？　出版社の人間と会うことになっていたようですが、それについて、なにか知っていますか？」

「知らない！　こうして見ると、わたしはアンジェラについて、なにも知らなかったみたいだな。彼女はわたしの妻だったが、他人同然だった」

モーリスが顔をあげて、ペレスを見た。あきらかに帰ってもらいたがっていたが、それでもペレスはすわったまま、動こうとしなかった。

「灯台の塔には、いつも鍵がかかっていないんですか？」

「とんでもない、ジミー。鍵をかけずにおいたら、安全管理の面で悪夢のような状況が生まれることになる。夏のあいだ、ここには子供たちも滞在する。かれらが灯台の階段を駆けまわったりライトをいじくりまわしたりといった事態は、避けるようにしないと」

「でも、きょうの午後いってみると、鍵はあいていました」

モーリスは肩をすくめた。「それが重要なことなのか？」

「かもしれません。鍵は、ここにあるんですか？」

間があいた。モーリスがウイスキーのグラスから顔をあげた。「ほかの鍵といっしょに束ねて、食糧貯蔵室の鉤にかけてある」

「鳥部屋の鍵がついている鍵束ですか？」
「ああ。だが、ほとんどの鍵は使用されていなかった」
「それでも、フィールドセンターに滞在しているものなら、誰でも鍵束がどこにあるのかを知っていた？」
「ジェーンにたずねていればな。彼女が鍵束を管理してたんだ」それを聞いて、ペレスはようやくジェーン殺害の動機を見つけたように思った。彼女は犯人が塔にいたことを知っていたのだ。犯人には、ほかにもなにか塔に隠すものがあったのだろうか？

ふたりはしばらく、黙ってすわっていた。「あそこにあがってみようとは、一度も思わなかったんですか？」ペレスはようやくたずねた。「アンジェラがどこへいくのか、誰といっしょにいるのか、確かめようとして？　あそこからなら、すべての出来事を見ることができる」

モーリスが乱暴にグラスをおいたので、光沢のあるテーブルに中身がすこしこぼれた。「わかってないんだな、ジミー？　わたしは彼女がどこへいくのか、誰と会おうとしているのか、知りたくなかったんだ。彼女が毎晩わたしのところに戻ってくるかぎり、あとのことはどうでもよかった」

サンディは社交室にいて、ビールを飲みながら、三人の独身男と話をしていた。それを見て、ペレスは危惧の念を抱いた。自分がフィールドセンターにいるのは仕事のためであることを、サンディがわかっているといいのだが。これは、日常業務から二、三日離れてすごす非公式な休暇ではないのだ。だが、その考えは公正さを欠いている、とすぐに彼は思い直した。ちかごろのサンディは、仕事に真剣に取り組んでいた。この男たちにアンジェラ・ムーアとその恋愛関係についてしゃべらせるのに、彼以上の適任者はいないだろう。

ペレスはバーへいくと、自分でコーラをとりだし、料金箱に金をいれた。コーヒーテーブルを囲んで円を描くように椅子がおかれており、彼はその外側にすわった。コーヒーテーブルの上には、ビールの空き缶がピラミッド状に積みあげられていた。ヒュー・ショウが話を締めくくろうとしているところだった――タシケントにある売春宿でのバードウォッチャーの話だ。彼はペレスの存在を認めてうなずき、おちにむかって話をつづけた。サンディは、息がつまりそうなくらい大笑いしていた。ほかのものたちは、もっと控えめだった。おそらく、まえにも聞いたことがあるのだろう。

ペレスの視線が空き缶の山にむけられていることに、サンディが気づいた。「全部が全部、おれたちで空けたんじゃありませんよ」という。「捜索チームの連中が、ついさっきまでここにいたんです。もうベッドにいきましたけど」

「ちょっと話せるかな、サンディ?」ペレスがここにすわっていっしょに飲んでいても、仕方がなかった。かれらは決して、ペレスを自分たちのひとりとはみなさないだろう。

ペレスとサンディは、この施設のなかでいちばんオフィスらしい鳥部屋に戻った。そこの机の上には、まだ女性の死体の面影がうつぶせていた。

「捜索チームは、塔でなにか見つけたのか?」

「警部の見立てどおり、あれは枕カバーと本体の中身でした。内側に、まだ羽根の細かい断片が残っていたんです。それ以外は、なにも見つかっていません。指紋もなし。階段とレンズ室を取り囲む手すりは、きれいに拭きとられていました」

「丸めた枕カバーなら、ポケットにいれて持ちはこべるだろう。犯人はジェーンを殺害したあとで、まっすぐ塔にあがったにちがいない」ペレスは、島を見おろす犯人の姿を想像した。ペレスがパンドにむかって歩いていくところを、犯人は見ていたのだろうか？　地方検察官と残りの捜査官たちが飛行機で到着するまえから、ジェーンの死体が発見されたことを知っていたのか？

ペレスは社交室のほうにうなずいてみせた。「あの三人のなかで、塔にのぼったことがあると認めているものは？」

「いません。塔には鍵がかかっていると思っていた、とみんな口をそろえていっています」

それでは、フィールドセンターの滞在者をレンズ室と結びつける法医学的な証拠をひとつでも見つけられれば、そいつが犯人というわけだ。

「おまえの飲み仲間は、アンジェラ・ムーアのことをどういってる？」あの三人はおたがいをライバルと考えていたのだろうか、とペレスは思った。おなじ女性に魅了されていた男たち。その女性が亡くなったいま、呪縛は解けたのか？

「情け容赦がなくて、驚くべき女性だったと」

「もっと具体的に頼む、サンディ」

「彼女が死んで、三人ともほっとしているみたいでした。そりゃ、口では最高の女性だったっていってますけど、みんなすこし彼女のことを恐れてたんじゃないかな。どうやって彼女に立ちむかえばいいのか、わからなくて」

「三人とも、そんなふうに感じていたというのか？」

「もしかすると、ダギーは――あの太ってるやつです――ほかのふたりほど恐れていなかったのかもしれません」

「どうして、そう思うんだ？」

サンディが肩をすくめた。「彼はアンジェラといっしょにいるのを楽しんでいたみたいです。それほど萎縮していなかった」

「彼はアンジェラとセックスしていなかった」ペレスはいった。「それよりも、ふたりのあいだにあったのは共通の興味だった。鳥という」

「でも、彼女はときどき間違えていた」サンディは鳥部屋にビールをもってきており、缶からひと口飲んだ。「ダギーが、そういってました。〝彼女は最高のバードウォッチャーだったけど、自分で考えてるほどじゃなかった〟って」

「わたしには、そんなことはいってなかったが」

「たぶん、裏切りものみたいに思われたくなかったんでしょう。彼の話によると、アンジェラはべつの人が特定した鳥を自分の手柄にしてしまうことがあったとか。ほかのふたりも、それを認めてました。殺人の動機になるってほどのことじゃありませんけど、警部が細かいことまで知りたいといっていたので」

ペレスは、この欠点を抱えた野心的な女性の内面を想像しようとして、じっくりと考えた。彼女は間違えることに耐えられなかっただろう。我慢できなかったはずだ。殺されたのも、結局はそれが原因だったのかもしれなかった。

「ジェーン・ラティマーについては、かれらはなんといってた?」

「素晴らしい料理人だったって。それ以外のことは、どうでもよかったんでしょう」

「アンジェラ・ムーアは妊娠していた」ペレスはいった。「あの三人のなかからえらぶとすると、誰が父親だと思う?」

サンディが考えるあいだ、しばらく沈黙がつづいた。最近のサンディは、中身のあることをいえるようになるまで口をとざしているのが、だいぶ上手くなってきていた。「ヒューですね」ようやく、そういう。「だって、アンジェラが求めていたのは、そばにいてくれる男性じゃなかった、でしょ? それには、すでにモーリスがいたんだから。欲しいのは精子だけだったとすると、ヒューがいちばんあと腐れがなさそうだ」

「ヒューのはずはない」ペレスはいった。「彼はここにきて数週間にしかならないが、アンジェラは妊娠二カ月だった。彼がわれわれに嘘をついていて、もっとまえから彼女を知っていたというのなら、話はべつだが。彼女が本土へいったときに、出会っていたのかもしれないな」

「全員に血液検査を受けさせるわけにはいかないんですか? そうすれば、確実にわかる」

それはできるだろうが、その結果が女性たちを刺し殺した犯人を突きとめるのに役立つかどうかは、さだかでなかった。彼は今回の事件について考えるとき、いつでもふたりの被害者をひとくくりにしていた。なぜなら、ほかの可能性に心を閉ざすべきでないと自分でいっておきながら、やはりこれは同一人物による犯行だと確信していたからである。

ペレスが帰宅すると、フランはすでにベッドにはいっていたが、彼の母親はまだ起きていて、小さな寝室を改装した仕事部屋でコンピュータのまえにすわっていた。最近になって、母親はインターネットにすっかりはまりこみ、世界中にいる友だちにメールを送って、〈フェア島からの手紙〉というブログまで立ちあげていた。はじめのうち、父親はそれに脅威を感じていたが、やがてはあきらめの境地にたっして、妻が小農場の請求書をパソコンで管理し、飼料や種をネットで注文するのを喜ぶようになっていた。もっとも、コンピュータについやされる時間の長さには、まだ不満をもっているようだったが。自分にまったくかかわりのない世界で妻が生き生きと活動しているのが、面白くないのだ。その件をめぐって両親が何度か喧嘩したことがあるのを、ペレスはうすうす察していた。

ペレスは仕事部屋のドアを押しあけた。母親の鼻からは眼鏡がずり落ちそうになっており、かたわらの机の上には冷めた紅茶のはいったマグカップがおかれていた。

「もう、すっかり病みつきだね」ペレスは冗談めかして――だが、なかば本気で――いった。

「そろそろ寝れば」

「おまえがこれに興味をもつかもしれないと思って……」

ペレスは母親を喜ばせようと、そばにあったスツールをひき寄せた。母親が息子との水入らずの時間を楽しみにしているのを、知っていたのだ。ふたりは、昔から仲が良かった。母親がすぐにフランを気にいってくれたのを、ペレスは嬉しく思っていた。なかには、嫉妬心をおぼえて意地悪になる母親もいるだろうに。ペレスは、父親のことを母親にたずねたい衝動に駆られた。アンジェラとの浮気に対して、どうしてあんなに寛大でいられたのか？　だが、母親はその話をしたがらないだろうし、息子にそのことを知られたくないと考えているはずだった。このままそっとしておいて、両親に自分たちのやり方で解決させたほうがいい。

「なんだい？」自分の声が、やけに陽気でわざとらしく聞こえた。

「ベン・キャッチポールについての記事だよ」

「どうやって見つけたの？」

「グーグルで検索してね」母親が顔を赤らめた。「フィールドセンターに滞在している全員を検索してみたんだよ。ほら、ただの好奇心から。悪いことじゃないだろ」

「ほかには、なにか見つかった？」

「いろいろとね」母親がいった。「おまえも自分で検索したのかと思ってたよ。とにかく、この記事がいちばん重要そうに思えてね」ペレスが画面を読めるように、母親が椅子ごとわきへどいた。その記事はオンライン上の『タイムズ』のスコットランド版のもので、六年前に書かれていた。

環境運動の活動家〈ブレア〉号の事故への抗議活動で逮捕

大学の研究生で環境運動の活動家でもあるベンジャミン・キャッチポールは、十年前にシェトランドの南沖で発生した石油タンカー〈ブレア〉号の座礁事故による環境汚染の被害をあらためて世間に広く訴えるべく、サロム湾にある石油ターミナルに侵入し、数万ポンドにおよぶ損害を施設にあたえた。今週はじめ、ベンジャミン・キャッチポールは被告人として出廷し、執行猶予付きの拘禁刑判決を受けた。警察関係者によると、ベンジャミン・キャッチポールの犯行にはシェトランド現地の協力者がいたとみられており、今後さらなる逮捕者がでる模様。

「この有罪判決のことなら知ってるよ、母さん。捜査で最初にすることのひとつだ。容疑者の前科を調べるのは」だが、ベン・キャッチポールが執行猶予付きの判決を受けていたことまでは、知らなかった。あるいは、知っていたのに、忘れていただけか。この事件がシェトランドで大きく報じられたとき、ペレスは本土で働いていたが、それでも内容はおぼえていた。地元には、抗議者を支持するものもいくらかいた。〈ブレア〉号の事故による被害のことは、まだ人びとの記憶に鮮明に残っていたのである。記事を最後まで読み進んで、筆者の署名を目にしたとき、ペレスは小さく息をのまずにはいられなかった。ジョン・ファウラー。ということは、この晩秋のおなじ週にフィールドセンターに集まったものたちは、一見すると他人どうしであるような場合でも、じつはいろいろな形で過去になにかしらのつながりがあったというわけだ。記事にはベン・キャッチポールの言葉が引用されているので、ジョン・ファウラーはすくなくとも電話で彼と話をしていたはずだった。偶然か？　バードウォッチングの世界は狭いので、その可能性はなきにしもあらずだった。それとも、かれらがこの秋にフェア島のフィールドセンターにこうして集まってきたのは、偶然などではなく、計画されていたことだったのか？　殺人を目的として？

32

月曜日。フランがフェア島ですごす最後の日。気がつくと、彼女はレイヴンズウィックの小さなわが家に帰る日を心待ちにしていた。自分だけの空間。自分だけの日課。朝早く、パジャマのままで仕事をする。友だちとおしゃべりをしながら、ワインのグラスをかさねていく（ペレスの両親のまえでは、一杯がせいぜいだと感じていた）。自分のため、娘のために料理をする。そして、気分しだいで自由に悪態をつく。ペレスとフランは、結婚まえに彼の住居とレイヴンズウィックにある彼女の家を売り、どこかにもっと大きな家を買うことに決めていた。よさそうな物件を見るためにシェトランド本島を車で走りまわるのは、楽しかった。本島の西側は風光明媚だ、とフランは考えていた。だが、たとえばウォールズのようなところに引っ越した場合、ペレスの通勤は大変になるし、キャシーがアンダーソン高校に進んだときの通学も同様だった。自分はレイヴンズウィックを離れることに耐えられるだろうか、といまフランは考えていた。あの小さな家を増築するというのも、ひとつの手かもしれなかった。フランは夢のような世界を思い描いた。もとの家とは対照的な、すごく広くて明るい空間をつけくわえる。古いシェトランドとあたらしいシェトランドの融合だ。そして、専用のスタジオ。贅沢すぎるだろうか？　これは大がかりな計画になるだろう。そして、フランは大がかりな計画に目がなかった。この事件の捜査が終わったら、ペレスに相談してみることにした。いま話をもちだしても、無駄だろう。どうせ彼は集中できやしないのだから。

まえの晩、ペレスの帰りは遅く、フランがセンターの様子をたずねても、あいまいな返事しかかえってこなかった。べつに、こたえるのを渋っているわけではなく、事件をとりまく状況をどう判断すればいいのか彼自身よくわかっていない、といった感じだった。ペレスはひと晩じゅう、事件についてくよくよと考えこんでいた。翌朝フランが目をさますと、彼はすでに起きだして、服に着替えていた。部屋には影ができていたが、外はまだ薄暗かった。

「紅茶をもってこようか？」ふだん、フランはベッドのなかで紅茶を飲むのが大好きだった。そして、これが彼女を喜ばせるペレスなりのやり方だった。

「いいえ。あたしも起きるわ」フランはいった。「帰るまえにいっしょにいられる最後の日だもの」

かれらがキッチンにおりていくと、そこには誰もいなかった。ペレスの両親はまだ寝ているのだろうと考えて、ふたりはくすくすと笑いながら、小声でしゃべった。彼の実家でこうしてふたりきりでいると、またしてもフランはなにかいけないことをしているような気がして、わくわくしてきた。自分が十九世紀の小説にでてくる礼節を知るヒロインになったところを想像する。とはいえ、サラ・ファウラーのような女性ではない。どんな場合でも、フランは彼女よりも活気にあふれていることだろう。ペレスはフランの椅子のうしろに立ち、調理用こんろの上のトーストが焦げないように見張っていた。フランは上に手をのばして彼の首に腕をまきつけ、キスをした。ふたりが朝食を終えるころには、空はだいぶ明るくなってきていた。

「きょうの予定は?」彼の仕事に干渉しないよう、フランはいつも気をつけていた。自分の生活があるのだから、退屈しのぎで彼の生活にまでちょっかいをだす必要はない。だが、この島では、事情がちがっていた。この二日間のあいだに、退屈さがじょじょに彼女に忍び寄ってきていた。あと一時間でもペレスの両親と三人きりですごすことになったら、きっと完全に頭がおかしくなってしまうだろう。

「アンジェラの母親が、昼の飛行機で到着する」ペレスがいった。

「それで、午前中は?」

ペレスがいきなり大きくにやりと笑ったので、フランは自分の気持ちが見透かされていたことを悟った。

「フィールドセンターに戻るつもりだ。いっしょにきてくれ。キッチンの手伝いをする人を見つけてくる、とサラに約束したんだ」

「それじゃ、あなたが欲しいのは下働きの女性なのね?」

「彼女と話をしてもらえないかと思ったんだ」ペレスが真剣な面持ちになっていった。「さぐりをいれてもらいたい。彼女の夫が、本人の言葉以上にアンジェラのことを知っていたのかどうか。夫は、まえにもアンジェラと会ったことがあるのを認めている。でも、なにかあるのを感じたんだ。張りつめたものがあるのを」

「サラのご主人がアンジェラと浮気していた、と思っているの? それが事実だとしても、サラは知らないはずよ。ふたりのあいだを疑っていたのなら、彼女がご主人といっしょにここにくるはずがないもの。それに、たとえその関係に気づいていたのだとしても、そのことをあたしに相談するとは思えない。皿洗いをしながら、よく知らない他人にしゃべりたくなるような事柄じゃないもの」

「それじゃ、いっしょにきたくないんだ?」

「いいこと、ジミー・ペレス。あたしを止めようとしたって、無駄ですからね」


風がふたたび強まってきており、北から車を殴りつけていた。フランはシェトランド本島に戻る翌日の船旅のことを考えないようにした。灯台にちかづいていくとき、突然、雹がすさまじい勢いで降ってきた。氷のかたまりがフロントガラスにあたって跳ね返る。車のなかはやかましくて、とても話をつづけてはいられなかった。灯台の庭は、まるで雪が降ったみたいに白くなっていた。フランは、はじめてペレスと会ったときのことを思いだした。あのときも、地面は真っ白だった。

フィールドセンターの滞在者たちは、トーストの切れ端や冷たくなったコーヒーをまえにして、まだ食堂にすわっていた。全員がひとつのテーブルに集まっており、部屋の残りの部分はがらんとして殺風景に見えた。モーリスもいっしょだった。フランが最後に見たときとおなじ服を着ており、セーターにはポリッジが跳ねてできたとおぼしき小さな灰色の染みがついていた。ふいにフランは、彼の身体をつかんで揺さぶりたくなった。しっかりしなさいよ。ほら、すこしは自尊心があるところを見せて。奥さんに笑いものにされただけじゃ、まだ足りないっていうの。

ペレスが同情をおぼえるだけなのが、フランにはわかっていた。彼は刑事というよりも、ソーシャルワーカーか聖職者みたいだ——ふたたび、そんな考えが彼女の頭に浮かんできた。モーリスが悲しげな赤い目でペレスを見あげた。「インヴァネスからきたお仲間をさがしているのなら、もう出かけたよ。最後にもう一度、パンドのまわりの地面を調べたがっていた。ミズ・ヒューイットが小道から足跡を採取したが、ヘザーが長く伸びていて、まだナイフが見つかっていないんだ。サンディは、鳥部屋だ」それから、言葉を発してくたくたになったとでもいうように、モーリスは両手で頭を抱えこんだ。

サラが立ちあがって、テーブルをかたづけはじめた。フランもトレイを見つけて、それにくわわった。「きょうは、あなたの助手をつとめさせてもらうわ」

「ほんとうに、そんな必要ないのよ」サラがちらりとこわばった笑みを浮かべてみせた。すこし怯えている？　でも、なにを怖がるというのだろう？　おなじ場所に殺人者がいる。もちろん、それだけで恐怖を感じるにはじゅうぶんだった。

「必要あるの。信じて。あと一日でもスプリングフィールドでジミーの両親といっしょにすごしてたら、あたしは誰にも気づかれないうちに頭がおかしくなってるわ」

　こうして、フランはフィールドセンターのキッチンへいき、スープにいれるニンジンの皮をむくこととなった。サラは、そのそばでピザ用の生地を練っていた。

「ここで作業するのって、おかしな感じがしない？」フランは最初に頭に浮かんできたことを口にした。「だって、亡くなった女性の後釜にすわってるような気がするでしょ？　キッチンは完全にジェーンのなわばりだって、ずっと思ってたから」

　ほんの一瞬、サラの動きが止まった。それから、ふたたび手の付け根が生地に押しこまれた。袖は、肘までまくりあげられていた。

「そんなふうに考えたことは、一度もなかった」サラがいった。「そういう想像力は、もちあわせていないの。もしかすると、なにかせずにいられないのは、そうしていれば、ここで起きてることを心配せずにすむからかもしれない。だって、本気で考えはじめたら、とてもじゃないけどやっていけないでしょ？」

「殺人犯といっしょに夕食をとりつづけてはいられない、ってこと？」フランは顔をあげたが、ニンジンを切る手は休めなかった。穿鑿《せんさく》好きのご近所――彼女はその線でいこうと考えていた。そして実際、女性向けの雑誌で働いていた経験があるので、うわさ話に興じることにかけては、どのシェトランド人にも負けない自信があった。

サラがかぶりをふった。「ここにいる誰かが女性をふたり殺したなんて、どうしても信じられない。みんな、すごく感じが良くて、すごく教養のある……」言葉をきる。「ごくふつうの人たちなのに」

「それじゃ、毎晩みんなでワインのグラスを手にしてすわり、おたがいの顔を見ながら、〝つぎに殺されるのは誰だろう?〟って考えてるわけじゃないのね?」

「まさか!」サラがぞっとしたような表情を浮かべたので、フランはすこしやりすぎたかと思った。彼女はときどき軽薄になることがあったし、この一週間ずっと言葉に気をつけてきたあとなので、いまは解放された気分に――そして、すこしいたずらっぽい気分に――なっていた。まな板がいっぱいになっていたので、フランは切った野菜を鍋にいれ、それから蕪にとりかかった。

サラは生地をまるめて球状にすると、それを深皿におさめた。引き出しから清潔なティー・タオルをとりだしてきて、生地にかぶせる。「これで、あとは発酵するのを待つだけだわ」こうして家事をしているときのサラは、フランの目にはとてもしあわせそうに映った。荒れた家庭の問題に対処する仕事よりも、このほうが好きなのだろうか? 本土に戻るとあまり強く主張しなかったのは、しばらく仕事から逃れられて、ほっとしていたからなのか?

「もちろん、考えずにはいられないわ」サラがいった。「ほら、殺人を犯しそうな人と、そうでもなさそうな人って、いるでしょ……」

「それじゃ、あなたが目をつけてるのは誰？」

共謀者に打ち明け話でもするような感じで、サラがちらりと周囲をうかがった。おそらく、まわりに女性がいなくて寂しかったのだろう、とフランは思った。ジェーンが殺され、ポピーが島を離れて以来、サラはここでずっと男たちに取り囲まれてきたのだ。たしかに、男でもうわさ話のできるものもいるが、女とは比べものにならなかった。

「あたりまえだけど、動機については見当もつかない……」

「でも？」

「ヒューよ」サラがいった。「あの人には、残酷なところがある。ほかの人がアンジェラを殺すところも想像できるけど……」

「あなたのご主人でも？」すぐに否定されるかと思いきや、サラはフランの問いかけを真剣に受けとめていた。

「ええ、うちの人でも。ことによると」サラはいった。「アンジェラは、人をいじめるのが得意だった。そうやって、楽しむの。それとも、あれはたんに人づきあいのやり方がまったくわかっていなかっただけなのかしら。とにかく、彼女は自分の欲しいものを知っていて、ひたすらそれを追い求めた。だから、ジョンやほかの人たちが怒りに我を忘れてアンジェラを殺すところは、じゅうぶん想像できる。でも、ジェーンを刺し殺すところは無理。ジェーンは、すごくいい人だった。誰にとっても、害はなかった」

「彼女は殺人犯の正体を突きとめて、それを暴こうとしていたのかもしれないわ」

「たとえそうだとしても、ええ、害のない人だった」サラはいった。「殺すなんて、やりすぎよ」

やけに固い蕪を切るために、フランは包丁に体重をのせた。人を刺すには、これくらいの力が必要なのだろうか？　筋肉と脂肪と骨をつらぬくには？

「でも、ヒューならやったかもしれない、と思うのね？」

「はっきり断言はできないけれど、あたしたちのなかでは、彼がいちばんやりそうだわ。道徳心がまったくなくて、躊躇せずに人を利用しそうだもの。ちょっとアンジェラに似ている気がする」

「でも、あなたのいうとおり、彼には動機がない」

「ええ」サラがいった。フランには、その返事がすこしはやすぎたような気がした。「ええ」サラがそうくり返し、それから間をおいていった。「ねえ、昼と夜の食事の準備は、これですべて完了よ。あなたがいなくても、もう大丈夫だから」

「このあとは、午前中になにをするつもりだったの？」あたしをおっぱらおうったって、そう簡単にはいきませんからね。

「大きな共同部屋のベッドのシーツをはがそうかと思っていたの。インヴァネスからきた警察の人たちがそこに泊まっていたんだけど、あの人たちはきょう帰るみたいだから。そうしておけば、モーリスが考えなくてはならないことがひとつ減るでしょ」

「慣れてなくても、できそうな仕事ね」フランはいった。「あたしにはうってつけだわ」

大きな共同部屋には、ベッドが三台ずつ二列にならんでいた。天井が高いので、フランの目には時代遅れの病院の共同病室のように映った。捜索チームの面々はすでに荷物をまとめており、バッグが入口のそばに積みあげられていた。ここは角部屋で、長い窓がふたつあった。そして、そのむこうに見えている空は灰色だった。今年は冬がはやく訪れたのだ。

ベッドの上には、それぞれ枕がふたつずつのっていた。枕はひとつも欠けておらず、したがって殺人犯はここの枕を盗んでいったわけではなさそうだった。とはいえ、枕カバーをはずしているとき、フランはなかの小さな羽根のごつごつとした羽軸が手にあたるのを感じていた。やはり犯人が使用したのは、ちょうどこんな枕だったにちがいない、とフランは思った。それがセンターから持ち去られたのだ。それから、疑問が湧いてきた。でも、どうやって誰にも気づかれずに枕をパンドまでもっていけばいいのだろう？　つぎつぎと毛布をたたみ、ぴったりしたアンダーシーツをマットレスからひきはがすあいだ、フランの頭のなかはその実行方法のことで占められていた。センターからパンドまで車でいったとか？　もちろん、そんなはずはない。バードウォッチャーは、みんな小さなリュックサックをもっている。この薄くて貧相な枕をそのなかに押しこむのは、いともたやすいだろう。そして当然、そこにはナイフもはいっていた。犯人はジェーンを刺すと、枕カバーをはずし、おなじナイフで枕の本体を切り裂いた。それから、羽根を死体にふりかけた。でも、どうして？　どうして、わざわざそんな手間をかけるの？

すべてのベッドのシーツがとりはずされ、床の真ん中に山積みにされた。

「このあとは?」

「キッチンのとなりが洗濯室なの」サラがいった。「どうしてもまだ帰りたくないというのであれば、いっしょに洗濯にとりかかりましょう」サラがシーツの山をふたつにわけ、ふたりでそれを階下へはこんでいった。

洗濯室は、狭くてむっとしていた。業務用の洗濯機が二台に、回転式の乾燥機が一台。窓の下には流しがあり、プレス式アイロンと家庭用アイロンとアイロン台がそろっていた。壁のひとつにしつらえられた幅の広い数段の棚には、シーツとタオルが収納されていた。そして、予備の枕も。

「宿泊客は、ここにはいってもかまわないの?」フランはたずねた。

「どうかしら。あたしは一度もつかったことがなかったけれど、この施設は全体に管理がゆるいから」サラが一台目の洗濯機にシーツをいれはじめた。

洗濯室のなかを見まわすと、どこもかしこも見事に整理され、いい香りがして、リンネル製品がきれいにたたんであった。フランには、この部屋が巨大な記念碑よりも雄弁にジェーンの功績をたたえているような気がした。

「外の現実世界では、どんな仕事をしてるの?」フランはたずねた。

「児童センターの管理をしてて、赤ん坊とその親を相手にしてるわ」サラが顔をあげた。部屋の熱気で、頬が紅潮していた。彼女が洗濯機のスイッチをいれると、機械がまわりはじめた。

「面白そう。どうして、そういう仕事につくことに?」

「看護師の訓練を受けてから、訪問看護師として働いていたの。昔から、地域社会での仕事がいちばん性にあってたから」

そうだとすると、彼女はアンジェラにとって、うってつけの相談相手だっただろう。だが、もしもアンジェラから妊娠のことを打ち明けられていたのなら、どうしてサラはその情報を最初の事件が起きた直後に警察に伝えなかったのか？

ドアがあいた。ペレスだった。「それじゃ、ここに隠れてたんだ」軽い口調だったが、フランには彼が心配していたのがわかった。フィールドセンターで彼女をひとりきりにさせたくないのだ。あいにくさま。あなたのご両親とあと一日いっしょにすごすつもりは、ありませんから。「滑走路にアンジェラのお母さんを迎えにいくところなんだ」ペレスがいった。「いっしょにくるかい？」

「いいえ、やめとくわ」フランはサラににっこり笑いかけた。「これだけ家事をこなしたんだから、あたしたち、コーヒーを飲んでもばちはあたらないんじゃない」

ふたりはキッチンにいって、発酵しつつあるピザ生地の酵母菌の匂いを嗅ぎながら、コーヒーを飲んだ。

「アンジェラのほうから話しかけてくることとか、あったの？」フランはたずねた。「彼女、ジェーンやポピーとは上手くいってなかったでしょ。この施設に自分以外の女性がいるのを、喜んでもよさそうなものなのに」

「たぶん、アンジェラはあまり女性が好きじゃなかったのよ」間があく。「誰のことも」

外では空が暗くなり、またしても雹が激しく降ってきていた。氷のかたまりが窓にあたってがたがたと音をたて、炉胸のなかで跳ねまわった。

「こんな天気なのに、ご主人は出かけてるの？　バードウォッチャーはとりつかれた連中だってジミーはいってたけど、ほんと、きっと頭がおかしいのね」

「うちの人は、外にいるのが大好きなの」サラがマグカップの縁越しにフランを見ていった。「悪天候でも、おかまいなし。バードウォッチングは、あの人が子供のころから夢中になっていたものよ。ときどき、腹がたつこともあった。あの人の時間を、すごくとられるから。まるで、彼という人間がそれによって定義されているような感じだった。自分がのけ者にされている気がしたの」

「それで、いまはどう？　まだ腹がたつ？　なんのかんのいって、いっしょにここにきてるけど」

「思うんだけど、誰かを愛してたら、その人をしあわせにしてくれることをやめさせようとはしないんじゃないかしら」

「まったく同感よ」フランは顔をあげて、ほほ笑んだ。「ジミーと彼の仕事について、あたしもおなじように考えてるの」

「でも、簡単なことじゃないわ」サラがいった。「ときどき、自分は二の次だって気がするの」

「ここにいるほかの男性たちについては、どう？　みんな、おなじようにとりつかれてる？」

「ベンの場合は、どうかしら。彼は珍鳥よりも、科学とか環境保護にいれこんでるの。うちの人がまえに一度、ベンを記事にとりあげたことがあったわ。ベンがまだグリーンピースで活動していたころに。当時のベンは、すごく過激だった。いまはすこし落ちついたみたいだけれど、あの情熱はまだそのままよ。彼は、自分が説いていることを実践して生きている。菜食主義だし、革製品は身につけていないし。アンジェラに、よくからかわれてたわ」

「彼女は肉を食べてたの？」

「ええ、もちろん」サラがいった。「あらゆる意味で、肉食だったわ」

「あなたのご主人にも食らいついた？」

「なにがいいたいの？」ぎくりとして、サラが顔をあげた。

「だって、彼女はここにいたほかの男性全員に色目をつかってたみたいじゃない。それに、アンジェラもおなじ物書きだったでしょ？　もしかすると、ご主人とはまえに出会ってたのかもしれない」

サラは、またしても例のこわばった小さな笑みを浮かべた。「まさか、とんでもない！」という。「そんなところ、想像できる？　アンジェラとうちの人なんて！　あたしの見るかぎり、アンジェラは若くて可愛い男性が好みだった。自分の役にたつかもしれない男性の場合は、べつにしてね。それに、アンジェラをまえにしたら、うちの人なんてちぢみあがっちゃうわ」

フランは、いっしょになって面白がっているような笑みを浮かべてみせた。だが、心のなかでは、ジョン・ファウラーもアンジェラにとっては役にたつ存在だったのかもしれない、と考えていた。そう、彼女の最初の本が出版されたころには。それに、実際問題として、ジョン・

ファウラーはそう簡単にちぢみあがるような男性には見えなかった。

33

ペレスは滑走路に立ち、アンジェラの母親を乗せた飛行機が到着するのを待っていた。雹を避けるため、上着のフードは上げてあった。フランは翌日発つことになっていた。海はすごく荒れるかもしれない、とペレスは警告しておいたが、彼女はあくまでも船で帰ると言い張った。そのときはじめて、ペレスはこちらにくるときの飛行機で彼女がどれだけ怖い思いをしていたのかに気がついた。「船酔いしようと、かまわないわ。船でいくほうが、安心だもの」

滑走路には、捜索チームもすでにきていた。かれらは事件の捜査に貢献できずにいらだっており、さっさと島を離れたがっていた。ペレスは悪天候に背中をむけながら、かれらと言葉をかわした。風に負けないように、ときおり声を張りあげなくてはならなかった。

「収穫ゼロだ」捜索チームの責任者がくり返した。「まったくの時間の無駄だった。役にたつ唯一の品は、きみが灯台の塔のレンズ室で見つけた」自分たちが大西洋と北海の境目にある吹きさらしの岩のかたまりの上で二日間すごすことになったのはペレスのせいだ、といわんばかりの口ぶりだった。「そりゃ、たしかにフィールドセンターの捜索はわれわれがおこなった。ミス・ヒューイットによると、ふたり目の被害者が殺されたのは発見場所とおなじで間違いないとのことだったが、それでも施設全体を犯行現場の可能性のある場所としてあつかった――いうまでもないが、レンズ室をのぞいて。あそこに誰かがのぼっていけるとは、思いもしなかったんだ」

ペレスは、なにもいわなかった。いまさら見落としを責めてみても、仕方がなかった。

「ふたり目の被害者は、寝棚で襲われたあとで、すこし動かされていた」捜索チームの責任者がつづけた。「ミス・ヒューイットがいっていたとおり、ポーズをとらされたんだ」

「犯人の服には血がついたんだろうな?」ペレスはたずねた。

「ほぼ間違いなくね。動脈から血が飛び散ったはずだ。ただし、彼が防護衣を着ていれば、話はちがってくるが」ペレスは〈グッド・シェパード〉号の乗組員が身につけている防水服を思い浮かべた。「とにかく、なにも見つかっちゃいない。服は燃やされたのかもしれないし、あるいは崖から投げ捨てられたのかもしれない」

「そして、ほかに興味をひくようなものは、フィールドセンターにはなかった」質問というよりも自分にむかってくり返すような感じで、ペレスはそう口にした。

「だからどうだ、ってわけでもない」そういったのは、黒髪のもっと若い捜査員だった。「連中はみんな、おれたちがくることを知ってた。犯人の男は、おれたちに見られたくないものを始末したのさ」ここでもやはり、犯人は男だという仮定がなされていた。

飛行機のエンジン音が聞こえてくると、会話の内容は家族や中間休暇の予定やクリスマスの計画のことへと移っていった。

ステラ・モンクトンは小柄な女性で、長いラクダのコートに茶色い革のブーツという身ぎれいな恰好をしていた。ほかの乗客は、すべて中間休暇で遅い帰省をはたしたアンダーソン高校にかよう子供たちだった。かれらにとって飛行機の旅はもはや日常茶飯事であり、スクール・バスに乗るのと変わりなかった。すごくクールに、両親のほうへぶらぶらと歩いていく。アンジェラの母親はかれらのあとから飛行機を離れ、しばらくいったところで足を止めて、あたりを見まわした。子供たちを迎えにきていた家族が、その様子をみつめていた。かれらはペレスの存在にも気づいていた。お茶の時間になるまえに、よそ者がやってきたという知らせはフェア島じゅうにひろまっているだろう。そのうちの何人くらいが、ステラ・モンクトンの正体を正確に見抜くだろうか？　ステラ・モンクトンは、ちょっと見たところでは、長身でがっしりとしていたアンジェラとは似ても似つかなかった。彼女はここにくる機上で子供たちと話をしているかもしれず、そこから情報が伝わっていくかもしれなかった。

ペレスはあらかじめ、フィールドセンターへいくまえに彼女をスプリングフィールドにつれていこうと決めていた。ステラ・モンクトンは朝早く出発して疲れているだろうし、サンバラにくる飛行機では軽食しかだされていないはずだからだ。それに、ペレスとしても、こみいった家族関係のことを聞きだすのに、ふつうの家らしい状況にあるほうがやりやすかった。

ステラ・モンクトンは車のそばでふたたび足を止め、東にある羊岩《シープ・ロック》のほうに目をやった。

「ほんとうに美しいところだわ。すごく強烈で。アンジェラが魅了されたのも、よくわかる」

それから、ペレスのとなりに腰をおろすとシートベルトを締め、両手をきちんと膝の上で組んだ。

ペレスの父親は仕事に出ており、母親は年老いた独身の叔母たちを訪ねていた。訪問客にそなえて、キッチンはきれいにかたづけてあった。調理用こんろのいちばん下の段でぐつぐつと煮えているラザーニャ。焼きたてのパン。残り物のフルーツケーキ。ふたりはテーブルをはさんで、むかい合わせにすわった。ペレスは景色の見えるほうの席を相手に譲ったが、あとで事情聴取のさいちゅうに、その心づかいを後悔した。ときどき彼女は、気が散っているように見えたからである。

ステラ・モンクトンは自分がここにきている理由をきちんと承知しており、食事が終わると、すぐに話をはじめた。

「もちろん、夫と別れたときに、アンジェラをいっしょにつれていくべきでした。でも、あのときは、夫といるほうが娘にとっていいと思ったんです。わたしは病気でした。ひどい鬱にかかっていました。夫のせいばかりではありません。彼は、いい仕事についていました。当時、わたしたちはまだ、アンジェラが子供時代をすごした家に住んでいました。その家が娘の生活に安定感をあたえてくれるだろう、とわたしは考えたんです――まあ、あのころのわたしがすこしでもまともに考えられたと仮定しての話ですけど。それに、アンジェラは頭が良くて、意志の強い子でした。多くの点で、わたしよりも夫に似ていました。夫があの家を売り払い、娘をつれて田舎にひっこむとは、思ってもいませんでした。娘を自分の研究、自分の実験のひとつにするだなんて。アンジェラは母親と会いたがっていない、と彼はいい、わたしはそれを信じました。あのふたりは昔から、すごく仲が良かったんです」

窓越しに、なにかがステラ・モンクトンの注意をひきつけたようだった。それがなんなのかを確かめようと、ペレスはふり返った。だが、そこにはいつもとまったくおなじ風景がひろがっているだけだった。

「でも、のちになってアンジェラは、あなたに連絡してきた？」

「ずっとあとになってから。ええ。年に二度、わたしは娘に手紙を書いて、ちょっとしたことを知らせていました。教師の資格をとったこと。引っ越していれば、あたらしい住所と電話番号。毎年、クリスマスと娘の誕生日に。お金は、いつでも送ってました。はじめは、大した金額ではありませんでした。でも、できるだけのことはしたんです。娘が手紙を受けとっていたのかどうかは、知りませんでした。けれども、アーチーはきっと渡していたんでしょうね。というのも、ついに返事がきたからです。アンジェラは十八歳になっていて、大学に進もうとしているところでした。彼女は、会えないかといってきました」ステラ・モンクトンが言葉をきった。「自分がなにを予想していたのかは、よくわかりません。まあ、あんな大きな女性があらわれると予想していなかったのは、たしかでしょうね。馬鹿げていますけど、わたしの心のなかでは、あの子はまだ小さな子供だったんです。アンジェラは、とてもはっきりものをいう女性に育っていました。雄弁だった。自分の欲しいものを正確に知っていた。自分の人生でなにが欲しいのかを。わたしからなにが欲しいのかを」

「あなたからは、なにを欲しがっていたんですか？」

間があいた。

「はじめは、ただわたしに話を聞いて欲しがりました。わたしのせいで自分がどんな目にあったのかを、わたしに理解させたがった。後悔させたがった。もちろん、アンジェラの怒りは理解できました。父親とふたりきりですごす子供時代がどんなだったのかを、あの子は訴えました。〝友だちなんて、ひとりもいなかった。どうして、あたしをあんな目にあわすことができたの？〟あの子が博物学に情熱を燃やすようになったのは、その孤独のせいだったのだと思います。すくなくとも、ウェールズの自宅のまわりの野生生物を観察しているあいだは、生きているものとの結びつきをもてますから。あの子は昔から、なんらかの分野の科学者になるつもりでいました。父親に教えこまれて、理性的な思考以外のものはすべて馬鹿げている、と信じるようになっていたんです。アンジェラは、自分でいくつもの研究をおこなっていました――たとえば、アナグマ一家の観察とか。十歳のころから高校を卒業するまで、そのアナグマ一家を観察していたんです。最初に会ったとき、あの子はその話をしてくれました。〝みんな、アナグマのことを遊び好きな子供みたいにいうでしょ。でも、すごく攻撃的にもなれるのよ〟ステラ・モンクトンがほほ笑んだ。「アナグマから多くのことを学んだ、とあの子はいっていました」

「それでは、アンジェラは大学で生物学を勉強したんですか？」

「生態学です」ステラ・モンクトンがいった。「もっとあとになってから、渉禽《しょうきん》の研究で博士号をとりました」

「そして、父親とは音信を絶った？」

「そのようです」

ペレスは頭のなかで、いまの会話をふり返った。「はじめのうち、アンジェラはただあなたに話を聞いてもらいたがった——先ほど、そういってましたよね——あなたに後悔させたがったと。そのあとは、どうだったんです？ 彼女はなにを欲しがりましたか？」

「お金です」ステラ・モンクトンが顔をあげた。説明の必要があると感じているようだった。「物を買うためではありませんでした。アンジェラは小さいころから野心をもっていましたが、物にこだわることは一度もありませんでした。経験を求めていたんです。父親との子供時代で逃してしまった経験を。たいていは、旅行のためのお金でした。そして、わたしは用立てられるだけのお金をあの子にあたえました。それで罪の意識がなくなることはありませんでしたが、すこしは楽になりました」

「では、あなたがたは関係を築きあげたわけだ」ペレスはいった。「すくなくとも、理解が芽生えた」

「わたしがあの子を理解していたかどうかは、あまり自信がありません」ステラ・モンクトンの視線は、窓のすぐ外にある庭に吸い寄せられていた。庭は風除けの塀で取り囲まれていたが、まえの週の嵐で、なにもかもめちゃくちゃになっていた。ステラ・モンクトンは、塩水で黒ずんだぺちゃんこになった新芽の列にとくに魅入られているようだった。「それに、わたしはあの子のことを、あまり好きではありませんでした。でも、ときおり、やさしさとかユーモアがちらりと顔をのぞかせることがあって、育つ環境がちがっていれば彼女がなっていたかもしれない女性の姿を垣間見ることができました」ステラ・モンクトンがみずからの言葉を訂正した。「わたしがちがう行動をとっていれば、ですよね」

「彼女がどんなふうに育っていたのかなんて、誰にもわかりませんよ」ペレスはいった。「生まれか、育ちか――昔から議論されていることです」

「どちらにしろ、わたしに責任の一端があるのはたしかです」ステラ・モンクトンが力なく笑った。「博士号を取得したあとで、アンジェラはわたしとの連絡を一切絶ちました。まるで、わたしなどはじめから存在しなかったかのように」

ペレスは、どう返事をしていいのかわからなかった。そういう展開が待っていようとは、思っていなかったのだ。目のまえの女性に、強い同情をおぼえた。娘を取り戻したと思ったら――たとえ、それが彼女の望むような娘でなかったにせよ――ふたたび失うことになったのだ。

「喧嘩でもしたんですか？」ペレスはようやくたずねた。

「そういうことは、なにも。もしかすると、最初からそう計画していたのかもしれません。復讐です。わたしが娘を捨てたように、彼女もわたしを捨てる。もしかすると、もう母親は必要ないと感じただけなのかも。なにしろ、アンジェラがわたしの人生から姿を消したのは、ちょうどあの子が成功をおさめたころでしたから。ある旅行で希少種の鳥を発見し、本がベストセラーになったころです。そのすぐあとに、テレビのシリーズ番組がつづきました」

「あなたのほうからアンジェラに連絡をとろうとしたことは？」

「もちろん、あります。メールや電話で。でも、あの子から返事はなく、わたしはつづけても無駄だと悟りました」

「それから、彼女は結婚した」ペレスは自分の母親のことを考えていた。息子の二度目の結婚に大騒ぎしている母親のことを。母親にとって、子供の結婚というのは大事《おおごと》のようだった。

「ご存じでしたか?」

「歯医者の待合室で博物学の雑誌を読んでいたときに、その記述を目にしました」ステラ・モンクトンがいった。「すでに結婚式は終わったあとでした。もちろん、わたしは招かれていませんでした」

「でも、彼女がフェア島にあるフィールドセンターの管理職についていたことは、知っていた?」

「ときどき、グーグルであの子のことを検索していましたから」ステラ・モンクトンがいった。「あの子の動静をつかむ、ひとつの方法でした。フィールドセンターには、施設のホームページがあります。そこに、灯台のとなりに立つあの子の写真がありました。すごくしあわせそうに見えました」ステラ・モンクトンは宙をみつめていた。「宿泊客として予約をいれることも考えました。なんだったら、偽名をつかって。でも、歓迎されていないところへ押しかけていく権利など、わたしにはありませんでした」

この女性の自制心の強さに、ペレスは驚嘆の念をおぼえた。フランがおなじような状況におかれたところを想像してみる。フランなら、娘の感情などおかまいなしに、北へむかう最初の飛行機にとび乗っているところだ。だが、フランは娘をおいて逃げだしてはいなかった。

「わたしの部下から聞きましたが、つい最近、アンジェラと接触があったとか」

「あの子から、電話がかかってきました」ステラ・モンクトンがいった。「わたしがブルターニュに発つ一週間前のことです。てっきり合唱隊にいる友人からだろうと思っていたので、はじめは、あの子の声だと気づきませんでした。言葉が出てきませんでした。アンジェラが最初に連絡を絶ったとき、わたしは電話が鳴るたびに、あの子かもしれないと考えていました。でも、これにはほんとうにショックを受けました。なんといっていいのか、わからなかった。結局、あの子は痺れを切らして、こういいました。〝お母さん、そこにいるの？〟わたしは、なにが欲しいのかをたずねました。あの子がなにかを欲しがっているにちがいないことは、あきらかでしたから」

「それで、彼女はなにを欲していたんです？」ペレスは急に緊張していた。心臓の鼓動が高まり、呼吸が浅くなるのを意識する。ステラ・モンクトンの返事しだいでは、事件は解決するかもしれないのだ。

「あの子は、わたしと会いたがっていました。十一月のはじめに出版社の人と会うためにロンドンにいかなくてはならないので、そのときサマセットに訪ねていってもかまわないか、と訊いてきました。なんだったら泊めてもらえないか、と。これは、それまでにないことでした、警部さん。あの子が学生のころ、わたしたちはいつも中立的な場所で会っていました。レストランとか、カフェとか、大学で。あの子は決して、うちにこようとはしませんでした」

「長いこと音信不通だったあとで急に会いたいといってきた理由を、当然、たずねたんでしょうね」それは、どんな感じがするものなのだろう？　もう失ったと思っていた娘から、やぶから棒に電話をもらうというのは。

「とんでもない！」鋭い返事が、すぐにかえってきた。「質問なんて！　あの子を警戒させたくありませんでした」

では、魔法の答えもなし、というわけか。ステラ・モンクトンがフェア島にきてくれたおかげで、ペレスは被害者をより深く理解するようになっていた。だが、犯人逮捕には、いっこうにちかづいてはいなかった。

ステラ・モンクトンがつづけた。「そのみじかい電話に、わたしはそれはもう感謝していました。和解の申し出のようなものでしたから」

これでもう話は終わったと考えているような感じで、ステラ・モンクトンが皿をかさねはじめた。ペレスはテーブル越しに彼女のほうに手をのばした。ふれるためではなく、まだいうことが残っているのを知らせるために。

「なんなんです？」ステラ・モンクトンがきつい口調でたずねた。「これ以上、なにがあるっていうんです？」

「アンジェラは身ごもっていました」

ステラ・モンクトンは、ぎょっとしてペレスを見た。「ああ、まさか。かわいそうな子」

いまのは、自分の娘のことをいったのだろうか？　それとも、赤ん坊か？　アンジェラの妊娠が彼女にとって初耳なのは、たしかだった。島に到着してからはじめてステラ・モンクトンは自制心を失い、泣きはじめた。

フィールドセンターにつくころには、ステラ・モンクトンはふたたび落ちつきを取り戻していた。モーリスがふたりを社交室で待っていた。あけっぱなしのドア越しに、ペレスはキッチンにいるフランの姿を目にした。どうやら働いているわけではないらしく、作業台のそばの高いスツールに腰かけて、紅茶を飲んでいた。サラが同席していた。あと、若いバードウォッチャーのヒュー・ショウも。フランがちらりと目をあげ、ペレスの姿を認めると、ぱっと笑みを浮かべた。それから、顔をしかめてみせた。邪魔しないで。このままつづけさせて。サンディの姿はどこにもなく、ペレスは心配になった。フランに目を光らせて安全を確保するようにと、サンディには指示しておいたのだ。もっとも、滞在者全員の見ているなかで彼女の身に危険がおよぶとは、とても思えなかったが。

モーリスと義理の母親との対面からなにかわかるのではないか、とペレスは期待していた。だが、それは期待はずれに終わった。意外な新事実があらわれることも、告白がなされることもなかった。モーリスがコーヒーをトレイではこんでくると、三人はすわって、礼儀正しく会話をかわした。待合室にたまたま居合わせた他人どうしが、ひまをつぶしているような感じだった。

「すこしふたりだけにしてもらえますか、警部さん？」コーヒーを飲み終えると、ステラ・モンクトンがいった。「義理の息子と、一対一で話がしたいんです」

〝義理の息子〟といわれても、ぴんとこなかった。モーリスとステラ・モンクトンは、ほぼ同年輩のはずだった。そして、ペレスとしては、かれらをふたりきりにはしたくなかった。なんのかんのいっても、彼はふたりの会話から捜査の突破口となるようなものを得たいと望んでいたのだ。だが、ペレスは社交室を出て、十分間、玄関の間に立っていた。

サンディが自分の部屋からあらわれ、階段をおりてきた。

「ラーウィックのありとあらゆる銀行にあたってみました。アンジェラ・ムーアが自分だけの口座をもっているのだとしても、それはラーウィックにはありません。それと、彼女が王立スコットランド銀行を出てからドラッグストアにいくまでのあいだの行動については、まだなにもわかっていません」

ここが都会ならば監視カメラがあるのだが、シェトランドで頼りにできるのは、好奇心の強い人びとの目だけだった。「わかった」ペレスはいった。「そのままつづけてくれ」

サンディが社交室のほうにうなずいてみせた。「あっちのほうは、どうなってます?」

ペレスは肩をすくめた。よくわからなかった。社交室に戻ってみると、モーリスとステラ・モンクトンは彼が出ていったときとほとんど変わらない様子ですわっていた。礼儀正しく、よそよそしく、堅苦しかった。劇的な展開があったとか、おたがいの理解が深まったといった感じは、まったくなかった。

ペレスは腕時計に目をやり、そろそろステラを滑走路に送らないと午後の飛行機に遅れてしまうといった。そのとき、モーリスがはじめて真情のこもった言葉を口にした。彼は立ちあがると、ステラ・モンクトンの手をとった。

「あなたの娘さんは、じつに素晴らしい女性でした」間があく。「わたしは心から彼女を愛していました」

34

もう秋ではなかった。昼食をとるために島の南から歩いて戻るとき、ダギーはそのことをはっきりと悟っていた。彼が目にしている鳥は、すべて冬鳥だった。灰色の空ではユキホオジロの群れがむきを変え、その拍子に光が反射して、翼の白い下面が輝いた。まばらな列をなしたコザクラバシガンが鳴きながら頭上を飛んでいき、ゆっくりと島の西側へ舞い降りていく。もはや渡り鳥がくることはなく、珍鳥も期待できないだろう。そろそろ都会に脱出する頃合だった。汚い部屋と退屈な仕事に戻るのだ。これ以上、ペレスがかれらを足止めすることはできなかった。ダギーは、翌日の船に乗るつもりだった。

秋が終わるころになると、ダギーはいつでも気分がすこし落ちこんだ。冬のバードウォッチングは意外性に欠けており、渡りの季節のような興奮をおぼえることがないからだ。それに、秋の終わりは、フェア島やアンジェラとの別離を意味していた。今年は、もうアンジェラからの連絡を心待ちにすることもない。メールもこなければ、夜中にほろ酔い加減で彼女が電話をかけてくることもない。自信を取り戻させてもらおうと彼女がかけてくる電話。あなたはあたしのことを気にかけてるわよね、ダギー？　あたしのために、いつでもそこにいてくれるでしょ。そして実際、彼はそうしていただろう。そのとき、強い北風にむかって苦労して進みながら――顔は赤く、涙と鼻水でぐしょぐしょになっていた――ダギーはふと思った。これまで職場の女性たちと本物の関係をもてずにきた原因は、自分にあったのではないか？　彼は、デートの相手と映画館やレストランですごす時間を惜しんでいた。自分が家を空けているあいだにアンジェラから電話があったら、と気もそぞろだった。アンジェラは愛人たちの生活だけでなく、ダギーの生活も支配していたのだ。

もしかすると、これで彼は自由にほかの友人を作れるようになるのかもしれなかった。そう、恋人さえ。相手は、野外活動の好きな女性だろう。美人ではない。それを期待するのは、非現実的だ。だが、やさしい女性。自分の時間と肉体を惜しみなく提供してくれる女性。下心のない、単純な女性。

ドアを押しあけてフィールドセンターにはいっていったとき、ダギーの気分はまだ落ちこんでいたが、べつにそれでかまわなかった。一年のこの時期、そう感じることがなかったら、逆に寂しさをおぼえていただろう。

なかにはいると、料理の匂いがしていた。ヘイヴンズからずっと歩いてきたので、センターのなかはものすごく暖かく感じられた。ダギーはコートを掛け、長靴を脱いだ。来年も自分はこの島に戻ってくるだろうか、と考える。もしかすると、そのときは女性をつれているかもしれない。大柄で、ふっくらとした女性だ。手編みのセーターに、羊毛の帽子。大きな笑み。彼女にありきたりな鳥を見せてまわり、リスト作りの手ほどきをする。休暇先として、彼女がもっと穏やかな土地を好むことも考えられた。ダギーが最後にシリー諸島を訪れたのは、もう何年もまえだった。そして、強い偏西風にのってシリー諸島にあらわれるアメリカの渡り鳥のうちの何種類かを、彼はまだ自分のリストにつけくわえる必要があった。ふたりで小さな小屋を借りてもいいかもしれなかった。料理は、彼女がしてくれるだろう。

社交室にはジョン・ファウラーがいて、膝の上にのせたパソコンになにやら打ちこんでいた。インヴァネスからきた警察の捜索チームがそれを調べたいといったとき、ジョン・ファウラーはひと悶着起こしていた。「こいつは、わたしの飯の種なんだ」まるで、ほかのものたちは生活のために稼ぐ必要がない、とでもいうような尊大な口調だった。

「そして、これは殺人事件の捜査です」捜索チームの責任者はいっていた。「そのほうがよければ、令状をとってくることもできます。その場合は、パソコンを本土まで持ち去ることになりますが」それを聞くと、すぐにジョン・ファウラーはパソコンを渡した。どうせ仕事をするつもりでいるのなら、どうしてわざわざ金を払って休暇旅行に出かけるのか、ダギーは理解できなかった。

ダギーが部屋にはいっていくと、ジョン・ファウラーが顔をあげた。ネットワークからログアウトして、コンピュータを切る。

「いいから、気にしないでつづけて」ダギーはいった。いつものとおり、ジョン・ファウラーはすごく清潔そうに見えた。まるで、シャワーを浴びた直後で、洗濯紐からはずしてアイロンをかけたばかりの服を身につけてきたような感じだ。そういえば、このところヒューもやけにぱりっとした服装をしていた。誰にむかって恰好をつけているのだろう？　ダギーはあまりアイロンがけをしなかったし、ここに長いこと滞在していたので、どちらにしろ服はすべて汚れていた。家に帰ったら、まずコインランドリーにいかなくてはならないだろう。コインランドリーにいくのは、嫌いではなかった。『ブリティッシュ・バーズ』とか『バーディング・ワールド』といった雑誌のバックナンバーが何冊かあれば、それで満足だった。

「いいんだ」ジョン・ファウラーがコンピュータを閉じ、ケースにしまった。「どうせ、こいつは売らないだろうから」

「なにを書いてるのかな？　本とか？」

「いや、ただの記事だ。このフィールドセンターをとりあげた旅行関係の記事だが、アンジェラが亡くなったいまとなっては、悪趣味に思えてね」

「そんなことないさ」二件の未解決の殺人事件のあとでは――警察が女性たちの身に起きたことの真相にちかづいているとは、とても思えなかった――この施設は集められるだけの宿泊客が必要になるだろう、とダギーは思った。それとも、人びとは病的な好奇心を発揮して、逆にアンジェラの殺害現場をひと目見ようと集まってくるのだろうか？　なにはともあれ、ダギーはすでにこの島にじゅうぶん寄与していた。彼がここでナキハクチョウを目視したおかげで、フェア島には大勢のバードウォッチャーがひき寄せられてくるはずだった。

昼食は、ピザだった。ダギーはピザが好きで、最初におかわりができるように、配膳口にいちばんちかい席に陣取った。ペレスの婚約者がきていた。先ほどまでテーブルの用意をしていたが、いまはサラ・ファウラーのとなりに立って、ピザをくばっていた。ダギーは食べ物に気をとられていたので、口論が起きていることに気づくのがすこし遅れた。ヒューと監視員助手のベンが、子供みたいに言い争っていた。鳥部屋の床の泥がどうのこうのといっていたが、それが喧嘩の本当の原因だとは思えなかった。この張りつめた状況のなかで、ついにふたりのいらだちが頂点にたっしたのだ。

「自分が汚したところをきれいにしておこうとは、思わなかったのか?」ベンは顔を真っ赤にして憤慨しており、半分立ちあがって、テーブル越しに身をのりだしていた。

「おい! きみは金をもらって、ここにいるんだろ。こっちは大枚払ってるんだ」ヒューが、あのいつものいまいましい笑みを浮かべていった。いまの言葉は冗談だとでもいうような感じの笑み。それを見て、ダギーはヒューの横っ面を張り飛ばしたくなった。暴力を誘発するように計算された笑みだ。「実際、きみの給料は、ぼくが払っているといってもいい」応援と観客を求めて、ヒューがテーブルを見まわした。

「そもそも、鳥部屋でなにをしてたんだ?」ベンが問い詰めた。「鳥の足環つけをおこなってるわけでもないのに。役にたつようなことは、なにもしてないくせに」

「コンピュータをつかってたのさ。調べたいことがあって」一瞬、笑みが消えた。「警察がアンジェラ殺しの犯人を見つけられないのなら、自分でなにかしようと思ってね。みんな、ここにいつまでもいるわけにはいかないんだ。ぼくは先に進まなくちゃならない」最後の文句は出来の悪いカントリー・ソングの歌詞みたいで、ダギーは思わずにやりと笑った。

そのとき、サンディ・ウィルソンが立ちあがった。あとからきて、センターに泊まっていった警官だ。動作はひどくゆっくりしていたものの、それでもなぜか彼はみんなの注意をひきつけていた。

「ふたりとも、おとなしくすわるんだ」穏やかにいう。怒りで我を忘れるのがどういうものかを知っていて、それが決して自分のためにはならなかったという経験から、こちらの言葉に耳をかたむけたほうがいい、といっているような口調だった。「ここに足止めされて、みんな気が立っている。でも、それもそう長くはつづかない。すぐに終わる」

そういうだけの根拠が彼にはあるのだろうか？　それとも、いまのはふたりの若者を落ちつかせるための方便にすぎないのか？　もしも犯人を告発する証拠をまだなにもつかんでいないのなら、この警官は危険なゲームをしていることになった。なぜなら、いまの発言でみんなの期待は高まっており、誰も逮捕されなければ、その不満はいや増すだけだからである。このままだと、全員が容疑者ということになりそうだった。ふたりの女性を刺し殺したかもしれない男——そう思われていたら、ダギーがやさしくてまともなガールフレンドを見つけるのは、とうてい無理だろう。

昼食のあとで、滞在者たちは思い思いに散らばっていった。ダギーはかなり食べすぎていたし、午前中に歩きまわったあとだったので、とにかくひと休みしたかった。携帯用の図鑑と紅茶をお供に、社交室ですわっていたかった。そしたら、すぐにでも居眠りしていただろう。だが、社交室にはまたしてもジョン・ファウラーがいて、そのパソコンの音――不規則にぽつりぽつりとつづくキーボードの音――がひどく彼の神経にさわった。それでなくても、きょうはここに滞在する最後の日になるのだから、それを最大限に活用して、外に出るべきかもしれなかった。

ダギーは鳥部屋でベンを見つけた。彼がまだ腹をたてているのがわかった。怒りがくすぶっているような感じだった。

「罠《トラップ》の見まわりに同行しても、いいかな?」

「もちろん」それほど歓迎しているふうではなかったが、それは彼の機嫌が悪いからであって、ダギーの頼みが気にいらないからではなかった。ダギーには鳥をいれるための袋をどっさりと渡され、ふたりはいっしょにランドローヴァーのところへいった。フィールドセンターを出てすぐのところで、ベンはランドローヴァーを道路わきに寄せ、ペレスの車をとおさなくてはならなかった。ペレスは自分の父親の車を運転しており、助手席には見知らぬ女性がすわっていた。

「昼食のときの騒ぎは、いったいなんだったんだい?」ダギーはたずねた。

「なんでもない。ヒューには、ほんとうにうんざりしてきてるんだ。それだけさ」

けっこう、とダギーは思った。話したくないのなら、勝手にすればいいさ。彼はつねづね、

〝囚人は楽をしている〟というタブロイド紙の主張に賛同していた。テレビ付きの暖かい監房にいて、誰かが食事をはこんできてくれる。それのいったいどこが罰なのだ？　だが、いまはその大変さがわかりかけていた。見知らぬ連中に囲まれて正気を保ちつづけることが大変なのだ。プライバシーは一切なし。フィールドセンターでの生活がアンジェラの頭をおかしくさせていたのも、無理なかった。ダギーはここにきて数週間にしかならないのに、もうすでにおかしくなりかけていた。

ふたりはダブルダイク（二重の石塀）・トラップのそばで車をとめると、残りの罠の見まわりを徒歩でおこなった。

ガリー（溝）・トラップでは、ダギーは草木のあいだを歩きまわり、声をあげたり発育不全のシカモアを叩いたりして、そこで休んでいるかもしれない鳥を捕獲箱へおいこもうとした。めずらしい鳥がかかっている可能性はいつでもあったが、きょうは二羽のマキバタヒバリがいるだけで、しかもどちらも二日前にすでに足環をつけられていた。ベンはその二羽をとらえてダギーに見せたあとで、放してやった。

「どちらか一羽がオリーブチャツグミでも、悪くなかったのにな」ダギーはいった。「そりゃ、オリーブチャツグミくらい、みんなすでに見たことがあるのは知ってるさ。けど、それだって、なにもないよりはましだろ？　みんなの気分を明るくする材料にはなる」

ふたりは斜面をよじ登るようにして道路に戻ると、そのままプランテーション（植林地）・トラップへと移動した。はじめてフェア島にきたとき、ダギーはこのトラップの皮肉な名称を冗談だと思った。何本かのぼさぼさの松の木が地面の窪みに植わっているだけなのだ。トラップはその上に設けられており、いまでは松の木が育って、その一部が金網をつらぬく恰好になっていた。植林地とはいえ、そのなかに足を踏みいれると、本物の森林のような匂いと感覚がした。地面には松葉がたくさん落ちており、ダギーは低いところにある枝をがさがさいわせながら、木立のなかを歩いていった。いつものように、期待と希望で胸がときめいていた。この植林地で、彼はコサメビタキを目視したのだ。前方に小鳥がいた。それが羽ばたく音が聞こえ、動く姿がちらりと見えた。そのとき、ダギーは薄い土壌から突きだしている根っこにつまずいて、勢いよく倒れた。頰をしたたか地面に打ちつける。あとで、ひどい痣になるだろう。ダギーは小声で毒づいた。植林地の反対側で、ベンが大丈夫かと叫んでいた。

ダギーは地面に手をついて立ちあがった。手のひらに鋭い痛みが走ったので目をやると、指のあいだからちょろちょろと血が流れだしてきていた。一瞬、すこし気が遠くなった。それから、地面に目をやって、手に傷を負わせたものをさがした。松葉になかば隠れるようにして、ナイフが落ちていた。捜索チームはこの島に二日間滞在し、ジェーン・ラティマー殺しに使用されたナイフをさがしていた。だが、かれらは丘へいき、パンドからフィールドセンターまでの直線コースをたどり、そのあとで道路沿いを調べただけだった。たとえ二年かけても島じゅうを捜索することはできなかったはずで、ダギーがこうして偶然いきあたらないかぎり、凶器は発見されずに終わっていただろう。

35

「ごくありふれたキッチン用のナイフだな」ペレスはいった。

「ここに何年もまえからあったものかもしれませんよ」サンディが襟を立て、雨が首筋を伝い落ちてこないようにした。ふたりは、島で唯一の木立らしい木立の下に立っていた。「学校の子供たちをシェトランド本島の北部にこしらえた雑木林につれていく活動があるって、知ってました？　森林がどういうものかを、子供たちに体験させるためだとか。夏には、〈森へいく会〉ってのをやってました。『シェトランド・タイムズ』に載ってたんです」

ペレスは、あとのほうの部分を無視した。サンディの頭脳は、ときどきそんなふうに働くことがあった。いま抱えている問題に関係ないと気がつくまえに、口が勝手にひらいて、言葉が流れでてきてしまうのだ。

「このナイフは、ここに何年もまえからあったわけじゃない。錆がついていないし、刃が鋭い」ペレスはナイフをもっとよく見るためにしゃがみこみ、湿った土と松の木の匂いを嗅いだ。シェトランドの子供たちに森林体験をさせるというのは、それほど馬鹿げたアイデアではないのかもしれなかった。

「そこについてる血は、すべてダギー・バーのものでしょうね。捜索チームが島を離れたばかりのときに見つかるなんて、いかにもだ。連中がまだいれば、ここで指紋を採取してもらえたのに」サンディは科学捜査に対して、信仰にちかい信頼をおいていた。繊維。DNA。この男はこっそり隠れて《CSI：科学捜査班》を観ているのではないか、とペレスは疑っていた。「このナイフは、センターのキッチンのものですかね？」

ペレスは身体を起こした。「それがわかるのは、ジェーン・ラティマーだけだろう。だが、おそらくそうだな。島のほかのところから調達したナイフだったら、いまごろなくなっていることに誰かが気づいているはずだ。そして、殺人につかわれた凶器を警察がさがしていることは、島じゅうの人間が知っている」

ペレスは、植林地の地面から証拠品袋でナイフをすくいあげた。土と堆積物もいくらかいっしょに袋にはいるようにした。証拠品袋は、翌朝の船にのせればいいだろう。〈グッド・シェパード〉号を出迎えるようにモラグに指示して、そのままナイフを本土の鑑識へ送らせるのだ。

ペレスが凶器の発見を電話で知らされたのは、午後の飛行機が離陸した直後のことだった。ステラ・モンクトンはパイロットのうしろの席に乗りこむまえに、例の穏やかで礼儀正しい口調でペレスに礼をいっていた。だが、彼女がなにを考えているのか、ペレスにはよくわからなかった。フィールドセンターから滑走路までの車中で、彼女はなにもしゃべらなかったのだ。

一方、バードウォッチャーたちはナイフを見つけたあとで、ふた手にわかれて行動していた。ベンは車でセンターに戻ってサンディをさがし、ダギーはあとに残って現場を見張るという具合に。そしていま、ここにはふたりの警官がいるだけだった。あたりは暗くなりかけており、こぬか雨がしとしとと降りつづいていた。

「犯人は、どうしてここにナイフを残していったのかな？」ペレスはいった。これがジェーン殺しの凶器であることを、彼はほぼ確信していた。「おまえもいっていたとおり、崖から投げ捨てることも簡単にできただろうに。そうすれば、おそらく見つかることもなかった」

「見つからないようにするのが、そんなに重要ですかね？　だって、ナイフがセンターのものだとすると、全員が手にする機会があったことになるわけでしょ。自分の指紋が検出されても、〝ええ、さわりました。皿洗いを手伝ったんです〟といえばすむことだ」

「だが、それでもナイフは現場から持ち去られていた。最初の殺人のときとはちがって」ペレスはまだ、ふたつ目の殺人現場のことを忘れられずにいた。それがいま、ふたたび写真のようにはっきりとまぶたの裏に甦ってくる。死体。血のついた羊皮。小さな白い羽根。なにかを見落としていた。もしかすると、犯人が凶器をひき抜いていったのは、単純な理由からかもしれなかった――ナイフをセンターのキッチンに戻しておくためだ。それがなくなっていることに気づかれないかもしれない、と考えて。あるいは、それの紛失で足がつくかもしれない、と考えて。ペレスは、犯人がパンドからフィールドセンターに戻るにあたってとりそうな経路を考えた。いちばんの近道は、丘を越えていくことだろう。だが、それは大変だった。のぼりがきついし、湿地とヘザーの荒れ地がつづいているからだ。セッターの家のまえをとおる道路まで歩いていき、そのまま道なりに北へむかうほうが、ずっと楽だった。

「犯人はあわてたんだ」ペレスはいった。「誰かが道路をちかづいてくる音を耳にして。彼は自分の姿を見られたくないと思った。ジェーンの死体が発見されたとき、自分がパンドのそんなちかくにいたことを誰にも知られたくなかった。植林地のなかに隠れるのは、簡単だっただろう。そのあとで、彼は怖じ気づいたのかもしれない。びくついていた。その状態では、とてもキッチンにはいっていって水道栓の下でナイフを洗い、引き出しに戻しておくことなどできないと考えた。そうするつもりでいたが、やりとおすだけの度胸がなかった。だが、枕カバーはまだポケットにはいったままだった。パニックを起こしていて、彼はそのことを忘れていたのかな?」

「もしくは、彼女は」サンディは、すでに道路のほうへと戻りはじめていた。木立のなかで彼が居心地悪そうにしているのに、ペレスは気づいていた。そういう環境に慣れていないのだ。もしかすると、閉所恐怖症のようになっていたのかもしれなかった。「犯人は女性だった可能性もある。〝決めつけるな〟といってたのは、警部ですよ」

サンディのいうとおりだとわかっていたが、それでもペレスは犯人が男だと考えていた。被害者は、どちらも女性だったではないか。それとも彼は、たんに女性の殺人犯というものを考えたくないだけなのだろうか。ペレスはサンディのあとにつづいて植林地を離れた。

「昼食のとき、ちょっとした騒ぎがありました」サンディは溝をまたいで道路に戻ると、車のほうへと歩きはじめた。「ベンとヒューのあいだで。殴りあいになるかと思いましたよ」助手席側のドアをあけて乗りこむ。

「原因は?」

サンディは肩をすくめてみせた。彼のジャケットを雨粒が伝い落ちていく。濡れた羊毛の匂いがした。「つまらないことです。ヒューが鳥部屋を汚したままにしていって、ベンがそれに嚙みついた。でも、あのヒューって男は、傲慢なクソ野郎ですよ。みんな、やつのことをあまり好きじゃないみたいだ」

「身代わりにされてるのかもしれないな」ペレスはいった。「あそこにいる連中は、全員が憎む相手を求めている。そして、やつはみんなの神経にさわりはじめている」

サンディが、さっとペレスのほうを見た。「『蝿の王』みたいなもんですか？」

ペレスは、この部下にいつでも驚かされていた。「ああ、そんなところだ」

「英語の上級試験のとき、あの本を勉強したんです」サンディがいった。ペレスが車のエンジンをかけるあいだ、サンディは口をつぐんでいた。それから、つづけた。「フィールドセンターの滞在者は、みんな自分たちのなかの誰かが殺人犯だと知っている。かれらは、それがヒューであってほしいと願っているんだ。実際のところ、彼はひとりぼっちですよね？　ほら、みんなに魅力をふりまいてはいるけど、あそこにほんとうの友人はいない」

そのとおりだ、とペレスは思った。ファウラー夫妻には、おたがいがいた。ジョン・ファウラーの落ちつきとサラ・ファウラーの不安は、たがいに相手の必要を満たしていた。ダギーはもう何年もフィールドセンターを訪れているので、あそこの一員のようになっていた。モーリスとベンは、シーズンのあいだ、ずっといっしょに働いていた。ヒューのことを知っているものは、ひとりもいなかった。かれらが知っているのは、ヒューが自分について語ったことだけだ。そして、いまや彼のユーモアは、すこし耐えがたいものになってきていた。おまえが彼について知っていることも、すべて本人が語ったことだけだ。ペレスは、最後に見かけたときのフランの様子を思い浮かべた。彼女はセンターのキッチンにいて、ヒューとおしゃべりしていた。そろそろ彼女をフィールドセンターから安全なスプリングフィールドへ帰したほうがよさそうだった。今夜は、ペレス自身もいくらか家ですごさなくてはならないだろう。彼の母親が特別な夕食を用意してくれているはずで、上手くすると、はやくベッドにはいれる可能性だってあった。

　自分もフィールドセンターのほかの滞在者たちとおなじなのだろうか？　ヒュー・ショウが犯人であればいいと願っている？　ペレスがそう自問したのは、自分もまたヒューを嫌っていることに気づいたからだった。しかも、その嫌悪の念は、驚くほど強かった。

　北にむかって車を走らせはじめた直後に、サンディの携帯電話が鳴った。ペレスは道路わきに車を寄せた。電波の途切れる心配なしに、サンディが電話で話ができるようにするためだ。相手側の会話は聞こえなかったものの、ペレスにはサンディが興奮しているのがわかった。

「まじで？　そうか、すごく助かったよ。つぎに町で会ったら、絶対に二、三杯おごるから。でも、このことは他言無用だ。いいな？」

「いまの電話は、なんだったんだ？」ペレスは素知らぬふりをしていった。サンディに勝利の瞬間をたっぷりと味わわせるためだった。

「銀行から引き出した金をアンジェラがどうしたのかが、わかりました」

「それで？」いらだちを見せるのは、得策ではなかった。そんなことをすれば、サンディはますます調子にのるだけだろう。

「彼女は、べつの銀行に自分名義の口座をもっているわけじゃなかった。引き出した現金を、第三者の銀行口座に振り込んでいたんです。彼女は相手の銀行コードと口座番号を知っていました」ここで言葉をきる。「こいつを聞いたら、警部は飛びあがって喜びますよ。その口座は、ヒュー・ショウのものでした。理由はわかりませんが、アンジェラは彼に二千五百ポンドを支払っていたんです」

「どうして、そんなことをするんだ？」ペレスは、べつに答えを期待しているわけではなかった。ここでもまた、自分にむかってつぶやいていたのだ。

「妊娠に関係したことでとか？」

「つまり、彼女はヒューの精子を買ったというのか？」ペレスは顔をあげた。その考えに、思わずすこしむかつきをおぼえていた。「だが、あのふたりがまえから知りあいだったという証拠は、どこにもない。ヒューがフィールドセンターにくるまえからの知りあいだったという証拠は」

「もっとまえから、おたがいを知ってたはずです」サンディがいった。「赤の他人に何千ポンドも渡すなんてことは、ふつうしませんから」

「ヒューは、アンジェラをゆすってたのかもしれない」ペレスはいった。「だが、ネタはなんだ？　彼女の性的不品行ではあるまい。それは、周知の事実だったようだから」

「知られているといっても、バードウォッチャーや島民の一部にだけです」サンディがいった。「フィールドセンターの理事たちは、彼女が年下の職員を誘惑していたと聞けば、あまり喜ばなかったかもしれない。それって、性的いやがらせにあたるんじゃないですか？　たぶん、法律に違反している」

「真実を知る方法は、ひとつだけだ」ペレスはいった。「ヒュー・ショウと話をしたほうがよさそうだな。どんな説明をするのか、聞かせてもらおう」ペレスは車のエンジンをかけ、はやすぎるスピードで狭い小道を飛ばしていった。フランとヒューがキッチンにいたところを思いだしていた。ほんとうに危険なことはなにもない、と自分に言い聞かせていたものの、それでもペレスは彼女の無事を確認したかった。

灯台を囲む白塗りの塀までは、車でほんのひとっ走りだった。まだ暗くなってはいなかったが、ほとんどの部屋に明かりがついており、カーテンはひかれていなかった。ペレスはしばらく車中にすわったまま、建物のなかをのぞいていた。フランがキッチンにすわっているのを目にして、一瞬、ほっとしていた。ダギー・バーは社交室にいて、缶入りの甘いソフトドリンクを立ち飲みしていた。住居部分では、モーリスが机のまえにすわって、書類の山に目をとおしていた。妻の死——そして、その生きざま——と折り合いをつけていくうえで、センターの運営という日常業務が彼の助けになっているのかもしれなかった。二階に目をやると、ベン・キャッチポールが物思いにふけるような感じで、自分の寝室の窓から外をながめていた。フィールドセンターの居住者たちの生活が、ペレスの目のまえで展開されていた。そして、それをのぞき魔のように観察しているうちに、ペレスはジェーンが殺された理由がわかったような気がした。ふたたび、動機らしきものが見えていた。すべては、最初の殺人について彼女が知ったことが原因だったのだ。いま彼に必要なのは、ジェーンの死にいたるまでの出来事を、頭のなかでもう一度たどりなおすことだった。あれは、強風がおさまりはじめた日だった。彼は集会場にいて、フィールドセンターの滞在者たちに事情聴取をおこなっていた。沿岸警備隊のヘリコプターが、アンジェラの死体をひきとりにやってきていた。ペレスは集中して、細かいところまで思いだそうとした。なにがいつ起きていたのかが、重要だった。だが、アンジェラの事件のほうは、どうか？　こちらはまだ、動機がはっきりとしていなかった。

「ここでひと晩じゅう、こうしてるつもりですか？」サンディが助手席のドアをあけた。「警部はどうか知りませんけど、おれはビールを飲みにいきますよ」

そのあとも、ペレスはしばらく車内にすわって、建物の二階に等間隔でならぶ四角い明かりを見あげていた。それから、サンディのあとにつづいて建物のなかにはいった。

まずキッチンへいった。フランと会いたかった。翌日、彼女がレイヴンズウィックに帰ってしまうとわかっているせいか、ペレスはどうしても彼女を抱きしめたかった。彼女の肉体を肌で感じたかった。その強烈な欲望は、ドイツ人の女学生ベアタに抱いた情熱を彼に思いださせた。いったい自分はどうしてしまったのだろう？　ふだんはあれだけしっかりと感情を抑制しているのに、この十分間で、おなじくらい強い嫌悪と欲望をたてつづけに感じるとは。

フランは、彼に背中をむけていた。オーブンに天板をいれようと、まえかがみになっている。髪の毛が顔と首筋にかからないように、頭に薄手の深紅のスカーフがまかれていた。ほつれたジーンズ。エプロンはしていない。彼女がまえかがみになると、セーターの背中がずりあがって、素肌がのぞいた。ペレスは、彼女が天板を真ん中の段にのせ——スポンジ・プディングのようだった——オーブンの扉をしめるのを待ってから、うしろからちかづいて、彼女の首筋にキスをした。手を服の下に忍びこませる。彼女がふり返り、ペレスの唇にキスをした。彼女の両手にはオーブン用の手袋がはまったままで、どちらもつかえなかった。

「ジミー・ペレス、あたしを首にさせるつもり？」

「サラは？」

「すごく忙しくなるまえに、上階にいってシャワーを浴びてるわ」

「もう帰ったらどうだい？ ぼくの車をつかえばいい。こっちは、あとで送ってもらうから。お袋がいっしょに夕食をとろうと、きみを待ってるだろう」

「あなたのお母さんは、あたしたちが帰ってくるのを待ってるのよ」フランがいった。「あなたのことは、わかってるんだから、ジミー・ペレス。ここにあなたを残していったら、もう今夜は会えないってね。それに」フランが顔をしかめた。「あなたに話があるの。ここじゃ、だめ。もうすぐ、サラがおりてくるわ」

「彼女が、なにか話してくれたのかい？」

「これといったことは、なにも。彼女、怯えているみたい」

「誰に怯えているのかな？」全員にだ、とすぐにペレスは思った。それから、自分は完全に思いちがいをしているのかもしれない、と考えた。もしかすると、彼女は見かけほどか弱い女性ではないのかも。なんのかんのいっても、病気になるまでは責任のある仕事につき、それをきちんとこなしていた女性なのだ。フィールドセンターにいる滞在者のなかで、ペレスはサラ・ファウラーのことをいちばんよく理解できていないような気がしていた。

間があってから、フランがいった。「よくわからない。あたしがあなたと婚約していることは、みんな知ってるでしょ。だから、あたしはあなたのスパイとしてここにいる、と思われてるの。ほのめかしばかりで、すべては臆測よ。なにが不安なのか、誰もあたしにはっきりいおうとしないわ」

「きみがヒューといるところを、見かけたよ」ペレスは、この若者に対する自分のほんとうの気持ちをフランに悟られないようにした。彼の偏見の影響を受けていないフランの意見が聞きたかった。

「そうなの」フランがいった。「彼、自分だけの秘密をもってるってふりをしてるわ。あなたも彼と話をすべきよ。でも、すごい目立ちたがり屋だから、どこまでが真実で、どこまでが効果を狙った作り話なのか、よくわからなくて」

突然、社交室で大きな物音がした。激しくぶつかりあう音。それから、いらだたしげに張りあげられたサンディの声が聞こえてきた。「いったい、どういうつもりだ？」ふたたび、なにかがぶつかりあう音。ペレスは急いで社交室にはいっていき、遊び場の喧嘩のような光景を目にした。サンディがベン・キャッチポールの両腕をつかみ、ヒューが目の上の切り傷から血をだらだらと流していた。頬を伝った血が、絨毯へと滴り落ちている。残りの滞在者たちはそばに立ち、魅せられたように見入っていた。騒ぎを楽しんでいた。切り傷を負っているにもかかわらず、ヒューは自分にいたく満足しているように見えた。

ベンがサンディの手をふりほどこうとしているときに、サラ・ファウラーが部屋にはいってきた。さっぱりとしたコーデュロイのパンツに白いシャツ、そして老婦人っぽい濃紺のカーディガンという恰好に着替えていた。彼女の甲高い大きな声が響いた。

「お願い。こんなこと、やめて。もう暴力はたくさんでしょ？　耐えられないわ！」そういうと、彼女はすすり泣きはじめた。誰かが黒板を爪でひっかいているかのように、その音はそこにいた全員の神経をずたずたにした。サラ・ファウラーが夫のほうをむく。ジョン・ファウラーは妻を抱きとめ、髪の毛をなでながら、安心させるような言葉をつぶやいた。その様子は、まるで子供をあやしているようだった。

これ以上、かれらをここにとどめておくことはできない、とペレスは思った。緊張で、全員がおかしくなりかけていた。翌日の船で、かれらを送りださなくてはならないだろう。たとえ、それが殺人犯を島から出すことを意味していようとも。

事情を聞くために、ペレスとサンディはヒュー・ショウを鳥部屋へつれていった。三人が廊下を歩いているときに、モーリスが住居部分からあらわれた。

「ジミー、話があるんだ！」

ペレスは、ちらりとふり返った。「申しわけありませんが、いまはだめです。すこしあとにしてください」

「ジミー、重要な話だ」

一瞬、ペレスはためらった。彼はいつでも、モーリスについ同情を感じてしまっていた。「ほんとうに、いまは無理なんです」という。「長くはかかりません。住居部分で待っててください。こちらがすんだら、すぐにうかがいます」そういうと、ペレスはモーリスのすがりつくような悲しげな目を見なくてすむように、背中をむけた。

鳥部屋にはいると、ペレスはそこが警察署の取調室であるかのように、形式どおりにことを進めた。ペレスがすべての質問をし、サンディは隅にすわって、膝の上に手帳をのせていた。流血しているにもかかわらず、ヒューはあいかわらずにやにやと笑っていた。「ぼくに警告しなくていいんですか、警部？　あとで誤解が生じないように、テープレコーダーをまわしておかなくても？　サンディに速記ができるとは思えませんけど」

「これは、非公式なおしゃべりにすぎません」ペレスはいった。「けれども、そのほうがよければ、あす、あなたを船で本島に連行することもできます。そして、ラーウィックで話を聞く。そうすれば、あなたは事務弁護士に同席してもらえるでしょう。この事件にまだ大きな関心を寄せている大勢の記者たちがそれをどう受けとめるかは、よくわかりません。もしかすると、かれらは〝警察の捜査に協力している〟という説明を、ただ間違って解釈するかもしれない。あなたの名前がタブロイド紙で大きくとりあげられるのを、ご両親はあまり喜ばないかもしれませんね」

「その必要はありませんよ」ヒューがすばやくいった。「もちろん、喜んで協力させてもらいます」彼はティー・タオルとおぼしきもので傷口を軽く押さえた。

「昔から、わたしは旅をしたいと思っていました」ペレスはいった。「一度も、その機会に恵まれませんでしたが」

「旅はすべきですよ！」ヒューの表情が明るくなった。それは、彼にとって安全な話題だった。異国の地にいる風変わりなイギリス人。魅力をふりまく人物。話の上手いやつ。「ぼくのお気にいりは、昔のシルクロードを逆にたどっていくルートですね。あのあたりには、ヨーロッパ人をほとんど見かけないところがいくつもあるんです。砂漠には、どこか――」

「だが、金がかかる」ペレスが途中で口をはさんだ。「切りつめた生活を送るにしても、食事はとらなくてはならない。それに、ときどきはビールをやりたくもなるでしょうし」ペレスは立ちあがって、明かりをつけた。外は暗くなりかけていた。シェトランド人が〝黒ずむころ〟と呼ぶ時間帯だ。

「うちの両親は、喜んで金を出してくれましたよ。ぼくを厄介ばらいできるというので。それに、旅はいい教育になると考えていた。有意義な金ってわけです」

「だが、それもつい最近までのことだった」ペレスはいった。「わたしが理解しているところでは、ご両親はこのところ、以前ほど甘くはなかったようだ。あなたは自分の冒険好きな生き方を維持していくために、どこかべつのところで金を手にいれなくてはならなかった」

一瞬、沈黙がながれた。

「アンジェラ・ムーアは、どうしてあなたに二千五百ポンドを渡したんですか？」

ふたたび、沈黙がながれる。それから、あの年季のはいった笑みが戻ってきた。この男はどこまでいっても詐欺師なのだ、とペレスは思った。昔だったら、切羽つまってだまされやすくなっている人びとに〝万病に効く〟といって怪しげな薬を売りつける、インチキ療法士のひとりになっていたことだろう。

「彼女は、ぼくに惚れてたんですよ」ヒューがいった。「どうしろっていうんです？　彼女はぼくをここにひきとめておきたくて、金を払うと申してできた。それをことわるやつなんて、いますか？」

「いいえ。アンジェラは、セックスに金を払うことはしていませんでした」ペレスはいった。「あなたと彼女のあいだには、いかなる肉体関係も存在していなかったんじゃありませんか？　彼女は、愛人をいつでもパンドへつれこんでいました。けれども、あなたはそれについて、なにも知らなかった。あなたたちが会っていたのは、純粋にビジネスのためだった」

ヒューがペレスをみつめた。言葉が出てこないようだった。

「用件はなんだったんです？」ペレスはたずねた。「ゆすりですか？」

「あの金は、贈り物だった」ようやく、ヒューがいった。「というか、いちおうは借金ってことで、アンジェラはぼくがその金をいずれは返すのを知っていた。ぼくらは愛人ではなかったかもしれないが、いい友だちだった。彼女はぼくを信用していた」

「あなたたちは友だちではなかった」ペレスはいった。「それに、アンジェラは寛大な精神の持ち主としては知られていなかった。仲間を信用することのできる人物としても。それ以外に選択肢がないという場合でなければ、金を払ったりはしなかったでしょう」

「そちらには、なんの証拠もない」またしても、あの笑み。無理しているような感じで、しかめ面にちかかった。

ペレスは、ヒューがなにもいわなかったかのようにつづけた。「そして、アンジェラはそれが嫌で嫌でたまらなかったはずです。それまで、自分が望まないことを誰かにさせられたことなど一度もなかったんですから。あなたにこれ以上わずらわされないようにする方法を見つけようと、固く心に決めていたにちがいない。それで、あなたは彼女を殺したんですか？　彼女が逆にあなたを脅しはじめたから？　脅迫者として有名になるのは、あまり喜ばしいことではありませんから」

「こんな話、つきあっていられないね」ヒューが立ちあがった。「そちらがなにか証拠を手にいれたなら、そのときはまた喜んで話をうかがいますよ、警部」そういうと、彼は以前の生意気さを下手になぞっただけのような足どりで、ゆったりと部屋から出ていった。サンディも立ちあがり、ヒューが出ていくのを阻止するかに見えた。だが、ペレスはしぐさで、若者をそのままいかせるように指示した。

「いったいどんなネタで、やつはアンジェラを脅迫してたんですかね？」サンディがたずねた。

携帯電話が鳴ったおかげで、ペレスはその質問にこたえずにすんだ。「もしもし？」

ヴィッキー・ヒューイットだった。「アンジェラ・ムーアの髪の毛で発見された羽根だけど、DNA分析の結果がでたわ」

「それで」

ペレスは、ヴィッキーの話に耳をかたむけた。そして、誰がふたりの女性を殺したのかを知った。論理とはほとんど関係なく、奇妙な直観が働いたのだ。確認がとれ、ついに動機が見つかった。ペレスは足早に鳥部屋を出ると、ヒューを呼び戻そうとした。こたえてもらう必要のある質問が、さらにいくつか出てきていた。だが、ヒューはどこかへ消えてしまったようだった。

36

フランはカスタードを作っていた。社交室から聞こえてくる物音が気になってはいたものの、たとえ袋入りのインスタントであっても、カスタードをきちんと仕上げるには集中する必要があった。人数が減ったとはいえ、フランはこれだけ大勢のために料理するのに慣れていなかった。カスタードをかきまわしながら、耳を澄ます。男たちの張りあげる声に、またしても手もとがおろそかになった。鍋の底で牛乳が焦げつきかけており、黄色い液体からスプーンをもちあげると、先端に茶色い皮膜がついていた。フランは、すぐに火を弱めた。やがて、すこしだまはできているが、ようやく満足のいくくらいとろみのついたところで、ガスレンジの火を消した。あとで、もう一度温めなおすつもりだった。

喧嘩をやめるよう男たちに懇願するサラの声を耳にしていたので、フランは夕食をひとりで作る覚悟を決めていた。サラの神経はずたずたになっていて、とても料理などできる状態にはないだろう。野菜の下ごしらえをしているあいだ、フランはいつしか娘のキャシーのことを考えていた。母親がもうすぐ帰ってくるので、キャシーは興奮しているだろうか？ それとも、ダンカンが例によって甘やかし、いろいろな物をあたえた結果、父親に夢中になっているのか？ あの娘は、あたしよりも父親のほうを愛するようになる？ そんなことを考えるのは情けないとわかっていたが、それでもやめられなかった。フランはあとでダンカンに電話して、キャシーを〈グッド・シェパード〉号の到着するグラットネスにつれてくるよう念を押すことにした。つぎは、キャシーといっしょにフェア島にくるつもりだった。メアリは嬉々として、祖母の役を演じることだろう。

うしろで物音がしたので、フランはふり返った。ペレスの姿を目にすることを期待して。そうであることを願って。だが、そこにいたのは、蒼白な顔をしたサラ・ファウラーだった。まるで凍りついているかのように、皮膚が青く透きとおっていた。おまけに、震えているように見えた。

「ここは心配いらないわ」フランは軽い口調でいった。「ひとりで大丈夫だから。あなたは休んでたほうがいいんじゃない？」それか、ウイスキーを一杯やるか。ファウラー夫妻は飲むのだろうか？

サラ・ファウラーは返事をしなかった。フランの目には、彼女が老女のようにはかなげに見えた。この数日のあいだにも、体重が減ってしまったような感じだった。フランは彼女にちかづいていって、抱きしめた。服と皮膚のすぐ下に骨があるのが感じられた。「どうしたの？たしかに、いまはつらいときよ。でも、きっとジミーは、すぐにあなたたちを出発させてくれるわ。たとえ、そうはならなくても、あなたは島を出るべきよ。このままだと、身体を壊してしまうわ。あすの朝の船で、あたしといっしょにいきましょう。警察には、あたしが話をつけるわ」

サラが身体をこわばらせたままだったので、フランはうしろにさがった。肉体的な接触は助けになっておらず、それどころか相手を狼狽させていることに、気がついたのだ。「紅茶ね」フランはいった。「あたしたち、ふたりとも紅茶が必要だわ」

フランはやかんに水をいれて、火にかけた。ふだんどおりに家事がおこなわれているのを見て、サラが落ちついてくれることを願っていた。むきなおると、サラは先ほどとまったくおなじところに立っていた。

「あたし、怖いの」

やけに芝居がかった言い方だったので、フランは思った。これは演技よ。ふりをしてるんだわ。「なにが怖いの？」そのとき、すこしまえにかわした会話を思いだして、はっとひらめいた。こうつづける。「ヒューなの？　ねえ、いまはもうジミーがフィールドセンターに戻ってきてるわ。あなたはまったく安全よ。とにかく、ヒューのことは心配しないで。口先ばかりで、見せかけだけの男だから」

「アンジェラのお母さんは、ここにくるべきじゃなかった」サラがいった。「彼女がここにこなければ、なにも問題なかったのに」

「アンジェラのお母さんが、これとなんの関係があるの？　いったい、どうしたっていうの？　サラ、きちんと説明してちょうだい」

「彼、あたしを殺すわ」サラが息をつまらせ、手の甲を口もとにあてた。

最初、フランは聞き間違えたのだと思った。それから、考え直した。すべては、興奮して神経衰弱になりかけている女性のたわごとにすぎない。「サラ、いったいなにをいってるの？　知ってることを、ジミーに話して」フランはいらだっていた。サラの両肩をつかんで揺さぶり、正気を取り戻させたかった。

「だめよ！」それから、先ほどよりも大きな声で「彼、あたしを殺すわ」――といっても、あいかわらずささやくような声だったが――くり返した。

「それじゃ、あたしに話して」

ドアがばたんと音をたてた。住居部分とフィールドセンターの共用部分を結ぶドアだった。急な物音に驚いた動物のように、サラはぎくりとして走り去った。玄関の間を駆け抜け、闇のなかへと飛びだしていく。

フランは、キッチンの真ん中に立っていた。こうして糖蜜プディングとステーキ・パイの匂いのする生活感あふれる空間にいると、いまの芝居じみた状況が滑稽に思えた。フランは、ふたたびいらだちをおぼえていた。これといった理由もなしにぴりぴりしている子供を相手にしているような感じだった。すでにふたりの女性が殺されていたが、それでもサラにとっては、外の暗闇のなかをほっつきまわるよりも、ここでほかの人たちに囲まれているほうが、はるかに安全なはずだった。フィールドセンターの北と西の崖は、島のほかの部分同様、険しく切り立っている。そして、そうした崖がいくつも陸地にむかって切りこんできているのだ。社交室からは、興奮した声がまだ聞こえていた。

ジミーをつかまえようと、フランはドアのところへいった。いまのサラの発言と、彼女が外にいて愚かな女を演じていることを、彼に伝えなくてはならない。だが、ペレスの注意はヒューにむけられており、フランが見ているなか、彼は若者を鳥部屋のほうへとひきたてていった。そのとき、モーリスがあらわれた。そして、まったく彼らしくないしつこさで、どうしてもペレスと話がしたいと言い張った。あけっぱなしのドア越しに見えているモーリスは、廊下に立って、ほかのものたちとむかいあっていた。そのセーターの肘に穴があいており、ひたいには玉の汗が浮かんでいることに、フランは気がついた。いったい、彼はどうしたのだろう？ジミーの手がふさがっているのが、わからないのだろうか？　サラをさがすのを手伝ってもらうため、フランはモーリスに声をかけようとした。だが、そのまえに彼は住居部分のほうへ去ってしまった。

鳥部屋のドアは閉まっていた。いまジミーの邪魔をするのは、まずいだろう。彼は殺人の罪でヒューを逮捕しようとしているのだ――ふと、そんな考えがフランの頭に浮かんできた。腕時計に目をやる。夕食まで、あと三十分。キッチンの支度は、すべてすんでいた。フランのコートと長靴は、食糧貯蔵室のとなりの戸棚にしまってあった。フランはそれらを身につけると、サラのあとをおって外へ出た。

いまや、あたりはすっかり暗くなっていた。風向きは定まらず、勢いよく吹きつけてきた風がフィールドセンターの建物のまわりで渦を巻いていた。正確にはよくわからなかったが、この冷たさからすると、おそらくは北西から吹いているものと思われた。サラは、カーディガンにソフトシューズという軽装で外に飛びだしていた。フランは小声で彼女に毒づいた。子供のころに、さぞかし甘やかされてたんでしょうね。頭上では、灯台の光線がメトロノームのように規則正しく旋回していた。三度みじかく光ってから、長く光る。光線は地面から露出している岩を照らしだし、溜池に反射した。

フランは、サラが〈黄金の水〉のほとりにすわっているのを見つけた。飛来したナキハクチョウがねぐらにし、本土からのバードウォッチャーたちが大挙して押し寄せていた場所だ。いま、溜池にはなにもいなかった。窪地にあるために突風から守られており、水面は穏やかだった。フランが最初にサラに気づいたのは、ちょうど灯台の光線がその景色をゆっくりとなぎはらっていったときで、点滅する光のせいで、その姿は紙をぱらぱらとめくって動かす素朴なアニメのように見えた。もっとも、サラはじっとすわったきりで、まったく動いてはいなかったが。フランがぐしょぐしょの地面に長靴をめりこませながらちかづいていくと、雲が切れて、三日月の光が行く手を部分的に照らした。フランは蠟引きしたジャケットを脱ぎ、サラの肩にかけた。「さあ、なかに戻りましょう。ここにいたら、凍え死んじゃうわよ」一瞬、フランはこの女性も殺人の被害者になったのかと思った。というのも、相手の身体がすっかり硬直しているように感じられたからである。フランは、死後硬直を起こしたアンジェラ・ムーアの死体を思いだしていた。彼女の皮膚も、やはり青かった。

「さあ、なかに戻りましょう」フランは、ふたたびいった。「もう終わったのよ。なにがあったのか、ジミーは知ってるわ。いま、犯人を逮捕しているところよ」事実を誇張しているのかもしれなかったが、フランは凍えていたし、とにかく暖かいキッチンに戻りたかった。

そのとき、サラがフランのほうをふり返った。茶色い雲が、月の上をさっと横切っていく。そしてサラは、灯台の光線の点滅にあわせて話しはじめた。口から言葉があふれだし、すべてが最初から語られていった。フランはぶるりと身体を震わせ、もう一度サラを立たせようとした。「ほら、なかへはいりましょう。そこで、すべてにかたをつけるの。あたしたちが手を貸すわ」このとき、フランは寒さと同時に、興奮にちかいものを感じていた。なぜなら、サラはジミーにではなく、彼女に告白したからだ。どっちが刑事かしらね、ジミー・ペレス？　フランにとって、これは勝利の瞬間だった。

37

　ペレスは駆け足で社交室を通り抜けたが、そこには誰もいなかった。みんな、先ほどの騒ぎに気まずさをおぼえて、それぞれの部屋に戻ったのだろう。ペレスは階段ののぼり口で立ちどまった。建物のなかは静まりかえっていた。そこを隅々まで歩いてまわり、反抗的な子供たちをつれ戻すみたいに、みんなを社交室にひっぱってくる――そう考えると、気が重くなった。結局、急ぐ必要はどこにもないのだ、とペレスは思った。かれらには、いくところなどない。逃げようにも逃げられないのだから、いずれは全員がおりてくる。

「悪いが、ジミー」モーリスが声をかけてきた。「ほんとうに、どうしてもきみと話をしなくてはならないんだ」もう我慢できない、これ以上は住居部分で待っていられない、といった口調だった。とはいえ、ペレスが腕時計に目をやると、最後にモーリスと言葉をかわしてから、十五分しかたっていなかった。今夜は、時間がひきのばされているように感じられた。殺人につかわれた凶器を回収し、サンディといっしょにフィールドセンターに戻ってからというもの、つぎからつぎへといろんなことが起きていて、もう何日もたったような気がしていた。

「フランを見かけましたか？」

「ちょっとまえは、キッチンにいたな」モーリスがいった。彼の声からはすがりつくような感じが消え、かわりにこれまでにはなかった威厳がそなわっていた。「わたしがアンジェラの母親から聞かされたことを、きみも知っておくべきだ。重要なことかもしれない」

ペレスは、どうしたものかと迷った。モーリスの相手をサンディにまかせても大丈夫だろうか？　フィールドセンターの所長にふたたび目をやったペレスは、それではだめだと悟った。モーリスは、ペレスにしかしゃべらないだろう。

「それじゃ、鳥部屋へいきましょう。サンディ、全員を社交室に集めて、目を光らせておいてくれ。全員だ。フランもふくめて。彼女に、ひとりでそこいらへんをほっつき歩いてもらいたくないんだ」

サンディはうなずいた。

鳥部屋の入口でモーリスがためらうのを見て、ペレスには彼が妻のことを考えているのがわかった。ペレスは一度もモーリスを想像力豊かな男と考えたことがなかったが、背中にナイフを突きたてられ、髪に羽根を飾られたアンジェラの姿は、きっと死ぬまで彼の心にとどまりつづけるのだろう。背中にナイフを突きたてられ……。一瞬、その表現がペレスの頭にひっかかった。裏切りをあらわす隠喩だ。殺人犯は、そのことを伝えたかったのだろうか？　羽根とおなじく、それは意図されたメッセージだったのか？　だとすると、犯人は捕まりたがっているのだろうか？　自分がそのような凶行にいたった理由を、世間に知らしめたいと考えている？

「アンジェラの母親がわたしとふたりきりで話をしたがったのは、彼女がアンジェラ殺しの犯人につながるかもしれない情報をもっていたからだ」モーリスは窓枠にもたれかかった。壁は厚さが三フィートあり、窓には塩がこびりついていた。窓ガラスには彼の横顔が映っていたが、ぼんやりとしており、まるで幽霊が外からなかをのぞきこんでいるかのようだった。

「それなら、警察に話すのが筋でしょう！」

「その情報は、アンジェラにとってあまりいい内容のものではないんだ」モーリスがいった。

「それをどうするかの判断を、アンジェラの母親はわたしにゆだねた。おおやけにして、アンジェラの評判に傷をつけるか。それとも、ふたりだけの秘密にして、殺人犯が罰を逃れる危険をおかすか」

「そして、あなたは話すことにした」それが簡単に下された結論ではないことが、ペレスにはわかった。モーリスは住居部分に閉じこもり、午後じゅう頭を悩ませていたのだ。だが、こちらはもう知っている、とペレスは思った。すくなくとも、大半はもう推測がついている。ヴィッキーの電話が、それを確認してくれた。それに、あんたはどの程度まで真実を話す覚悟ができてるんだ？　ペレスはふいに嫌気がさし、一刻もはやくこの事件を終わらせたくなった。モーリスの死者に対する配慮は、最悪の形の自己満足に思えた。この事件では、じつに多くのことが語られ、じつに多くの要素が複雑にからみあっていた。だが、そうした言葉や虚飾をとり払ってしまえば、そこに残るのは、ただのつまらない嫉妬心だけだった。

玄関の間で複数の声がして、駆ける足音が聞こえてきた。外側のドアがあいて、ばたんと閉まる。

「申しわけありませんが」ペレスはいった。「やはり、これは待ってもらうしかありません」

ペレスはむきなおると、困惑しているモーリスを窓辺に残して、走るようにして鳥部屋を出た。どうしてこの男に注意をそらされるような真似を自分に許したのか、わからなかった。いまの話は、いずれすべて明るみにでることだった。供述がとられ、弁護士たちがその文言をめぐって争いをくりひろげる。地方検察官は自分自身へのご褒美として、美味しい夕食でもとることだろう。だが、今夜は、まず逮捕をしなくてはならなかった。それから、愛する女性と夜をともにすごすのだ。そして、あすになったら、彼女といっしょに船でここを出ていく。この岩のかたまりに、彼はあまりにも長いこと閉じこめられていた。ここで暮らしていけるかもしれないなどと、どうして考えることができたのだろう?

玄関の間には、誰もいなかった。ペレスは急いで社交室にいった。あいかわらず空っぽで、あまりにも静かなので、発電機の小さなエンジン音まで聞こえていた。外の世界が一瞬、灯台の光線で明るく照らしだされた。それから、ふたたび闇に沈んだ。

ペレスは急に、恐慌状態におちいった。まるで、悪夢を見ているようだった。高いところから落下したり、正体不明の怪物においかけられたりするのとおなじくらい、ひどい悪夢だ。いきなり消えてしまった悪魔を追跡するのとおなじくらい。

「サンディ!」ペレスの声は、よく反響する古い建物のなかにのみこまれていった。

木造の階段で、足音がした。サンディが上から大声でいう。「すみません、警部。これって、猫の群れを駆り集めているような感じで。みんな、すぐにおりていきます」決まり文句が、すらすらと口にされる。

「全員、そろっているのか？」

「そう思います」だが、サンディは上司を喜ばせようとしていた。ほんとうは、わかっていないのだ。「はっきりしなくて」

「それで、フランは？」

「見かけてません。まだキッチンにいるんじゃ？」

　ペレスはかんしゃくを起こすまいと必死でこらえていたが、ベン・キャッチポールがヒュー・ショウに食ってかかった気持ちがよく理解できた。この状態なら、自分にも人を殺せるだろうか？　一瞬の狂気に駆られて、サンディの背中を刺せるか？　彼があまりにもとろいからというだけの理由で？　おまえがほんとうに見つけてもらいたいのはフランだということが、あの男にはわからないのか？　それから、理性が戻ってきて、罪の意識が芽生えた。おまえは説明しなかった。彼におまえの考えが読みとれると思っているのか？

　キッチンのドアは一日じゅうあけっぱなしで、ペレスはそこから見える女性たちの姿をときおりちらりと確認しては、安心感をおぼえていた。いま、そのドアは閉まっていた。ペレスがドアをあけると、キッチンには誰もいなかった。ガスレンジは切ってあり、上には水のはいった大きな鍋がおかれていた。料理の匂いがした。甘くて美味しそうな匂いだ。表面に膜の張ったどろりとしたカスタードのはいった鍋。刻んだキャベツで半分いっぱいになった大きな濾《こ》し器。なにもかもが、ふだんどおりだった。だが、それでもペレスは、悪夢がつづいているような感覚をおぼえていた。ときとして、恐怖は日常のなかに潜んでいることがあるのだ。ペレスはサンディにむかって怒鳴り返した。「二階では、正確には誰を見かけた？」

「ダギーとベンです。ベンが血まみれになってたんで、ダギーがそれをきれいにするのを手伝ってました」

「ほかのものたちは？」

「みんな二階にあがったと思ってたんですけど、もしかすると、キッチンにいったのかもしれません」

「誰かが外に出ていった」ペレスはいった。「ドアの音がした」

いまではサンディも、上司があわてていることに気づいていた。自分の愚かさを――世界一のへまをしでかすことのできる自分の能力を――痛感して、涙目にちかくなっていた。「すみません。おれは共同部屋にいたんで、見てませんでした」

白塗りの塀に囲まれた庭に出ると、ペレスはもろに冷気を感じた。雲に半分隠れた月から届くかすかな光。間隔をおいてあらわれる灯台の明るい光線。ペレスは洗濯紐をよけながら庭を駆け抜け、塀の切れ間から外に出て、なにもない丘を見渡した。月を隠す雲が厚くなり、ふいに真っ暗になった。都会では決してお目にかかれない暗闇だ。それから、ふたたび雲が薄くなり、ペレスは光が反射して銀色に輝いている筋を目にした。〈黄金の水〉だ。

女性の悲鳴がした。フランではない。たとえ悲鳴であっても、ペレスには彼女の声がわかっただろう。よかった。フランではない。ペレスは音のしたほうへと駆けていった。ヘザーや露出した岩に足をとられ、湿地の水をはねちらしながら、溜池を目指して進んでいく。足もとで動きがあり、ペレスはぎょっとした。ゆっくりとした羽ばたき。弱い月明かりのなかで黄色く光るひと組の目。コミミズクが丘の上を低空で飛んでいった。

灯台のレンズがぐるりとまわって、ペレスの前方を光線が通過していった。一瞬、その場の光景が浮かびあがる。溜池。ぼんやりとした背景。その手前にある黒ぐろとした人影。腕をふりあげた男の影だ。金属がきらりと光るのが見え――嵐の晩の音のない稲光のようだった――それから、ふたたびすべてが闇につつまれた。

ペレスのいつもの好奇心が、ちらりと頭をもたげた。どこで彼はナイフを手にいれたのだろう？　通りすがりに、キッチンでつかんだのか？　それとも、まえから計画していたとか？　あの女性にしゃべらせるわけにはいかないから。光線が戻ってきた。心臓の鼓動のように、規則正しく点滅している。今回は、ペレス自身が悲鳴をあげそうになった。人影が動いていたからだ。腕がふりおろされ、切り刻んでいく。その動きは、灯台のレンズをまわしているエンジンとおなじくらい機械的だった。はじめは理性をそなえていたのだとしても、いまや犯人は完全にそれを失っていた。どうして、自分の妻にあんなことができるのだろう？　敬愛しているといっていた女性に？　そして、またしても闇。

ペレスのうしろで、誰かが叫んでいた。サンディだ。助かった。あの男を取り押さえるには、ふたりがかりでやる必要があるだろう。駆けているペレスの頭のなかでは、さまざまな考えやイメージが渦巻いていた。サンディは力が強いから、ふたりでナイフをとりあげたら、あとは彼ひとりでジョン・ファウラーを押さえこめるはずだ。ペレスはフランを慰める。彼女を腕に抱き、ジャケットを肩にかけてやり、もう二度と彼女をこんな目にあわせたりしないと約束する。今後は、彼女を暴力や危険にさらすようなことは一切しない。そうなると、自分は警察を辞めなくてはならないだろう。フランは気にいらないだろうが、ペレスは譲るつもりはなかった。息を切らしてよろめきながら犯人を追跡中であるにもかかわらず、ペレスは急に大きな安堵感をおぼえていた。ストレスを受けているときの頭の働きは、じつに不思議なものだ！　かくて、決定は下された。もうこれ以上、警察の仕事はやらない。彼の人生におけるその部分は、終わったのだ。

サンディのほうが若くて鍛えているので、すでにペレスの先を走っていた。出てくるときに懐中電灯をつかんできたにちがいなく、前方で光が躍っていた。その光が、溜池の岸辺にいる三人の姿をとらえる。三人とも、彫像のようにポーズをとっていた。このまえいっしょに本土にいったとき、フランにつれていかれた美術館でペレスが目にした白い大理石の彫像に似ていた。一体は立ち、一体はすわり、一体は横たわっている。立っているのは、ジョン・ファウラーだった。腕をわきにたらしている。すでにナイフは捨てられており、草むらのどこかに埋もれていた。祈っているかのように頭をたれており、すごく落ちついて見えた。

一瞬、ペレスはわけがわからなくなった。悲鳴が聞こえており、それが自分のものだということがわかった。気がつくと、必死にぬかるみのなかをかきまわし、ナイフをさがしていた。見つけていたら、それであの男を殺していただろう。サンディの声を耳にして、ようやく彼は正気を取り戻した。なぜなら、すわっているのはサラ・ファウラーで、横たわって蒼白の状態で血を流しているのはフランだったからである。サンディはすでに彼女の上にかがみこんでおり、手にした携帯電話にむかって、大声で救急搬送のフライトを要請していた。ヘリコプターだ。「なんでもいいから、医者を寄越してくれ！」ペレスは、そうするつもりでいたとおりにジャケットを脱ぐと、それでフランをつつみこみ、両腕で抱きしめた。

38

たとえどこにいようと、フランは助からなかっただろう。ペレスは何度も、そういわれた。まるで、それがいくらかでも慰めになるとでもいうように。世界でもっとも設備のととのった病院のとなりで刺されていたのだとしても、彼女の命は救えなかった。傷があまりにも深すぎたのだ。とりあえず、ヘリコプターはじつに迅速に到着していた。そのときのことを、ペレスはよくおぼえていなかった。もうそこには本来の彼女はいないと知りつつ、フランの身体とともに飛びたったときのことは。しだいに視界から消えていくフェア島を見おろしながら――あちこちに点在する明かりは、彼のよく知る小農場をあらわしていた――ペレスはふと思った。自分がここにふたたび戻ってくることはあるだろうか？　そんなことができるだろうか？

ヘリコプターには、父親が同乗していた。母親がきたがったのだが、ペレスは母親が騒ぎたてるところを考えると、耐えられそうになかった。もしかすると生まれてはじめてのことかもしれないが、このときばかりは、ほかの人の感情を無視してもかまわないと感じていた。父親はおずおずと申しでてきていた。「なんだったら、わたしが付き添うぞ」突然、それこそが、まさにペレスの必要とするものになっていた。花崗岩のような顔をもつ寡黙な男。欠点はあるものの、それでも確信に満ちている、感傷とは無縁の人間。

それから、ギルバート・ベイン病院の一室で長いこと待たされた。大量の紅茶。遠くから聞こえてくる陽気な話し声と、お茶用のワゴンが金属製の寝台にぶつかる音。その医師は——ペレスの目には、十代の若者としか見えなかった——何度もくり返し、「できることはなにもありませんでした」といった。ヘリコプターでフェア島に駆けつけたチームにいた医師で、朝がきて外が明るくなり、ペレスの父親が「もうラーウィックの家に帰ろう。おまえは食事をして休む必要がある」といったときも、まだぐずぐずとそこにとどまっていた。まるで、彼自身も遺族であるかのように。そして、ペレスもまた、そこを去りたくなかった。なぜなら、なにはともあれ、このにきび面で口臭のきつい若者は、自分とフランを結ぶ最後のものだったからである。

病院で、ペレスは睡眠薬を勧められていた。だが、ことわった。彼には、二度とふたたび眠る権利などなかった。ラーウィックにある水辺の自宅に戻ると、ペレスは細長いキッチンにすわって、父親がベーコンと卵を炒めるのをながめた。父親は青ざめた顔をしており、疲れきっていたが、動作はてきぱきとしていた。皿を温め、なかまできちんと火がとおるように卵に油をかけていた。食事が終わるとすぐに、父親は皿洗いをした。「すこし休んだらどうだ?」

父親がペレスのベッドで横になっているあいだ、ペレスは頭のなかで、フランが死んだときのことを思い返していた。反復映写用のフィルムのように、何度も何度もくり返して。もしかすると、いつかは物語にちがう結末が訪れる、と考えていたのかもしれなかった。そうなることはないと知りつつ、そう信じたかったのかも。

午後になって、サンディが家に訪ねてきた。彼はフランの死に責任を感じていた。彼が家にはいってきた瞬間に、ペレスにはそれがわかった。サンディはかぶりをふっていた。「彼女に目を光らせてろって、あなたからいわれてたのに」そういいつづけずには、いられないようだった。正確にはそういう文言ではなかったが、意味はそういうことだった。どうしてみんな、こんなにしゃべる必要があると感じているのだろう?

結局、ペレスはかなり荒っぽい口調でこういった。「おまえがナイフをもってたわけじゃないだろう。もう、いい加減にしろ」

こうして、かれらは黙ってすわり、さらに紅茶を飲んだ。ペレスとしては酒のほうがよかったが、いったん飲みはじめたら自分がやめられなくなるのがわかっていた。

「関係者を全員、船でこっちにつれてきました」サンディがいった。「いまから、署のほうで供述をとります」ここで言葉をきる。「あなたも同席したいんじゃないかと思って。もちろん、聴取するためじゃありません。それに、ジョン・ファウラーはだめです。さすがに、それはまずいでしょう。でも、これはあなたの捜査ですから」

「自分がなにか見落とすんじゃないかと、心配なんだろ、サンディ? ついに自分が責任をとらされることになるんじゃないかと?」悲しみは、ペレスを自由にしてくれていた。これまで一度も、彼はサンディに対してここまで残酷になったことがなかった。いまは、なんでも好きなことをやり、好きなことをいえるような気がしていた。

サンディの顔が真っ赤になった。平手打ちをくらって、その指の痕がまだ残っているような感じで、まだら状になっていた。「ええ」サンディがいった。「そんなところです。でも、あなたが望むのであれば、そこにいられるようにしたかったんです」

「悪かった。おまえのいうとおりだ。事情聴取には立ち会いたい」もちろん、嘘だった。なにかしたいと思うほど気にかけていることなど、ひとつもなかった。だが、サンディといっしょにいくほうが、まだましだろう。闇が迫りくるなか、ここにとどまり、おたがいなんと言葉をかけていいのかわからないまま、父親とふたりして孤独な老人のように暖炉の両脇にすわっているよりも。

すっかり慣れ親しんでいるはずの警察署で、ペレスは部外者のような気分を味わっていた。もう、かつての自分ではなかった。いたるところで、フランの姿を目にした。収監手続き用の机で巡査のうしろに立っているフラン。食堂で彼の同僚たちと笑っているフラン。ペレスは歩を進めながら、こう考えていた。この先ずっと、こんな調子なのだろうか? どこへいこうと、彼女がいる……。

フランの幽霊は取調室まではついてこず、ペレスはそれをありがたく思った。彼の警戒をすり抜けてフランがここにまであらわれた場合にそなえて、目のまえの事柄に集中しようとする。
机についているサンディのとなりには、ペレスの知らない刑事がすわっていた。おそらく、インヴァネスからきたのだろう。ロイ・テイラーの後任かもしれない。だが、わざわざたずねてみようという気は起きなかった。その来訪者は、そこにいないも同然だった。尋問は、すべてサンディがおこなったのだ。そして、彼はそれをじつに巧みにこなした。指導者に恵まれたのだ——ペレスはそう考えて、一瞬、ひそかに満足感をおぼえた。ペレスは椅子を隅のほうへひっぱっていった。部屋をのぞいたものは、ペレスが寝ていると思ったかもしれない。だが、彼はきちんと話に耳をかたむけていた。すっかり聞きいっていた。まず最初は、ヒュー・ショウだった。

「脅迫のことについて、話してください」サンディがいった。「こうなったからには、すべてが明るみにでます。ジョン・ファウラーがしゃべりました。隠していても、無駄です」

ヒューはペレスをじろじろと見たが、彼がそこにいることについては、なにもいわなかった。テーブルをはさんでサンディとむきあい、まえかがみのだらしない姿勢ですわっている。それを見て、ペレスは都会の警察にいたときによくしょっぴいていた生意気な十代の少年たちを思いだした。自制心も仕事もなく、世間は自分たちを養って当然だと考えていた連中。だが、そういった若者は、仕事につく見込みもほとんどないまま、掃き溜めのような公営住宅で育ってきていた。ヒュー・ショウには、そのいいわけは存在しなかった。

「あれくらい、アンジェラにとっちゃはした金だって、わかってた」ヒューがいった。「金持ちだったから。テレビのドキュメンタリー番組を一本やるだけで、フィールドセンターでの年収以上の金額を稼いでたんだ」

「それじゃ、くわしく話してください」

「すべての発端は、シロハラチュウシャクシギだった」ヒューがいった。「アンジェラを有名にした、あの鳥さ」

「それが？」

「あれは嘘だった。あの鳥を発見したのは、彼女じゃなかった。彼女の名声も、富も、偉大な科学者という評判も、すべては嘘の上に築きあげられたものだった。アンジェラは、べつの男の研究を盗んだんだよ」

アンジェラがあんなにもみじめそうだった理由を、ペレスはいまや理解していた。便宜のためだけに年上の男と結婚した理由を。彼女にとっては、仕事がもっとも重要なものだった。そして、そのもっとも重要と考えていた仕事で、彼女はずるをした。もはや、彼女に誇りは残されていなかった。もしかすると、赤ん坊をあたらしく出直すためのチャンスととらえていたのかもしれない。嘘偽りのない本物を生みだすチャンスだと。あるいは、生物学上の命令、子供をもちたいという強い願望に駆りたてられていたのか。この数カ月、フランもそれと似たような衝動を感じていた。ふたたび、ペレスは頭のなかからフランをおいだそうとした。

「どうやって、そのことを知ったんです？」サンディがテーブルに肘をつき、ヒューのほうへ身をのりだした。

「タシケントで、あるイギリス人と出会った。国外移住者で、ロシア人相手にいかがわしい商売をやってたが、バードウォッチャーでもあった。ある晩、〈ロヴシャン・ホテル〉でいっしょに地元のビールとジョニ黒を飲んでいたときのことだ。その男が、すべてを話してくれた。ジョン・ファウラーは、シロハラチュウシャクシギの個体群を見つけだしていた。アンジェラも、おなじものをさがしていた。なにか大発見をして、有名になろうとしてたんだ。だが、ジョン・ファウラーが先を越した。餌を手がかりにして、見つけたんだ。なんとかいう昆虫を手がかりにして」

ケラだ、とペレスは頭のなかでつぶやいた。ジョン・ファウラーは、いまだに自分の記事をつうじて、科学界の目をケラにむけさせようとしていた。彼のコンピュータには、それを意図した記事を科学雑誌に売りこむ手紙が保存されていた。だが、誰もその重要性には気づいていなかった。

ヒューがつづけた。「ジョン・ファウラーは、いわば素人のバードウォッチャーだった。レンタカーで砂漠をあちこち移動し、博物学関係のジャーナリストとして名をなすような大きな記事をものにしたいと考えていた。学位さえもってなかった！　アンジェラには博士号も調査のための予算もあったが、それでもジョン・ファウラーに負けたんだ！」

「だが、彼は然るべき栄光を手にすることがなかった」これもまた、サンディだった。まさに、おまえがいいそうなことだ、とペレスは思った。一言一句そのままに。

「アンジェラが先に発表したからね。そして、学会はどっちを信じると思う？　ファウラーには、すでに誤情報発信者《ストリンガー》の評判がいくらかたっていた。アンジェラは、彼が希少種の鳥を見たという話をいくつかでっちあげて、そのうわさをシェトランドからひろめた。そうすることで、誰も二度と彼のことを真剣にとりあわないようにしたんだ。彼は笑いものになった」

そして、そのことは彼の頭から離れなくなった、とペレスは思った。ジョン・ファウラーを駆りたてているのは鳥を見ずにはいられないという執着心だ、とおまえは最初のうち考えていた。あの白鳥を見るために大挙してフェア島に押し寄せてきたバードウォッチャーたちとおなじだ、と。だが、ほんとうは復讐心だったのだ。自分の人生で上手くいかなかったことのすべてを、彼はアンジェラ・ムーアのせいにした。失われた夢だけでなく、死んだ赤ん坊のことも、おかしくなった結婚のことも。

「それで、あなたはその状況を自分のために利用しようと考えた?」

「フェア島には、まえまえからきたいと思ってたんでね。ちょうど金が尽きて、親父からこれ以上の援助を拒まれたところだった」ヒューが顔をあげた。彼がそこにいつもの笑みを浮かべようとしているのが、ペレスにはわかった。「けちな野郎さ。金なら、いくらでもあるくせに。だから、ああ、やってみる価値はあると思った。欲張ったりはしなかった。当座しのぎに、二千ポンドほど要求しただけだ。でも、ジョン・ファウラーがあらわれたのには、驚かされたな」

「アンジェラにとっても、ショックだったにちがいない」

「当然さ!　モーリスが予約を受けてて、アンジェラが日誌をつけに社交室へはいっていくと、そこに突然ジョン・ファウラーの姿があったんだ。でも、ファウラーは彼女に対して、にこやかに接していた。礼儀正しくて、落ちついていた。復讐しにきたなんてことは、おくびにもださなかった。もしかすると、アンジェラは彼のことを善良な男だと考えていたのかもしれない。恨みを抱くような人間じゃないと。彼は日曜日ごとに教会にいってたから、反対側の頬をさしだす主義なのかもしれないだろ。それでも、アンジェラはいらついてた。彼女が不機嫌なのはポピーがフィールドセンターに滞在してかんしゃくを起こしているせいだ、とみんなは考えていた。けど、そうじゃなかった」

「理解できないのは」サンディがいった。その声には、ペレスがこれまで一度も耳にしたことのない厳しさがあった。「どうしてもわからないのは、なぜそのことを、もっとまえにわれわれに話してくれなかったのかということです。ふたりの女性が亡くなっていて、あなたはある男にそのふたりを殺す動機があったことを知っていた。われわれに教えてくれていれば、何日もまえにこの件を解決できていたかもしれない。三人目の女性が死ぬ必要はなかった」

ヒューは小さく肩をすくめてみせた。「確信がなかったんだ」ペレスが顔をあげて自分のほうをにらんでいることに、ヒューは気づいているにちがいなかった。だが、それをおもてにはださなかった。最初から、彼はペレスがそこにいることを無視していた。「それに、あんたもいったとおり、ぼくは脅迫をしてたんだ。自分から白状するようなことじゃ、ないだろ」

「それでは、ジョン・ファウラーをつぎの標的にしようと考えていたわけではない？」サンディがいった。「アンジェラは亡くなり、もはやあなたの役にはたたなくなっていた。だが、ジョン・ファウラーは……彼は殺人を犯していた。捕まらないかぎり、死ぬまであなたに金を払いつづけていたはずだ」

例の笑みが戻ってきていた。「いまのは、サンディ、まったくの当て推量だろ？　臆測だ。それが真実かどうかは、誰にもわからないことさ」

ベン・キャッチポールは、目の上のかすり傷に絆創膏をしていた。すぐにペレスの姿に気づいて、ちかづいてこようとした。お悔やみをいい、フランについて思いやりのある言葉をかけるつもりでいたのだろうが、ペレスのたたずまいのなにかが彼を思いとどまらせた。敵意ではない。これまでにはなかった、無関心さだ。ペレス自身、それを感じていた。

「ペレス警部は、ただ同席するだけです」サンディがさりげなくいった。「かまわないですよね」その口調には、有無をいわせぬものがあった。「あなたとヒューのあいだの喧嘩は、いったいなんだったんです？」サンディがつづけた。「校庭での子供の喧嘩みたいにつかみあったりして。あなたは暴力に反対なのかと思っていましたが。レンズマメとか海草を食べて、地球を救う連中のひとりかと」

「あの緊張状態のせいだ」ベン・キャッチポールがいった。「フィールドセンターの滞在者は、全員がおたがいの神経にさわっていた」

「だが、それだけではなかった」サンディがいった。「ですよね」顔をあげる。「アンジェラがあなたの子供を身ごもっていたことは、知っていましたか？」

「それじゃ、ほんとうだったんだ？」

「誰から聞いたんです？」サンディがたずねた。

「アンジェラからじゃない。彼女はなにもいわなかった！」その苦々しく恨みがましい口調を聞いて、ペレスは思った――ベン・キャッチポールがいちばん気にかけているのは、自分がアンジェラの人生から排除され、完全に無視されることなのだ。「彼女は、妊娠していることをぼくに告げさえせずに、赤ん坊を堕ろすつもりでいたんだろう」

「それで、誰から聞いたんです？」サンディが、そっとうながした。

「ヒューからだ。ファウラー夫妻が話しているのを耳にした、とやつはいっていた。サラは看護師だから、推測したのかもしれない。あるいは、アンジェラから聞いたのかも」ということは、ヒュー・ショウは蛇のような存在だったわけだ、とペレスは思った。フィールドセンターのなかをするすると動きまわり、ドア口で聞き耳をたて、毒をひろめる蛇だ。ベン・キャッチポールがサンディを見あげた。「ぼくが父親だったのか？」

「あなたにちがいない、とわれわれは考えています。ヒュー・ショウでないのは、たしかです。かれらの関係は、純粋に……」サンディがためらった。「……金銭上のものでした」

「彼女と寝た、とやつはいっていた」

「ええ、そういうでしょうね」

一瞬、沈黙がながれた。「あなたは、われわれに話さなかった」サンディがいった。「まえにファウラーに会ったことがあるのを。彼は『タイムズ』に〈ブレア〉号の抗議活動にかんする記事を書いていた。おかげで、こっちはしばらく混乱させられましたよ」

「あれは彼だったのか?」ベンは驚いた表情を浮かべていた。「その男とは、一度も顔をあわせなかった。インタビューは、電話でおこなわれたんだ。あのときは、たくさんのインタビューを受けた」

「それでは、偶然だった?」

「たぶん。バードウォッチングの世界は狭いから」

シェトランドとおなじだ、とペレスは隅にすわって見守りながら思った。いまごろは、シェトランドじゅうの人間がフランの死を知っているだろう。かれらのやさしさから逃れるすべはない。いちばんいいのは、本土に引っ越すことだろう。灰色の都会で大勢の人のなかにまぎれ、整然とした小さな部屋で暮らすのだ。そう考えると、ペレスは喜びにちかいものを感じた。感情的にも肉体的にも、まったくかき乱されることのない世界だ。

サンディはベンが立ち去るのを待っていたが、ベンは動こうとしなかった。「あれは、自分にとって最高に輝かしいときとはいえなかった」という。「あの〈ブレア〉号の抗議活動は。お袋は、ぼくのことをすごく誇りにしてくれた。ぼくが自分の信念のために立ちあがったというんで。裁判にもきてくれて、すべてが終わると、豪勢な食事につれていってくれた。賠償金の支払い命令も処理してくれた。けれども、ぼくは逮捕されたとき、警察にこういわれていた——刑務所行きは間違いないが、手を貸した地元の連中の名前を吐けば、地方検察官に口添えしてやろう……。刑務所暮らしなんて、ぼくには耐えられなかった」

「それで、仲間の名前をしゃべった?」

ベンがうなずいた。

その告白がすむと、ようやくベンは帰ろうと立ちあがった。今度は、ペレスが彼を呼び戻した。「アンジェラは妊娠を喜んでいた、とわたしは考えています」ペレスはいった。「それは、計画されたことだった。彼女は、あなたをえらんだんです。あなたの赤ん坊を欲しがった」

その時点で、ペレスはいくことにした。もう、じゅうぶんに知っていた。サンディがサラ・ファウラーに質問するところは、見ていられそうになかった。あの女性がまだ生きているなんて、間違っていた。最初の殺人が起きたあとで、彼女は自分の夫が人殺しだと気づいていたはずだった。たとえ、夫がはじめからアンジェラ・ムーアを殺すつもりでフェア島にきていたことは知らなかったとしても。ジョン・ファウラーが自分の強迫観念をひそかに育んでいた可能性は、大いにあった。彼は長年にわたって復讐を夢見て、細部にいたるまで計画を練っていたのだ。そして、犯行現場を舞台装置のように仕立てた。それぞれの小道具に意味をこめて。背中に突きたてたナイフは裏切りを、ウズベキスタンの砂漠で採取してきた証拠のシロハラチュウシャクシギの羽根は自分が手にしていたはずの栄光をあらわすものだった。そう、アンジェラが彼から盗みとっていった栄光だ。

だが、アンジェラの死をきっかけに、サラ・ファウラーはすべてを悟っていたはずだった。それなのに、教会で夫のとなりに立ち、賛美歌をうたい、祈るふりをしていた。思い過ごしだと、自分に言い聞かせていたのだろうか？　夫は善良な男だと？　それとも、彼女は赤ん坊を失った悲しみにひたりきっていて、そんなことはどうでもよかったのか？

取調室から急ぎ足で廊下を進んでいくとき、ペレスはサラ・ファウラーの姿を遠くからちらりと目にした。彼女はフード付きの丈の長い灰色のカーディガンを着ており、尼僧のように見えた。彼女もまた犠牲者なのだろう、とペレスは思った。だが、いまこの瞬間、彼はジョン・ファウラーよりも彼女のほうに、より強い憎しみをおぼえていた。

外に出ると、驚いたことにあたりはまだ明るく、弱々しい日の光が港の水面に反射していた。

39

ペレスが水辺の自宅にはいっていくと、暖炉のそばの椅子でまどろんでいた父親がはっと目をさまして、あたりを見まわした。自分がいまどこにいるのか、一瞬、よくわからないといった感じだった。

「ダンカンから電話があったぞ」父親がいった。「キャシーがおまえに会いたがってる」

その晩、ペレスは横になったまま、ほとんど眠らずにそのことを考えていた。もちろん、キャシーと会うことには同意していた。いまの彼は、キャシーのためならなんでもしただろう。だが、それはペレスにとって、もっとも気の進まないことだった。キャシーは母親が亡くなった件で、彼を責めるにちがいなかった。それに耐えられるかどうか、ペレスには自信がなかった。母親そっくりの、あのちょっといたずらっぽい笑みに耐えられるかどうかも。それと、あの声にも。こちらの学校に何年かかよううちに、キャシーのしゃべり方はすこしシェトランド人っぽくなっていた。だが、いまだにフランとおなじ言葉づかいをしており、ペレスはときどき本土の表現について、ふたりから説明してもらわなくてはならなかった。

かれらは、ラーウィックのトールクロック・ショッピングセンターにある〈オリーブの木〉で会うことになっていた。なぜなら、そこは中立的な場所だったし、フランのお気にいりのカフェでもあったからだ。お洒落なサラダに、芸術家風の常連客。ペレスというより、フランっぽい感じのする店だ。あそこのコーヒーは死ぬほど美味しい、とフランはいっていた。

ペレスとフランの元夫ダンカン・ハンターとの関係は、気まずいものだった。ふたりは学校時代の友だちで、そのころは親友だったが、育ちはまったくちがっていた。ダンカンの家はシェトランドの大地主で、このあたりでもっとも貴族にちかい存在だった（彼はいまでも、ブレイにある海岸沿いの大きな屋敷に住んでいた）。ペレスがフランとつきあいはじめたとき、ダンカンはすでにフランと別れていた。そして、この元夫婦は娘のキャシーのために、以来、ずっとぎごちない休戦状態を維持していた。キャシーが父親のところに泊まりにいくとき、ペレスは不安をおぼえることがあった。ダンカンは酒を飲みすぎたし、パーティ三昧のめちゃくちゃな生活を送っていたし、さまざまな事業に――ときには、胡散臭い商売にまで――手をだしていたからである。うしろ暗い秘密を山ほど抱えた男だ。だが、キャシーには父親が必要だ、とフランはいっていた。「まさか嫉妬してるわけじゃないわよね、ジミー？」またしても、あのいたずらっぽい笑み。それに対して、ペレスは自分が嫉妬しているかもしれないことを認めていた。ほんのすこしだ。彼としては、キャシーの父親として認められるのにやぶさかではなく、ダンカンがシェトランド以外のどこかで暮らしていればいいのに、とときどき思っていた。そうしたら、三人だけの家族になれる。

　きょうのペレスは、約束の時間よりも三十分はやくカフェについていた。彼にできる、せめてものことだ。キャシーを待たせたくなかった。彼はコーヒーを買った。客のなかに、知っている顔はひとつもなかった。おそらく、ここにいるのはフェリーの乗船がはじまるのを待っている観光客たちなのだろう。フェリーのターミナルは、道路のすぐ先にあった。カップを口もとへもっていくとき、ペレスは自分の手が震えているのに気がついた。帰ろうとして、立ちあがる。やはり、キャシーと顔をあわせるのは無理だった。きっとダンカンは理解して、かわりに弁明しておいてくれるだろう。ペレスがそこに突っ立ち、逃げだそうとしていたときに、ダギー・バーが店にはいってきた。これからフェリーに乗るところなのはあきらかで、リュックサックを背負い、あちこちに光学器械を縛りつけていた。

　ダギー・バーはすぐにペレスに気がつき、入口をふさぐような恰好で立ちどまった。気まずさで、さっと顔が赤らむ。ペレスの邪魔はしたくないが、かといって黙って立ち去るのも失礼だと感じているのだ。ペレスは相手が居心地悪そうにしているのに耐えられず、小さく手をふって、このバードウォッチャーの気持ちを楽にさせた。頭のなかで、フランの声がした。いまのはなに、ジミー・ペレス？　あなたは聖人かなにか？　ペレスのしぐさに勇気づけられて、ダギーがちかづいてきた。言葉は発さずに、手をのばしてくる。

「ひとつ聞かせてください」ペレスはいった。「ジョン・ファウラーが犯人だと、あなたは知っていたんですか?」その疑問は、ずっとペレスを悩ませつづけていた。真夜中に、それについてあれこれと考えていた。責任をなすりつける範囲を、どこまでひろげられるだろう?

「まさか!」ダギーはショックを受けていた。「知ってたら、教えてましたよ。嘘じゃありません。シャクシギの件は、考えてもみなかった。ファウラーは誤情報発信者《ストリンガー》だというアンジェラの作り話を、ずっと信じてたんです。彼女は、ぼくもだましていたんだ」言葉をきる。「犯人はヒューじゃないか、と思ってました。アンジェラが彼を嫌っているのが――恐れてさえいるかもしれないのが――わかりましたから。希望的観測ってやつです。あの男には、我慢できなかった」

ダギーはふたたび手をのばしてペレスの肩にふれると、むきを変え、カフェを出ていった。フェリーに乗りこむまえに、どこかべつのところで食事をするために。

そのとき、ペレスの目にキャシーの姿が飛びこんできた。こちらにむかって、アーケードを歩いてくる。父親のダンカンがすぐそばにいたが、手をつないではいなかった。いま六歳の彼女は、年齢の割には小柄でずんぐりとしており、茶色い髪の前髪を切り下げにしていた。ブッシュベイビー(サルの一種)みたいにくりっとした目は、泣いていたせいで、いっそう大きく見える。こちらに気づいて駆け寄ってきたキャシーを、ペレスはいつものように抱えあげた。そして、自分のほうがこの少女に救ってもらっているとでもいうように、しっかりとしがみついた。

ちかくのテーブルにいたカップルが、ふたりをみつめていた。その様子から、ペレスは自分の頬を涙が伝い落ちていることに、はじめて気がついた。カップルはむきだしにされた感情にとまどっているような感じで、ぎごちなく目をそらした。

ダンカンが自分用にコーヒーを、キャシーのためにジュースとチョコレート・ケーキを買ってきた。フランはキャシーにあまりジャンクフードを食べさせないようにしていたが、ペレスはその考えを頭からおいだした。いまは、好きなものを食べさせてやればいい。

「うちに帰りたい」キャシーがいった。

「もう説明しただろ。そいつはちょっとむずかしいんだ」ダンカンがペレスのほうを見た。

「いろいろと解決しなくちゃならない問題があるから」

「学校にいきたいの。いかなきゃ」それも事態に対処するひとつのやり方だ、とペレスは思った。自分だって仕事場へいき、サンディが参考人たちの事情聴取をするところに立ち会ったではないか？　とはいえ、この二日間は、どうして事件がそれほど重要に思えていたのかがわからなくなっていた。

「フレーザー先生は、わかってくれるさ」ペレスはいった。フレーザー先生というのはレイヴンズウィック小学校の校長で、赴任してまだ二年しかたっていなかった。彼女とフランは、友だちになっていた。

「あたし、劇にでるの」キャシーがあきらめずにいった。「もう台詞をおぼえたんだから」それから、「ジェシーが寂しがってるわ」という。ジェシーというのはキャシーの親友で、彼女の祖父のジョーディーは自分の小さな船で観光客をムーサ島までつれていっていた。

「しばらく、レイヴンズウィックの家に移り住むことはできないのか?」ペレスはダンカンに話しかけていたが、聞き耳をたてているキャシーのことをつねに意識していた。「いつもどおりの生活に戻ったほうがいいだろうし。もちろん、できうる範囲内でだが」ペレスの涙腺はまだゆるんでおり、彼はキャシーに気づかれていないことを願いつつ、ナプキンで顔を拭いた。

「たしかにな」だが、ダンカンの声には力強さが欠けていた。彼は仕事でしょっちゅう旅行に出かけており、あまり縛りつけられたくないのだ。

「協力するよ」ペレスはいった。「できることは、なんでもやる」

「フランの両親が、こっちにくることになってるんだ」ダンカンがいった。「そうなれば、もっと上手くいくようになるだろう」

だが、それは一時しのぎにすぎない、とペレスは思った。それから、ふとこんな考えが頭に浮かんできた——フランの両親は、キャシーをロンドンにつれて帰りたがるかもしれない。なんのかんのいっても、かれらはそれほど高齢ではないし、キャシーは祖父母のことが大好きだった。もしかすると、それが解決策なのかも……。フランの両親がシェトランドで暮らしたがらないであろうことを、ペレスは知っていた。ふたりとも、都会の人間なのだ。だが、そうなると、自分はキャシーと完全に切り離されてしまうのだろうか?

その晩、ラーウィックの水辺にある小さなわが家に戻ったペレスは、父親といっしょにウイスキーを飲みながら、キャシーのことをくよくよと考えてすごした。父親は、まだ家にいた。

ペレスは何度か気乗り薄な口調で帰るように勧めていたが、父親にそれを拒まれるたびに、ほっとしていた。「船長抜きで船を運航するのは、乗組員たちにとっていい経験になるだろう」父親の気むずかしさ、頑強な肉体、想像力の欠如には、どこか慰めとなるものがあった。ペレスはベッドを父親に譲り渡し、自分は居間にあるソファで寝た。どうせ、折にふれてフランとともにしたことのあるベッドでは寝られなかっただろう。父親には、それがわかっているようだった。だとすると、結局は父親にも、いくらか想像力がそなわっているのかもしれなかった。

翌日、地方検察官のローナ・レインから、電話でお呼びがかかった。彼女のオフィスにはいっていったペレスは、いつものように、自分のブーツに泥がついていて、それで彼女の清潔で優雅な空間を汚しているような気分にさせられた。「事件のことを話しあう必要があります、ジミー。つらいでしょうが、やらなくてはなりません」フランのことにはふれず、やさしい言葉も一切なし。ペレスには、それがありがたかった。「あなたには興味があるかもしれませんしね」

「興味はありません」ペレスはいった。そのとき、自分がまだ辞表を提出していないことに気がついた。すぐに、そうすべきだった。いやしくも警官ならば、彼は殺人犯からフランを守っていただろう。もう二度と、べつの命を危険にさらすような立場に自分をおくことなどできなかった。

「ジョン・ファウラーは自白しました」ペレスの否定の言葉を耳にしなかったかのように、地方検察官がいった。彼女はかすかに柑橘系の香りをさせていた。高価な香りだ。髪型が、いつもとすこしちがっていた。あたらしい男でもできたのかもしれない。地方検察官のお相手については、昔からいくつものうわさが流れていた。「彼は自分から進んで話をしましたが、それがなくても、すべてを告白した文書が彼のノートパソコンで見つかりました。とりあえず、告白というよりは、いいわけをならべたてたようなものですが」

「彼は、そうせずにはいられなかった」ペレスはいった。「それに、それは彼がずっと望んでいたことだった。自分の話を聞いてもらうのが」

「彼が犯人だと、知っていたのですか？」地方検察官はコーヒーのポットを用意させており、それをペレスのカップに注いだ。

「はじめは直感だったかもしれません」ペレスは認めた。顔をあげ、はじめてちらりと笑みを浮かべる。法律家というのが〝直感〟をどう考えているのか、知っていたからだ。「ジョン・ファウラーは、すごく神経が張りつめているようでした。すこし、おかしかった。それに、彼のやっている書店の店名がありました」

地方検察官が、さっと顔をあげた。「というと？」

「〈ヌメニウス書店〉というのは、変わった店名に思えました。で、調べてみたんです。〝ヌメニウス〟とは、シャクシギの学名でした。けれども、それはたんなる偶然なのかもしれなかった。ようやく証拠と動機がつかめたのは、羽根のＤＮＡ分析の結果がでたときです。そのあとで何人かと話をして、ジョン・ファウラーがアンジェラとおなじ時期に旧ソ連を旅していたことがわかりました。もちろん、ステラ・モンクトンが娘のアンジェラのかわりにおこなった告白が——アンジェラがファウラーの研究を盗んだという告白が——すべてを裏づけてくれました。アンジェラは母親に会えるかと問い合わせたあとで、彼女に手紙を書いていたんです」

地方検察官が椅子の背にもたれた。「ジミー、あなたの口から事件の顚末を聞かせてもらえないかしら？　あなたのやり方で」

ペレスは、立ちあがって部屋から出ていきたくなった。もう知ってるじゃないですか。それに、サンディの報告書がある。綴りや文法は間違いだらけでしょうが、それでも細かいところまで書かれた報告書が。だが、ペレスはとどまった。これは、自分にとって最後の事件なのだ。きちんと終わりまで見届けたほうがいい。

「ジョン・ファウラーは物書きであり、ジャーナリストでした。尊敬されていた。フリーでしたが、順調にやっていて、それなりの生活を送っていました。アンジェラ・ムーアとは、知りあいではなかったようです。バードウォッチャーというのは、みんなとりつかれています。それが、その方面の自然科学者ともなれば、なおさらです。ベン・キャッチポールが、そのいい例だ。ある研究にたまたま着手し、それにのめりこむ」ペレスはいつしか、殺人犯の心のなかにはいりこもうとしていた。彼はジョン・ファウラーの元同僚たちと話をした。スプリングフィールドの実家のキッチンにすわって、ジョン・ファウラーの精神状態について長ながと電話でしゃべった。この男はフランを殺していたが、ペレスはこの世に怪物が存在するとは信じていなかった。ジョン・ファウラーを怪物としてかたづけてしまえば、その責任を免除することになる。彼を理解し、しっかりと責任をとらせるほうが、よかった。

「アンジェラがシロハラチュウシャクシギにかんする研究を発表して以来、ジョン・ファウラーの人生は暗転しました」ペレスはつづけた。「彼は信用を失った。あの発見は自分のものだと何人かを説得しようとしましたが、誰が彼のことなど信じるでしょうか？　アンジェラは、若くて魅力的でした。出版社にとっては、夢のような存在です。希少種の鳥を見たと誤って主張した前歴をもつ中年男を売り出すのは、アンジェラの場合よりも、ずっと骨の折れることだったでしょう。彼の主張にとりあわないことで、みんなが既得権益を守ることができた。彼はジャーナリストとして食べていくのをあきらめ、書店をはじめました。ストレスを減らす必要がある、とまわりには説明して」

「ジョン・ファウラーは精神科にかかっていたのかしら？」メモをとっていた紙から、ふいに地方検察官が顔をあげた。「被告人として、答弁できる状態にある？」

ペレスは肩をすくめた。彼にいわせれば、三人の女性を殺した人物は誰であれ、精神に異常をきたしているといっていいような気がした。彼は自分を責めていた。おまえはわかっていた。もっとまえに食い止めるべきだった。

「彼はアンジェラ・ムーアを殺す心づもりでフェア島にきていたわけですよね」地方検察官がつづけた。「それは、まえもって計画されていたことだった。予定されていた。嫉妬とか怒りに駆られて、発作的に被害者に襲いかかったわけではなかった。つまり、心身耗弱《こうじゃく》による故殺は主張できないことになります」

だが、事件の核心にあったのは嫉妬だ、とペレスは思った。じょじょに募っていった怒りがジョン・ファウラーを焼きつくし、彼の心と夢を支配し、彼を破滅させた。そして、彼の邪魔をした女たちの命を奪った。それは病気ということになるのだろうか？ さいわい、それを判断するのはペレスの役目ではなかった。

「つづけて、ジミー」いらだちを抑える努力をいくらか見せながら、地方検察官が先をうながした。「残りの話を聞かせてちょうだい」

ペレスは顔をあげた。一瞬、高価な化粧品を塗りたくったすべすべの顔にむかって、食ってかかりたくなった。これは彼女にとって、ただの仕事にしかすぎなかった。それと、野心のための道具だ。地方検察官は彼の言葉を借用して、自分をより利口に見せるつもりなのだろう。

「どうしてです？ もう、あなたは知っているはずだ。わたしはなんなんです？ あなたのために芸をしてみせる猿だとでも？」

この突然の爆発に、地方検察官はぎょっとしていた。「ごめんなさい、ジミー。まだ、はやすぎたかしら？ もうやめておく？」

ペレスは荒々しく首を横にふった。彼女の哀れみには、耐えられなかった。

「つまりは、すべてが鳥がらみだったんです」いまのやりとりなどなかったかのように、ペレスはつづけた。「シロハラチュウシャクシギ。一部の自然科学者は、その鳥がすでに絶滅していると考えていました。鳥があれだけの情熱をかきたてられるとは、なかなか想像できないことです。けれども、わたしはバードウォッチャーたちが例のアメリカの白鳥のためにフェア島にやってくるところに立ち会い、そこでかれらの熱狂ぶりを目にしました。なかには、それを見逃していたかもしれないと知って、涙ぐむものもいたほどです。そして、ジョン・ファウラーにとって、それはたんなる趣味ではなかった。仕事でした。体面にかかわる問題だった。ジャーナリストとしての評判にかかわる」

「それでは、彼はアンジェラ・ムーアよりも先に、このシャクシギを発見していたのですね。ところが、彼女がその功績を横取りした」地方検察官は腕時計に目をやった。ペレスへの同情は、それほど長くはつづかなかったわけだ。地方検察官はただ事実を知りたいのだ、とペレスは思った。彼女はこれまで一度も、背景情報にあまり興味を示したことがなかった。ソーシャルワーカーはそのためにいるのよ、ジミー。

「ジョン・ファウラーは、その鳥が繁殖していそうな場所を突きとめました」ペレスはいった。「その鳥が餌にしている昆虫を手がかりにして。彼は地図を調べ、可能性のある探索エリアをしぼりこんだ。こういうやり方を、〝現地踏査〟と呼ぶそうです」現地踏査のことを耳にしたとき、ペレスはその考え方が気にいった。警察業務で役にたつ概念かもしれなかった。仮説を検証し、現実から乖離しないようにしておく……。だが、いまとなっては、自分がどうしてあれほど興奮したのか、よくわからなかった。どうでもよかった。

「その手柄を横取りされたのは、彼にとって腹立たしいことだったにちがいありませんね」ようやくいくらか理解を示して、地方検察官がいった。職業上の嫉妬心なら、彼女にもわかるのだろう。ペレスは、いま目のまえにいる女性ほど野心的な人物には会ったことがなかった。

「あの本のおかげで、アンジェラ・ムーアは本物の有名人になったわけですから」

「当然です」ペレスは、ジョン・ファウラーが自分の商売を維持しようと努力しているところを想像した。いたるところでアンジェラ・ムーアの華々しい成功を耳にしながら、インターネットで本を売りさばき、ときおり店でマニアと会ったりして、どうにか生計をたてているところを。「アンジェラは、テレビでひっぱりだこでした。フェア島にあるイギリスでもっとも有名なフィールドセンターで、監視員をつとめていました。もちろん、彼は心穏やかではいられなかったでしょう。そうなっていたのは、自分のはずだったんですから。朝がきて目がさめると、まずそのことを考え、夜になって寝るときになると、そのことを夢に見た」

地方検察官が眉をあげた。もしかすると、とりつかれることにかけてはペレスもだいぶくわしそうだ、と考えているのかもしれなかった。朝がきて目がさめると、フランがフェア島の闇のなかで死んだときのことを考え、夜になって寝るときになると、その晩のことを夢に見ているにちがいない、と。

「彼の奥さんは、自分のまわりで起きていることに気づいていたのかしら？　彼女をどのような罪で告発すべきか、まだ迷っています」

「そのことは、ずっと頭から離れませんでした」そして、それは事実だった。この事件のあらゆる側面のなかで、それがいちばん気にかかっていた。ときどきペレスは、サラ・ファウラーをマクベス夫人のような人物として考えることがあった。ジョン・ファウラーのうしろで邪悪な影響をあたえつづけた人物。彼に毒を吹きこみ、その言葉とみじめさで、アンジェラ・ムーアは死に値すると説得した人物。彼女は夫が始末をつけられるように、わざとフランをフィールドセンターから誘いだしたのだろうか？　そうかと思うと、逆に彼はサラ・ファウラーを被害者として考えることもあった。「アンジェラの死を、サラはとくに悼んではいなかったでしょう。彼女は子供を切望していました。一方、アンジェラは妊娠していた。サラもまた、妊娠後期で赤ん坊を失っていました。彼女は子供を切望していました。つらい体外受精に耐えたあげくに、妊娠していたんです」なんという夫婦だろう、とペレスは思った。ふたりとも、頭のなかはそれぞれの失望と妬みでいっぱいになっていた。それでいったい、どうやって暮らしていたのか？　会話や日々の生活のなかで、小さな努力を積みかさねることによって？　なぜかペレスは、ファウラー夫妻の性生活について考えていた。あのふたりは、最後のほうはセックスをしていたのだろうか？　殺された女性たちの死体の見せ方には、どこか淫らといってもいいようなところがあった。それもまた、ジョン・ファウラーの奇妙な抑圧のあらわれだったのではないか？

「サラ・ファウラーはアンジェラの妊娠を知っていたというの？」地方検察官の問いかけに、ペレスはぎくりとして、趣味のいい部屋へとひき戻された。高い天井。壁に飾られた古い帆船の写真。目のまえの事件に、ふたたび神経を集中する。

「おそらくは」ペレスはいった。「ファウラー夫妻がそのことを話しあっているのを、ヒュー・ショウが小耳にはさんだと供述しています。サラ・ファウラーは、看護師としての訓練を受けていました。それに、そういうことにかんして、ひどく敏感になっていたはずです。ちがいますか？　あれだけ自分の赤ん坊を望んでいたわけですから」ふと気がつくと、ペレスは地方検察官が子供を欲しいと思ったことがあるのかどうかを考えていた。

「父親が誰だったのか、わかっているのですか?」

「ベン・キャッチポールです」ペレスはいった。「妊娠期間からいって、彼以外には考えられません」

「ジョン・ファウラーがアンジェラ・ムーアを殺した理由は、理解できます」地方検察官が手をのばして、白い磁器の皿からバタークッキーを一枚とった。まるで、おぞましい誘惑に屈した自分に落胆しているとでもいうような手つきだった。食べ物に対する彼女のこうした態度は、ペレスには奇妙に思えた。地方検察官があの体形を維持しているのは、ずっとダイエットをつづけているからなのだろうか? それとも、すべては自制心のなせるわざなのか?

地方検察官がつづけた。「とりあえず、だいたいのところは。ゆがんだ心の持ち主によって考案された、手のこんだ復讐行為というわけですよね。けれども、ジェーン・ラティマーに対しては、彼はなんの恨みももっていなかった」

「あれは、保身のためでした」ペレスはいった。「ジェーン・ラティマーは、ジョン・ファウラーが殺人犯であることを突きとめたがゆえに殺されたんです。そのことは、最初からあきらかでした。おそらく、彼女は探偵の真似事をやっていたんでしょう。パズルが好きな女性でしたから」

「危険なゲームですね」地方検察官は人差し指をなめ、クッキーのかけらを皿からさらいとった。

「灯台の塔の鍵は、キッチンに保管されていました」ペレスはいった。「ジョン・ファウラーは、その塔から島内の人の動きを観察していたんです。彼が鍵をとるか戻すかしたところを、ジェーンは目撃していたのかもしれません。彼女はジョン・ファウラーの部屋を捜索しました。そこには、例のシャクシギのいそうな場所を示したファウラーのオリジナルの論文があった。彼はアンジェラと対決するために、それを持参していたんです。アンジェラは鳥部屋で論文に目をとおしていて、ジョン・ファウラーがそれを取り返すと、逆上しました。当然のことながら、ほかの誰にも読まれたくなかったからです。われわれにはなんの意味もないものでしたが、ジェーンはフィールドセンターでひとシーズンをすごしていたので、その論文が意味することを理解しました」言葉をきる。ペレスは、ジェーンがパズルを完成させたと思ったときに感じたであろう興奮を想像しようとした。いつ、それを彼に話してくれるつもりだったのだろう？

「彼女は自分の疑念を直接ジョン・ファウラーにぶつけるほど愚かだったわけではないですよね？」地方検察官が、ふたたび腕時計に目をやった。ペレスには、どれくらいの時間が割り当てられているのだろう？ つぎの予定は、いつはじまることになっているのか？

「ええ。ジョン・ファウラーは、彼女が予期していないときにフィールドセンターに帰ってきたんです。おそらく彼は、ジェーンが自分の持ち物を調べているところを目撃したのでしょう。責任の一端は、わたしにあります。それは、アンジェラの遺体がヘリコプターで搬出された日の朝のことでした。わたしは、関係者の事情聴取をおこなっていた集会場からファウラー夫妻を帰して、あとで戻ってくるようにといったのです。センターにちかづいていくとき、外からすべての寝室をのぞきこむことができます。あそこは土地がすこし高くなっていて、二階の部屋全体が視界にはいるんです。ジェーンは、ファウラー夫妻がそんなにはやく帰ってくるとは思っていなかったのでしょう」

「それで、ジョン・ファウラーは彼女を殺した？」地方検察官がいった。「それだけの理由で？」

「そのころには」ペレスはいった。「彼は理性とバランスのとれた見方をすっかり失っていました。もしかすると、ジェーンは自分が疑っていることを、どこかで匂わせてしまったのかもしれません。彼の書店の名前にも、彼女は興味をひかれていたことでしょう。きっと、意味を調べていたはずです。ジョン・ファウラーの頭のなかでは、フィールドセンターの一員であるというだけで、ジェーンがアンジェラの裏切りの加担者となっていた可能性もあります。第二の犯行現場が羽根で飾られていたという事実が、そのことを示唆しています。ファウラーは、灯台の塔からジェーンを観察していた。そして、彼女がパンドのほうへむかうのを目にした。アンジェラがそこへ男たちをつれこみ、秘密を保管していたのを、ジェーンは知っていました。おそらく、そこでファウラーの有罪を裏づけるさらなる証拠を見つけたいと考えていたのでしょう。ファウラーは洗濯室で枕を手にとると、それをデイパックに押しこみ、急いで彼女のあとから丘を越えていった。すくなくとも、わたしはそう推測しています。あなたのほうが、よくご存じのはずだ。サンディの報告書では、どうなってました？」

「あなたの推測どおりです」地方検察官がいった。「驚きはしませんけれど。あなたは、わたしがこれまでいっしょに働いてきたなかで、もっとも優秀な刑事です、ジミー」地方検察官は顔をあげてペレスを見てから、つづけた。「それから？」

ペレスはそのあとの展開もわかっているつもりでいたが、突然、しゃべるのが億劫になった。

これは、彼の事件ではなかった。無理やり言葉をしぼりだす。「ジョン・ファウラーは、ジェーンが寝棚にいるところを見つけました。たぶん彼女は、手紙とか日記をさがしていたんでしょう。アンジェラの不正行為をもっとくわしく記したようなものです。ファウラーは、そこで彼女を殺した」地方検察官は机の上の印刷された報告書をめくり、ジョン・ファウラーの自白を読みあげた。「〝あっという間の出来事だった。彼女はわたしが梯子をのぼっていく足音を耳にしていたはずだが、ふり返るひまさえなかった。わたしとしては、彼女が苦しまなかったものと思いたい〟」

「それは嘘だ」ペレスは憤慨していった。「ジェーンの手と腕には防御創がついていました。彼女は抵抗したんです。そして、もちろん苦痛を味わった。ファウラーはそれを楽しんでいた、とさえわたしは考えています。彼はフランを殺す必要がなかった。そのときには、もうすべてはおしまいだと彼にはわかっていたはずですから」ペレスは言葉をきった。「彼がジェーンの命を奪ったナイフは、キッチンで調達したものでした」

「彼が憎いでしょうね、ジミー」

ペレスは、その発言を無視した。疲労困憊していて、一刻もはやくこれを終わらせてしまいたかった。水辺の自宅のことを考えると、喜びにちかい感情が湧いてきた。そこでは、父親がウイスキーのボトルと簡単な料理を用意して待っていてくれることだろう。

「アンジェラは母親に、自分がジョン・ファウラーの研究を盗んだことを打ち明けていました」ペレスはいった。「おそらく、おのれの学術面での業績にかんして、やましさを感じていたのでしょう。そして、後悔していた。アンジェラの母親はフェア島にきた際に、そのことをモーリスに伝えました。彼は、なにがもっとも重要かを決めることができた――アンジェラの評判を守るか、それとも彼女を殺した犯人につながるかもしれない情報をあかすか」

「彼は、あなたに話すことに決めた」

「そうです」ペレスは顔をあげて、地方検察官を見た。「もっとはやく彼の話に耳を貸していれば、フランは死なずにすんだのかもしれない」

「そんなことはありませんよ、ジミー」

「いいえ」ペレスはいった。「そうなんです」ふたたび地方検察官を見る。「もちろん、この仕事は辞めることにしました。これ以上は、責務をはたせませんから。それに、このままつづければ、毎日彼女を思いだすことになる」

「なにをするつもりなのかしら?」地方検察官は、ペレスの辞意をひるがえさせようとはしなかった。彼の決心が固いのを、見てとったのだろう。

「なにか役にたつことを」ペレスはいった。「実用的なことです。家具作りをはじめるかもしれません。あるいは、羊を飼うとか」それほど金が必要というわけではなかった。いまや、自分ひとりを養えばいいだけなのだから。

「あなたはいつまでも刑事でありつづけますよ、ジミー、心のなかでね。好奇心が強すぎて、放っておくことができない人だから」

それに対して、ペレスはなんといっていいのかわからなかった。

「故郷のフェア島に帰って暮らすのかしら？」地方検察官がたずねた。

ペレスは、すぐにこたえた。「いいえ、まさか。あそこに戻ることは、もう二度とできないかもしれません」

40

だが二日後には、ペレスは〈グッド・シェパード〉号の船上の人となり、故郷へとむかっていた。そのときになってもまだ、自分がどうやって説得されたのかよくわかっていなかった。彼は地方検察官との面談をすませたあとで、港のそばの自宅に疲れきって戻っていた。まるで、島での悪夢の日々を再体験してきたような感じだった。ふたたび閉所恐怖症のような感覚をおぼえ、その緊張が頭痛となってあらわれていた。それがあまりにもひどいので、ほとんど目をあけていられないくらいだった。

父親が少量のウイスキーで出迎えてくれた。それが習慣になっていた。ふたりとも、一杯だけと決めていた。「母さんから電話があったぞ」

「ああ、そう」ペレスの母親は、毎晩電話をかけてきていた。きょうはいつもよりすこしはやかったが、それだけのことだった。

「われわれに戻ってきてもらいたがってる」


これもまた、いつものことだった。母親は、夫と息子をそばにおいておきたがっていた。男には自分の面倒をみることなどできない、と考えているのだ。

「帰りたければ、どうぞ」口ではそういったものの、実際には、ペレスはうろたえていた。ひとりきりになったら、ふさぎこんで、その状態から抜けだせなくなるような気がした。だが、考えてみれば、だからどうだというのか？　それに、父親はずっとペレスといっしょに暮らすわけにはいかなかった。〈グッド・シェパード〉号の乗組員は船長に戻ってきてもらう必要があったし、いまは農繁期ではないとはいえ、小農場にはいつだってやる仕事があった。

「おまえもくるんだ」ペレスの父親がいった。「一日だけでいい。間違いなく、翌日の飛行機で島を出られるようにしてやる。ひと晩だけだ。それなら、耐えられるだろう」


結局、ペレスには逆らうだけのエネルギーがなかった。ふたりは父親の運転する車で、本島の南にあるグラットネスの港へとむかった。途中で、レイヴンズウィックにあるフランの家のまえをとおらなくてはならなかった。土手の先のほうに見えてきた家のまえに、ダンカン・ハンターの四輪駆動車はとめられていなかった。キャシーが海岸ちかくの小学校で友だちや先生に囲まれ、どうにかやっていることを、ペレスは願った。

「フランは、あそこに住んでたんだ」ペレスはいった。「あの小さな家に。古い教会のとなりだ」

「寄ってくか?」

「とんでもない!」家にはフランの両親がいるかもしれない、とペレスは思った。彼はフランの両親と上手くやっていた。ふたりとも、親切で頭の回転のはやい人たちだった。だが、ペレスはかれらにむかって、なんといっていいのかわからなかった。彼の電話には、〝連絡してほしい〟というふたりからのメッセージが残されていた。だが、彼はなにもしていなかった。どちらがより耐えがたいだろう? 娘の死について、ふたりから面とむかって責められるほうか? それとも、そのリベラルな考え方ゆえに、ふたりが同情と理解を示してくるほうか?

埠頭には、すでに〈グッド・シェパード〉号が到着していた。乗組員たちは郵便局のヴァンから郵袋を降ろし、それを店に届ける野菜の箱といっしょに船に積みこんでいるところだった。かれらはペレスの姿を目にすると作業をやめ、ひとり、またひとりと、ペレスの肩に腕をまわした。言葉は必要なかった。肌寒い午後で、すこし北風が吹いていたものの、天気はそう悪くなく、ペレスは道中ずっと外の甲板にすわっていた。彼の父親は、操舵室の自分の持ち場にいた。海のむこうからフェア島がちかづいてくるのを、ペレスは恐れのようなものを感じながらながめていた。

ノース・ヘイヴンの港には、母親が車で迎えにきていた。モーリスとベンがいて、フィールドセンターに届いた箱を船から降ろしていた。ベンはラーウィックでの警察の事情聴取がすむとすぐに、飛行機でフェア島に戻っていた。フィールドセンターに残っているのは、彼とモーリスだけだった。これから来年の春まで、もう訪問客はいないだろう。おなじ女性を共有し、おなじ女性に人生を支配されていたふたりの男は、どうやらいっしょにやっていく折り合いをつけたようだった。ポピーのことをモーリスにたずねるべきだろう、とペレスは思った。彼女は無事に学校生活に戻ったのか？　不釣合いなボーイフレンドとはどうなったのか？　だが、ペレスはわざわざ質問するだけの興味をもてなかった。ここのところ、他人から無礼だと思われようと、気にならなくなっていた。

家に帰りつくと、母親が紅茶をいれてくれた。どうやらこの数日、母親はずっと息子のお気にいりのものばかりを焼いていたらしかった。三人はテーブルのいつもの位置にすわって、しばらく窓の外のサウス・ハーバーをながめていた。ペレスは、母親がなにかいおうとしているのを感じた。ああ、やめてくれ！　フランについて一席ぶつのも、こちらに戻ってきて暮らすようにと懇願するのも。もしもそれがはじまったら、ペレスは出ていかなくてはならないだろう。さもないと、あとで後悔するようなことをいってしまいそうだった。三人は気まずい沈黙のなかですわっていたが、やがて父親が母親のほうにむかってうなずき、話をはじめるようにとうながした。これは、彼の両親がふたりであらかじめ仕組んでいたことだった。

「おまえに、これを見せなきゃと思ったの」母親がペレスのまえに大判の筆記帳をおいた。フランのスケッチブックだった。島にいたあいだじゅう、ずっと彼女がもち歩いていたものだ。メモやいたずらがきや絵のアイデアが書きとめてあり、そのなかには彼女がペレスの両親のために作成しようと考えていた羊　岩《シープ・ロック》の絵もふくまれていた。

ペレスは、ほっとした。両親はスケッチブックを見つけて、息子がそれを形見として欲しがると考えたのだ。それから、それで息子が動揺するかもしれないと心配になった。大したことではない。じゅうぶんに対処できる。ペレスは自分の家のいたるところで、フランの仕事の断片を見つけていた。レイヴンズウィックの彼女の家には、もっとたくさんあるだろう。いつの日か、彼女の作品をひとつにまとめて、ビディスタにある〈ヘリング・ハウス〉で展覧会をひらいてもいいかもしれなかった。

「黙って捨ててしまおうかとも思ったんだよ」ペレスの母親がいった。「でも、おまえの父さんが、それはよくないって。決断はおまえにまかせるべきだって」母親はスケッチブックをひらくと、ページをめくってから、ふたたびそれをテーブルにおいた。

それは文字のならんだページで、筆跡はまぎれもなくフランのものだった。木炭で書かれた大きくて太い文字。フランはまったくおなじようにして、よくレイヴンズウィックの家のキッチンにペレス宛のメモを残していた。キャスをダンカンのところへ送ってきます。冷蔵庫にワイン。夕食の用意をはじめてもらえる？　ペレスは、すぐにはそれを読むことができなかった。彼女のことがまざまざと思いだされて、自分の失ったものをあらためて実感させられていた。そして、ついに意を決して目をとおしたとき、彼は頭のなかでフランの声を耳にした。冗談めかしてはいるが、同時に真剣なときの声を。

関係者各位。わたしが突然死んでしまったときには――たとえば、あのいまいましい小型飛行機が墜落したり、船が転覆したりしたときには――わたしは娘のキャサリンの世話をジェームズ・アレキサンダー・ペレス（ジミー・ペレス）に託します。彼はキャサリンを実の娘と考えていて、彼女の面倒をみるのに彼以上の適任者は思いあたりません。

その下に、スコットランドの美術専門家や画廊のオーナーのあいだではおなじみの署名が記されていた。

それだけだった。文章がふたつ。外からカモメの鳴き声が聞こえてきた。ペレスがときどきキャシーをまだ見ぬ自分の子供のかわりと考えていたことに、フランは気づいていたのだろうか？　ふたりでそれについて話しあったことは、一度もなかった。そんな考えは感傷的すぎる、とペレスは思っていた。あまりにも馬鹿げている、と。

「それって、すぎた頼みだと思うわ」ペレスの母親が不機嫌そうにいった。「べつの男性の子供の法定後見人になってくれだなんて。それに、そんなこと、ダンカンが受けいれやしないよ。そのまま破ってしまいなさい。誰にもわかりゃしないでしょ？」

一瞬、ペレスはそうしたい誘惑に駆られた。キャシーの法定後見人になるのは、彼のもっとも望まないことだった。キャシーを愛していないからではない。ペレスはこれまで以上に、あの少女を大切に思っていた。いまの彼に残されたフランの形見といえば、キャシーしかいないのだ。だが、この腸《はらわた》のちぎれそうな罪の意識に対処する唯一の方法は、彼自身が死ぬことだった。なにも感じず、なにも考えない状態になることだった。そんなふうに感情的に死んだ人間に、子供は育てられなかった。

「ぼくには、わかってる」ペレスはいった。それに、ダンカンは受けいれるだろう。彼は現実的な男で、感情に流されたりしない。キャシーを愛してはいるが、娘の服を洗濯したり、風邪をひいたときに洟《はな》をかませてやったり、ということはやりたくないはずだ。それに、それ以外の点でも、キャシーの世話をペレスにまかせるというのは理にかなっていた。ほかに考えられる道はフランの両親がキャシーを本土につれ帰ることだが、ダンカン・ハンターはそれも望まないはずだからだ。この取り決めはいろいろと面倒だし、ふたたび自分の人生にダンカンを迎えいれるのは日々の苦行のようなものだが、それでも彼とダンカンは、なんとか上手くやっていけるだろう。ペレスは母親の手からスケッチブックをとりあげた。「ぼくがフランのためにできる、せめてものことだ。ちがうかな?」

法廷で終身刑をいいわたされたような気分だった。ペレスは償いを課されて救いをおぼえると同時に、ふたたび現実世界とむきあう痛みを感じていた。彼には、酒や肉体労働に逃れるという贅沢は許されていなかった。木を旋盤にかけたり羊を飼ったりという生活はなしだ。キャシーを養うために、いまの仕事をつづける。ただし、今後は仕事に私情をまじえることはしない。同情をおぼえたりはしない。刑事のジミー・ペレスは、まえよりも厳しくて容赦のない男となって戻ってくるのだ。

解説

酒井貞道

カタストロフィ【catastrophe】①大変災。大惨事。
②戯曲や小説の最後の場面。大詰。大団円。
③悲劇的な結末。破局。カタストロフ。
『広辞苑』第六版（岩波書店）

というわけで「カタストロフィ」と言っただけでは、ハッピーエンドなのかバッドエンドなのか特定できない。しかし何かが起きることは伝えられそうだ。だからこう書いておこう。《シェトランド四重奏《カルテット》》は、本書においてカタストロフィを迎える。

少々先走った。ご存じない方のために付言しておくと、本書『青雷の光る秋』は、『大鴉の啼く冬』（二〇〇六）、『白夜に惑う夏』（二〇〇八）、『野兎を悼む春』（二〇〇九）と続いてきた、アン・クリーヴスの《シェトランド四重奏》シリーズの第四作である。なお二〇一三年一月に刊行された *Dead Water* が本書の続篇となっているため、「シリーズ最終作である」とは書けない。……まあ「四重奏」を名乗る以上、全四作でないと整合性に欠けるので、五作以上あるシリーズ内の一グループとしての四部作が完結した、という言い方が適切だろう。なお、本書で一定の区切りが付いていることは保証します。

ところで翻訳小説業界では、シリーズを第一作から順番に訳さず、途中の巻をいきなり刊行するケースがままある。理由は色々あるが、たとえば、世評の高い作品（＝日本の出版社が出したい作品）がシリーズ途中にある場合だと、そこに至るまでの作品が多過ぎるとか、それほどできが良くないとかが、その代表例だ。いったんは第一作から出し始めたが、肝心の売上が付いて来ず途中を飛ばす例もある。要は、律儀に順番通り翻訳すると採算ラインに乗せるのが難しいと判断された場合に、そうなってしまうのだ。ファンにとっては残念極まりない現象だけれど、市場経済的には仕方ない。全く出ないよりはマシと考えるべきなのだろう。

しかしこういうケースでは、困ったことが生じる。訳されなかった作品の内容には、原書を読まない限り、接することができない。従って、未訳作品で起きた事柄について、訳出された作品で触れられても、読者は何のことだかさっぱりわからないのだ。特に、レギュラー陣が成長したり、人間関係に変化が生じたりするシリーズでは、この問題は致命的なものにまで発展する。作家が力を注いだであろう、肝心の人間描写が堪能できなくなるのだから。これはもったいない。

その点、《シェトランド四重奏》は安心だ。どの作品も創元推理文庫で順番通りに刊行済みだからである。しかも二〇一三年三月現在、前三作は品切れではなく、書店で簡単に手に入る。

『大鴉の啼く冬』の訳出が二〇〇七年（六年も前！）で、その後ずっと翻訳小説業界が冷え込んでいたことを考えると、本四部作は幸運であったと言えそうだ。

さてその《シェトランド四重奏》だが、内容はというと、イギリスのシェトランド諸島を舞台に、同地が故郷のジミー・ペレス警部を主人公として展開するミステリだ。シェトランド諸島はイギリス本土の北東百七十キロの位置にあり、人口は二万人程度。鳥の営巣地や飛来地としても有名な、自然豊かな場所である。産業面では、漁業が盛んで、ニットウェアの生産地としてもブランド化されている。また北海油田に比較的近いため、近代的な産業とも無縁ではない。これらのことは、四部作内でも触れられている。風景やら登場人物の近所付き合いやらを描いた場面からは、確かに田舎という印象を受ける。しかしシェトランドの住民である事件関係者の言動は、殺人に遭遇した人間として、概ね常識的である。極端に無知・素朴・善人・排他的といった、田舎者然とした反応を示す人は、シリーズを通してほとんどいない。総じて言えば、本シリーズで描かれるシェトランド諸島は、社会インフラが大都会のように整ってはいないけれど、とんでもない奇習が残っているほど辺鄙《へんぴ》な場所でもない。住民の感覚も完全に現代人のそれだ。つまりは「普通の」田舎なのである。都市圏以外を舞台にしたミステリには、地域色や土俗性、あるいは旅情を強く打ち出す方向に傾いた作品もある。しかし、田舎にだって普通の人々が普通に暮らしているのであり、都会との差はそう大きくない。ゆえに、殺人事件も普通に起きるのだ。本シリーズは、舞台こそ辺境だが、現代人が現代社会で織り成すドラマを描いた、紛れもない現代ミステリなのである。
なお、本四部作と対照的に、シェトランドを特殊な場所として描いたのが、S・J・ボルトン『三つの秘文字』(創元推理文庫)である。大都市ではまず起きそうにない事件が語られており、読み比べると面白いだろう。

とはいえ、本シリーズには一点だけ、シェトランド諸島でなければこうはならなかったという要素がある。ペレスの捜査法である。
シェトランド諸島の犯罪捜査体制はあまり充実していない。警察官は数が少なく、捜査には制約が多々出て来るのである。たとえば、数や組織力に物を言わせた、いわゆる「ローラー作戦」を展開するのは難しいし、科学捜査もなかなかスムーズに進まない。地域社会が小さく関係者と警官の距離が近いため、強引な捜査手法もとりづらい。従って、本シリーズのペレスは、警官としての公的立場よりも、私人としての描写が先に立つ。象徴的なのは事情聴取で、態度は非常に紳士的、そして捜査官として冷徹に人間を観察するのではなく、同じ人間として、事件関係者の証言に内心で素直に反応している。

このような特色を有する《シェトランド四重奏》だが、もちろん本書『青雷の光る秋』も方向性は同じである。シェトランド内の小さなコミュニティで、警察の行動に一定の制約がかかる中、ペレスの実直な捜査が続く。粗筋は次のようなものだ。

ジミー・ペレスは、『大鴉の啼く冬』で出会った婚約者フラン・ハンターを両親に紹介するため、故郷のフェア島を訪れた。折しも天候が悪化しており、フェア島に向かう飛行機は揺れに揺れて、フランなどは恐怖に顔色が悪くなるほどだった。やがて実家に到着したペレスとフランは、両親から、島のフィールドセンターで婚約祝いパーティを開くことにしていると告げられる。同センターは、野鳥を観察する拠点で、バードウォッチャーの宿泊所や、島民のパーティ会場としても利用されていた。所長はモーリス・パリーで、監視員のアンジェラ・ムーアは、モーリスの年下の妻であり、美人学者としてテレビにも出ている有名人だ。そして当日も、複数のバードウォッチャーが滞在中であった。

パーティ自体はつつがなくおこなわれたが、その夜に、アンジェラがセンター内で殺害されてしまう。天候は悪化する一方で、島外との交通手段が断たれる中、ペレスは一人、事件の捜査に従事することになる。パーティ終盤で、アンジェラは義理の娘=モーリスの実子ポピーと口論し、またパーティ前には、センターの料理人ジェーンに解雇を告げていた。加えて、アンジェラにふしだらな噂が立っていたことが判明する。だが情報は集まれど、決定的な証拠はなかなか発見されない。そして第二の殺人が発生する。

被害者の人物像を究明して、事件解決に繋げるタイプのミステリである。周到な伏線が、随所に張られている。ミスリードも大量に存在し、本格ミステリとしての歯応えは十分だ。アクションなどは少ないけれど、意外な事実が次々に明らかとなって方向性が二転三転するので、読者はスリルすら覚えるのではないか。その他、被害者以外の登場人物描写も丁寧であり、特に視点を割り振られた人物（複数います）については、その時何をどう感じたかが、明確にされていく。事件に関係のない事柄でも、たとえばペレスとフランがお互いをどのように愛し、そして今後の何を不安視しているかが、手に取るようにわかる。つまりは性格や関心のありかがはっきりしているわけで、これが読後感に大きく影響する。思えばこれは四部作通しての特徴でもあった。先述の「カタストロフィ」と併せて、作品単体としても、四部作としても、見事な締めくくりを見せている。

本書に先んじて前三作を読み、既に四部作のファンになっている人は、本書はもちろん必読である。そして、本書で四部作の全貌がはっきりした以上、こうも言わねばなるまい。《シェトランド四重奏》は、各作品個々はもちろん、四部作としても秀逸であることが確定した。ゆえに未読の方に、四部作全体をまとめてオススメすることに、躊躇《ちゅうちょ》が一切要らなくなったのである。正直申し上げて、私は未読の方が羨ましくてならない。まっさらの状態で、この四冊を一から、しかもやろうと思えば一気読みも可能なのだから。この解説を読んで、あるいは前三作の解説を読んで、はたまた本四部作の評判に接して、ちょっとでも興味をお持ちの方、思い立ったが吉日ですよ。

訳者紹介　1962年東京都生まれ。慶應大学経済学部卒。英米文学翻訳家。主な訳書にクリーヴス「大鴉の啼く冬」「白夜に惑う夏」，ケリー「水時計」，サンソム「蔵書まるごと消失事件」，マン「フランクを始末するには」などがある。

検印
廃止

青雷の光る秋

2013年3月22日　初版
14　6　21
9　25　読了

著　者　アン・クリーヴス

訳　者　玉《たま》　木《き》　亨《とおる》

発行所　（株）東京創元社
代表者　長谷川晋一

162-0814/東京都新宿区新小川町1-5
電　話　03・3268・8231-営業部
　　　　03・3268・8204-編集部
URL　http://www.tsogen.co.jp
振　替　00160―9―1565
暁　印　刷　・　本　間　製　本

乱丁・落丁本は，ご面倒ですが小社までご送付ください。送料小社負担にてお取替えいたします。

ISBN978-4-488-24508-5　C0197

刑事オリヴァー＆ピア・シリーズ

TIEFE WUNDEN◆Nele Neuhaus

深い疵《きず》

ネレ・ノイハウス
酒寄進一 訳　創元推理文庫

◆

ドイツ、2007年春。ホロコーストを生き残り、アメリカ大統領顧問をつとめた著名なユダヤ人が射殺された。

凶器は第二次大戦期の拳銃で、現場には「16145」の数字が残されていた。

しかし司法解剖の結果、被害者がナチスの武装親衛隊員だったという驚愕の事実が判明する。

そして第二、第三の殺人が発生。

被害者らの過去を探り、犯行に及んだのは何者なのか。

刑事オリヴァーとピアは幾多の難局に直面しつつも、凄絶な連続殺人の真相を追い続ける。

計算され尽くした緻密な構成＆誰もが嘘をついている＆著者が仕掛けた数々のミスリードの罠。

ドイツでシリーズ累計200万部突破、破格の警察小説！